Verlorenend Band I
Das Erwachen des Dunkelträumers

S. G. Felix

Verlorenend Band I

Das Erwachen des Dunkelträumers

Bibliografische Information der Deutschen Nationalbibliothek:
Die Deutsche Nationalbibliothek verzeichnet diese Publikation in der
Deutschen Nationalbibliografie; detaillierte bibliografische Daten
sind im Internet über http://dnb.dnb.de abrufbar.

Herstellung und Verlag:
BoD – Books on Demand, Norderstedt

ISBN: 9783750422674

Inhaltsverzeichnis

Prolog..9

Ankunft mit dem Althan...............................12

Truchten...15

Die fremde Stimme..18

Der alte Mann und die Station...........................20

Die Nacht im Wald und das, was sich im Wald verbarg.........23

Fara-Tindu...32

Auf dem Wurmhügel..42

Vergangenheit und Zukunft......................................60

Die Splitternden...73

Streitigkeiten auf dem geheimen Weg.........................82

Lügen..90

Der Mythos vom Transzendenten....................................100

Das Flüsternde Buch..104

Die andere Seite der Schlucht..............................115

Sie kommen nachts...120

Die Späher...126

Die Strafe der Zeit..133

Einer fehlt...136

Stille..139

Das alte Wesen aus Sand.......................................140

Die Zugbrücke..152

Der einsame Mann und die Sterne.............................155

Das Rätsel und der Dunkle Tunnel.............................166

Das Grauen der Dunkelheit....................................171

Das Zeittor...178

Die Largonen...181

Pais Ismendahl und die Gorgens...............................196

Spiegelbilder..200

Das Versteck außerhalb der Zeit...........................202

Von den Finsteren Ebenen....................................210

Vergeltung...218

Verlorenend...224

Regeneration und Wiedervereinigung.......................230

Kein Plan, keine Armee und kein Mut........................241

Sie antwortet nicht...244

Der Alte Pfad..246
Früher Herbst...251
Das letzte Gespräch...255
Die Barriere von Valheel..262
So soll es nicht enden..265
Die Zeit läuft ab...274
Die Brücke und die Schlucht...277
Die Wächter von Valheel..282
Wer ist Ilbétha?...286
Der Gegenschlag...298
Geduld..302
Das Unvorhersehbare..304
Das Portal des Transzendenten..307
Das Portal wird geöffnet..313
Der Bruchteil...318
Antilius trifft eine Entscheidung..327
Das Nichts..332
Im Licht des Dunkels..337
Epilog..343
Anhang 1: Thalantia Weltkarte...346
Anhang 2: Truchten..347

Der Dunkelträumer erwachte aus seinem jahrhundertelangen Schlaf und begann, sich wieder zu erinnern.

PROLOG

Antilius stand am Rande des Abgrundes einer Schlucht.

Es war der Inbegriff eines Abgrunds. Die zerklüfteten Steilwände fielen fast senkrecht hunderte Meter in die Tiefe und verloren sich in einem quecksilberartig wabernden Nebel. In diesem Nebel, so war Antilius sich sicher, stoben die Dämonen des Alten Zeitalters umher. Dort unten warteten sie geduldig darauf, dass er sich zu ihnen gesellte. Würde er nur einen Schritt nach vorne wagen, würde er in die Tiefe stürzen.

Ein kalter, feuchter Sturm bahnte sich seinen Weg durch die Schlucht.

Antilius' Augen ruhten auf einer Gestalt in einem langen schwarzen Mantel, die regungslos auf der anderen Seite der Schlucht stand und ihn anstarrte.

Antilius konnte das Gesicht der Gestalt nicht erkennen. Dort, wo dieses hätte sein müssen, war nur eine graue Masse, ein Dunstschleier, fast genauso wie der Nebel in der Schlucht.

Mann ohne Gesicht. Er ist der Mann ohne Gesicht, der mich verfolgt, dachte Antilius. Er spürte, wie er von ihm angestarrt wurde, auch wenn der Blick des Fremden ihm verborgen blieb.

»Was willst du von mir?«, fragte ihn der Mann ohne Gesicht auf der anderen Seite. Sein Mantel flatterte wild im Sturm.

Antilius wusste es nicht. Er wollte antworten, doch er konnte seine Lippen nicht bewegen. Er bemühte sich, das Gesicht des Fremden zu erkennen. Doch es schwebte nach wie vor nur ein trüber Schleier auf dessen Schultern.

Antilius hatte keine Ahnung, warum er hier war. Er fühlte sich unwirklich. Er konnte keinen klaren Gedanken fassen. Körper und Geist waren wie gelähmt. Träumte er?

Der Sturm, der an ihm zerrte, nahm an Intensität zu.

»Wer bist du?«, fragte Antilius. Endlich gelang es ihm nach mehreren erfolglosen Versuchen zu sprechen, auch wenn es ihm schwer fiel.

»Das weißt du doch. Du weißt, wer ich bin. Das Schicksal hat uns zusammengeführt. Es ist immer das Schicksal.«

Das Jaulen des Sturms wurde lauter, und trotzdem konnte Antilius den Fremden problemlos verstehen. Er hatte Mühe, das Gleichgewicht zu wahren, denn der Sturm zog ihn langsam aber energisch gen Abgrund.

»Hast du keinen Namen?«, rief er hinüber.

»Für dich bin ich der Mann ohne Gesicht«, sagte der Mann ohne Gesicht ruhig und ohne besonders laut zu sprechen.

Antilius versuchte, sich vom Abhang weg zu bewegen, doch seine Beine gehorchten ihm nicht.

»Warum bist du hier?«, wollte der Fremde wissen. »Antworte endlich!«

»Ich weiß nicht, wie ich hierher gekommen bin. Ich weiß nicht einmal genau, wer ich bin«, sagte Antilius unsicher.

»Aber ich weiß es. Ich kenne den Grund. Ich weiß, wer du bist. Und ich weiß, was du vergessen hast. Soll ich es dir verraten, Antilius? Soll ich es tun? Möchtest du es wissen? Es könnte dir aber nicht gefallen. Du musst mich schon darum bitten, wenn du es wissen willst!«

Antilius war verwirrt und schwieg. Seine Gedanken waren vernebelt. So wie dieser Ort hier.

Der Mann ohne Gesicht wartete einen Moment, ehe er sprach: »Wenn du nicht weißt, was du eigentlich willst, dann kehre um!«

Antilius war aber entschlossen, nicht zu gehen. Es war ein unerklärbarer und fester Wille. Nicht umkehren!

»Nein«, sagte er automatisch.

»Kehre um, Antilius! Verfolge nicht meinen Weg! Erspare dir Leid und Kummer. Vergiss alles, was dir einmal etwas bedeutet hat, und vergiss diejenigen, die du geliebt hast. Ich bitte dich, GEH!«

»Ich werde nicht gehen!«

Der Sturm wurde immer heftiger. Wie aus dem Nichts bildete sich plötzlich eine schwere Nebelwolke auf der Seite der Schlucht, auf welcher der Mann ohne Gesicht stand. Die Silhouette des Fremden verlor nun an Kontrast. »Du kannst nicht ermessen, was geschehen wird, wenn du nicht umkehrst. Höre auf mich, Antilius!«, rief er mit einer fast flehenden Stimme.

»Ich werde nicht gehen. Ich kann nicht anders«, rief Antilius zurück, ohne darüber nachzudenken, was er sagte.

Der Mann ohne Gesicht schien noch einen Augenblick nachzudenken. Dann fällte er sein Urteil. »Du Narr! Wenn es soweit ist, dann werde ich dein Schicksal sein«, brüllte er. Seine Konturen verschwanden nun vollends in den Nebelschwaden.

Antilius versuchte, den Fremden wieder aufzuspüren, als er plötzlich einen harten Stoß in den Rücken versetzt bekam.

Panisch ruderte er mit den Armen, um das Gleichgewicht wiederzuerlangen. Doch der Stoß war zu stark gewesen. Er sank langsam wie in Zeitlupe vornüber und blickte in den Abgrund. Der Nebel darin war fort. An seine Stelle war ein tiefes Schwarz getreten.

Schwarz wie die Unendlichkeit.

Antilius' Kopf fuhr herum: Es war der Mann ohne Gesicht.

Er war plötzlich hinter ihm und hatte ihn in den Abgrund gestoßen. Er wollte Antilius loswerden und floh.

Er hat Angst vor dir! Er fürchtet sich vor dem, was in dir verborgen ist.

Antilius konnte ihn nicht mehr verfolgen. Der Abgrund zog ihn in seinen Schlund.

Und während er zwei leuchtende Punkte, die wie Augen aussahen, in dem Schwarz der Tiefe zu erkennen glaubte, überfiel ihn eine bittere Kälte.

Er fiel.

ANKUNFT MIT DEM ALTHAN

»Ich wollte Sie ganz sicher nicht beleidigen«, versicherte Antilius.

»Ach, nein? Denken Sie, ich bin taub?«

»Weswegen regen Sie sich so auf?«

»Sie haben gesagt, ich hätte da wohl ein *kleines* Problem. Wobei Sie ‚kleines' besonders betont haben.«

»Das habe ich nicht.«

»Haben Sie wohl!«

»Nein!«

»Doch!«

»Also gut, vielleicht habe ich es ein wenig betont, aber ich habe damit auf keinen Fall auf Ihre Körpergröße angespielt.«

»Aha! Sie geben es also zu!«, rief der aufgebrachte Sortaner. Sein beigefarbenes Fell, das seinen leicht ovalen und sehr stämmigen Körper gänzlich bedeckte, sträubte sich.

»Ich denke, es hat keinen Sinn, mit Ihnen weiter zu diskutieren«, sagte Antilius genervt.

»Ach! Vorhin hat es Ihnen ja auch nicht an Wortgewandtheit gemangelt, als Sie sich über mich lustig gemacht haben.« Der Sortaner wandte sich mit einem verächtlichen Gesichtsausdruck ab und widmete sich seinem Fernrohr, das er die ganze Zeit über in seinen kleinen plumpen Händen hielt. Er schaute übertrieben konzentriert hindurch. Doch irgendetwas schien nicht in Ordnung zu sein. »Verdammt, dieses Ding ist schon wieder kaputt! Dabei habe ich es gerade erst reparieren lassen«, fluchte das etwa einen Meter große Wesen.

Antilius war aber sofort aufgefallen, dass das Fernrohr nicht beschädigt war. Das Problem bestand schlicht darin, dass der Sortaner vergessen hatte, die Schutzkappe, die aus feinem (und wohl auch sehr teurem) Leder gefertigt war, abzunehmen. Antilius seufzte leise, überlegte einen Augenblick und fasste einen Entschluss. Beherzt griff er nach der Abdeckung und entfernte sie. Jetzt hatte der Sortaner einen fantastischen Blick von der Aussichtsplattform des alten aber majestätischen Schiffes, auf dem sie sich beide gestritten hatten.

Eigentlich war es kein richtiges Schiff. Zumindest nicht für Antilius. Vielmehr war es ein gewaltiger fast neunzig Meter hoher Baum, der stehend über das weite Meer zu schweben schien. Diese Art von Schiff nannte man auch Althan. Der Stamm hatte knapp über dem Wurzelwerk einen Durchmesser von fast neun Metern. In seiner ausladenden Krone trug er dutzende Baumhäuschen, die als Quartiere für die Passagiere dienten. Sie waren durch unzählige Trassen über mehrere Ebenen miteinander verbunden. Diese recht schmalen Brücken wirkten wie ein unübersichtliches, dreidimensionales Spinnennetz, das die gesamte Krone des schwimmenden Baumes durchzog. Es waren besondere Bäume, Immerfestholzbäume, die nur auf der ersten Inselwelt Arbrit gediehen, und nur sehr wenige von diesen waren geeignet zu schwimmen und damit zu einem Althan zu werden.

Ein riesiger und äußerst robuster Wurzelballen diente als Schwimmkörper. Er bot ein optimales Gegengewicht zum Rest des Baums, der aus dem Wasser ragte. Der Stamm war innen hohl, sodass der gesamte Baum genügend Auftrieb bekam. An seinem gewaltigen Stamm waren auf zwei sich gegenüberliegenden Seiten je ein halbes Dutzend gigantische Segel gespannt. Jedes einzelne hatte eine bestimmte Funktion in der Art den Wind einzufangen, und jedes hatte einen speziellen Namen, von denen Antilius jedoch keinen einzigen kannte. Er hatte sich nie für die Seeschifffahrt interessiert, sondern nur für das, wonach die Kapitäne zur See navigierten, nämlich die Sterne.

Althane waren nicht nur einfach Passagierschiffe. Nein, es waren Kunstwerke. Jedes Althan war ein Unikat und wurde deshalb von der Besatzung mit Hingabe gepflegt.

Das riesige Baumschiff passierte gemächlich und praktisch geräuschlos den Leuchtturm der Bogenbucht. Hier befand sich der einzige Ankerplatz, der nahe genug zum Land der Fünften Inselwelt Truchten war.

»Ich glaube, so geht es besser«, sagte Antilius lächelnd, als er die Schutzkappe des Fernrohrs des kleinen behaarten Wesens entfernt hatte.

Der leicht erschrockene Sortaner nahm sein Fernrohr herunter und schaute Antilius konsterniert mit seinen dunkelblauen Augen an. »Was..., was erlauben Sie sich?«, schrie er unbeherrscht.

Antilius blieb ganz ruhig. »Nun, ich habe bemerkt, dass Sie Schwierigkeiten hatten, durch Ihr Fernrohr zu sehen. Das *kleine* Problem. Sie wissen schon.«

»Wollen Sie damit sagen, ich sei zu dumm, mein eigenes Fernrohr zu bedienen?«

»Ich ... ach, vergessen Sie es.« Antilius rollte mit den Augen und wandte sich von dem fremdartigen Geschöpf ab. Er konnte sich nicht erinnern, dass diese Spezies für ihr aufbrausendes Temperament bekannt war.

»Was?«, keifte der Sortaner weiter.

»Vergessen Sie es, und lassen Sie mich jetzt in Ruhe!«, rief Antilius zurück. Das war eigentlich nicht seine Art. Er war müde. Die Seereise war anstrengend gewesen, und letzte Nacht hatte er nach seinem Alptraum kaum schlafen können. Es war merkwürdig. Er konnte sich nur noch daran erinnern, wie er im Traum einen Schlag in den Rücken bekommen hatte und danach in ein tiefes Loch stürzte. Oder war es ein Abgrund? Als er aufwachte, schmerzte ihm der Rücken tatsächlich richtig. Auch jetzt fühlte er noch ein leichtes Drücken in der oberen Wirbelsäule. Es war fast so, als wäre der Traum beinahe real gewesen.

Der Sortaner schien überrascht über den Wutausbruch. Das kleine Wesen begann ihn ausführlich zu mustern.

»Sie müssen mein Verhalten entschuldigen. Ich bin heute wohl nur ein wenig gereizt. Die Reise war sehr anstrengend. Wenn ich mich vorstellen darf: Mein Name ist Haif Haven, ich bin Händler. Sie können Haif zu mir sagen.«

Antilius war über den plötzlichen Sinneswandel überrascht. Er zögerte einen Moment, doch dann gab auch er sich versöhnlich. »Ich heiße Antilius. Womit handeln Sie, wenn ich fragen darf?«

»Vorwiegend mit wertvollen Informationen. Glauben Sie mir, damit kann man mehr verdienen, als wenn man mit materiellen Gütern handelt.«

»Verstehe.« Das war das Einzige, was Antilius als weitere Konversation einfiel. Er verspürte trotz des versöhnlichen Tons seines kleinen, pelzigen und beleibten Gegenübers nicht das Bedürfnis nach weiteren Gesprächen, denn irgendetwas an diesem Sortaner war irgendwie falsch, gleichwohl er keinen verschlagenen Eindruck bei ihm erweckte.

TRUCHTEN

Truchten war die größte der sieben Inselwelten Thalantias. Man sprach hier nicht von Kontinenten, sondern von Inselwelten. Das hatte vielleicht damit zu tun, dass Thalantia als eine verhältnismäßig kleine Welt zu über neunzig Prozent von Wasser bedeckt war, und dass die sieben bekannten Landflächen nicht groß genug waren, um als Kontinente bezeichnet zu werden.

Truchten war zum Großteil von Wäldern und weiten Graslandschaften geprägt. Es gab nur vereinzelt kleinere Siedlungen. Nur die Hauptstadt Fara-Tindu, im Zentrum dieser Inselwelt, stellte eine Ausnahme dar. Es war sozusagen das Handelszentrum von Thalantia. Hier lebten fast alle Völker dieser Welt miteinander, seien es nun Menschen, Sortaner oder zahlreiche andere Spezies, denen Antilius im Laufe seiner Reise noch begegnen würde.

Dieses Miteinander von verschiedenen Völkern und Kulturen stellte eine erfreuliche Ausnahme zum Rest Thalantias dar. Denn aus irgendeinem Grund war es üblich, dass jedes Volk und jede Glaubensgemeinschaft eher unter sich blieb und den Kontakt nach außen vermied.

Früher, vor sehr langer Zeit, da soll es einmal Königreiche auf Thalantia gegeben haben. Fünf an der Zahl sollen es gewesen sein. Wohlstand, technischer Fortschritt und ein gleichberechtigtes Miteinander, so erzählt man sich, waren die Grundpfeiler jener friedvollen Zeit. Aber das war schon sehr lange her, und niemand weiß heute genau, warum die Zeit der Könige mit einem Mal ein jähes Ende gefunden hatte. Von einem schrecklichen Krieg vor tausend Jahren war die Rede. Mit jenem Krieg verschwanden praktisch alle Spuren in die Vergangenheit. Spuren, die etwas darüber erzählen könnten, wie es damals gewesen war.

Dennoch verbarg die unscheinbare Welt Thalantia noch viele Geheimnisse und Mysterien aus jener Zeit, über die der eine oder andere zwangsläufig zufällig stolpern konnte. Es waren winzige Teile eines schier unendlich großen Puzzles, dessen Tragweite sich niemand auch nur im Entferntesten vorstellen konnte.

Das galt auch für Antilius. Eigentlich war er nach Truchten gereist, um etwas über sich selbst zu erfahren. Denn er wusste nicht, wer er war. Ja, er wusste nicht einmal, ob Antilius sein richtiger Name war. Er war vor nicht allzu langer Zeit unter mysteriösen Umständen aus einer Art Ohnmacht erwacht und hatte alles vergessen, das ihm etwas darüber verraten könnte, wer er war und wo er herkam. Und es gab bis heute niemanden, der ihn wiedererkannt hatte. Es war ihm manchmal so vorgekommen, als hätte er vor seinem Gedächtnisverlust nie existiert. Hier auf Truchten schien es aber jemanden zu geben, der ihm etwas über sich erzählen konnte. Zumindest kannte dieser jemand seinem Namen. Aber Antilius ahnte nicht, dass seine Ankunft auf der Fünften Inselwelt Ereignisse in Gang setzen würde, die über das Schicksal von Thalantia entscheiden sollten.

Nachdem das Gepäck ausgeladen worden war, verließen die ersten Passagiere über drei Lifte die Baumkrone des Althans und betraten den weit ins Wasser ragenden Kai des Fischerdorfes Itap-West.

»Ah! Endlich können wir an Land«, rief Haif erleichtert.

Er wirkte jetzt wesentlich entspannter. Und auch Antilius war froh, das für ihn fremde Land endlich betreten zu können.

Schließlich balancierten auch Antilius und Haif Haven nach kurzer Fahrstuhlfahrt über den schmalen Steg. Das Gepäck war bereits unten. Alles musste sehr schnell gehen, denn das Althan hatte einen strikten Fahrplan einzuhalten und würde in weniger als einer Mondstunde die Bogenbucht im Westen von Truchten wieder verlassen.

»Sagen Sie, wissen Sie zufällig von einem Sternenbeobachter, der hier auf dieser Inselwelt leben soll?«, fragte Antilius Haif zögerlich.

Der wirkte überrascht: »Sternenbeobachter? Nein, tut mir Leid. Keine Ahnung«, sagte er schnell. Sehr schnell.

Antilius wollte noch einmal nachhaken, bekam dazu jedoch keine Gelegenheit mehr, denn Haif schien sofort aufbrechen zu wollen.

»Auf Wiedersehen, Herr Antilius. Vielleicht kommen Sie mich ja mal besuchen. Ich wohne nur einige hundert Meter entfernt, südöstlich von hier an der Küste. Und vielen Dank noch einmal für Ihre Hilfe.«

»Ja, auf Wiedersehen!« Antilius schaute dem kleinen Fellbündel hinterher, das rasch davon watschelte. Haif schien es wirklich ziemlich eilig zu haben. Vielleicht wollte er ja noch ein lukratives Geschäft abwickeln, überlegte Antilius.

Er freute sich jetzt erst richtig auf seinen Aufenthalt auf der Fünften Inselwelt, obwohl er wusste, dass er nicht hier war, um Urlaub zu machen. Es würde vermutlich schwierig werden, den Sternenbeobachter zu finden, diesen Brelius Vandanten, dem er zuvor noch nie persönlich begegnet war. Um ihn zu finden, hatte Antilius vor, sich zunächst in der Stadt Fara-Tindu umzuhören, die weiter im Landesinneren lag. Dort in der Nähe sollte Brelius leben. Jedenfalls hatte er dies in seinem Brief geschrieben, den Antilius vor fünfundzwanzig Tagen erhalten hatte. Die genaue Adresse, so Brelius, wollte er geheim halten. Weil er Angst vor etwas hatte, über das er nichts Näheres schreiben wollte.

Entschlossen schnallte sich Antilius seinen schweren Rucksack auf den Rücken, legte sich noch eine Brusttasche um und hängte sich eine weitere randvoll mit Ausrüstungsgegenständen, von denen er keine Ahnung hatte, ob er sie überhaupt brauchen würde, vollgestopfte Tasche über die rechte Schulter. Die Amedium-Bahn konnte nicht weit vom Dock entfernt sein. Vom Bahnhof aus könnte er dann mit einer der Amedium-Gondeln weiter reisen. Die Gondeln, so hatte Antilius es gelesen, waren auf Truchten ein uraltes Fortbewegungsmittel, das noch aus der Zeit stammte, als es noch Königreiche gegeben hatte. Eine Zeit, in der man neue Technologien auf Truchten erforschte.

Das tat man heute bekanntlich nicht mehr.

Merkwürdigerweise schlugen die anderen Passagiere, die zusammen mit ihm und Haif hier angekommen waren, andere Wege ein als den, den Antilius anvisierte. Doch darüber dachte er nicht weiter nach. Er war zu aufgeregt.

Er nahm noch einen kräftigen Schluck aus seiner Feldflasche, die er sich extra für diese Reise gekauft hatte, und setzte sich dann in Bewegung, vorbei an einem verwitterten Schild, das in Form eines Pfeils gesägt war. Auf diesem las er: *Amedium-Transporter*.

DIE FREMDE STIMME

Nach einer halben Mondstunde wurde Antilius' anfänglicher Enthusiasmus jäh gedämpft. Das Gepäck, das er sich zuvor schwungvoll aufgeladen hatte, fühlte sich an, als hätte es sein Gewicht in der kurzen Zeit verdreifacht. Es zog immer stärker an seinen Armen. Sein Rücken schmerzte mehr als zuvor, und seine Fußsohlen brannten ebenfalls heftig. Er stöhnte auf. Schließlich unterbrach er seinen Marsch, schaute kurz prüfend zu Boden und ließ sich dann einfach auf den sandigen Untergrund plumpsen, wo er erst einmal eine Weile einfach nur sitzen bleiben wollte, um zu verschnaufen. Antilius hatte nicht gedacht, dass der Weg so beschwerlich sein würde. Es ging fast die ganze Zeit bergauf. Der Weg, dem er folgte, bestand aus grobkörnigem Sand, der das Seinige dazu beitrug, dass sich ein paar kleine spitze Steine in seine Schuhe geschlichen hatten und dadurch den Fußmarsch zusätzlich erschwerten.

Er fluchte leise, zog seine Schuhe aus und schüttelte den Sand heraus. Als er gerade einen weiteren Fluch gen Himmel schicken wollte, fiel ihm dabei ein schwarzer Metallmast auf, der wie ein auf dem Kopf stehendes Y geformt war, und dessen oberes Ende eine quer verlaufende Schiene trug.

Er atmete auf. Das musste die Schienenbahn sein. Er rappelte sich wieder hoch und lief die letzten hundert Meter zum Bahnhof, wobei er sein Gepäck achtlos hinter sich her schleifte.

Durch eine Schneise, die in den Wald geschlagen war, führte eine kupferfarbene Schiene, die etwa drei Meter über dem Boden an weiteren Trägern montiert war. Sie lief direkt auf eine Lichtung zu, auf der sich die Schiene gabelte. Die abzweigende Schiene selbst war verbunden mit mehreren Abstellschienen, unter denen jeweils eine Transportgondel an einer Haltevorrichtung hing. Rechts neben den Gondeln erspähte er eine kleine Holzhütte, deren Fenster so stark verschmutzt waren, dass Antilius nicht in das Innere sehen konnte. Über dem Dach der Hütte war ein großes verwittertes Schild befestigt, auf dem *Immerfestbaum Station* geschrieben stand. Antilius wunderte sich, über den Namen, denn, soweit er wusste, gab es hier auf Truchten keine Immerfestbäume, aber vielleicht hat es sie ja früher gegeben, als die Amedium-Bahn gebaut worden war.

Sollte das etwa der ganze Bahnhof sein? Eine lumpige Hütte?

Und noch viel wichtiger: Wo waren die Reisenden? Er war ganz allein.

Plötzlich bemerkte Antilius ein seltsames rotes Leuchten am Boden. Er näherte sich ihm verwundert. Das rötliche Leuchten entpuppte sich als eine kleine Blume, deren kreisrunde Blätter strahlend rot schienen. So ein wunderschönes Gewächs hatte er noch nie zuvor gesehen. Er vergaß plötzlich die Hütte, den Transporter und seine Mission; da war nur noch diese Blume.

Er kniete sich langsam vor ihr nieder, ohne sie aus den Augen zu lassen.

Sie war vollkommen. Sie erinnerte ihn an etwas. Aber an was?

Eine Stimme tauchte plötzlich auf. Sie schien tief aus ihm selbst herauszukommen. Aber sie war fremd. Verzerrt. Und vorwurfsvoll.

»Wie konntest du nur?«

Antilius wurde ein wenig blass. Er hatte bisher noch nie eine derartig vergleichbare Halluzination gehabt - wenn es denn eine war - mit Ausnahme des merkwürdigen Traums von letzter Nacht mit dem Mann ohne Gesicht. Aber dies war kein Traum, es war anders. Und er war sich ziemlich sicher, dass diese Stimme nicht dem Mann ohne Gesicht gehörte. Und damit sollte er Recht haben. Antilius wusste nicht, wem diese anklagende Stimme gehörte. Es würde noch eine sehr lange Zeit vergehen, bis er es herausfinden würde. Er würde noch auf viele weitere Mysterien stoßen, ehe sich alles zu einem Bild zusammenfügen würde. Dieses Erlebnis war nur ein Teil davon.

DER ALTE MANN UND DIE STATION

»Faszinierend, nicht wahr?«

Antilius erschrak. Die Stimme war genau hinter ihm, sie kam diesmal nicht aus ihm selbst. Es war eine echte Stimme und das beruhigte ihn im gleichen Augenblick des Erschreckens. Ruckartig drehte er sich um und erblickte einen alten weißhaarigen Mann, der sich auf einen gekrümmten, dicken Stock stützte und ihn dabei breit angrinste.

»Es heißt, wenn man sie zu lange betrachtet, kommt man nie wieder von ihr los«, sagte der alte Mann, zeigte dabei auf die Blume und lachte dabei herzlich.

»Das glaube ich gern. Sie ist wunderschön. Und wer sind Sie?«

»Mir gehört diese Station hier, mein Junge, und ich achte darauf, dass alles seine Ordnung hat.« Der Alte beendete seinen Satz wieder mit einem Lachen, das in ein leichtes Husten überging.

»Ich habe dich schon von Weitem gerochen!«

»Gerochen?«, fragte Antilius verwirrt.

»Ja. Ich bin in deinen Augen vielleicht ein Greis mit schlechten Augen und miserablem Gehör - was eigentlich auch zutrifft - aber mein Geruchssinn funktioniert immer noch tadellos.«

»Verstehe. Aber, ich habe nichts dergleichen über Sie gedacht.«

»Wie heißt du, mein Junge?«

»Ich heiße Antilius.«

»Antilius«, wiederholte der Alte nachdenklich. »Hmm. Merkwürdiger Name. Habe ich noch nie gehört. Wie dem auch sei. Du schaust nicht so aus, als ob du von hier wärst, oder? Was willst du hier auf Truchten?«

»Ich komme von der Vierten Inselwelt, Bétha. Ich möchte unbedingt nach Fara-Tindu reisen, und zwar mit einer Ihrer Gondeln hier. Was muss ich Ihnen dafür bezahlen?«

Der alte Mann brach in schallendes Gelächter aus. Antilius ging dieses Lachen langsam auf die Nerven.

»Nein, nein, mein Jungchen. Behalte dein Geld! Der Schienentransporter hier ist jedem zugänglich, völlig umsonst. Komm mit! Ich zeige dir, wie du die Gondel bedienen musst.«

Der Alte drehte sich um und lief hinüber zum Gondelstellplatz, wobei er sich auf seinen Stock stützte und das rechte Bein bei jedem Schritt nachzog. Antilius warf noch einmal einen Blick auf die rote Blume, die ihn tatsächlich faszinierte. Diese Blume hatte wahrhaftig etwas Magisches an sich, was es ihm schwer machte, sich von ihrem Anblick loszureißen.

»He! Willst du da Wurzeln schlagen?«, rief der Alte.

Antilius wandte sich mit einem Seufzer ab und lief zu den Gondeln, wo der alte Mann schon leicht verärgert wartete.

»So, und jetzt erkläre ich dir, wie dieses Ding funktioniert.«

Antilius hörte den Ausführungen des Alten aufmerksam zu. Er ließ sich erklären, wie die Gondel, die genügend Platz für zwei Personen bot, beschleunigte, abbremste und wie man sich an Abzweigungen zu verhalten hatte. Es war sehr faszinierend, da er noch nie etwas Vergleichbares gesehen hatte. Aber alles wirkte auch unglaublich alt und verwittert.

»Sagen Sie, wie wird dieses Gefährt denn eigentlich angetrieben?«

Der Alte schaute ihn verdutzt an. »Woher soll ich das wissen?«

»Ich dachte, Sie kennen sich mit diesem Ding aus.«

»Na, da hast du dich aber gründlich geirrt. Ich weiß nur, wie man damit umgeht, mehr nicht. Ich habe es von meinem Vater gelernt. Und der von seinem Vater. Viele Generationen lang hat meine Familie die Gondelbahn am Leben gehalten, obwohl keiner jemals ihr Geheimnis entschlüsseln konnte. Die Gondeln sind uralt. Es ist ein Wunder, dass sie noch funktionieren.« Der alte Mann wirkte ein wenig gekränkt.

Antilius schaute sich nachdenklich um. »Nicht viel los hier«, sagte er und richtete dann einen prüfenden Blick auf den Alten.

»Du bist ein guter Beobachter, mein Junge.«

»Wieso habe ich das Gefühl, dass seit langer Zeit keiner mehr mit diesen Gondeln hier gefahren ist?«

Der Alte wich Antilius' Blick aus. »Nun, das könnte daran liegen, dass es mit den Gondeln vor einiger Zeit ein paar sehr unglückliche Unfälle gegeben hat.«

»Unfälle?«, wiederholte Antilius vorwurfsvoll.

»Ganz recht, mein Junge«, antwortete der Alte nüchtern.

»Und das sagen Sie mir erst jetzt?«

»Mach dir keine Sorgen! Ich selbst bin mit dieser Gondel hier schon so oft gefahren. Dir wird schon nichts passieren.«

Antilius wusste, dass er mit dem schweren Gepäck unmöglich die Strecke zu Fuß bewältigen konnte.

»Also, mein Junge, ich würde vorschlagen, du beeilst dich jetzt mal ein bisschen. Die Sonne geht bald unter, und bis zur Stadt ist es ein langer Weg. Da du es heute nicht mehr schaffen wirst, dort anzukommen, empfehle ich dir, beim Großen Denkmal zu übernachten. Dort ist es sicher. Von einer Rast mitten im Alten Wald rate ich dir nämlich dringend ab.«

»Wieso das?«

»Hast du noch nie etwas von Piktins gehört, mein Junge?«

»Nein. Piktins? Was soll das sein?«

»*Wer sind die?*, solltest du fragen.« Die Miene des Alten verfinsterte sich. »Es sind kleine hässliche Kreaturen, die hier in den Wäldern leben. Ihr kräftiges Gebiss ist im Verhältnis zu ihrem Körper riesig, und mindestens genauso groß ist auch ihr Hunger. Sie jagen am liebsten in der Abenddämmerung oder nachts. Sie zerfetzen alles, was ihnen vor ihre schleimige Nase kommt. Vor vielen Jahren bin ich einem dieser Biester nur knapp entkommen. Auf meiner Flucht habe ich mir das Bein gebrochen. Es ist nie wieder richtig verheilt«, sagte er und klopfte sich mit dem Gehstock leicht gegen das rechte Bein.

Sind Sie sicher, dass Sie sich das Bein nicht in einer ihrer Knochenbrecher-Gondeln verletzt haben?, wollte Antilius sagen, zwang sich aber dazu, es zu lassen.

Er wusste zunächst nicht, ob er dem Alten Glauben schenken sollte. Als er sich jedoch bewusst machte, dass er sich an einem ihm völlig fremden Ort befand, entschied er sich, die Warnung ernst zu nehmen.

»Na dann, Jungchen. Gute Reise. Und lass dich nicht auffressen!«

Daraufhin lachte der Alte wieder. Antilius jedoch konnte wieder einmal nicht mitlachen. Er verabschiedete sich höflich, belud die Gondel mit seinen Sachen und stieg anschließend selbst hinein. Dann betätigte er den Beschleunigungshebel, woraufhin der Antrieb ein dumpfes Geräusch von sich gab und das Gefährt langsam in Fahrt brachte.

DIE NACHT IM WALD UND DAS, WAS SICH IM WALD VERBARG

Die Abenddämmerung hatte eingesetzt. Der dichte Laubwald schien kein Ende nehmen zu wollen. An vielen Stellen waren die Äste so weit in den Schienenbereich hineingewachsen, dass sie die vorbeifahrende Gondel streiften.

Er wurde langsam nervös. Die Sonne war schon fast untergegangen, und jeden Augenblick würde die Dunkelheit hereinbrechen. Dann plötzlich, wie aus dem Nichts, tauchte etwas Ungeheuerliches vor ihm auf: Ein paar hundert Meter voraus erblickte er einen riesigen Statuenkopf, der sogar die höchsten Baumwipfel überragte. Er stellte das Haupt eines Mannes dar. Antilius war überwältigt. Diese Statue musste unfassbar riesig sein. Kurz nach seiner Entdeckung näherte er sich auch schon der von ihm sehnlichst erwarteten Abzweigung. Ein Zug am entsprechenden Hebel an der Schalttafel der Gondel genügte, um auf die abzweigende Schiene zu gelangen. Kurz darauf hielt die Gondel in einer der zahlreichen Parkbuchten, die genauso ausschauten wie die am Bahnhof. Als Antilius dann aus der Gondel ausstieg, stutzte er, weil keine andere Parkschiene besetzt war. Er war wieder ganz allein. Dieses aufkeimende Gefühl von Einsamkeit gefiel ihm überhaupt nicht.

Die monströse Statue war durch den dichten Wald von hier aus nicht zu sehen. Er holte seine Tasche mit dem Zelt darin aus dem Laderaum der Gondel heraus und lief den kurzen, sehr dicht mit Sträuchern bewachsenen Weg zum Platz des Alten Denkmals. Als er es endlich erreichte, eröffnete sich ihm eine surrealistische Kulisse. Die Statue, deren Kopf er bisher als Einziges gesehen hatte, war wirklich unglaublich riesig. Er schätzte, dass sie etwa vierzig Meter oder mehr in die Höhe ragte. Die steinerne Gestalt lagerte ihr Gewicht auf das linke durchgedrückte Bein, während das andere leicht angewinkelt war. Einen Arm stützte sie in die Hüfte. Der andere hielt ein riesiges Schwert.

Wer mochte diese Person gewesen sein? Da Antilius die Statue bis dahin nur von der Seite gesehen hatte, lief er soweit um sie herum, bis er sie direkt von vorne betrachten konnte. Unter ihren Füßen, auf dem riesigen Sockel erblickte er eine stark oxidierte Kupferplatte, auf der '*Der König Arcadiens, der den Frieden brachte.*' geschrieben stand.

Antilius runzelte die Stirn. Arcadien? Einen Ort oder eine Stadt mit diesem Namen gab es heute nicht mehr. Die Zeit, als es noch Könige gab, war vermutlich weit über 900 Jahre her. Im Königskrieg wurden unfassbarerweise fast sämtliche Aufzeichnungen und Dokumente, die heute Auskunft über das damalige Zeitgeschehen hätten geben können, vernichtet. Es gab auf ganz Thalantia nur noch wenige Gelehrte, die durch mündliche Überlieferungen noch in der Lage waren, die Zeit der Könige annähernd zu rekonstruieren.

Langsam löste Antilius seinen Blick von der Statue und schaute sich um. Eine wunderschöne runde Brunnenanlage zierte zu Füßen des steinernen Königs den Platz. Sie funktionierte allerdings nicht mehr. Langes lindgrünes Gras wuchs in dem kreisförmigen Becken. Alles war ziemlich verwahrlost. So überwucherten Unkraut und Büsche die Seitenränder des Beckens.

Auf dem runden Platz, der vom Wald eingeschlossen war, standen überall mehrere Bänke und verwitterte Laternen. Genau wie der Brunnen auch, hatte die Natur alles übergrünt und ließ einen nur erahnen, wie es hier ausgesehen haben mochte, als es den Wald noch nicht gegeben hatte. Dies war ein sehr belebter Ort gewesen, doch der einstige Kult um diesen König musste irgendwann abgeebbt sein. Niemand kam mehr hierher.

Antilius baute rasch sein kleines Zelt auf. Er wollte sich schon schlafen legen, da hörte er plötzlich hinter sich ein leises Knacken, das von einem kleinen brechenden Ast ausgelöst wurde. Schnell drehte er sich um und schaute angestrengt in den dunklen Wald. Vielleicht näherte sich ja eines dieser gefräßigen Piktins. Er ging etwas dichter auf den Waldrand zu. Mittlerweile war es zwischen den Bäumen schon ziemlich dunkel geworden. Nur noch wenig war zu erkennen. Besorgt holte er seine kleine Petroleumlampe aus dem Zelt, entzündete sie und leuchtete damit sorgfältig die Stelle ab, aus der das Geräusch gekommen war. Er konnte jedoch nichts Ungewöhnliches ausmachen. Vielleicht war es ja irgendein kleines Tier, das hier lebte, oder es war einfach nur ein vertrockneter Ast, der von einem Baum gefallen war.

Vielleicht.

Die Angst, nachts im Schlaf von diesen Tieren verspeist zu werden, kroch eiskalt in ihm hoch. Aber vermutlich hatte der Alte vom Bahnhof ihm mit der Gruselgeschichte über die Piktins nur Angst machen wollen.

Antilius ging zurück zu seiner Gondel und fischte aus dem Gepäckraum ein kleines Messer heraus – nur zur Sicherheit.

Mittlerweile war es nun fast gänzlich dunkel geworden. Sehnsüchtig blickte er auf die Laternen des Platzes. Sie spendeten wohl schon seit Jahrhunderten kein Licht mehr und würden es auch in dieser Nacht nicht tun. Dann hörte er wieder ein 'Knack' aus dem Wald, nur diesmal lauter. Er erstarrte und horchte. Wieder knackte es, und noch einmal. Und dann vernahm er zu seinem Entsetzen sogar zwei Schrittgeräusche, die er wegen des mit trockenem Laub bedeckten Waldbodens unzweideutig hören konnte. Was immer diese Geräusche verursacht hatte, es war groß.

Antilius begriff, dass sich ihm irgendjemand oder irgendetwas näherte. Hastig griff er wieder nach seiner Petroleumlampe und leuchtete den Waldrand ab.

Nichts war zu entdecken. Doch dann konnte er einen Schatten am Rand seines Lichtkegels ausmachen, der hinter einem breiten Baumstamm verschwand. Er sah so aus, als stamme er von einem Menschen. Oder auch nicht. Auf jeden Fall ging es auf zwei Beinen.

»Wer ist da? Kommen Sie raus!«

Nichts geschah. Absolute Stille. Antilius' Puls raste. Seine Muskeln spannten sich. »Ich kann Sie sehen, also kommen Sie heraus!« Mit diesem Bluff wollte er den Unbekannten austricksen, denn sehen konnte er praktisch gar nichts.

Nichts rührte sich.

»Vorsicht hinter dir!« Die Stimme, die Antilius warnte, kam von der Seite. Er fuhr ruckartig in Richtung dieser Stimme herum, wobei der Lichtkegel seiner Körperbewegung folgte. Doch bevor er sich vollständig umdrehen konnte, spürte er einen harten Schlag im Genick. Antilius ließ seine Lampe fallen, sackte zusammen und verlor sofort das Bewusstsein. Seinen Angreifer sah er nicht mehr.

Auch sah er nicht, wie das schwarze Wesen, das ihn niedergeschlagen hatte, damit begann, sein Zelt zu durchwühlen. Zwei weitere Gestalten traten in den Lichtkegel der auf dem Boden liegenden Lampe. Und noch eine weitere Gestalt tauchte auf. Aber sie kam nicht wie die anderen aus dem Wald, sondern aus der Luft. Die auf dem Rücken des Geschöpfs gewachsenen Flügel waren voll aufgespannt, als es auf dem Boden mit seinen krallenartigen Füßen landete. Mit abwechselnd zischenden und knackenden

Lauten gab es Befehle an die anderen drei. Diese wiederum antworteten in der gleichen Sprache, wobei sie den Befehlsgeber direkt anschauten, um seine Position als Anführer zu respektieren.

Die Wesen intensivierten daraufhin ihre Zeltdurchsuchung, und eines hastete zur Gondel, in der Antilius sein Gepäck hatte liegen lassen. Es stieß den Laderaum der Gondel auf und zerrte wild alle darin befindlichen Sachen heraus. Der Anführer hingegen rührte sich nicht und beobachtete mit seinen großen, gelben Augen, die hervorragend in der Dunkelheit sehen konnten, das Treiben seiner Untergebenen.

»Verschwindet oder ich werde euch grillen!« Diese Drohung stieß die gleiche Stimme aus, die Antilius zuvor vor dem Angriff aus dem Hinterhalt vergeblich gewarnt hatte. Die geflügelten Wesen schreckten auf, schauten sich verängstigt um, konnten aber trotz ihres sehr guten Sehvermögens nichts erkennen.

»Feuer! Feuer! Lauft um Euer Leben!«, schrie die Stimme aus der Dunkelheit.

Daraufhin brach Panik bei den Dieben aus. Der eine, der gerade dabei war, die Gondel leer zu räumen, rannte zurück in den Wald, wobei er alles nur irgend möglich Tragbare, das er gefunden hatte mitnahm. Der Anführer breitete wieder seine großen, mit einer dunklen Haut bespannten Flügel aus und hob mit kräftigen Schlägen ab. Die beiden, die das Zelt durchwühlt hatten, taten es ihm gleich.

Ein Feuer gab es aber nicht.

»Ha! Feiglinge, elende Feiglinge!«, triumphierte die Stimme.

Danach wurde es eine Weile still. Die Diebe waren verschwunden, und Antilius hatte immer noch nicht das Bewusstsein wiedererlangt.

»He du! Aufwachen! Wach auf, na los!«

Doch Antilius hörte die Stimme nicht. Der Schlag ins Genick hatte ihn in eine lang anhaltende Ohnmacht gestürzt.

Etwa eine Mondstunde später kam Antilius endlich wieder zu sich.

Ihm war furchtbar übel. Sein Nacken schmerzte und sein Kopf fühlte sich an, als ob er jeden Moment platzen würde. Er wollte aufstehen und zu der Gondel laufen, um nachzusehen, ob dort etwas gestohlen worden war. Als er jedoch auf beiden Beinen stand, befiel ihn ein heftiger Schwindelanfall. Er taumelte und schaffte es gerade noch, sich an einer der überwucherten Bänke festzuhalten und sich zu setzen.

Er beschloss, sich in sein Zelt zu verkriechen und sich hinzulegen. Als er sich dann stöhnend vor Schmerzen auf den Rücken legte, horchte er noch einmal, ob sich draußen etwas bewegte.

Irgendwann schlief er ein. Es war aber nur ein leichter und unruhiger Schlaf.

In der frühen Morgendämmerung erwachte er. Er setzte sich in seinem Zelt auf und stellte erleichtert fest, dass er sich schon viel besser fühlte. Er lief hinüber zum Gondelstellplatz. Schon aus einiger Entfernung konnte er sehen, dass die Ladeluke seiner Gondel offen stand. Als er sein Gefährt erreichte, bestätigten sich seine schlimmsten Befürchtungen. Alles war verschwunden. Seine komplette Ausrüstung. Seine Kleidung, sein Proviant, alles.

Er seufzte. Er fühlte sich aber noch zu schwach, um sich aufzuregen oder zu fluchen. Was sollte er jetzt machen? Ohne Ausrüstung wäre seine Reise unter Umständen völlig sinnlos.

»He du! Wo bist du? Komm her zu mir!«

Antilius erschrak und wandte sich in Richtung des Denkmalplatzes, um zu sehen, woher die Stimme kam.

»Na los! Komm her zu mir!«

Antilius hielt es für besser, nicht zu antworten. Vielleicht rief da derjenige, der ihn niedergeschlagen hatte. Geduckt schlich er am Wegesrand zurück zum Platz.

»Hallo! Ich kann dich doch sehen. Na los, komm her!«

Antilius schwieg weiter. Hinter einem Busch versteckt, versuchte er, den Fremden ausfindig zu machen. Er konnte aber wieder niemanden sehen.

»Hier bin ich! Hier gegenüber! In dem Laub. Hierher!«

Jetzt konnte Antilius genau ausfindig machen, dass die Stimme irgendwo von dem Rand des Platzes neben einer der Bänke kam. Er kam vorsichtig aus seinem Versteck hervor und lief hinüber zu der Bank, von der die Stimme zu kommen schien.

»Hierher!«

Antilius kniete neben der Bank nieder und sah aber immer noch niemanden.

»Direkt vor deiner Nase. Hier bin ich!«

Dann bemerkte er etwas. Etwas im Laub. Es war aus Metall. Und aus Glas. Er schob mit seiner Hand die Blätter zur Seite und zum

Vorschein kam ... ein Spiegel. Ein kleiner rechteckiger Handspiegel mit einem Griff an der Unterseite, der gegen einen moosbewachsenen Stein gelehnt war.

»Es wäre schön, wenn du den Spiegel mal in die Hand nehmen würdest. Dann kann ich dich sehen und du mich.«

Antilius starrte den Spiegel mit weit geöffnetem Mund an. Zunächst glaubte er an irgendeinen Trick. Eine Illusion. Vielleicht hatte ihn der Schlag von letzter Nacht härter getroffen als geglaubt. Aber dem war nicht so.

»Nun mach schon!«, forderte ihn die Stimme ungeduldig auf.

Vorsichtig streckte Antilius eine Hand nach dem Spiegel aus. Er berührte den schnörkellosen Griff, zögerte noch einmal und umschloss ihn dann fest.

Eigentlich erwartete er, in dem Spiegel sein eigenes Gesicht zu sehen, aber was sich ihm jetzt bot, ließ ihn die Luft anhalten. Antilius konnte durch das Spiegelglas hindurchsehen wie durch ein Fenster. Hinter dem Glas stand ein schmächtiger Mann mit braunen Haaren und abgewetzter Kleidung. Er befand sich in einem kleinen Zimmer mit nur einem einzigen Fenster. An der rechten Seite stand ein kleines Bett. An der gegenüberliegenden Seite ein einfacher alter Holztisch mit einem noch einfacheren Stuhl.

»Was ... Wer ...«, Antilius brachte keinen vollständigen Satz heraus. Er war völlig perplex.

Der Mann hinter dem Spiegelglas nickte verständnisvoll: »Schon gut. Ich verstehe schon. Glaube mir, du bist nicht der Erste, dem die Kinnlade herunterklappt. Stell dir vor, einmal ist jemand sogar schon in Ohnmacht gefallen, weil er dachte, ich wäre so eine Art böser Kobold, aber das mit der Ohnmacht hast du ja schon hinter dir, nicht wahr? Ich hoffe, du bist kein Wiederholungstäter.« Der Mann lächelte augenzwinkernd. »Gilbert.«

»Was?«

»Gilbert. Das ist mein Name. Und du bist ...«

»Antilius. Wie ... wie bist du in den Spiegel geraten?«

Gilberts Miene wurde ernster. »Du glaubst doch wohl nicht, du wärst der Erste, der mich so etwas fragt? Es ist eine lange Geschichte, die dich nur langweilen würde«, sagte Gilbert.

»Wie du willst.« Antilius schaute noch einmal genauer in das Bild, das der Spiegel ihm bot. Gilbert trat sogar ein Stück zur Seite, damit er sein Zimmer genauer betrachten konnte. Hinter dem

Fenster von Gilberts Zimmer strahlte ein hellblauer Himmel, der am Horizont auf eine gigantische Wildblumenwiese traf.

»Ich weiß, es ist nicht gerade eine Luxusherberge, aber man kann es sich halt nicht immer aussuchen.«

»Ist dies hier so eine Art Kommunikationsinstrument, über das wir uns sehen und sprechen können?«, wollte er wissen.

»Nein. Das ist es nicht. Ich bin nicht irgendwo anders und spreche mit dir. Nein, ich bin hier in diesem Spiegel gefangen. Dies ist ein Gefängnis für jedwede Art von Lebensform, die es auf Thalantia gibt.«

»Das verstehe ich nicht. Und... und wie siehst du mich?«

»Ich habe hier auch einen Spiegel. Er hängt an der Wand und ich sehe dich im Wald stehen. Hinter dir erhebt sich diese entsetzlich protzige Statue, deren Bildhauer wohl so wenig Talent gehabt haben muss, sodass er seine Hände mit seine Füßen verwechselte.«

»Was heißt, du bist im Spiegel gefangen?«

»Ich wurde zur Strafe hierher verbannt, obwohl ich nicht einmal einen Prozess bekommen habe. Du kannst dir das nicht vorstellen, aber das ist die schlimmste Strafe, die es auf der Siebeninselwelt gibt. Ich kann hier nicht einmal etwas essen und verhungere trotzdem nicht. Diese Strafe wird heute gar nicht mehr angewendet, weil es keine Spiegel mehr gibt, soweit ich weiß. Aber niemand, den ich bisher getroffen habe, weiß, wie ich hier wieder rauskommen kann.«

»Dein Zimmer hat keine Tür«, bemerkte Antilius.

»Genau! Praktisch, nicht wahr? So ist es mir unmöglich, jemals zu entkommen«, sagte Gilbert zynisch.

»Warum kannst du nicht einfach durch das Fenster steigen?«

»Ja, das könnte ich machen, aber ich tue es nicht, weil es nämlich dort draußen nichts gibt.«

»Aber ich sehe doch Gras und die Sonne!«

»Das ist nur ein Konstrukt meiner Fantasie. Dort draußen könnte auch genauso gut ein höllischer Schneesturm treiben. Nein, da ist nichts. Und wenn ich versuchen würde, in das Nichts zu gehen, dann werde ich auch zu *Nichts*. Verstehst du?«

»Na ja, nicht vollkommen. Das ist wirklich alles sehr verwunderlich.« Antilius machte eine Pause. »Man hat dich also aufgrund eines Verbrechens in dieses ... dieses Gefängnis gesperrt?«

Gilbert wurde laut: »Es kommt darauf an, wie man Verbrechen definiert. Ich bin mir sicher, dass du es auch nicht als Verbrechen bezeichnen würdest. Ganz im Gegenteil.«

»Was soll das heißen?«

»Das heißt, dass ich hier zu Unrecht eingesperrt bin! Bitte, nimm mir das nicht übel, aber ich habe jetzt wirklich keine Lust mehr, darüber zu sprechen.«

»Na schön. Darf ich dann wenigstens fragen, wie dieser Spiegel hierher gekommen ist?«

»Mein alter Meister hat mich hier einfach in den Dreck geschmissen. Mit dem habe ich noch eine Rechnung offen.«

Antilius runzelte die Stirn. »Dein alter Meister?«

Gilbert zog sich den einzigen Stuhl in seinem Zimmer heran und setzte sich. »Zu meiner Bestrafung gehört es ebenfalls, dass ich, oder besser gesagt mein Spiegel, an eine ausgewählte Person geschickt werde. Diese Person ist dann mein Meister, wenn sie es denn sein will. Du glaubst ja gar nicht, wie viele Verrückte es da draußen gibt.

Mein letzter Meister war wohl meiner überdrüssig geworden, was im Übrigen auf Gegenseitigkeit beruhte, sodass er sich meiner Präsenz entledigte. Seit mehr als neunzig Tagen liege ich nun schon hier. Diese Einsamkeit ist einfach schrecklich. Aber jetzt bist du ja da. Du bist mein neuer Meister.«

»Was? Ich bin gar nichts! Soll ich dich etwa die ganze Zeit mit mir herumschleppen?«

Gilbert stand von seinem Stuhl auf und ging näher an den Spiegel heran. »He, denk mal bitte daran, wer diese Gorgens vertrieben hat! Wenn ich sie nicht verscheucht hätte, dann hättest du mehr als nur Kopfschmerzen.«

»Gorgens? Sind das die, die mich ausgeraubt haben?«

Gilbert nickte. »Ich wollte dich ja noch warnen, aber da war es schon zu spät. Die Sachen, die sie dir gestohlen haben, wirst du wohl nie wieder sehen. Tut mir Leid.«

»Also du warst die Stimme aus dem Nichts.« Antilius überlegte. »Nun, dann muss ich mich wohl bedanken, dass du versucht hast, mir zu helfen. Wenn du willst, dann nehme ich dich mit in die Stadt und dort könnte ich dich ja an jemanden ...«

»Nein! Nein!«, rief Gilbert. »Bitte! Gib mich nicht wieder her! Kann ich nicht bei dir bleiben? Ich werde dir bestimmt auch keinen Ärger machen. Aber bitte gib den Spiegel nicht jemand anderem und lass ihn und damit auch mich nicht hier im Wald. Bitte tu das nicht.«

In diesem Augenblick sah Antilius etwas sehr Deutliches in Gilberts Augen. Wenn er es in Worte hätte fassen müssen, wäre der wohl passende Ausdruck *Verzweiflung* gewesen.

Unangenehme Stille folgte.

»Also gut, ich werde dich mit mir nehmen. Mir sind ja ohnehin alle anderen Sachen gestohlen worden.«

Gilberts Gesichtszüge entspannten sich sichtlich. »Wunderbar! Du wirst sehen, ich kann dir eine große Hilfe sein. Und jetzt erzähle mir, was du hier auf Truchten machst. Du bist nicht von hier, stimmt's?«

»Sieht man mir das denn so deutlich an?«

Gilbert nickte eifrig.

»Ich bin auf der Suche nach einem Sternenbeobachter, namens Brelius Vandanten. Er ließ mir vor einigen Tagen einen Brief zukommen, in dem er andeutete, dass etwas Schreckliches passiert sei. Er bräuchte dringend meine Hilfe und ich sollte mich so schnell wie möglich zu ihm begeben.« Antilius hielt es zu diesem Zeitpunkt noch für ratsam, Gilbert nichts über seinen Gedächtnisverlust und das Wissen von Brelius um diesen zu erzählen. »Er kannte meinen Namen und wusste auch, wo ich wohne. Mir kam die Sache zwar ziemlich merkwürdig vor, aber ich entschloss mich, ihn aufzusuchen. Also packte ich meine Ausrüstung zusammen und reiste hierher. Aber nun ist alles weg, und wo dieser Brelius genau wohnt, weiß ich auch noch nicht.«

Gilbert machte ein nachdenkliches Gesicht. »Brelius Vandanten. Diesen Namen kenne ich in der Tat! Eigentlich kennt ihn fast jeder in Fara-Tindu, denn er war ein recht eigenartiger Mann. Ich habe allerdings lange nichts mehr von ihm gehört. Ich war allerdings auch lange nicht mehr in der Stadt. Aber keine Sorge. Ich kenne jemanden, der uns helfen könnte, ihn zu finden. Sein Name ist Pais Ismendahl. Wenn uns jemand helfen kann, dann er.«

»Na, dann wollen wir keine Zeit verlieren. Ich packe noch schnell das Zelt zusammen, und dann brechen wir auf.«

»In Ordnung, Meister.«

»Gilbert, du musst mich nicht Meister nennen. Antilius reicht völlig aus.«

Ob sich Gilbert daran halten würde, war mehr als fraglich.

FARA-TINDU

Die Fahrt nach Fara-Tindu bot Antilius viel Zeit, sich mit Gilbert zu unterhalten.

»Wen, meintest du, Gilbert, können wir nach dem Aufenthaltsort von Brelius befragen?«

Gilberts Spiegel stand auf einer kleinen Ablage in der Gondel, die durch den endlos scheinenden Wald rauschte.

»Wir sollten zunächst Pais Ismendahl aufsuchen. Er ist einer der wenigen Gelehrten hier. Er stammt aus dem Haus Kellron, welches in den Ahnenländern liegt.«

»Die Ahnenländer? Ich habe gehört, dass es unmöglich sei, die Ahnenländer zu verlassen oder zu betreten.«

»Das ist richtig. Die Ahnenländer sind eine eigene kleine Insel, die einmal ein Teil von Truchten gewesen sein soll. Heute sind die Ahnenländer vom Rest dieser Inselwelt durch eine gigantische Felsschlucht getrennt, die keiner passieren darf – und kann. Um diese Schlucht ranken sich viele Mythen. Die Erde dort soll vergiftet sein. Ein unheimlicher Ort, um den sogar die Wolken am Himmel einen Bogen machen. Pais aber hat es geschafft. Er floh.«

»Warum?«, wollte Antilius wissen.

»Ich weiß es nicht. Vielleicht wollte er einfach nur nicht länger auf der Insel eingesperrt sein und rauskommen.«

Gilbert pausierte kurz und Antilius glaubte, durch den Spiegel einen Schatten auf Gilberts Gesicht sehen zu können, der ihm sagte, dass Gilbert gerade an etwas anderes dachte, vielleicht an eine andere Version der Geschichte von Pais Ismendahl.

Kurz darauf erreichten die beiden das alte Stadttor von Fara-Tindu. Früher hatte ein schweres gusseisernes Gitter herabgelassen werden können, sodass die Stadt ungebetene Besucher fernhalten konnte.

Eingerahmt war das Tor von zwei verfallenen Wachtürmen, die je auf einem Steinsockel gebaut waren. Das Holz, aus denen sie bestanden, war allerdings schon ziemlich morsch, obwohl es sich auch um das Jahrhunderte überdauernde Immerfestholz handelte. Antilius folgerte aus seinen Beobachtungen, dass Fara-Tindu in der Vergangenheit eine riesige Festung gewesen sein musste oder ein andersartiger strategisch wichtiger Ort.

»Hat hier ein Krieg stattgefunden?«, fragte Antilius, während sich die Amedium-Gondel dem offenen Tor näherte.

»Es war der Ort, an dem der lange und so genannte Fünf-Königs-Krieg beendet wurde. Ein jahrelanger Krieg. Aber das ist schon ziemlich lange her. So genau weiß ich es auch nicht. Aber wer weiß schon wirklich etwas Genaues über den Königs-Krieg?«

»Also deshalb gleicht die ganze Stadt eher einer Festung.«

»Ja. Die gesamte Stadt ist von einer Steinmauer umgeben, die allerdings schon halb zerfallen ist, weil ihre Architekten damals unter dem extremen Zeitdruck schlampig gearbeitet haben.«

So abstoßend Antilius das äußere Gesicht der Stadt empfand, so überrascht war er, als sich ihm ihr idyllisches Innere präsentierte.

Die Gondel durchquerte langsam eine lange Gasse, deren Seiten spielerisch gebaute Fachwerkhäuser säumten. Zahlreiche Händler boten ihre Waren am Straßenrand an. Gemüse, Obst, Bier, Kleidung, Schmuck - alles Mögliche wurde verkauft. Kaufwillige gab es genug. Es herrschte reger Betrieb.

Antilius konnte in dem Gewimmel Menschen ausmachen, und er erkannte viele Sortaner, die Haif zum Verwechseln ähnlich sahen. Doch es gab noch andere Spezies, die Antilius noch nie zuvor gesehen hatte. Manche sahen aus wie ein wandelndes Stück Holz, andere eher wie entfernte Verwandte von Vögeln, wieder andere so wie er, nur mit kleinen Unterschieden wie zum Beispiel grünlicher Haut.

Die Tatsache, dass hier derart viele unterschiedliche Wesen dicht gedrängt nebeneinander lebten, erschreckte ihn ein wenig. In seiner Heimat gab es nichts Vergleichbares. Andere Wesen kannte man dort vornehmlich aus Büchern oder von Geschichten. Truchten war in dieser Hinsicht einzigartig.

Der anfängliche Schreck wurde aber schnell durch die aufsteigende Faszination verdrängt.

Die Gondel verlangsamte ihre Geschwindigkeit und parkte in einem Gondelstellplatz, der sich in einem kleinen Hof befand, mitten zwischen den Häusern. Obwohl die rostfreie Amedium-Bahn schon hunderte Jahre alt war und auch sehr lange Zeit wohl nicht mehr verwendet wurde, hatte niemand in dieser Zeit die Schienen, die in die Stadt führten, demontiert.

Antilius sprang aus seinem Gefährt und lugte noch etwas verunsichert um die Ecke, um das Treiben auf der Verkaufsstraße zu beobachten.

»He! Würdest du mich vielleicht mitnehmen? Ich habe keine Lust, hier alleine zu bleiben und auf den Nächsten zu warten, der meinen Spiegel raubt!« Gilbert schrie so laut, dass einige Passanten stehen blieben und verwundert zur Gondel herüberschauten.

»Ja, ja. Ich habe dich nicht vergessen«, grummelte Antilius zurück. »Kein Grund, hier so herumzubrüllen.«

Antilius nahm den Spiegel aus der Gondel und steckte ihn sich kurzentschlossen in die Hosentasche.

»Halt! Stopp! Was machst du denn da?«, protestierte Gilbert.

Antilius hielt in seiner Bewegung inne. »Was ist jetzt schon wieder nicht in Ordnung?«

»Du kannst mich doch nicht so einfach wegstecken. Ich will auch sehen, was du siehst! So kann ich dir doch nicht *helfen*!«

Antilius zog den Spiegel wieder aus der Tasche und grübelte, wie er Gilberts Wunsch am besten nachkommen konnte. Dann schaute er auf seinen Gürtel herab und hatte eine Idee. Er steckte einfach den Spiegel mit seinem Griff nach unten in seinen Gürtel, sodass Gilbert nun nichts mehr entgehen konnte und er einen komfortablen Ausblick genießen konnte, wenn auch nicht auf Augenhöhe.

»Ja. So ist es schon viel besser«, bestätigte er.

»Also, wo müssen wir jetzt hin?«, fragte Antilius ungeduldig.

»Um diese Uhrzeit speist Pais für gewöhnlich im Wirtshaus Goldtrank. Es ist das einzige Wirtshaus, das seine Leibspeise zubereiten kann: rohen Tintenfisch! Er wird extra für ihn von der Küste hierher geliefert.«

»Köstlich«, murmelte Antilius angeekelt.

Er bemühte sich daraufhin krampfhaft, das Bild eines rohen Tintenfisches mit seinen glibbrigen Tentakeln auf einem Teller aus seinem Kopf zu verdrängen, während er zum Wirtshaus schlenderte.

Zufällig, ohne dass er selbst es bemerkte, lief ein Gorgen an ihm vorbei. Es handelte sich nicht um einen derjenigen, die ihn überfallen hatten. Antilius erkannte das Geschöpf nicht als Gorgen, weil er während des Überfalls letzte Nacht keine Gelegenheit bekommen hatte, einen zu betrachten.

Gilbert aber erkannte sofort, um welche Rasse es sich handelte und ließ es sich nicht nehmen, sich einen Spaß daraus zu machen.

»Feuer!«, schrie er aus Leibeskräften.

Alle Passanten in Antilius' Nähe blieben abrupt stehen und schauten sich verschreckt um, konnten jedoch das vermeintliche

Feuer nicht ausmachen. Natürlich gab es keinen Brand, aber Gilbert wollte dem Gorgen einen Schrecken einjagen, wohl wissend über dessen angeborene Urangst vor Flammen. Während der Gorgen in Panik seine Flügel aufriss und so schnell er konnte davonflog, registrierten die anderen Leute schnell, dass es kein Feuer gab und setzten kopfschüttelnd oder auf den verdutzten Antilius schimpfend ihren Weg fort.

»Was sollte das?«, fragte er, ebenso schockiert wie böse.

»Ich wollte dem Gorgen nur einen kleinen Schrecken einjagen. Das sind Mistviecher! Die haben es nicht anders verdient. Ist mir doch gelungen, findest du nicht? Wenn diese Gorgens nicht eine derart ausgeprägte Phobie vor Feuer hätten, wäre ich gestern nicht in der Lage gewesen, sie zu verscheuchen.«

»War das etwa einer der Diebe?«, wollte Antilius wissen und schaute dabei dem davonfliegenden Gorgen hinterher.«

»Nein, der ist harmlos. Bedenke, dass, wer sich in Fara-Tindu aufhält, keine Verbrechen begangen hat. Dafür sorgt die Stadtwache. Frage nicht, wie oder warum. Es ist so.«

»Dann hättest du dir diesen Unsinn ja auch sparen können. Sieh doch nur, wie mich alle jetzt anschauen. Die denken doch jetzt, dass ich ein Verrückter bin.«

»Nun sieh das mal nicht so eng. Das war doch nur ein harmloser Spaß«, beschwichtigte Gilbert.

Doch Antilius' Sorge schien berechtigt gewesen zu sein. Aus dem Getümmel trat plötzlich eine große Gestalt in grauer Uniform mit einem polierten silbernen Brustschild heraus, um ihn abzufangen.

Ein scharfer angsteinflößender Blick fiel auf ihn herab und fixierte ihn. Es war eine der Stadtwachen.

»Na toll«, murmelte Antilius.

Die Wache blieb ein paar Zentimeter vor ihm stehen und baute sich vor ihm auf, um sich noch ein wenig größer zu machen, obwohl dies völlig unnötig war, denn sie war ohnehin etwa drei Köpfe größer als er.

»Bei der Ehre unserer heiligen Stadt Fara-Tindu! Was sollte dieses Geschrei?« Die Stimme der Wache war äußerst tief und durchdringend, sodass Antilius kurz zusammenzuckte.

»Ich ... ich war das nicht! Mein Freund hier dachte, er könne sich einen kleinen Spaß erlauben«, sagte Antilius mit zittriger Stimme und zeigte dabei auf seinen Spiegel, der immer noch in seinen

Hosengürtel geklemmt war. Die Augen der Wache folgten ungläubig seinem Fingerzeig. Doch in diesem Moment schien die Sonne so unglücklich auf die Spiegeloberfläche, dass das Licht vom Glas reflektiert wurde, und man das Innere nicht sehen konnte. Danach schaute die Wache Antilius wieder ins Gesicht, mit einem noch düstereren Blick als zuvor. Er war überrascht, dass es diesbezüglich noch eine Steigerung gab.

»Aber sicher. Dein kleiner Spiegel hat herumgebrüllt.«

»Ja. Glauben Sie mir etwa nicht?«

»Jetzt hör mir mal ganz genau zu, du armer Irrer. Wenn du noch einmal auf die Idee kommst, Ärger zu machen, dann werde ich persönlich dafür sorgen, dass du nie wieder einen Ton von dir geben kannst. Hast du mich verstanden?«, knurrte die Wache gefährlich ruhig und durchbohrte Antilius mit ihren Augen. Für einen verrückten Augenblick dachte Antilius, er könne kleine Dampfwölkchen aus den großen Nasenlöchern seines wütenden Gegenübers strömen sehen.

In Anbetracht dieser überzeugenden Drohung hielt er es für angebracht, nicht darauf zu bestehen, dass in Wahrheit Gilbert für den Schlamassel verantwortlich war. Und so nickte er nur brav und piepste: »Es kommt nicht wieder vor. Ich verspreche es. Es tut mir Leid.«

»Ja, mir auch«, sprach der Wachmann und riss Antilius den Spiegel aus seinem Gürtel, warf ihn auf den Boden und trat mit zwei kräftigen Fußtritten darauf.

Antilius war entsetzt, traute sich aber nicht, etwas zu sagen. Er stand nur wie gelähmt da, mit weit aufgerissenen Augen.

Die Wache verabschiedete sich dann mit einem höhnischen Grinsen und verschwand ebenso schnell, wie sie aufgetaucht war wieder in der Menge der Passanten.

Als Antilius überzeugt war, dass er unbeobachtet war, bückte er sich hastig, um nach dem Spiegel zu schauen. Er erwartete einen Scherbenhaufen, aber er wurde wieder überrascht. Das Spiegelglas war weder zerbrochen, noch hatte es den kleinsten Kratzer abbekommen. Durch das völlig unversehrte Glas konnte er Gilbert sehen, der in etwas größerem Abstand als sonst zur Spiegelwand stand und einen perfekt reuigen Blick aufgelegt hatte. Antilius' Schrecken wandelte sich erst langsam aber dann immer schneller in brodelnde Wut um. »Was glaubst du eigentlich, wer du bist?«, zischte er Gilbert an.

»Es tut mir wirklich Leid. Ich hatte ja keine Ahnung, dass hier ein Ordnungshüter sein Unwesen treibt. Hätte ich das gewusst, hätte ich *niemals* so etwas getan.

Am besten wir vergessen das Ganze und gehen weiter nach Pais suchen. He, ich habe eine Idee: Wenn wir im Wirtshaus angekommen sind, dann solltest du dir dort einen blauen Bergquell bestellen. Ein wunderbares Getränk, das dich nach dem kleinen Schrecken ganz sicher wieder eine wenig beruhigen wird, und dann kannst du diesen dummen Vorfall ganz einfach vergessen.«

»Ich habe eine bessere Idee: *Ich* werde nach Pais suchen und lasse *dich* einfach hier liegen. Was hältst du davon?«, fauchte Antilius wütend.

Gilbert sah plötzlich sehr besorgt, ja ängstlich aus. »Also, ehrlich gesagt, halte ich davon nicht besonders viel. Ich entschuldige mich nochmals. Mehr kann ich nicht tun, als dir zu versprechen, dass so etwas nie wieder vorkommen wird. Ich wollte diesem dummen Gorgen einfach eine kleine Lektion erteilen. Ich konnte mich einfach nicht beherrschen.«

Daraufhin entspannte sich Antilius wieder und atmete ein paar Mal tief durch. »Es ist meine Schuld«, sagte er resigniert. »Ich hätte erst gar nicht hierher kommen dürfen. Ich war auf dieses Land völlig unvorbereitet. Deswegen ist alles schief gelaufen.«

»Ach was! Hier ist alles für dich vielleicht ungewohnt, aber das waren nur ein paar Startschwierigkeiten. Es wird dir schon noch gefallen, warte nur ab«, sagte Gilbert, obwohl er sich nicht ganz sicher war, ob dies auch der Wahrheit entsprechen würde.

Er legte eine Pause ein, die Antilius zum Nachdenken nutzte.

»Komm, gehen wir! Es ist nicht mehr weit bis zum Wirtshaus. Dort kannst du dich ausruhen.«

Antilius atmete noch einmal tief ein. »Also schön«, seufzte er und stand auf, wobei er sich den Spiegel wieder in den Gürtel steckte.

»Ach, eines noch, Meister.«

»Was denn?«

»Du hast die Wache mit 'Sie' angeredet. Auf Bétha, dort wo du herkommst, mag das so üblich sein, aber auf den meisten anderen Inselwelten ist 'Ihr' und 'Euch' gebräuchlicher. Wenn du dich daran hältst, merkt auch keiner sofort, dass du nicht von hier bist.«

»Gut, das werde ich mir merken.«

Wenig später erreichte Antilius endlich das Wirtshaus.

Weil heute ein angenehm warmer und sonniger Tag war, bediente das Personal auch außerhalb des Hauses, vor dem ein paar bescheidene Tische und Stühle aufgestellt waren. Es herrschte Hochbetrieb. Das Wirtshaus hatte einen guten Ruf in der Stadt. Antilius stellte sich an die Seite der vollbesetzten Tische.

»Also, wie sieht dieser Pais aus?«, fragte er Gilbert.

»Na ja ... äh, braune Haare, ... ein Bart, glaube ich. Oder hatte er keinen Bart? Äh ...«

Antilius fasste sich kopfschüttelnd an die Stirn: »Geht es vielleicht noch etwas genauer?«

»Gilbert!«, Die Stimme kam irgendwo aus der Menge der Gäste. Antilius bemühte sich herauszufinden, woher genau.

Kurz darauf stand ein Mann von seinem Platz auf und rannte regelrecht auf ihn zu.

»Gilbert! Alter Freund!«, Der Mann hatte einen Vollbart und braune, kurze Haare, die allerdings schon ins Graue übergingen.

»Das ist Pais!«, rief Gilbert aufgeregt.

Antilius zog den Spiegel aus seinem Gürtel und gab ihn Pais Ismendahl in die Hand, der überglücklich schien, Gilbert wiederzusehen.

»Pais, du erinnerst dich noch an mich?«

»Aber ja! Du hast schließlich noch Spielschulden bei mir, wenn ich mich recht erinnere.«

»Oh … äh, das weißt du noch? Ich muss schon sagen, dein Gedächtnis ist noch in Höchstform«, sagte Gilbert mit einem gekünstelten Lächeln.

Pais lachte laut. »Ich freue mich, dich wiederzusehen. Du meine Güte, das muss ja schon Jahre her sein, als wir uns das letzte Mal gesehen haben.«

»Jahre?«, wiederholte Antilius ungläubig. Er wunderte sich darüber, wie alt Gilbert schon sein musste. Er sah kaum älter aus als Antilius selbst. Und Antilius schätzte sich selbst auf Anfang dreißig. Sein genaues eigenes Alter kannte er aber nicht.

»Wie ich sehe, hast du einen neuen Meister gefunden?«, stellte Pais fest, wobei er Gilberts neuen Meister von oben bis unten genau musterte.

»Mein Name ist Antilius, und ich bin nicht Gilberts Meister. Wohl eher bin ich ein Opfer seiner üblen Späße.«

Pais lachte wieder laut und kräftig. »Ja, ich glaube, ich weiß, was du meinst. Nun, Gilberts Freunde sind auch meine Freunde. Mein Name ist Pais Ismendahl, aber das hat dir Gilbert sicher schon verraten.

Kommt! Setzen wir uns doch.«

»Also ich ...« Antilius kam nicht dazu, seinen Satz zu beenden, denn schon war Pais zurück zu seinem Tisch gestürmt, den er sich zuvor mit zwei merkwürdigen Wesen mit grauer Haut und weißen Haaren geteilt hatte. Sie waren viel kleiner und schmächtiger als Pais. Diesen Vorteil nutze dieser für sich aus und verscheuchte die beiden mit wilden Handbewegungen. Die schüchternen Grauhäutigen verließen ihren Platz ohne Proteste.

»Setz dich!«

Antilius zögerte, weil es ihm unangenehm war, dass wegen ihm zwei Gäste vertrieben wurden.

»Na los! Setz dich! Gilbert kannst du auf den Tisch stellen«, wiederholte Pais und warf beiläufig die beiden Teller der Vertriebenen in einen nahe gelegenen Busch.

Dann kam Antilius der Aufforderung nach. Pais nahm den Spiegel und lehnte ihn an einen auf dem Tisch stehenden Krug. Auf diese Weise konnte Gilbert seine ‚Tischnachbarn' von einer komfortablen Position aus sehen.

»Antilius, willst du auch eine Kleinigkeit essen? Die Gerichte hier sind wirklich ganz ausgezeichnet. Ich komme fast jeden Tag hierher, nicht zuletzt wegen dem süchtig machenden Grünwein. Ich könnte dieses Gesöff den ganzen Tag über trinken. Der Wirt hat sogar schon in Erwägung gezogen, mir Hausverbot zu erteilen, damit die anderen Gäste auch mal von dem Wein probieren können.« Pais lachte wieder abschließend herzhaft und begann, seinen rohen Tintenfisch weiter zu speisen.

»Also? Wie sieht es aus? Soll ich dir das Gleiche bestellen?«, fragte er mampfend.

»Ich glaube, ich habe schon gegessen«, sagte er gedämpft.

»Schade! Du weißt nicht, was dir entgeht, mein Freund. Sie schmecken viel besser, als sie aussehen.«

»Ich möchte es lieber gar nicht wissen.«

»Wie du meinst. Dann erzählt mal! Was führt euch nach Fara-T-indu?«

»Ach, wir sind nur hier, um ordentlich einen draufzumachen«, erwiderte Gilbert fröhlich. Doch damit fing er sich von seinem

Meister einen warnenden Blick ein, was ihn dazu veranlasste, zunächst zu schweigen.

»Ich komme von der Vierten Inselwelt und bin hier, um nach einem Sternenbeobachter zu suchen. Ich habe erfahren, dass er hier in der Nähe leben soll.«

»Ah! Du meinst sicherlich den alten Brelius«, sagte Pais, ohne dabei seinen Blick von seinem schleimigen Mittagessen zu lösen.

»Genau! Kennt Ihr ihn?«

»Und ob! Sehr gut sogar. Wir haben früher in unserer Freizeit Riesenglühwürmchen gezüchtet. Wenn wir sie abends, wenn es dunkel wurde, ihre einstudierten Formationen fliegen ließen, war das *die* Attraktion auf der gesamten Inselwelt.«

»Wo ist er?«, fragte Antilius ungeduldig.

»Das weiß ich nicht.« Pais hatte es geschafft, seine Mahlzeit in Rekordzeit aufzuessen und schob nach einem kleinen Rülpser seinen Teller ein Stück von sich. »Er ist vor einiger Zeit einfach verschwunden. Niemand hat ihn gesehen oder weiß, wo er hingegangen ist. Nicht einmal mir hat er etwas erzählt. Allerdings ist mir aufgefallen, dass er, als ich ihn zuletzt gesehen habe, irgendwie geistesabwesend und manchmal verstört wirkte. Er war tatsächlich die meiste Zeit damit beschäftigt, den Himmel zu erkunden. Und wenn er ausnahmsweise mal nicht durch sein Fernrohr schaute, dann kümmerte er sich um die Glühwürmchenzucht. Seine einzige Freude, die er zuletzt hatte. Sag, Antilius, warum suchst du nach ihm?«

»Er hat mir einen Brief geschickt, in dem geschrieben stand, dass er umgehend meine Hilfe benötige. Er schrieb, er hätte einen furchtbaren Fehler begangen. Und er schrieb, ich wäre der Einzige, der ihm helfen könne, weil ich ‚Die Augen' hätte.«

»Die Augen?« Pais untersuchte Antilius' Augen, konnte aber außer einer intensiven Braunfärbung der Iris nichts Besonderes ausfindig machen. »Warum hat er gerade dir geschrieben. Kanntet ihr euch?«

»Nein. Brelius war mir bis dahin auch unbekannt. Ich vermute, dass er recherchiert hat und so auf meinen Namen gestoßen ist. Es gibt nur sehr, sehr wenige Sternenbeobachter auf Thalantia.«

Pais machte ein nachdenkliches Gesicht: »Das ist wirklich sehr seltsam. Brelius war ein Eigenbrötler. Er hat nie jemand anderen um Hilfe gebeten. Es muss wirklich etwas Schreckliches passiert sein.«

»Der Brief könnte ja etwas mit seinem Verschwinden zu tun haben«, sagte Gilbert.

»Möglich.«

»Das sollten wir unbedingt herausfinden. Ich weiß, wo Brelius lebte und gleichzeitig arbeitete. Vielleicht finden wir bei ihm zuhause ein paar Antworten.«

»Ihr habt Zugang zu seinem Heim? Können wir denn da so einfach hinein spazieren?«

»Ja, das können wir. Mach dir darum mal keine Sorgen, Antilius. Und du kannst *du* zu mir sagen«, beruhigte ihn Pais.

Er stand auf, streckte sich und sprach: »Ich denke, wir sollten keine Zeit verlieren. Je eher wir herausfinden, was geschehen ist, desto besser.«

»Wie weit ist es denn?«

»Nicht weit. Brelius wohnt auf dem kleinen Wurmhügel am Rande der Stadt. Und um deine Frage vorwegzunehmen: Er wird deshalb Wurmhügel genannt, weil wir dort regelmäßig nachts unsere Riesenglühwürmchen schwirren ließen und sie für das Publikum ihre Runden drehten.«

Antilius schnappte sich wieder den Spiegel und steckte sich ihn in den Gürtel, währenddessen Pais schon vorauseilte.

»Habe ich es dir nicht gesagt? Ich finde jemanden, der uns zu Brelius führen kann. Jetzt sag bloß nicht mehr, dass ich für dich nicht nützlich sei«, bohrte Gilbert.

»Ja, du bist ganz nützlich«, presste Antilius immer noch ein wenig ärgerlich hervor.

»Ganz nützlich?«

»Entschuldige. Ja, danke, dass du mir hilfst! Du bist mir eine große Hilfe.«

»Keine Ursache, Meister«, sagte Gilbert zufrieden.

AUF DEM WURMHÜGEL

Als Pais Ismendahl und Antilius den Wurmhügel bestiegen hatten, bot sich ihnen ein wunderbarer Blick über die Stadt Fara-Tindu. Windschiefe Dächer, die mit dunkelroten Backsteinziegeln bedeckt waren, verwinkelte Gassen und zahllose umherschlendernde Stadtbewohner, die von hier oben wie kleine Ameisen ausschauten.

Inmitten des dichten Rotes der Dächer ragten drei Turmspitzen einer Abtei hervor.

»Und? Ist das nicht ein umwerfender Anblick?«, schwärmte Pais, der über Antilius' Faszination erfreut war.

»Es ist sehr beeindruckend. Jetzt verstehe ich, warum Brelius diesen Ort für sein Heim und seine Arbeit gewählt hat.«

Pais wandte sich dem einzigen Häuschen auf dem Hügel zu. Es war eher eine einfache Blockhütte, die im Dach eine aufklappbare Luke hatte, welche beim Öffnen die Sicht auf den Himmel für das darin befindliche Teleskop freigeben konnte. Eine schlichte, aber effiziente Lösung.

Das muss ich mir auch in mein Dach einbauen, dachte Antilius.

Pais öffnete die Tür, welche quietschend nachgab. Zu Antilius' Überraschung besaß sie kein Schloss. Anscheinend fürchtete Brelius nicht, dass ihm irgendetwas gestohlen werden könnte.

Das Innere der Hütte präsentierte sich ebenso bescheiden wie das Äußere. Den engen Raum teilten sich ein einfaches Bett sowie eine relativ große Werkbank, die fast die Hälfte der Wohnfläche in Anspruch nahm. Sie war übersät mit Schriftrollen, Bergen von Papieren, Werkzeugen unterschiedlichster Art, zwei kleinen Mikroskopen, Karten vom Sternenhimmel und dutzenden Linsen für das für einen Sternenbeobachter unverzichtbare Teleskop, welches gleich neben der Bank aufgebaut war. Das Ende des Rohres zeigte zur Dachluke. Sie war geschlossen.

Pais runzelte die Stirn. »Hmm. Er hat alles genauso gelassen, wie es vorher war: unordentlich. Obwohl es noch chaotischer ausgesehen hat, als ich das letzte Mal hier war. Vielleicht finden wir auf seiner Werkbank einen Hinweis.«

»Für mich sieht es so aus, als ob seine Sachen hier durchwühlt worden sind«, sagte Gilbert.

Pais brummte nur nachdenklich. »Das könnte man vermuten.«

Nach einer Weile des Suchens fand Antilius einen blau schimmernden Kristall. Nach kurzer Begutachtung stellte Pais fest, dass es sich um einen Stimmenkristall handelte. Diese Art von Kristallen waren geeignet, Töne oder auch Stimmen in sich zu speichern, sodass man damit Nachrichten aufzeichnen konnte.

»Das muss es sein«, sagte Pais.

»Was ist das?«

»Das ist sein Tagebuch. Ja, ich erinnere mich! Vor einiger Zeit hat er mir erzählt, er hätte sich einen dieser sündhaft teuren Stimmenkristalle gekauft, um ein Tagebuch zu führen. Er hat mir aber nicht gesagt, warum.«

»Wieso hat er nicht einfach Tinte und Papier benutzt?«, warf Gilbert ein.

»Brelius war eben anders als die anderen. Ein normales Tagebuch wäre für ihn ... zu normal gewesen.«

Pais schlug leicht mit dem Handrücken gegen den Kristall, denn er wusste, dass der Kristall so aktiviert werden musste. Nichts jedoch geschah. Er versuchte es noch einmal. Vergeblich. »Hmm. Er lässt sich nicht aktivieren.«

»Wahrscheinlich ist er kaputt«, sagte Antilius.

»Das glaube ich nicht. Brelius hätte niemals irgendwelchen Ramsch gekauft. Vielleicht muss man die Sache anders angehen.«

Pais nahm den Kristall, umschloss ihn mit beiden Händen und schlug ihn mehrmals auf die Tischkante, sodass einige Gegenstände und Schriftrollen herunter purzelten, darunter auch eine der Linsen, die in vier gleichgroße Scherben zerbrach.

Ein leises Pfeifen ertönte. Dann veränderte sich der Kristall, und eine männliche Stimme erklang. Zunächst war sie noch verzerrt und etwas abgehackt und klang nach nichts Menschlichem. Aber dann wurde sie klarer.

»Na bitte! Geht doch«, triumphierte Pais.

Antilius, Pais Ismendahl und auch Gilbert hörten gespannt der Stimme von Brelius Vandanten aus dem Kristall zu:

»Datum: 21. Phlogiston.

Die letzte Nacht habe ich wie so viele zuvor durchgearbeitet. Meine Begeisterung und meine Leidenschaft für dieses Projekt lassen aber meine Konzentration nicht schwinden.

Ich muss mir selbst eingestehen, dass ich mich in letzter Zeit selbst überfordert habe. Ich werde mir erst einmal ein paar Tage Ruhe gönnen und danach entscheiden, wie ich weiter verfahre.«

»68. Phlogiston.

Ach, ich kann an nichts anderes mehr denken! Dieses Ding schwirrt mir Tag und Nacht durch den Kopf. Dieser dumme Stein! Verflucht ist er! Ja, verflucht! Hätte ich ihn doch nur nie in die Hände gekriegt.

Doch ich will von vorne beginnen: Ich habe schon fast wieder vergessen, dass ich dieses Tagebuch nicht für mich aufzeichne. Ich werde alles erklären, was bisher geschehen ist.

Lange Zeit habe ich gebraucht, um es zu analysieren und zu verstehen. Das AVIONIUM. So habe ich es genannt. Es handelt sich dabei um ein Gestein, welches nur im Adler-Gebirge vorkommt, also auf der anderen Seite der Schlucht in den Ahnenländern.

Ich habe diesen blau schimmernden Wunderstein einem alten Mann abgekauft. Er war Händler und sagte mir mit verschwörerischem Blick, dass dieser Stein verhext sei und merkwürdige Eigenschaften habe. Der Stein solle schweben können, nachts, wenn man schläft und nichts davon merkt. Und böses Unheil könne er anrichten und alte Geister beschwören. Niemand wollte deshalb angeblich diesen Stein haben. Genau das weckte meine Neugier, rief aber auch Skepsis in mir hervor – schließlich bin ich Wissenschaftler. Ich fragte ihn, woher er ihn habe, denn ich wusste, dass es keinen Weg zu dem Gebirge gibt, aus dem dieser Stein stammt. Es gibt keine Brücke, die über die riesige Schlucht führt. Die andere Seite wird zudem seit dem Königs-Krieg schwer bewacht. Auch vom Meer her kommt man nicht in die Ahnenländer. Jeder, der es wagte, sich mit einem Boot, egal wie groß oder wie stark es gebaut war, der Küste der Ahnenländer zu nähern, bezahlte es mit seinem Leben. So jedenfalls erzählen es unzählige Geschichten. Keiner hat sich deshalb in den letzten Jahrzehnten getraut, dieses Gebiet zu betreten. Doch der alte Mann erklärte mir nur schroff, dass er ihn von seinem Vater habe, der schon vor mehr als 40 Jahren starb. Und dieser habe ihn ebenfalls von seinem Vater vererbt bekommen. Obwohl es sich um ein Erbstück mit ideellem Werte handele, so der Händler, sei er gezwungen, den Stein zu verkaufen.

Ich nahm den Stein mit nach Hause und untersuchte ihn genauer.

Ein paar Tage später fiel mir zufällig etwas Merkwürdiges auf: Ich verglich das Gewicht des Steins mit ein paar anderen Gesteinsproben. Ungläubig stellte ich fest, dass das Gewicht eines anderen Steines, den ich in der Verlassenen Wüste gefunden hatte, schwankte. Ich dachte zuerst, meine teure Waage hätte einen Defekt. Ich kaufte mir sogar eine neue, aber das Gewicht schwankte immer noch. Mal war er leichter, mal schwerer. Unmöglich! Dann enträtselte ich die Ursache. Beiläufig schob ich während der Messungen den neben der Waage liegenden Avionium-Stein beiseite, worauf sich das Gewicht des Wüsten-Steins schlagartig erhöhte. Ich schob das Avionium wieder näher an die Waage heran und der Wüsten-Stein wurde leichter. Ich habe den Versuch mit allen anderen möglichen Gegenständen durchgeführt, alle mit demselben Ergebnis: Das Avionium war imstande, das Gewicht von Gegenständen in seiner näheren Umgebung zu verringern. Eine fantastische Entdeckung! Ich habe noch nie etwas Vergleichbares gesehen.

Allmählich wurde mir klar, welche Möglichkeiten sich durch diese Entdeckung ergaben. Würde man mehr von dem Avionium verwenden, könnte man damit schwere Lasten leichter transportieren. Meine Gedanken überschlugen sich. Unzählige Einsatzbereiche schwirrten mir durch den Kopf. Unzählige Erfindungen, die ich damit machen könnte.

Trotz meiner Euphorie ließ ich mich nicht von meiner Dummheit übermannen. War dies alles vielleicht nur ein Schwindel? Hatte ich bei meinen Untersuchungen einen Fehler gemacht? Ich musste Sicherheit haben, und so wiederholte ich meine Untersuchungen zwei Tage und zwei Nächte lang. Meine ersten Messungen bestätigten sich jedoch, sodass meine Zweifel beiseite geräumt wurden.

Doch damit nicht genug! Während meiner Forschungen stieß ich auf ein weiteres Mysterium: In der Nacht, in welcher der größere von beiden Monden, Quathan, ein Vollmond war, verzeichnete ich beim Avionium die stärkste Kraftwirkung. Das Avionium selbst könnte demnach Mondgestein sein. Vielleicht ist dieses kleine Stück sogar ein Rest des nur in Legenden existierenden dritten Mondes Wuthan.

Ich war wie besessen von diesem kleinen unscheinbaren Stück Stein. Und plötzlich schoss mir eine noch viel kühnere Idee durch den Kopf: Könnte dieser Zauberstein es sogar fertig bringen, die Schwerkraft ganz aufzuheben? Schließlich hat mir der alte Mann ja gesagt, der Stein könne schweben. Ich musste also herausfinden, welche Bedingungen herrschen müssten, um die Schwerelosigkeit zu erreichen.

Meine weiteren Untersuchungen brachten mich schließlich auf die recht simple Lösung: Ich brauchte noch mehr Avionium. Nur auf diese Weise wäre es möglich, Gegenstände und auch das Avionium selbst zum Schweben zu bringen.

Und damit begann mein Problem. Ich habe berechnet, dass ich mindestens fünfzig ebenso große Steine wie mein Exemplar brauchen würde. Es ist bisher die einzige Lösung, die ich gefunden habe, und ich bin ziemlich sicher, dass es auch die einzige ist.

Aber ich ... ich weiß einfach nicht, woher ich es bekommen soll. Ich habe den alten Mann, der mir den Stein verkauft hat, mehrmals eindringlich gefragt, ob er mir nicht helfen könne, mehr zu finden, aber er gibt sich ahnungslos. Ich glaube ihm.

Der einzige Ort, an dem ich noch mehr Avionium finden könnte, wäre im Adler-Gebirge in den Ahnenländern. Abgesehen davon, dass es verboten ist, die Ahnenländer zu besuchen, weiß ich absolut nicht, wie ich dort hingelangen soll. Ich habe mir eine Karte besorgt. Die Schlucht, die die Länder von Truchten trennt, ist mindestens einhundert Meter breit und vierhundert Meter tief. Zudem besteht die Schlucht nur aus Steilwänden. Die Ahnenländer sind eine Insel, die ausschließlich von jenen legendären Steilwänden begrenzt ist. Unmöglich da hinzukommen. Den Versuch, die Länder von der anderen, also der von Truchten abgewandten Seite über das Meer zu erreichen, habe ich mir aus dem Kopf geschlagen. Es gibt zwar viele Dinge, die ich tun würde, um an das Avionium heranzukommen, Selbstmord gehört jedoch nicht dazu. Die Ahnenländer sind, vielleicht zu Recht, die bestgeschützten Gebiete, die es jemals gab. Die Ahnen haben dafür gesorgt, dass niemand Unerwünschtes diese geheimnisvollen Böden jemals betreten kann. Aus welchem Grund auch immer.

Vielleicht wussten sie schon damals um die Wirkung des Avioniums und wollten es auf diese Weise beschützen? Aber warum nur? Oder es gab noch einen anderen Grund?

Wenn ich doch nur eine Lösung wüsste! Ich denke, ich werde in den nächsten Tagen versuchen, mich ein wenig abzulenken. Ich werde meine Tochter besuchen. Vielleicht kriege ich dann wieder einen klaren Kopf und mir fällt noch etwas ein.«

»73. Phlogiston.

Heute habe ich meine Tochter Telscha besucht. Sie schreibt in einer Dichtergilde gerade an einem Buch über die heilende Wirkung von Pflanzen. Ich habe, als sie mir das erste Mal darüber erzählt hat, nicht daran geglaubt, dass Pflanzen wirklich irgendwelche heilende Wirkung haben könnten. Aber im Laufe der Zeit hat sie mir das Gegenteil bewiesen. Es fällt mir wohl noch immer schwer zu akzeptieren, dass sie mittlerweile erwachsen ist und ihren eigenen Weg geht. Sie ist so klug und arbeitet mit solch einer Leidenschaft.

Ich bin sehr stolz auf sie.

Ich habe ihr von dem Avionium erzählt und in welchem Dilemma ich jetzt stecke. Sie wollte mich aufheitern und sagte: ,Wusstest du übrigens, Vater, dass vor bis etwa sechshundert Jahren die Ahnenländer jedermann zugänglich waren? Zumindest besagen dies die wenigen Alten Schriften, die aus dieser Zeit noch übrig sind. Wenn du zurück in die Vergangenheit reisen könntest, würdest du die Ahnenländer betreten können.'

Es war nicht ernst gemeint, aber ich nahm den Vorschlag ernst. Soweit ich weiß, sind Zeitreisen gar nicht möglich, aber dennoch: Es ist ein verlockender Gedanke. Ich werde gleich morgen die Bibliothek aufsuchen, um mehr über Zeitreisen zu erfahren. Mag sein, dass ich verrückt bin. Aber ich weiß ganz genau, dass ich keine Nacht mehr ruhig schlafen kann, wenn ich der Sache nicht weiter nachgehe, egal wie irrsinnig sie auch erscheinen mag.«

»88. Phlogiston.

Tage und Nächte habe ich nun Bücher gewälzt und wenige, aber aufschlussreiche Dinge erfahren:

Verschiedenen alten Legenden zufolge existierten vor mehreren hundert Jahren so genannte Dunkle Tore. Zwei Stück soll es gegeben haben. Über ihre Entstehung ist angeblich nichts bekannt. Jedenfalls nichts, das auf glaubwürdigen Fakten beruht.

Es war auch die Rede von einem Dämon, der sich hinter den Toren verbergen sollte. Ich habe keine Ahnung, was das zu bedeuten hat.

Die beiden Tore schienen tatsächlich Zeitreisen ermöglichen zu können. Und dies war die Ursache für etliche, kleinere Kriege, die unsere Vorfahren führten, weil es immer jemanden gab, der die Macht dieser Bauten missbrauchen wollte. Man entschied sich, die Tore zu verstecken, um weitere Konflikte zu vermeiden.

Sie ließen sich nur mit einem Schlüsselstein aktivieren. Auch dieser Stein wurde zusammen mit einem Buch, dem ,Flüsternden Buch', welches das Geheimnis der Tore enthalten soll, versteckt. Eines der beiden Tore, das Buch und der Stein gelten als verschollen. Nicht jedoch das zweite Tor. Dieses Tor soll immer noch existieren. Es gibt jedoch keinen Hinweis, wo.

Das ist alles äußert faszinierend, aber wenn ich weder weiß, wo das Zeittor ist, noch ob dieser Schlüsselstein überhaupt noch existiert, kann ich die Idee mit der Zeitreise wohl wieder vergessen.

Du meine Güte! Ich bin Wissenschaftler! Habe ich wirklich an diesen Unsinn geglaubt?

Ich denke, ich habe nur viel Zeit mit diesem Zeitreisemärchen verschwendet.«

»16. Aquanius.
Ich kann es kaum glauben!

Natürlich habe ich nicht sofort aufgegeben und habe weiter recherchiert. Dabei bin ich auf wichtige Merkmale des ominösen Schlüsselsteins gestoßen, und wenn mich nicht alles täuscht, dann halte ich den Schlüsselstein bereits in meinen Händen. Das Avionium! Alles deutet darauf hin, dass er es ist. Er wurde in den Texten als magisch und beeinflussend beschrieben. Seine Form soll der einer Pyramide ähnlich sehen, und er soll blau schimmern. Und genau das macht er auch. Und er kann die Schwerkraft beeinflussen!

Die Sache wird langsam richtig aufregend. Kann es denn sein, dass mir ein solches Glück widerfahren ist, dass ich nicht nur auf das Avionium gestoßen bin, sondern auch damit auf den Schlüsselstein, der schon seit Generationen als verschollen galt? Auf welch ein Abenteuer bin ich hier nur gestoßen?«

»28. Aquanius.
Ich bin so erschöpft! Ich habe jedes Buch, jede Seite, jeden Schnipsel durchgesehen, um etwas über den Aufenthaltsort des Zeittores herauszufinden. Vergebens.

Es ist so deprimierend. Ich bin vielleicht auf das größte Mysteri-um dieser Zeit gestoßen und komme einfach nicht weiter. Ich will aber noch nicht aufgeben. Ich will nicht!«

»56. Aquanius.
Ich habe alles versucht und bin am Ende meiner Ideen und Kräf-te. Mir wird wohl nichts anderes übrig bleiben, als aufzugeben. Ich werde mich in der nächsten Zeit wieder meinen Glühwürm-chen widmen. Sie waren bisher immer das Einzige, was mich zum Lächeln gebracht hat.«

»3. Terranus.
Ich hatte heute Nacht einen Traum. Einen Alptraum. Es war sehr merkwürdig. Er war so real.

Ich stand an einem Abgrund, an der Schlucht, die an die Ahnen-länder grenzt. Ich schaute hinunter in die Tiefe. Plötzlich ertönte hinter mir eine Stimme, die sagte, ich solle nach Süden gehen. Im-mer wieder wiederholte sie: ‚Gehe nach Süden!'

Im Traum wollte ich antworten. Ich wollte sagen, dass ich nicht nach Süden gehen will. Ich habe Angst davor, ohne zu wissen, warum, doch ich konnte nicht sprechen.

‚Gehe nach Süden!', befahl mir die Stimme, doch ich konnte nicht antworten. Ich hatte unerklärliche Angst davor. Ich versuch-te zu schreien, aber ich blieb stumm.

‚Gehe nach Süden!', schrie die Stimme. Ich geriet in Panik. Ich war unfähig zu antworten. Und dann, dann sprang ich. Ich sprang in die Tiefe. Ich hatte solche Angst davor, dem Befehl der Stimme zu folgen, dass ich mich lieber in die Tiefe stürzte.

Schweißgebadet wachte ich auf. Was war das nur für ein schrecklicher Traum? Nein, es war mehr als das. Was hatte das zu bedeuten? Hoffentlich träume ich ihn heute Nacht nicht wie-der.«

Als Antilius der brüchigen Stimme von Brelius zuhörte, die vom dritten Terranus dieses Jahres stammte, lief ihm langsam ein eis-kalter Schauer über den Rücken. Die Schlucht. Es war dieselbe Schlucht, von der auch Antilius vorletzte Nacht geträumt hatte. Er war sich dessen absolut sicher, auch wenn Brelius die Schlucht aus seinem Traum nicht näher beschrieben hatte. Und die Stimme.

Die Stimme, die Brelius befohlen hatte, nach Süden zu gehen. War es dieselbe, die Antilius ermahnte umzukehren?

»Es ist dieselbe Stimme«, flüsterte Antilius so leise, dass Pais und Gilbert es nicht hören konnten.

Mit zugeschnürter Kehle hörte er sich den Rest des Tagebuchs an, das im Kristall aufbewahrt war.

»6. Terranus.

Ich zittere am ganzen Leib! Vier Nächte hintereinander derselbe Alptraum. Das kann kein Zufall sein. Was geschieht nur mit mir? Werde ich jetzt verrückt?

Ich fürchte mich.

Ich wollte es mir zwar bis jetzt nicht eingestehen. Aber sollte dieser Traum vielleicht ein Hinweis darauf sein, wo ich das Tor finden könnte? Im Süden von Truchten? Oder verliere ich einfach nur meinen Verstand?«

»10. Terranus.

Ich schlafe kaum noch. Und wenn ich einen Moment einnicke, dann beginnt der gleiche Alptraum, wieder und wieder. Und immer mehr verspüre ich den Drang, mein Heim zu verlassen und zu gehen. Nach Süden zu gehen. Ich weiß nicht wohin, einfach nach Süden, so wie es diese entsetzliche Stimme mir befiehlt. Sie bohrt sich in meinen Kopf und drängt mich, nach Süden zu gehen. Ich bin schon zu einem Heiler gegangen. Dieser Taugenichts meinte nur höhnisch, dass ich überarbeitet sei. Ha! Ich bin nicht verrückt! Nein, ich bin nicht verrückt.«

»11. Terranus.

Ich halte es nicht mehr aus! Es ist, als ob tausend heiße Nadeln in meinem Kopf sind. Deswegen habe ich einen Entschluss gefasst: Ich werde reisen. Ich gehe nach Süden. Ich habe keine Ahnung, was mein Ziel sein soll, aber ich fühle, dass ich es tun muss, sonst werde ich endgültig wahnsinnig. Ich muss nur noch eine Sache erledigen, dann breche ich auf.«

»Datum unbekannt. Früher Abend.

Wie lange bin ich jetzt schon unterwegs? Ich weiß es nicht. Ich weiß nicht einmal mehr genau, wo ich bin. Ich habe das Gefühl, dass ich ständig beobachtet werde. Seit meine Reise begonnen hat, haben die Träume wenigstens aufgehört. Aber der Drang weiterzugehen, nach Süden zu gehen, wird immer stärker. Irgendetwas treibt mich.Und irgendjemand lenkt mich. Manchmal höre ich tagsüber eine Stimme in meinem Kopf, die mir sagt, ich solle mich beeilen. Sie peitscht mich vorwärts. Es ist schrecklich. Ich bin nicht mehr ich selbst. Ich habe keine Kontrolle mehr über mich. Meine Gedanken schwirren unkontrolliert im meinem schmerzenden Kopf herum. Manchmal habe ich Blackouts, die sich über viele Stunden erstrecken. Ich wandere zu einem Ziel, das ich nicht kenne.

Die fremde Stimme beherrscht und verhöhnt mich.

Ich bin eine Marionette.

Ich bin verflucht.«

»36. Terranus.

Ich weiß nicht, wieso, aber ich glaube, dass ich mein Ziel erreicht habe. Ich bin in einer Stadt, die von hünenhaften Wesen bewohnt gewesen sein muss. Ich weiß zwar, dass ich noch nie hier gewesen bin, und dass ich noch niemals von diesem Ort gehört habe, aber ich scheine mich hier auszukennen. Es ist nicht mehr weit, sagt mir die fremde Stimme. Ich bin fast da. Was wird mich erwarten? Wieso kann ich mich nicht wehren? Ich bin schwach.

Ich stehe jetzt davor. Träume ich? Nein, es ruht direkt vor mir und flößt mir Angst ein. Ich kann mich nicht mehr erinnern, wie ich in dieses unterirdische Verlies gekommen bin. Ich habe aber das Gefühl, dass ich fast ertrunken wäre. Wahrscheinlich will die fremde Stimme nicht, dass ich mich erinnere, wie ich hierher gekommen bin. Das erklärt die vielen Blackouts, die ich in den letzten Tagen hatte.

Es ist das Zeittor. Ich stehe davor, in einer unterirdischen Kammer. Es ist ganz warm. Es zieht mich an. Es will, dass ich es benutze. Jahrhundertelang harrte es hier im Dunkeln aus und hat nur darauf gewartet, dass es jemand findet. Dass ich es finde. Ich versuche, mich zu wehren. Ich möchte fliehen, aber die fremde Stimme in meinem Kopf ist stärker als ich.

Es frisst mich auf. Ich werde es mit dem Avionium aktivieren, das ich die ganze Zeit bei mir trage und hindurch gehen. Ob ich will oder nicht, ich kann nichts dagegen unternehmen. Die Stimme wird mir sagen, was ich tun muss. Sie befiehlt über mich.

Noch vor kurzem war es mein größter Wunsch, es zu finden. Ich hätte mich vor Freude überschlagen. Doch jetzt möchte ich diesen Ort am liebsten verlassen. Ein jahrhundertealtes Verbot soll ich brechen. Irgendetwas, das mächtiger ist als ich selbst, befiehlt mir, es zu benutzen. Ich bin das Opfer eines niederträchtigen Spiels.

Ich werde gezwungen, durch das Zeittor zu gehen. Ich weiß, dass es falsch ist. Ich ahne, dass ich großes Unheil heraufbeschwören werde, wenn ich das Zeittor benutze. Und trotzdem muss ich es tun. Ich kann mich nicht wehren. Denn, wenn ich es nicht mache, verliere ich unwiederbringlich meinen Verstand.

Mögen mir die Ahnen vergeben.«

»38. Terranus.

Wie ein böser Traum sind mir die letzten Tage in Erinnerung. Ich bin jetzt wieder daheim. Erschöpft und ausgelaugt.

Ich erinnere mich nur noch daran, wie ich durch das Tor schritt. Dann verlor ich das Bewusstsein.

Schließlich fand ich mich hier wieder. In meinem Zuhause. Ich habe meinen Mondchronometer geprüft und festgestellt, dass zwischen meinem Eintritt in das Zeittor und meinem Erwachen nur zwei Tage vergangen sind. Unmöglich, dass ich die ganze Strecke zurück zu Fuß gegangen bin.

Was nach meinem Eintritt in das Zeittor geschehen ist, kann ich nur vermuten. Die Tatsache, dass ich den Weg von dem Ort, an dem ich das Zeittor auffand, und meinem Zuhause in nur zwei Tagen zurücklegte, kann ich mir nicht erklären.

Wenn ich mich doch nur entsinnen könnte!

Ein Gutes hat die Sache jedenfalls. Dieses Gefühl, von einer fremden Macht beherrscht zu sein, ist verschwunden. Ebenso der Drang, irgendetwas tun zu müssen oder Dinge zu wissen, von denen ich zuvor nicht die leiseste Ahnung hatte.

Seit ich wieder in meinen vertrauten vier Wänden sitze, fühle ich, wie sich die Anspannung löst. Alles scheint normal zu sein, so wie vorher, als wäre nichts geschehen. Eine trügerische Ruhe?

Auf jeden Fall hoffe ich, dass meine Reise unbemerkt geblieben ist. Ich werde niemandem erzählen können, was mir widerfahren ist. Es würde mir ja ohnehin niemand glauben.

Ich hoffe, der Spuk hat jetzt ein Ende. Und ich hoffe, dass ich keinen Schaden angerichtet habe.«

»75. Terranus.

Hat das denn nie ein Ende? Womit habe ich das nur verdient?

Ich werde schon wieder von Alpträumen geplagt. Diesmal sind sie jedoch anders. Sie sind zwar auch bedrohlich, aber bei Weitem nicht so schrecklich wie die vorhergehenden. Außerdem sind sie unterschiedlich. Ich glaube, sie haben etwas mit den Dingen zu tun, die gerade geschehen sind, nachdem ich durch das Zeittor geschritten bin. Ich muss Dinge gesehen haben, die mein Kopf im Wachzustand verdrängt hat. Gesichter, Orte, Gespräche und Namen. Das alles sehe und höre ich in meinen Träumen, aber alles ist äußerst verschwommen. Jemand spricht auch in diesen Träumen zu mir, doch ist es nicht dieselbe Stimme wie früher. Es sind mehrere Stimmen, die gleichzeitig zu mir sprechen. Die Stimmen klingen so wie die meine.

Es ist fast so, als ob jemand versucht, mir in meinen Träumen etwas mitzuteilen. Versucht, meine Erinnerung wiederzubeleben. Ich habe Dinge gesehen, die nicht für meine Augen bestimmt waren. Ich weiß nicht, was es zu bedeuten hat. Dass es nichts Gutes ist, fühle ich aber.«

»77. Terranus.

Die Träume gehen weiter. Immer mehr Information bekomme ich durch sie. Nur jedes Mal, wenn ich wieder aufwache, verblassen die Bilder, die ich gesehen habe. Eines ist aber sicher: Etwas Böses ist im Gange. Eine Verschwörung dunkler Mächte.

Und dann sehe ich immer wieder eine Person, die mir unbekannt ist. Sie ist jedoch nicht Teil des Bösen. In meinen Träumen bekämpft sie es.

Ich habe jetzt keine Angst mehr vor diesen Träumen. Ich muss herausfinden, was ich gesehen habe. Meine Träume sind der Schlüssel zur Wahrheit«.

»78. Terranus.

Bei den Ahnen! Wenn es wahr ist, was ich in meinem letzten Traum gesehen habe, dann wird etwas Schreckliches passieren. Ich kann es mir noch nicht genau erklären, aber ich habe eine Vermutung. Es ist ein verwirrendes Spiel, das das Böse hier treibt.

Es geht um Macht über ... wie soll ich es beschreiben? Macht über alles, *über unser aller Leben, über den ganzen Planeten! Ich benötige vielleicht nur noch einen Traum, dann werde ich wissen, worum es hier geht. Wer für meine neuen Träume verantwortlich ist, weiß ich zwar nicht, aber ich bin mir sicher, dass man mir versucht zu helfen, eine Katastrophe zu verhindern. Eine Katastrophe, die ich durch meine Reise zum Zeittor ausgelöst habe.*

Ich fühle mich so schrecklich und habe furchtbare Angst.«

»79. Terranus.

Es ist noch viel schlimmer, als ich es mir je hätte vorstellen können. Und das Allerschlimmste ist, dass ich *der Auslöser für alles Unheil bin, das über uns kommen wird. Ich bin benutzt worden. Benutzt von diesem abscheulichen Widerling. Seine Namen kenne ich nicht, aber das ist jetzt ohne Bedeutung. Er war es, der mich dazu gezwungen hat, das Zeittor zu aktivieren. Er will es haben. Das ist es, was ich in meinen Träumen wahrgenommen habe. Er will es aus seinem Versteck entwenden. Und ich habe ihm dabei geholfen, es zu finden und zu öffnen.*

Ich habe mich gefragt, warum er mir den Schlüsselstein nicht einfach gestohlen hat, um ihn dann selbst zu benutzen. Die Antwort ist einfach: Er war zu feige, das Tor selbst zu öffnen, weil er Angst hatte, es könnte ihn umbringen. Jetzt, da ich diese Arbeit für ihn unfreiwillig erledigt habe, ist er großer Hoffnung, das Zeittor stehlen zu können. Wenn er es in die Hände bekommt, ist er fähig, zum mächtigsten Wesen der Welt zu werden. Eine uralte Macht verbirgt sich in diesem Tor. Ich habe sie gespürt. Sie darf nicht befreit werden.

Ich habe keine Zeit mehr für lange Erklärungen. Ich muss versuchen, meinen Fehler wieder gutzumachen. Vielleicht bin ich in der Lage, alles wieder rückgängig zu machen. Dazu muss ich noch einmal zurück zum Zeittor.

Ich habe noch demjenigen, der mir ebenfalls in meinen letzten Träumen erschienen ist, eine Nachricht zukommen lassen. Falls ich meine Träume richtig interpretiert habe und ich scheitern sollte, ist er der Einzige, der die Sieben Inselwelten vor dem Untergang noch retten kann. Ich werde ihm diesen Stimmenkristall hier in meinem Haus lassen. Ich glaube, dass er hier am sichersten ist, denn ich kann niemandem mehr trauen - auch das habe ich in meinem letzten Traum erfahren. Von diesem Scheusal, das mich benutzt hat, habe ich nichts mehr zu befürchten, denn es braucht mich ja nicht mehr und giert jetzt nur noch nach dem Tor. Es glaubt, nichts mehr befürchten zu müssen.

Und was den Fremden angeht, dem ich den Brief geschickt habe, und dem meine letzte Hoffnung gilt: Er heißt ‚Antilius'. Diesen Namen werde ich nie vergessen. Mein letzter Traum hat mir den Namen verraten.

Und damit spreche ich Euch jetzt direkt an, Herr Antilius:

Wenn ich nicht zurückgekehrt sein sollte und Ihr diese Nachricht gefunden und gehört habt, dann sucht meine Tochter auf. Sie wird Euch Weiteres erklären können. Bitte glaubt mir, dass ich es sehr ernst meine. Ich betone noch einmal ausdrücklich, dass Ihr womöglich die letzte Hoffnung seid, für mich und für ganz Thalantia. Bitte helft mir und sprecht mit meiner Tochter. Ihr werdet sie in der Dichtergilde finden.

Und noch etwas: Ich weiß, dass er Euch bereits wahrgenommen hat. Vermutlich habt Ihr ihn auch schon in einem Eurer Träume gesehen. Dort hält er sich gerne auf. Oh, wie sehr ich ihn dafür hasse!

Ich hoffe, mein Brief hat Euch erreicht und überzeugt, Herr Antilius. Ich breche jetzt erneut zum Zeittor auf, um es zu zerstören, bevor er es missbraucht.

Hoffentlich ist es noch nicht zu spät.«

Als der Kristall schließlich nach einem unangenehmen Rauschen verstummte, legte sich eine beunruhigende Stille über das Haus des Sternenbeobachters. Keiner wusste in diesem Augenblick, was er von dieser außergewöhnlichen Botschaft halten sollte.

Sogar Gilbert verschlug es die Sprache.

Am stärksten traf es aber Antilius. Brelius hatte angegeben, dass Antilius ihm in seinen Träumen erschienen war. Sogar seinen Namen wusste er. Woher? Und dann noch dieser mysteriöse Fremde, der das aktivierte Zeittor stehlen wollte, und der ihn anscheinend auch kannte. Sofort fiel ihm wieder sein absonderlicher Traum ein, den er auf der Schifffahrt gehabt hatte. Sollte dieser Unbekannte, der Brelius in seinen Träumen heimgesucht hatte, wirklich der gleiche sein, der sich in seinen Traum gedrängt hatte? Der Gedanke beunruhigte ihn zutiefst.

»Pais, kannst du mir das erklären? Was hat das alles zu bedeuten? Ich hoffe, dies sollte ein Scherz sein, und wenn es so ist, dann finde ich ihn nicht besonders komisch«, sagte er mit starrem Blick auf den Kristall.

»Ich versichere dir, das war kein Witz. Ich selbst bin völlig überrascht von dieser Botschaft. Nein, ich bin schockiert. Nach dem, was ich da gehört habe, kann ich kaum glauben, dass es Brelius aufgezeichnet haben soll.«

»Hast du die Stimme wiedererkannt? Glaubst du, es war nicht Brelius?«

»Doch, das war er. Da bin ich mir völlig sicher. Nur das, was er erzählt hat, ist einfach unglaublich.«

»Unglaubhaft«, warf Gilbert ein. »Ihr werdet doch nicht diesem Märchen Glauben schenken. Ich meine, der erzählt irgendetwas von Zeitreisen, Zeittoren und großem Unheil, das uns alle überkommen wird. Der Typ ist verrückt! Das ist doch völlig klar.«

»Wohl kaum verrückter als *du*«, verteidigte Pais seinen verschwundenen Freund.

»Ja klar, nimm ihn ruhig in Schutz, den alten Saufbold. Ja, Antilius, bevor du dir über irgendetwas Sorgen machst, solltest du wissen, dass Pais und Brelius, wenn sie sich nicht gerade mit ihren Glühwürmern bespielten, mit der Flasche gespielt haben. Und zwar so lange, bis sie sturzbetrunken waren und dann in ihrem Rausch die wildesten Fantasien entwickelt haben.«

Pais lief rot an: »Du kleiner widerlicher ...«

»Das interessiert mich ehrlich gesagt nicht«, unterbrach ihn Antilius. Pais ballte die Fäuste und starrte Gilbert mit hasserfülltem Blick an.

»Ob er nun getrunken hat oder nicht, tut, denke ich, hier nichts zur Sache. Mich würde eher interessieren, woher er meinen Namen kennt. Ich komme aus einem sehr kleinen Dorf. Und dieses Dorf liegt nicht mal auf dieser Inselwelt. Es ist eigentlich unmöglich, dass er mich kennt. Niemand auf Truchten kennt mich.«

Doch, es ist möglich. Brelius hat auch von ihm geträumt, von dem Mann ohne Gesicht. Er hat auch von der Schlucht geträumt, so wie du. Soll das ein Zufall gewesen sein? Nein, das war es nicht. Also kann er auch deinen Namen im Traum gehört haben. Wieso soll das nicht möglich sein?«, sagte eine Stimme in Antilius' Kopf, die seine eigene war.

Pais bemerkte, dass sich Antilius Sorgen machte. Er wollte gerade etwas zu seiner Beruhigung sagen, aber dann ließ er noch einmal die ominöse Botschaft von Brelius in seinem Kopf Revue passieren und bemerkte, dass er selbst ein wenig Angst verspürte. »Ich fürchte, Brelius hat den Verstand verloren«, war das Resümee seiner Überlegungen.

»Wir müssen ihn suchen. Wir müssen dieser Sache nachgehen«, sagte Antilius tonlos.

»Wir wissen doch überhaupt nicht, wo er hingegangen ist«, erwiderte Gilbert.

»Süden. Er erzählte etwas von einer Stadt, die von großen Wesen bewohnt gewesen sein soll. Vielleicht meinte er damit die Largonen? Sie sind sehr groß«, gab Pais zurück.

»Spekulieren hilft jetzt nichts. Die Ebenen im Süden sind sehr weitläufig, soweit ich weiß. Nein, wir werden das tun, was er gesagt hat. Wir suchen seine Tochter auf. Ich nehme an, du weißt, wo sie wohnt?«, fragte Antilius.

Pais nickte geistesabwesend.

»Bist du in Ordnung?«, fragte Antilius mehr genervt als besorgt, denn eigentlich sollte er derjenige sein, der vor Schreck geistesabwesend war.

»Was? Ja, ja. Ich dachte nur gerade an die Zeit, als Brelius und ich die Glühwürmer dressiert hatten.« Pais hielt inne und wurde plötzlich kreidebleich. »Du meine Güte! *Die Glühwürmchen!*«

Während er diese Worte fast theatralisch ausstieß, fasste er sich an seine Stirn, wirbelte herum und stürmte aus dem Zimmer. Danach sah Antilius ihn nur noch draußen an einem der beiden Fenster vorbei hechten.

»Was ist denn nun los?«, fragte er und schaute nach einer Antwort suchend Gilbert im Spiegel an. Der rollte nur mit den Augen und machte eine wegwerfende Geste. Nach einem kurzen Augenblick der Verwirrung entschloss sich Antilius, dem Bärtigen zu folgen.

Schon kurz bevor er sich der Hinterseite der einfachen Hütte näherte, hörte er Pais in einer für ihn lächerlichen Art und Weise sprechen. »Hab ich euch ganz vergessen? Hattet ihr auch keine Angst? Jetzt bin ich ja für euch da. Jetzt braucht ihr keine Angst mehr zu haben.«

Ein sonderlicher Anblick bot sich Antilius und Gilbert. Pais saß im Schneidersitz auf der Erde und liebkoste mit seinen Händen zwei etwa hühnereigroße Käfer, die selbst bei der mittlerweile herabscheinenden Abendsonne noch ein fluoreszierendes gelbgrünes Licht von sich gaben.

»Ach, was für ein göttliches Bild! Der alte Pais wieder vereint mit seinen Liebsten. Seinen Würmern«, spottete Gilbert. Er konnte es nicht lassen.

»Es sind keine Würmer, sondern Käfer!«, grunzte der Beleidigte zurück, ohne die Streicheleinheiten für die kleinen stummen Tierchen zu unterbrechen.

»Ach, und warum heißen sie dann Glühwürmer?«

»Lies es doch nach, du hohle Birne!«

Gilbert wollte zum verbalen Gegenschlag ausholen, wurde jedoch von Antilius daran gehindert, indem er den Spiegel kopfüber drehte und in seiner Hosentasche verschwinden ließ.

»He!«, beschwerte sich Gilbert und verstummte daraufhin beleidigt.

»Tu uns bitte einen Gefallen und wirf diesen verfluchten Spiegel in den Fluss. Erlöse uns von diesem Quälgeist«, stöhnte Pais genervt.

»Du wirst dich daran gewöhnen müssen«, erwiderte Antilius.

Pais hörte schon gar nicht mehr zu, sonst wäre er wohl gleich wieder in Rage geraten. Stattdessen widmete er sich wieder den Riesen-Glühwürmern. »Ich habe fast vergessen, wie schön sie sind!«, schnurrte er verträumt.

»Ich dachte, du und Brelius, ihr habt gemeinsam diese Zucht betrieben?«

»Ja, aber kurz bevor er seine erste Tagebuchaufzeichnung machte, hatten wir einen kleinen Disput. Ich habe eine Reise gemacht, und so haben wir uns irgendwie aus den Augen verloren. Wäre ich nicht so dumm gewesen und gekränkt von dannen gezogen, dann hätte ich ihn vielleicht wieder zur Vernunft bringen können.«

Antilius sog die kühle, trockene Abendluft ein.

»Das ist jetzt nicht mehr rückgängig zu machen. Ich möchte, wenn es möglich ist, noch heute mit der Tochter dieses Mannes sprechen.«

»Ich würde gern noch einen Moment hier bleiben, wenn es dir nichts ausmacht. Sie wohnt in der Dichtergilde, gleich drei Häuser hinter der Taverne, in der wir uns heute Mittag getroffen haben.«

Pais wirkte auf einmal so ungewöhnlich sanft. Diese Tiere mussten ihm wirklich viel bedeuten.

»Also gut. Ich werde allein gehen. Wir treffen uns dann wieder hier. Einverstanden?«

»Gut. Aber ...«

»Was?«

»Vergewissere dich, dass du den Spiegel nicht vergisst.«

Antilius verließ ihn und schritt entschlossen dem Meer der kleinen Häuser und der dahinter untergehenden blutroten Abendsonne entgegen.

Er war sich absolut sicher, dass Brelius und er von demselben Mann in ihren Träumen heimgesucht wurden. Er glaubte an das, was Brelius in seinem Tagebuch berichtet hatte. Das Zeittor existierte wirklich und stellte eine Bedrohung für Thalantia dar.

Etwas Unheimliches braute sich hier zusammen.

VERGANGENHEIT UND ZUKUNFT

Während Antilius Gilberts Richtungsanweisungen folgte - den Spiegel hatte er mittlerweile in seine Brusttasche verlegt - und durch die zahllosen verwinkelten Gassen von Fara-Tindu wanderte, war er mit seinen Gedanken weit weg von diesem Ort. Er war bei sich zu Hause, als er noch ein Kind war. Wo immer dies auch gewesen sein mochte, er konnte sich nicht erinnern. Nur einzelne Bruchstücke seiner Kindheit waren noch in seinem Gedächtnis.

Das Fischen hatte ihm besondere Freude bereitet. Er hatte noch ein Bild vor Augen, wie er als kleiner Junge manchmal den ganzen Tag damit zugebracht hatte. Es war auch heute noch für ihn nahezu die einzige Möglichkeit, sich richtig zu entspannen.

Nicht ganz die einzige. Die Sterne. Schon seit seiner Kindheit war er von ihnen fasziniert. Unzählige Nächte hatte er sich als kleiner Junge nach draußen ins Freie geschlichen, hatte sich auf die Wiese vor seinem Zimmer gelegt und in den endlosen schwarzen Nachthimmel mit seinen vielen kleinen Kristallpunkten geschaut, die zu ihm hinunter gestrahlt hatten. Er war, sogar wenn er heute noch als Erwachsener dieses Ritual durchführte, in der Lage, sein Zeitgefühl völlig zu verlieren. Wie paralysiert lag er stundenlang auf seinem Rücken, unter sich die kühle feuchte Erde. Der Gedanke, dass sich dort oben in diesem beängstigenden und zugleich faszinierenden Nichts noch andere Welten um eine Sonne drehten, die vielleicht fast genauso aussahen wie diese hier, ließ ihn wohlig schaudern.

Er versuchte, diese Gedanken, die ihn von seiner Aufgabe ablenkten, beiseite zu drängen und wieder einen klaren Gedanken zu fassen.

Leider mit wenig Erfolg.

Gilbert lästerte die ganze Zeit über Pais: Wie »dämlich« er doch sei, und seine unverständlich naive Einstellung zu diesen »Würmern«. Jemand, der mit Würmern spiele, sei doch nicht mehr ganz richtig im Kopf. Er sei völlig »beknackt«.

Antilius nahm davon jedoch nur Bruchstücke auf.

»Sag mal, hörst du mir überhaupt zu?«, fragte Gilbert irgendwann.

»Was? Ja klar. Du kannst Pais nicht leiden. Das habe ich bereits mitbekommen. Vielleicht solltet ihr euch beide einmal richtig aussprechen.«

»Das ist sinnlos! Außerdem hasse ich ihn nicht. Eigentlich kann ich ihn sogar sehr gut leiden, und ich schwöre dir, dass das auf Gegenseitigkeit beruht. Er will es nur nicht zugeben, und das macht mich wütend.« Gilbert kniff die Augen zusammen.

»Aber es könnte doch sein, dass er dich wirklich nicht leiden kann.«

»Pah! Nach allem, was ich für ihn getan habe?«

»So? Was denn?«

»STOP! Hier musst du reingehen!«

Gilbert hatte Glück, dass sein Meister direkt auf die Dichtergilde zuging. So musste er nicht weitere unangenehme Details seiner Vergangenheit preisgeben. Antilius drehte seinen Kopf zur Seite, und sein Blick fiel auf eine hölzerne Schrifttafel, die über einer kleinen Tür an einer Hauswand hing. Das Haus war in einem erbärmlichen Zustand. In einem Fenster fehlten die Glasscheiben. Die Veranda war an mehreren Stellen eingebrochen.

Etwas war einmal auf diese Tafel geschrieben worden, doch Antilius konnte es nicht mehr lesen.

»Hier lebt sie also?«, fragte er ungläubig.

»Es sieht so aus.«

»Ist sie etwa ein Mitglied so einer dubiosen Sekte?«

»Es ist die Dichtergilde, die so etwas Ähnliches ist wie eine Denkfabrik. So weit ich weiß, ist es eine von vier auf ganz Thalantia.«

»Was wird hier genau gemacht?«

»Nun ja, sie produziert Gedanken. Genauer gesagt, ist es ein Zusammenschluss von Schriftstellern, Wissenschaftlern und Dichtern. Sie haben es sich zur Lebensaufgabe gemacht, die kreativsten und absonderlichsten Geschichten auszudenken, als auch neue Dinge zu erforschen und auf Papier zu bringen. Hier wird alles Mögliche geschrieben. Wer in dieses Haus eintreten will, muss all jenes draußen lassen, was ihre Kreativität stören könnte. Streit, Neid, Wut oder Hass sind in diesen vier Wänden absolut tabu«, erklärte Gilbert.

»Na, dann sollte ich dich nicht mit hineinnehmen«, sagte Antilius trocken.

»Aber Meister, ich verspreche, dass …«

»Beruhige dich. Das war nur ein kleiner Scherz.«

»Ich hätte fast gelacht«, grummelte Gilbert. Er hatte sehr wohl bemerkt, dass die kleinen Streitereien zwischen ihm und Pais seinem Meister gehörig gegen den Strich gingen. Er nahm sich vor, sich etwas mehr zu beherrschen.

Antilius klopfte mehrmals gegen die Tür, doch es antwortete niemand.

»Mach einfach die Tür auf«, riet Gilbert.

Das tat Antilius dann auch nach einigem Zögern und betrat das Haus. Als er das Innere erblickte, wurde seine zuvor in seinem Kopf umhergeisternde Vorstellung einer alten verstaubten Bibliothek, die unter Lichtmangel litt, schnell revidiert. Es war nicht staubig und schon gar nicht dunkel. Im Erdgeschoss dieses Hauses gab es nur ein einziges großes Zimmer, und in jeder Ecke des Raumes flackerte ein kleines Feuer in einem bröckligen Kamin. Im ganzen Raum waren bequeme Sessel wahllos verstreut, die aus feinsten Stoffen gefertigt waren. Bücherregale oder andere Möbel gab es nicht. Ein perfekter Ort, um sich zu entspannen, aber nicht um zu schreiben, dachte Antilius bei sich und fühlte sich sofort behaglich, was für ihn eigentlich ungewöhnlich war.

Es schien niemand anwesend zu sein. Doch als er, einen Bewohner suchend, einen der vielen Sessel umkreiste, fiel sein Blick auf zwei kleine Gestalten. Sie waren je kaum größer als Antilius' Hand und sahen sich beide zum Verwechseln ähnlich. Von ihrem Körperbau und ihrer Fellbehaarung hätte man sie wohl am ehesten mit Lemmingen vergleichen können.

Es waren Rijas. Genauer gesagt war es *ein* Rija. Diese beiden Geschöpfe waren nämlich telepathisch fest miteinander verbunden und zwar derart, dass sie als ein Wesen sprachen und dachten. Es war also *ein* Rija mit *zwei* Körpern.

Antilius war sich bis zu diesem Zeitpunkt nicht sicher gewesen, ob diese Wesen überhaupt in der Realität existierten, oder ob sie nur Fantasiegestalten waren.

Einer der beiden saß entspannt zurückgelehnt in dem für ihn viel zu großen Sessel und zog dunkelblauen Rauch aus einer winzigen Pfeife ein. Der andere saß daneben und schrieb auf einem kleinen Block. Das Pfeife rauchende Rija bemerkte den Besucher schnell.

»Einen Augenblick, bitte!«, rief er mit geschlossenen Augen und konzentriertem Blick.

Der andere schreibende Rija sprach mit derselben Stimme weiter, ohne seinen Blick von seinen Notizen abzuwenden. »Ich bin gerade dabei, eine äußert komplexe Satzkonstruktion zu vollenden.«

Antilius wartete geduldig ab, bis sich das Gesicht des rauchenden Rijas entspannte und sein Freund eifrig etwas aufschrieb. »So. Jetzt ist es wirklich perfekt«, schwärmte der Schreibende.

»Der Jahrespreis der Gildenvereinigung ist mir schon jetzt sicher.« Es folgte ein selbstzufriedenes Gelächter von beiden kleinen Dichtern, das in einer derart hohen Tonhöhe durch den Raum schallte, dass Antilius Gänsehaut bekam.

»Aber nun zu dir«, begann der rauchende, und der andere bemerkte Gilbert in dem Spiegel. »Ich korrigiere mich: zu euch. Ich nehme mal an, dass ihr ein Autogramm von mir haben wollt. Nun, ihr habt Glück. Es ist zwar nicht leicht, bei dieser enormen Nachfrage jeden zufrieden zu stellen, aber ganz zufälligerweise habe ich einige hier.« Während die ganze Zeit ein und dieselbe Stimme sprach, wechselte praktisch nach jedem Satz der Sprecher. Ein gewöhnungsbedürftiges und zugleich faszinierendes Erlebnis.

Antilius musste sich erst einmal an die ungewöhnliche Art der Kommunikation gewöhnen.

»Also eigentlich suche ich jemanden«, begann er achtsam, um das hünenhafte Ego der beiden Winzlinge nicht zu beleidigen.

»Ihr habt ihn gefunden.«

»Nein, ich suche eine junge Frau. Sie schreibt hier auch. Sie beschäftigt sich wohl mit Kräuterheilkunde, soweit ich das weiß.«

Die beiden kleinen Dichter beäugten den Fremden misstrauisch.

»Ihr meint wohl Telscha. Was wollt ihr denn von ihr? Wollt ihr denn nicht erst ein Autogramm von mir?«

Gilberts Geduldsfaden riss: »Hör mal Kleiner, dein Autogramm interessiert uns nicht. Wir wollen mit Telscha reden. Wo ist sie?«

»Gilbert! Sei doch nicht so unhöflich!«

Die beiden Winzlinge machten synchron ein entsetztes Gesicht.

»Ihr ... ihr wollt kein Autogramm von mir?«, stammelten sie abwechselnd.

Die beiden Besucher schüttelten den Kopf.

»Kennt ihr denn überhaupt meine Werke?«

Kopfschütteln

»Wisst ihr denn nicht einmal, wer ich bin?«

Wieder Kopfschütteln. Und ein betretener Gesichtsausdruck bei Antilius.

Die beiden Miniatur-Dichter (oder *der* Miniatur-Dichter) schnappten (schnappte) kurz nach Luft, fingen (fing) sich dann jedoch wieder rasch, jedenfalls nach außen hin.

»Sie ist oben, im ersten Stock. Sie schreibt, glaube ich, gerade an einem äußerst faszinierenden Buch über die Fortpflanzungsmethode der Steppen-Ringelblume. Wirklich sehr spannend! Ich wusste ja gar nicht, dass ihre Werke meine Popularität mittlerweile schon übertroffen haben. Nicht, dass mir das etwas ausmachen würde, denn ich habe ja bereits jeden Preis gewonnen, den man nur gewinnen kann, obwohl euch das anscheinend nicht interessiert«, sprach der rauchende und schreibende Rija abwechselnd mit völlig beleidigter Stimme. »So, und jetzt dürft ihr gehen, denn ich habe keine Lust, meine Zeit mit *zwei Analphabeten* zu verschwenden!«

Beide Rijas (oder der eine Rija) wandten (wandte) ihren (seinen) Blick von Antilius und Gilbert ab und gaben (gab) vor, sich wieder auf das Schreiben zu konzentrieren. In Wahrheit versuchten beide Gestalten, den brodelnden Ärger zu verarbeiten.

Antilius wandte sich ab, ohne noch etwas zu erwidern und stieg die einzige Treppe des von außen zerfallen wirkenden Hauses nach oben in den ersten Stock.

»Wie kann man nur bei einer Größe eines Hamsters so aufgeblasen und selbstverliebt sein?«, schimpfte Gilbert, als sie sich außer Hörweite befanden.

Die Tür des ersten Zimmers im oberen Stockwerk stand weit offen und ein seltsam sumpfiger Geruch stieg Antilius in die Nase. Es war stickig heiß und schwül. Der kleine Raum zeigte sich voll mit Pflanzen unterschiedlichster Art und Größe. Ein Wunder, dass sie hier gedeihen konnten, denn es war relativ dunkel in dem Raum. Hinter einem Farngewächs saß eine junge Frau mit unordentlichem dunklen Haar an einem kleinen wackeligen Tisch und untersuchte durch ein Vergrößerungsglas ein gelbgrünes Blatt.

Antilius räusperte sich: »Entschuldigung.«

Die Frau löste sich rasch aus ihrer starren Haltung, legte das Glas beiseite und schaute den Besucher überrascht an. »Ihr seid Antilius. Habe ich recht?«, sagte sie.

»Ja. Es scheint so, als ob mich hier schon fast jeder kennt. Woher wisst Ihr, dass … nein, lasst mich raten: Brelius hat Euch von mir erzählt. Euer Vater, meine ich.«

»Ich habe meinen Vater noch nie so aufgelöst erlebt. Und ich habe ihm auch noch einen Hinweis gegeben, der ihn ins Verderben geführt hat.«

»Ihr meint die Geschichte mit dem Zeittor?«

»Ja. Es war einfach nur eine verrückte Idee, aber er war davon besessen. Er wollte mir beweisen, dass er fähig ist, den großen Durchbruch zu schaffen. Dieser Stein, den er gefunden hat; er ist wirklich verhext. Er hat meinen Vater verhext.« Telscha schaute besorgt aus dem Fenster.

»Was könnt Ihr mir über diesen Stein - das Avionium - erzählen?«

»Darüber weiß ich leider überhaupt nichts. Er hat mir nichts weiter erzählt, als dass es Gegenstände leichter machen kann, aber das wisst Ihr vermutlich schon.«

»Hat er Euch von seinen Alpträumen berichtet?«

»Nur kurz bevor er zu seiner letzten Reise aufgebrochen ist. Er sah so zerstört aus. Er war ganz blass und ausgemergelt. Er klagte, dass er zu einem Werkzeug des Bösen gemacht worden wäre. Er hätte das Tor zur Hölle geöffnet. Deshalb wollte er noch einmal losziehen, um seinen Fehler wieder rückgängig zu machen. Er schien mir aber nicht wirklich überzeugt davon zu sein, dass er es schaffen würde.

Und er hat mir von Euch erzählt«, sagte Telscha und schaute Antilius skeptisch an, vermied es aber dabei, ihm in die Augen zu sehen.

Antilius' Gesichtszüge versteiften sich: »Was hat er über mich gesagt?«

»Er hätte von Euch geträumt. Ihr wäret der Einzige, der noch verhindern könne, dass das Böse über dieses Land zieht. Ihr seid ihm in mehreren seiner Träume erschienen. Erst in seinem letzten Traum hat er auch Euren Namen in Erfahrung bringen können.«

»Aber er kannte mich doch gar nicht.«

»Das hat mich auch sehr verwundert. Er wusste ganz genau, wem er den Hilferuf schicken sollte. Ihr habt die Nachricht bekommen?«, fragte Telscha und schaute wieder aus dem Fenster.

»Ja. Sie klang sehr verzweifelt.«

»Mein Vater verriet mir Euren Namen, Antilius. Er gab mir die Anweisung, Euch zu sagen, Ihr sollt die Largonen-Festung aufsuchen, wenn er nicht zurückkehren würde. Und leider ist er bisher nicht zurückgekehrt. Ich mache mir große Sorgen.«

»Largonen-Festung? Was ist das?«

»Die Largonen leben weit im Süd-Westen von Truchten. Es sind Wesen, die etwa dreimal so groß sind wie wir Menschen.
Sie leben sehr zurückgezogen. Ihre Stadt ist von einer riesigen Mauer umgeben. Viel mächtiger als die Mauer von Fara-Tindu. Soweit ich weiß, hatten sie schon seit Jahren keinen Kontakt mehr zur Außenwelt.«

»Wieso sollte ich dort hinreisen? Ist Brelius dort hingegangen? Ist dort etwa das Zeittor, von dem er gesprochen hatte?«

»Das Zeittor befindet sich dort, ja. Also wird er auch dort sein«, sagte sie, als wisse sie es ganz bestimmt. Sie drehte sich dann endlich zu Antilius um und schaute ihm dieses Mal in die Augen.

Was er in ihrem Gesicht sah, war das, was er erwartet hatte, aus ihrer Stimme aber nicht entnehmen konnte. Schmerz las er aus ihren wunderbar grünen Augen, die von dunklen Augenringen umgeben waren. Sie hatte wohl in letzter Zeit nicht sonderlich gut schlafen können, und viel geweint hatte sie auch, das konnte er sehen. Sie versuchte vergeblich, es sich nicht anmerken zu lassen, und Antilius bemühte sich vergeblich, so zu tun, als hätte er es nicht bemerkt.

»Was wisst Ihr über das Tor?«, fragte er fast flüsternd.

»Wie ich aus einigen sicheren Quellen erfahren habe, existiert dieses Tor, und es wird von den Largonen bewacht. Wahrscheinlich leben sie deshalb so abgeschieden vom Rest der Welt. Sie sind die Wächter des Zeittores, schon seit Jahrhunderten.«

»Aber wenn die Largonen es bewacht haben, wie ist es dann Brelius gelungen, durch das Tor zu treten, ohne von ihnen bemerkt zu werden? Er hat jedenfalls nichts in seinem Stimmen-Kristall darüber aufgezeichnet. Er sagte, die Stadt, in der er sich befunden hatte, wäre unbewohnt, und er sprach nur von einem unterirdischen Raum, in dem er gewesen sein will.«

»Er hat mir nichts davon erzählt. Er erwähnte keine Riesen. Ich weiß nicht, wie mein Vater es gemacht hat. Ich weiß nur, dass er das Zeittor benutzt hat.«

»Wem gehört die Stimme, die Brelius in seinen Träumen gehört hat? Die Stimme, die ihn manipuliert hat und befohlen hat, zum Zeittor zu gehen, meine ich.« Antilius war am ganzen Körper angespannt.

»Ich bin mir ziemlich sicher, wer dahinter steckt«, sagte Telscha. »Sein Name ist Koros Cusuar. Er ist ein Mensch, der über ein kleines Reich im Norden dieses Landes verfügt. Er war früher einmal die rechte Hand des Kanzlers von Truchten. Er gab sich jedoch nie mit seiner zweiten Position zufrieden und trennte sich von ihm, um sein eigenes Reich zu gründen. Ein Reich der Gesetzlosigkeit.«

»Aber wie hat dieser Koros es angestellt, Brelius in seinen Träumen zu erscheinen?«, warf Gilbert ein, der äußert gebannt Telschas Ausführungen gefolgt war. Er hatte sich eigentlich vorgenommen zu schweigen, aber die Neugier ließ die Frage aus ihm herausbrechen.

Nicht sonderlich überrascht darüber, einen Mann in einem kleinen Spiegel zu sehen, antwortete sie: »Ich habe erfahren, dass Koros über telepathische Kräfte verfügt. Er ist der *einzige* Mensch auf der Fünften Inselwelt, von dem gemunkelt wird, dass er über diese besondere Fähigkeit verfügt.«

Sofort lief Antilius wieder ein kalter Schauer über den Rücken, und er erinnerte sich an seinen Traum von der Schlucht und dem Mann ohne Gesicht.

»Ich weiß nicht, wieso, aber ich bin davon überzeugt, dass Koros Brelius irgendwie gebraucht hat, um an das Tor zu kommen. Er konnte oder wollte es nicht selbst tun«, sagte Telscha.

Gilbert runzelte die Stirn. »Aber Moment mal! Was sollte dieser Koros denn mit dem Zeittor überhaupt anfangen?«

Telscha schaute Gilbert im Spiegel fest an. »Das liegt doch auf der Hand. Er möchte es benutzen. Wer durch die Zeit reisen kann, der kann die Vergangenheit und damit auch die Zukunft verändern.«

»Und zwar zu seinen Gunsten«, fügte Antilius hinzu.

Gilbert schwieg einen Moment, um seine Gedanken zu ordnen. »Verstehe. Aber Brelius sprach noch von viel Schlimmerem. Er sagte, Koros würde zu einem Wesen werden, das weder Zeit noch Tod fürchten müsse. Alleine durch Zeitreisen? Also ich verstehe das nicht richtig.«

Antilius begann, nachdenklich auf und ab zu laufen. So konnte er sich besser konzentrieren. »Du hast recht, Gilbert, da steckt noch mehr dahinter. Ich glaube kaum, dass Zeitreisen einen unsterblich machen können.«

»Und was ist mit den Largonen? Sie werden bestimmt nicht einfach zugesehen haben, wie sich jemand des Zeittores bemächtigt, wenn sie es doch beschützen wollen«, fragte wieder Gilbert.

»Es gibt hierbei noch viele unbeantwortete Fragen. Aber mich beunruhigt noch eine ganz andere Sache«, begann Telscha mit einem niedergeschlagenen Gesichtsausdruck.

»Mein Vater maß dem Fremden, der das Tor zu seinen Zwecken missbrauchen will, zwar große Bedeutung bei. Aber da gab es noch etwas anderes. Etwas Größeres, Unheimlicheres, das ihm Angst machte.«

»Was meint Ihr?«

»Ich bin mir nicht sicher, aber mit diesem Tor scheint eine andere Bedrohung erwacht zu sein. Eine, die auf der anderen Seite dieses Tores schläft und nun erwacht ist oder dabei ist zu erwachen. Etwas unvorstellbar Böses wird über dieses Land ziehen. Das hat mein Vater gesagt.«

»Vielleicht meinte er aber auch diesen Koros?«, mutmaßte Antilius. Er hoffte es, aber irgendwie fühlte er, dass Koros nicht das einzige Problem sein würde.

»Das glaube ich nicht. Hier ist etwas Größeres im Spiel. Es ist nur so ein Gefühl von mir. Ich habe manchmal solche Ahnungen. Es ist wie ein düsteres Puzzle, und Koros, mein Vater und du, Antilius, sind ein Teil davon.«

Der letzte Satz ließ Antilius erschaudern. Nicht nur, was Telscha sagte, sondern, dass sie Antilius jetzt mit ‚du' anredete. Dadurch fühlte er sich irreversibel in die Pflicht genommen, dieses Rätsel zu lösen und Brelius zu finden. In diesem Moment musste er wieder an seinen Traum denken, den er zu Beginn seiner Ankunft geträumt hatte.

Was hatte Antilius selbst mit dieser Sache zu tun? Und warum war *er* ein Bestandteil von Brelius' Träumen?

Es hat etwas mit deiner Vergangenheit zu tun. Es hat mit dem zu tun, woran du dich nicht mehr erinnern kannst, dachte er.

»Ich darf doch 'du' sagen, oder?«

»Sicher«, sagte er geistesabwesend, was Telscha nicht entging.

»Was hast du?«

»Das ist alles so verrückt. Das alles wirft nur noch mehr Fragen für mich auf. Eine unbeschreibbare Bedrohung und ein Fremder, der mich um Hilfe bittet«, sagte er mit verstörter Miene.

Telscha trat einen Schritt näher an ihn heran. »Du musst meinen Vater finden! Bitte! Du musst gehen und ihn suchen. Nur dann wirst du deine Antworten finden.«

Antilius ging zum Fenster, aus dem zuvor Telscha geschaut hatte und versuchte, irgendwo da draußen etwas zu finden, das ihm die Entscheidung darüber abnehmen würde, was er jetzt unternehmen sollte. »Selbst wenn ich mich bereit erklären würde, Brelius zu suchen. Woher weiß ich, dass er auch dort ist? Ich weiß ja nicht einmal, *wie* ich dort hingelangen soll, geschweige denn, *wo* genau sich die Festung befindet. Das ist kein Spaziergang. Gemäß dem Tagebuch deines Vaters war er wahrscheinlich über zwanzig Tage unterwegs.«

»Mein Vater wird dort sein. Davon bin ich überzeugt.

Ich habe eine Karte in der Alten Bibliothek gefunden. Sie ist zwar nicht unbedingt sehr genau, aber sie wird dich zu deinem Ziel leiten.« Telscha bückte sich nach einer alten Truhe, auf der eine Schlingpflanze wuchs, befreite den Deckel von dem violettfarbenen Gestrüpp, öffnete sie und holte ein kleines und sehr schmutziges Stück Papier heraus. Sie entfaltete das Blatt und hielt es Antilius vor die Brust.

Er zögerte. Die Karte in die Hand zu nehmen, würde für ihn endgültig bedeuten, sich gegenüber Telscha zu verpflichten, die Suche nach Brelius fortzusetzen und gleichzeitig eine Reise ins Ungewisse anzutreten. Sie schaute ihm tief in die Augen und dann sprach sie das aus, von dem Antilius ahnte, dass sie es schon, als er diesen Raum betreten hatte, in seinen Augen gesehen hatte.

»Er hat dich auch in deinen Träumen heimgesucht«, sagte sie.

Antilius fuhr innerlich zusammen.

»Koros war in deinen Träumen. War es nicht so?«, hakte sie nach.

»Ja. Einmal. Als ich mit dem Schiff herkam. Woher weißt du das?«

»Ich habe diesen Blick, mit dem du mich die ganze Zeit angesehen hast, schon einmal gesehen. Bei meinem Vater. Die gleiche Furcht. Dieselbe Sorge. Dasselbe Grauen.«

Es behagte Antilius nicht, dass andere Leute in seiner Gefühlswelt herumstocherten. Ungeachtet dessen hatte sie recht, und er wollte es sich nicht eingestehen. Der Fremde, der Mann ohne Gesicht, es war Koros Cusuar. Obwohl er keine Beweise hatte, war er sich in diesem Augenblick absolut sicher, dass er es war. Als ob er ihn irgendwoher kennen würde. Er fühlte eine gewisse unerklärliche Vertrautheit. Und wie es schien, war er selbst diesem Koros auch vertraut. Vertraut genug, um Antilius' Anwesenheit zu spüren und mit ihm über einen Traum Kontakt aufzunehmen. Und Antilius die Klippe herunterzustürzen.

Er erschauerte.

Aber es wurde Antilius auch klar, dass es nicht richtig war, sich zu drücken und wegzulaufen. Sich zu verstecken. Er würde nie wieder ruhig schlafen können, wenn er sich nicht jetzt entschließen konnte, dem Rätsel auf die Spur zu kommen. Er war gekommen, um etwas über seine Vergangenheit herauszufinden, um seine Erinnerungen an verlorene Jahre zu suchen. Und Brelius schrieb in dem Brief, dass es Antworten geben würde.

Er nahm die Karte in die Hand und spürte, wie Telscha innerlich einen Seufzer der Erleichterung von sich gab.

Er schaute sich die Abbildung sehr genau an und kam zu dem Schluss, dass er sie kein bisschen verstand. Wo war Norden? Wo Süden? Telscha drehte die Karte einmal um hundertachtzig Grad und deutete dann auf eine kleine Burg, die am linken unteren Kartenrand eingezeichnet war. Ein Kind hätte diese Karte wohl genauer zeichnen können, dachte sich Antilius.

»Das sieht nach einem sehr, sehr langen Weg aus«, stöhnte Gilbert.

»Das kann dir doch egal sein«, gab Antilius zurück.

»Die Hälfte der Strecke kannst du mit der Amedium-Bahn fahren. Sie sollte einmal bis zum südlichen Ende der Fünften Inselwelt führen, wurde jedoch aus Gründen, die wir nicht kennen, nie fertig gebaut. Es gibt eine geheime Abzweigung mitten im Wald. Man kann sie kaum sehen, wenn man in der Gondel sitzt. Also musst du wachsam sein. Du musst nach einer alten toten Ulme Ausschau halten. Dort befindet sich die Abzweigung.«

Antilius schüttelte den Kopf: »Ich finde bei dieser ungenauen Karte nie den Weg zur Festung.«

»Das tut mir Leid. Aber ich habe nichts Besseres«, sagte Telscha grimmig.

Antilius nickte. »Also schön.«

»Und noch Eines: Wenn du meinen Vater gefunden hast, dann musst du das Tor zerstören.«

»Zerstören? Ich? Aber wie?«

»Er wird es dir erklären. Er wird viele Antworten auf deine Fragen haben. *Du* bist derjenige, der uns helfen kann. Du und niemand anderes.«

»Und was soll ich tun, wenn ich deinen Vater nicht finden kann?«

Sie schwieg. Das war auch in Ordnung, denn er kannte die Antwort. Das Tor musste auf jeden Fall vernichtet werden, bevor es Koros erreichen konnte.

»Koros wird sicherlich schon unterwegs sein, um sich des Tores zu bemächtigen. Wie viel Vorsprung, glaubst du, werde ich haben?«

»Das weiß ich nicht. Koros weiß vermutlich jedoch nichts von der kleinen verlassenen Strecke der Metallbahn. Nur mein Vater und jetzt du und ich wissen davon. Sie wird dir einen Zeitvorteil verschaffen können, wenn du rasch aufbrichst.«

»Gut.«

Antilius überlegte kurz. »Telscha, willst du nicht mitkommen? Ich weiß, dass es vielleicht gefährlich werden könnte, aber du wirst vermutlich weniger Schwierigkeiten haben, den richtigen Weg zu finden als ich, und ich kann wirklich jede Hilfe gebrauchen.«

Telscha schien auf diese Frage vorbereitet. Sie verkrampfte sich. »Als ich meinen Vater zum letzten Mal gesehen habe und er mir gesagt hat, er wolle noch einmal zum Zeittor zurückkehren, da habe ich sofort meine Sachen gepackt und wollte mitgehen. Doch er flehte mich an, es nicht zu tun. Er hatte wahnsinnige Angst, dass mir etwas zustoßen könne, und ich musste ihm versprechen, dass ich niemals diesen grausigen Ort aufsuchen solle. Niemals. Es fiel mir zwar schwer, aber ich versprach ihm, hier zu bleiben.

Deshalb bleibe ich jetzt auch hier und werde auf ihn warten, denn dieses Versprechen darf ich nicht brechen. Ich werde hier warten, bis er zurückkehrt, denn ich weiß, dass er zurückkehren wird.«

Telschas Augen füllten sich mit Tränen und dann fixierten diese Antilius mit einer hypnotischen Entschlossenheit. »Bring ihn mir zurück, Antilius. Bring ihn mir zurück.«

Antilius verstand und verabschiedete sich unangemessen knapp. Er wollte nicht mehr länger von dem Gefühl erdrückt werden, die Last einer großen Verantwortung gegenüber Telscha zu tragen. Der Last, ihren Vater finden zu *müssen*.

Als er wieder auf der nun sehr still gewordenen Gasse im Freien stand, ging es ihm schon wieder ein wenig besser.

»Was machen wir jetzt?«, fragte Gilbert.

»Wir werden Pais bitten, uns zu begleiten, schließlich ist er der beste Freund von Brelius.«

Uns. Das gefiel Gilbert. Er freute sich riesig, dabei sein zu dürfen, bei diesem geheimnisvollen Abenteuer. Auch wenn er es nur durch eine Glasscheibe erleben durfte.

Aus dem angebrochenen Abend wurde langsam eine dunkle Nacht. Immer mehr Sterne lugten aus dem Himmelszelt hervor.

Antilius ging zurück zum Wurmhügel und wünschte sich, er wäre nie hierher gekommen.

DIE SPLITTERNDEN

Als Antilius in der Dunkelheit der Nacht zum Wurmhügel zurück-kehrte, bot sich ihm ein Anblick, der es ihm unmöglich machte, seine Kinnlade wieder zu schließen.

Pais Ismendahl hatte hinter dem Haus ein kleines Feuer entzündet. Hoch über den tanzenden Flammen gaben die Riesen-Glühwürmchen ihre Galavorstellung. Etwa zwei Dutzend von ihnen schwirrten spiralförmig über dem brennenden Holz. Die aufsteigende heiße Luft schien sie zu Höchstleistungen anzuspornen. Sie änderten ohne erkennbaren Rhythmus ihre leuchtende Formation. Mal bildeten sie einen Kreis, mal eine Pfeilform, mal einen Stern oder sogar eine Kugel. Das sanfte Brummen, das sie dabei erzeugten, glich dem beruhigenden Schnurren einer Katze.

Antilius begriff, warum Pais soviel Wert auf diese kleinen Wesen legte. Sie waren äußerst intelligent und wunderschön anzusehen.

Lange, sehr lange beobachteten er und Gilbert die Darbietung, bis die Glühwürmer schließlich erschöpft waren und einer nach dem anderen zur Landung in ihren geräumigen Käfig ansetzten.

Als auch der letzte seinen Kunstflug beendet hatte, war es nicht schwer, Pais davon zu überzeugen, Antilius bei seiner Suche zu begleiten. Der alte Herr meinte, es könne nicht schwer sein, den Ort zu finden, an dem sie Brelius Vandanten vermuteten. Die Largonen-Festung könne man schlecht übersehen, sagte er. Es war schließlich ein Dorf, das von Riesen erbaut worden war.

Am nächsten Morgen wollten sie aufbrechen. Doch bis dahin hatten sie noch die ganze Nacht vor sich. Und die nutzten sie, um gemeinsam am Feuer zu sitzen und so viel wie möglich voneinander zu erfahren. Nur Gilbert hielt sich gewohntermaßen zurück mit Geschichten aus seiner Vergangenheit.

Pais war ein unverschämt guter Erzähler. Er konnte jede noch so unbedeutende Begebenheit aus seinem Leben fesselnd schildern.

Und Antilius bemerkte, wie auch Gilbert auflebte. Und lachte. Er lachte aus vollem Herzen. Kein Streit. Keine Bosheiten. Wie lange war es wohl her gewesen, dass er das letzte Mal so ausgelassen gelacht hatte? Wie lange hatte er mit der Einsamkeit in seinem Gefängnis ausharren müssen? Erst jetzt empfand Antilius echtes Mitleid mit seinem Freund. Man hatte Gilbert alles genommen, aber seine Seele konnte man ihm nicht nehmen.

Nachdem Pais ein paar Anekdoten aus seinem früheren Leben in den Ahnenländern zum Besten gegeben hatte (warum und vor allem, wie er von dort geflohen ist, behielt er zu Antilius' Unmut und trotz einer beherzten Nachfrage für sich), fragte er freundlich nach Antilius' Herkunft.

Und das war der Moment, in dem sich für Antilius alles änderte. Zunächst wollte er irgendetwas kurzes Erfundenes daherstammeln, wie er es früher getan hatte, wenn ihn jemand nach seiner Herkunft fragte. Doch dann entschied er sich endlich, das erste Mal in seinem Leben jemandem die Wahrheit zu erzählen. Was hatte er denn zu verlieren? Wieso sollte er etwas erfinden und sich in Lügen verstricken? Er vertraute den beiden Männern am Lagerfeuer. Er *wollte* es endlich jemandem erzählen. Es *musste* endlich aus ihm heraus. Es ständig allein mit sich herumzuschleppen war unerträglich. Und er musste sich bemühen, dass er sich beim Sprechen nicht überschlug. Sein Herz raste auf einmal. Sein Mund wurde ganz trocken, und er verspürte ein leichtes Kribbeln in den Armen. Denn das, was er über sich zu erzählen hatte, war so unglaublich, dass er sich bisher noch nie jemandem anvertraut hatte.

»Ich weiß nicht, wer ich bin«, begann er und wartete die Reaktionen von Pais und Gilbert ab.

»Was meinst du damit?«, fragte Pais, der sofort erkannte, dass Antilius angespannt war und es sehr ernst meinte, was er sagte.

»Die ganze Geschichte?«, fragte Antilius.

»Ja, bitte.«

»Also schön. Aber ich muss euch erst sagen, dass ich es noch nie jemandem erzählt habe, weil, … weil ich es eben nicht konnte. Und verdammt, es fällt mir auch jetzt sehr schwer, darüber zu reden.«

»Wir haben die ganze Nacht Zeit«, sagte Gilbert in einem erleichternd beruhigenden Ton.

Dann begann Antilius zu erzählen und mit jedem Satz, mit jedem Wort fühlte er, wie eine Last von ihm fiel, wie er sich leichter und leichter fühlte. »Ich erinnere mich nur bruchstückhaft an meine Kindheit. Eine glückliche Kindheit muss es wohl gewesen sein. Ich erinnere mich, wie ich an einem Fluss sitze und angle. Ich erinnere mich, wie sich meine Mutter über mich beugt, um mir einen Gute-Nacht-Kuss zu geben, und ich erinnere mich an einen meiner Geburtstage, bei dem es einen großen dunklen Kuchen gab und viele andere Kinder da waren, und wie wir gelacht haben, und wie wir spielten, bis es dunkel wurde. Ich erinnere mich an das Panorama einer Stadt mit hohen, weißen Türmen, obwohl ich weiß, dass es auf Thalantia so eine Stadt nicht gibt.

Und dann … Dann fehlt mir die Erinnerung. Ich weiß nicht genau, wie viele Jahre es sind. Ich schätze, dass ich mich an die Zeit zwischen meinem zwölften und vielleicht zweiundzwanzigsten oder dreiundzwanzigsten Lebensjahr an nichts mehr erinnern kann. Aber wie gesagt, das ist nur eine Schätzung. Ich weiß nicht genau, wie alt ich jetzt bin. Vermutlich Ende zwanzig. Ich weiß es nicht.«

Pais hätte Antilius einen Tick jünger geschätzt, aber er glaubte, dass Ende zwanzig auch hinkommen könnte.

»Und was ist deine erste Erinnerung nach dieser Zeit des Vergessens?«, fragte er.

Antilius schloss kurz die Augen. Dann war er im Geiste an dem Ort, an dem seine Erinnerungen wieder begannen. »Ich erinnere mich, wie die Luft, die ich einatmete, salzig war. Es war dunkel. Es war eine sternenklare Nacht. Der Mond Pathan war nur eine dünne ockerfarbene Sichel am Nachthimmel. Um mich herum war …«

… das Meer. Es war ganz ruhig. Nur eine leichte salzige Brise strich Antilius durchs dunkelbraune Haar, das in dieser Nacht vor fast sieben Jahren schulterlang war. Er stieg einen felsigen Pfad empor.

Der Pfad war schmal und steil. Er gehörte zu einem kleinen schwarzen Felsen, einem von über vier Dutzend, die vor der West-küste von Bétha aus dem Wasser ragten. Das Felsgestein war brü-chig und scharfkantig, weswegen diese Felsengruppe auch ‚Die Splitternden' genannt wurde.

Ohne sich nach links oder rechts zu drehen, ja ohne sich über-haupt darüber bewusst zu sein, dass Antilius die Spitze des Fel-sens erklomm, setzte er einen Fuß vor den anderen. Er war noch nicht wirklich dort auf diesem Felsen. Physisch schon, aber er fühlte sich noch wie in einem Traum, alles um ihn herum kam ihm nicht real vor; er fühlte sich dieser Realität nicht zugehörig. An-ders konnte er seinen Zustand im Nachhinein nicht besser be-schreiben.

Aber allmählich, Schritt für Schritt, wurde die Welt um ihn her-um wirklicher. Der Salzgeschmack wurde realer. Die Brise, die

sein Gesicht und sein Haar berührte, drängte ihn langsam in die-
se Realität zurück.

Ehe er auf den Gedanken kam, sich zu fragen, was er hier eigent-
lich zu suchen habe, geschweige denn, wie er überhaupt hierher
gekommen war, sah er am Ende des Pfades auf einem schmalen
Plateau an der Spitze des Felsens ein kleines Lagerfeuer brennen.
Antilius blieb stehen und betrachtete es fasziniert mit großen Au-
gen.

Langsam verringerte er die Distanz zwischen sich und den Flam-
men. Er hatte das Plateau zweihundert Meter über dem Meeress-
piegel fast erreicht, als er eine Gestalt mit einer Kapuze über dem
Kopf bemerkte, die hinter dem Feuer saß und dem dunklen Meer
zugewandt war.

Nach einem kurzen Zögern stellte sich Antilius an das Lagerfeuer
und fühlte die (reale) Wärme auf seiner Haut, die es abstrahlte.

Die Gestalt auf der anderen Seite des Feuers regte sich nicht.

Antilius' Blick wanderte vom Feuer zu der Gestalt, wieder zu-
rück und dann wieder zur Gestalt. Eine Menge von Fragen be-
gann sich in seinem Kopf zu sammeln.

»Wie geht es dir?«, fragte die Gestalt plötzlich, ohne sich zu be-
wegen und sich von dem Meer abzuwenden. Die Stimme gehörte
einer Frau.

Antilius bekam ein dumpfes Gefühl in der Magengegend. »Wo
bin ich hier? Was ist mit mir geschehen?«, fragte er.

»Wir sind vor der Küste von Bétha. Erinnerst du dich an diesen
Namen?«

»Ja.« Bétha war die Vierte Inselwelt auf Thalantia. Daran konn-
te sich Antilius deutlich erinnern.

»Wie heißen die anderen Inselwelten?«

Antilius antwortete mit einer Gegenfrage: »Wieso wollen Sie das
von mir wissen? Wer sind Sie ei...«

»Es ist wichtig, was du weißt und was du vergessen hast«, fiel
ihm die Frauenstimme ins Wort. »Also, erinnerst du dich an die
Namen der Sieben-Inselwelten? Wenn ja, dann nenne mir die Na-
men der anderen sechs! Streng dich an. Ich weiß, du kannst das.«

Antilius musste einen Augenblick überlegen. Er war sich zwar
sicher, dass er die Namen im Schlaf kannte (jedes Kind konnte die
Namen im Schlaf aufzählen!), dennoch fiel es ihm schwer, sich an
sie zu erinnern. Weil er noch nicht ganz hier war. Er war noch
nicht völlig real. *Sein Gedächtnis war noch nicht richtig real.*

»Die erste Inselwelt heißt ... Arbrit, die zweite Brigg«, murmelte Antilius und spürte Erleichterung darüber, dass ihm die Namen doch wieder einfielen. »Dann kommt Panthea, Bétha und Truchten. Nummer sechs und sieben heißen Fahros und Finfin.«

Die Kapuzengestalt hörte aufmerksam zu. Nachdem Antilius alle Namen korrekt aufgezählt hatte, senkte sie den Kopf und amtete schwer ein und wieder aus. Antilius kam es so vor, als wäre sie nicht zufrieden mit seiner Antwort.

»Wie heißt du?« fragte sie ihn schließlich. Dieses Mal war sie jedoch sichtlich interessierter an der Antwort, denn sie drehte sich halb zu Antilius um, sodass er aber immer noch nicht ihr Gesicht zu sehen bekam.

Jemand fragt einen, wie man heißt, und man nennt seinen Namen. Was war daran so schwer? Antilius machte wie aus einem Reflex den Mund auf und ... schloss ihn dann wieder. Er hatte sich an alle Namen der Inselwelten erinnern können. Doch an seinen eigenen Namen nicht. Auf seinem Weg nach oben zum Plateau kamen ihm viele Fragen in den Sinn, doch die wichtigste von allen hatte er verdrängt. Wie war sein Name? Wer war er?

Antilius huschte ein gehetzt wirkendes Lächeln der Verlegenheit übers Gesicht und dann bekam er Panik. Sich nicht daran zu erinnern, wer er war, bedeutete für ihn ein schockierendes Gefühl des Kontrollverlusts.

»Ich kann nicht. Ich kann mich nicht ... erinnern. Ich ...«

»Schon gut«, sagte die Frauenstimme, jetzt ganz sanft. Antilius konnte spüren, wie erleichtert sie zu sein schien.

»Das ist schon gut. Es ist alles gut«, sagte sie, erhob sich dabei und blickte Antilius durch eine bronzefarbene Maske an.

»Wieso trägst du eine Maske? Wer bist du?«, fragte Antilius heiser.

Die fremde Frau schaute kurz zu den Sternen auf und blickte dann wieder Antilius an. Die bronzene Maske, die sie auf ihrem Gesicht trug, hatte nur einen sehr schmalen über das Nasenbein durchgängigen Sehschlitz für beide Augen.

»Es ist eine wunderbare Nacht für deine Rückkehr, findest du nicht?«, sagte sie.

»Rückkehr? Wovon redest du? Wovon redest du nur? Was ist mit mir geschehen?«

»Habe keine Angst. Jetzt beginnt für dich ein neues Leben. Frage nicht nach deiner Vergangenheit. Es wird dir vermutlich sowieso

nichts nützen. Es wird wohl niemanden geben, der die Antworten kennt, egal, wen du fragen wirst. Ich hoffe jedenfalls, dass es so ist«, sagte die Fremde. Ihre Stimme war unglaublich beruhigend.

»Wer bist du?«, wiederholte Antilius.

»Ich bin nur jemand, der dir den Pfad in dein neues Leben weist. Die Maske trage ich, weil ich fürchte, du könntest dich doch noch an etwas erinnern, wenn du mein Gesicht erblickst. Hier, nimm das«, sagte sie und zog ein zusammengerolltes Stück Pergament aus ihrer Kutte hervor und gab es Antilius.

Er rollte es hastig auseinander. Es war eine Urkunde, die dem Besitzer dieses Dokuments das Eigentum von einem Stück Land im nördlichen Teil von Bétha garantierte. Diese Art von Urkunden war sehr alt, das wusste Antilius.

Er schaute die Fremde mit der Maske verdutzt und überrascht an.

»Für dein neues Leben«, sagte sie. »Ich bin sehr froh, dass ich es geschafft habe, dich rechtzeitig zurückzuholen, gleichwohl es nicht meine Idee gewesen war. Ich wünsche dir, dass du jetzt ein friedvolles und unbekümmertes Leben führen kannst. Das wünsche ich mir mehr, als du dir je vorstellen könntest.

Aber dennoch weiß ich, dass dich deine Vergangenheit wieder einholen kann. Und dass das Böse wieder zurückkehren kann. Hoffen wir, dass es nicht dazu kommt.

Ich muss jetzt fort. Je eher, desto besser. Ich gehöre nicht hierher.«

»Wer bin ich?«, fragte Antilius flehend.

»Du bist ein Mann, der neu anfangen darf. Sei dafür dankbar. Frage nicht und sei einfach dankbar.

Und wenn jemand dich nach deinem Namen fragt, dann sagst du: ,Antilius'.«

»Antilius? Ist das mein richtiger Name. Heiße ich so?«

»Dein alter Name ist vergessen. Von nun an bist du Antilius. Es ist nicht irgendein Name. Er ist einzigartig. Einzigartig auf dieser Welt. Er wird dich vor unangenehmen Fragen beschützen und vor Bösem. Niemand wird sich über diesen Namen wundern, auch wenn es ihn nur einmal auf dieser Welt gibt.«

Antilius wandte seinen Blick von der Fremden ab und schaute zum Meer. Sollte er das akzeptieren? Keine Fragen stellen und auf Bétha ein neues Leben beginnen?

»Was ist, wenn ich, ohne Fragen zu stellen und Antworten zu suchen, nicht werde leben können?« fragte er nachdenklich, wobei er auf das ruhige Meer schaute.

»Dann könntest du sterben«, sagte die Fremde gefasst. »Wenn es das Schicksal so will, dann wirst du herausfinden, wer du bist. Aber wenn das geschieht, dann wird Thalantia in Gefahr sein. Ich will nicht, dass es dazu kommt, aber vielleicht haben wir keine andere Wahl. Ich hoffe für dich, dass nichts geschehen wird, das dich dazu zwingt, nach Antworten zu suchen. Das hoffe ich wirklich.«

»Leb wohl, Antilius.«

Als er sich wieder umdrehte, war ...

»...sie fort. Sie war einfach verschwunden. Sie hatte sich in Luft aufgelöst oder sonst irgendwas. Ich weiß es nicht«, sagte Antilius mit einem sehr trockenen Mund.

»Was meinte sie damit, dass du sterben könntest?«, fragte Gilbert beunruhigt und fasziniert zugleich.

»Wenn ich das wüsste«, erwiderte Antilius betrübt.

»Das ist wirklich die merkwürdigste Geschichte, die ich je gehört habe«, sagte Pais und rieb sich das Kinn.

»Ich habe euch das nicht umsonst erzählt. Denn wegen meines Gedächtnisverlusts bin ich jetzt hier. Brelius bat mich, ihm zu helfen - das habe ich euch erzählt. Was ich euch nicht erzählt habe, war, dass er in dem Brief, den er mir geschickt hatte, schrieb, es könnte Antworten auf meine Fragen betreffs meiner Vergangenheit geben, wenn ich nach Truchten reise.«

»Und statt Antworten zu finden, bist du auf noch mehr Fragen gestoßen«, fügte Pais hinzu.

Antilius nickte. Er holte den Brief von Brelius aus seiner linken Hosentasche und gab ihn Pais zum Lesen. Pais las ihn laut vor:

Sehr geehrter Herr Antilius,

dieser Brief erreicht Euch in äußerster Dringlichkeit.

Mein Name ist Brelius Vandanten. Ihr werdet mich nicht kennen, und eigentlich kenne ich Euch auch nicht, und doch weiß ich, wer Ihr seid.

Mir sind in den letzten Tagen Ereignisse widerfahren, die ich mir nicht mit logischen Argumenten erklären kann. Ereignisse, die dazu geführt haben, dass ich gezwungen worden bin, etwas zu tun, das unabsehbare und furchtbare Konsequenzen haben könnte.

Ich habe erfahren, dass Ihr, Herr Antilius, der Einzige seid, der mir noch helfen kann, ein großes Unheil, das über uns alle kommen könnte, zu verhindern.

Deshalb bitte, nein, ich flehe Euch an, zu mir zu kommen. Ich lebe auf der Fünften Inselwelt Truchten in der Nähe der Stadt Fara-Tindu.

Ich weiß, dass Ihr jetzt skeptisch sein und versucht sein werdet, mir keinen Glauben zu schenken, während Ihr diese Zeilen lest.

Doch hört mich an: Ich kenne zwar nicht Eure Biographie, doch weiß ich, dass es etwas gibt, nach dem Ihr Euch sehnt. Die seltsamen und zugleich beängstigenden Dinge, die mir widerfahren sind, müssen in irgendeiner mir nicht nachvollziehbaren Verbindung mit Euch stehen. Eine Verbindung, von der Ihr selbst wahrscheinlich auch keine Kenntnis habt. Doch wenn Ihr hierher kommt, könnt Ihr dies ändern:

Wenn Ihr Antworten auf Eure Fragen sucht, die Eure Vergangenheit betreffen, dann kommt zu mir.

Mehr kann ich nicht tun, um Euch zu überzeugen, denn die Zeit läuft mir davon. Ich werde zunächst versuchen müssen, meinen Fehler auf eigene Faust rückgängig zu machen, doch spüre ich, dass ich vermutlich nicht dazu imstande sein werde.

Verzeiht mir, aber mehr kann ich Euch in diesem Schreiben nicht anvertrauen.

Kommt zu mir! Es eilt! Wenn es Euch möglich ist, brecht am besten sofort auf. Ich werde auf Euch warten. Falls ich nicht zuhause bin, geht einfach in mein Haus. Dort werdet Ihr eine weitere Nachricht von mir finden.

Ich weiß, dass Ihr kommen werdet.

Das Schicksal Thalantias kann davon abhängen.

Hochachtungsvoll
Brelius Vandanten

»Merkwürdig«, sagte Pais.

»Das kann man wohl sagen!«, pflichtete ihm Gilbert bei. »Aber hast du denn keine Angst? Ich meine, was die Frau mit der Maske gesagt hat. Dass du nicht nach Antworten suchen sollst, weil es sonst deinen Tod bedeuten könnte«, fragte Gilbert.

»Natürlich habe ich Angst. Aber der Brief von Brelius klang so verzweifelt, und die letzten Jahre waren so … so leer für mich. Ich muss herausfinden, wer ich bin. Versteht ihr?«

»Ja, ich glaube schon«, sagte Pais. »Vermutlich würde ich genauso handeln, wenn ich an deiner Stelle wäre.«

»Was jetzt Vorrang hat, ist, Brelius Vandanten zu finden. Wenn ich dabei auf Antworten stoße, dann sei es so. Und wenn nicht, dann kann ich es nicht ändern. Ich freue mich jedenfalls, dass ich nicht alleine bin«, sagte Antilius aufrichtig.

»Wir werden Brelius finden«, sagte Pais.

»Genau, wir halten zusammen, oder?«, fragte Gilbert ermutigend.

»Ja, das tun wir«, sagte Pais.

»Ja«, sagte Antilius.

In dieser Nacht bildete sich zwischen den drei Kameraden ein Band. Unsichtbar und unantastbar. Es war, als hätten sie sich schon immer gekannt. Als seien sie alte Freunde, die alles füreinander tun würden.

Antilius schmeckte die kühle Nachtluft des Spätsommers auf seiner Zunge und spürte, wie er sich mit jedem Atemzug besser fühlte.

Er war nun bereit, seinen Platz in diesem Rätsel einzunehmen und es im Kampf gegen die Zeit zu lösen. Und seine Freunde würden ihm dabei helfen, egal, was auch geschehen mochte.

Die Zeit.

In dieser Nacht schien sie es gut mit ihnen zu meinen.

Sie schien still zu stehen.

STREITIGKEITEN AUF DEM GEHEIMEN WEG

Nervös malte Antilius mit dem linken Fuß kleine Kreise in den staubigen Sand. Und als er der Meinung war, genug Kreise geschaffen zu haben, begann er, ständig vom einem auf das andere Bein zu treten.

»Hör auf, so herumzuzappeln!«, beschwerte sich Gilbert.

Pais hatte sich verspätet und im Gegensatz zu Antilius hielt er von Pünktlichkeit nicht besonders viel.

Sie hatten in Brelius' Hütte übernachtet. Und Pais hatte ziemlich laut geschnarcht. Als Folge davon hatte Antilius wenig geschlafen, was wiederum dazu führte, dass seine Laune an diesem Morgen nicht die beste war.

Pais wollte noch ein paar wichtige Sachen aus seinem eigenen Haus holen, und Antilius sollte schon zur Gondel vorgehen.

»Mach dir keine Sorgen. Für Pais ist es ganz normal, sich zu verspäten. Er ist sogar zu seiner Hochzeit vor achtzehn Jahren zu spät gekommen. Das ist übrigens auch der Grund, warum er immer noch alleine lebt. Du müsstest dich sorgen, wenn er rechtzeitig hier gewesen wäre. Dann würde mit ihm irgendetwas nicht stimmen.«

Antilius umkreiste die Gondel, die darauf wartete, ihre Passagiere an Bord zu nehmen. Immer wieder schaute er sich um. Verfolgte ihn jemand? Wurde er beschattet?

Nein, bestimmt nicht, dachte er. Und warum sollte er verfolgt werden? Sich selbst beruhigen zu können, lag ihm nicht besonders.

»Sag mal, wie habt ihr euch eigentlich kennengelernt?«, fragte Antilius.

»Was?«

»Pais und du, meine ich. Woher kennst du ihn?«

Wie zu erwarten, zögerte Gilbert. Es war wohl noch aus einer Mischung aus Vorsicht und Misstrauen, das ihn dazu veranlasste, nichts über sich preiszugeben. Doch auch bei ihm gab es Ausnahmen. »Ich habe ihm bei seiner Flucht von den Ahnenländern geholfen.«

Antilius blieb stehen.

»Du? Wann soll das denn gewesen sein?«

Gilbert deutete eine weitere Erklärung an, wurde aber durch Pais' Erscheinen abgewürgt.

»Hallo Freunde! Tja, wie es aussieht, habe ich mich wohl ein klitzekleines bisschen verspätet«, sagte er mit einem verlegenen Lächeln.

»Zwei Mondstunden!«, grummelte Antilius.

»Hups! So viel? Nun, dann sollten wir keine Zeit verlieren.«

Pais stopfte seine Reisetasche und eine weitere für Antilius in den Stauraum der Gondel und schwang sich voller Tatendrang in das Gefährt.

Und dann ging es endlich los.

Zwei Tage dauerte die Reise mittlerweile. Alles verlief glatt. Sie hatten die geheime Abzweigung, von der Telscha gesprochen hatte, gefunden und befanden sich nun auf direktem Kurs nach Süden. Die in Vergessenheit geratene Strecke der Amedium-Bahn war trotz ihres hohen Alters gut befahrbar, denn sie führte meist über die Baumwipfel hinweg, sodass das Streckenstück nicht zuwachsen konnte.

Als sie die tote Ulme an der Abzweigung passierten, konnte sich Antilius des Gefühls nicht erwehren, dem Unheil auf direktem Wege entgegen zu fahren.

Zu Fuß hätten sie für die gleiche Entfernung mindestens sieben Tage gebraucht. Sie wussten aber nicht, wann die Strecke endete. Die alte Karte von Telscha half da auch nichts.

Dieser Wisch!, dachte Antilius.

Während die Gondel vorbei an farbigen Feldern und dichten Wäldern glitt, versuchte er, sich ein wenig zu entspannen. Mit Schlaf war er in den letzten Tagen nicht verwöhnt worden. Pais hatte damit keine Probleme. Antilius konnte sich nicht erinnern, wann der bärtige Mann einmal nicht geschnarcht hatte, seit sie die Gondel bestiegen hatten. Er brachte es sogar fertig, das laute Rattern, das durch die Reibung der Gondelaufhängung an der Schiene verursacht wurde, zu überschnarchen.

Gilbert langweilte sich nach diesen zwei Tagen höllisch. Er lag auf dem Bett in seinem Spiegelzimmer und starrte Löcher in die Decke. Auch er fühlte sich mehr und mehr gereizt durch Pais' lautes Sägen. Und Gilberts Toleranzgrenze war äußerst niedrig.

»PAIS!«, brüllte er urplötzlich.

Der Betroffene registrierte diesen Ausruf jedoch nur halb und drehte sich auf seinem Sitz zur anderen Seite, um weiterzuschlafen. Und das mitten am Tag.

»Pais, du alte Schnarchnase. Das ist ja wohl nicht mehr normal, den ganzen Tag über zu schlafen!«, machte sich Gilbert Luft.

Jetzt hatte er es geschafft. Pais wurde wach. Wenn auch nur teilweise. Die Augen hielt er geschlossen, während er erwiderte: »Lass mich doch in Ruhe, du Quälgeist!«

»Wieso sollte ich?«

»Weil ich dann unter Umständen sehr unangenehm werden könnte.«

»Pah! Das ist ja wohl die Höhe! Du hast seit zwei Tagen nichts anderes im Sinn, als nur zu schlafen, anstatt mal mitzuhelfen, einen Plan zu entwickeln, wie wir Brelius aufspüren können.«

»Lass gut sein«, versuchte sein Meister ihn zurückzuhalten.

»Was denn für einen Plan? Wenn wir nicht wissen, wo er ist, können wir ja wohl schlecht einen Plan entwickeln. Wir werden sehen, was auf uns zukommt«, sagte Pais immer noch ein wenig verschlafen, aber bereits mit einem schärferen Unterton.

Gilbert kniff die Augen zusammen, schlich ganz nah an den Spiegel heran und stemmte die Fäuste in die Hüften. »Oh, welch durchdachtes Konzept! Beeindruckend. Hast du das im Schlaf entwickelt? Wir lassen einfach alles auf uns zukommen? Brillant!«

»Sei still, du Nervensäge!«

»Faulpelz«, hetzte Gilbert weiter.

»Gilbert, es reicht!«, versuchte es Antilius noch einmal.

Pais lief allmählich rot an. »Halt endlich deine Klappe, du kleine Giftkröte, oder ich schmeiße dich und deinen armseligen Spiegel aus der Gondel!«

»Huuuh! Ich zittere. Ich zittere! Es ist wirklich eine Schande, dass dir anscheinend alles egal ist, schließlich bist *du* an dem ganzen Schlamassel nicht ganz unschuldig.«

Pais richtete sich vollends in seinem Sitz auf und kam mit seinem Gesicht ebenfalls ganz nah an den Spiegel heran, der, wie schon bei der ersten Fahrt, auf dem Abstellbrett aufgerichtet war.

»Was willst du damit sagen?«

»Du weißt schon, was ich meine. Angeblich ist Brelius doch dein bester Kumpel, mit dem du in liebevoller Handarbeit diese putzigen Würmchen aufgezogen hast.«

»Es sind Käfer.«

»Wie auch immer. Du hast ihn so lange gekannt und willst die ganze Zeit nichts davon mitbekommen haben, dass er langsam in die Verrücktheit abgeglitten ist und vielleicht deine Hilfe gebraucht hat?«

»Du widerlicher kleiner ... Wie kannst du es wagen? Ich war verreist, das habe ich doch gesagt!«

»Ich wette, du warst zu betrunken, um irgendetwas wahrnehmen zu können, das um dich herum geschah.«

Das war zuviel für Pais. Er riss Gilberts Spiegel an sich und drückte ihn sich an die Nase, um dem kleinen Mann darin unmittelbar in die Augen starren zu können.

»Das muss ich mir nicht bieten lassen, von einem Feigling wie dir!«, tobte er.

Antilius verfolgte verblüfft den Streit, der die Beziehung zwischen Pais und Gilbert als äußerst schwer verständlich entpuppte.

»Ich bin kein Feigling, du Fettwanze!«, brüllte Gilbert aus Leibeskräften zurück.

»Schluss jetzt!«, schrie Antilius vergeblich. »Vertragt euch wieder!«, befahl er und kam sich dabei selbst ein wenig idiotisch vor.

»Nicht mit diesem geisteskranken alten Mann!«, kochte Gilbert mit hasserfüllten Augen.

»Das reicht!«, brüllte Pais und holte mit dem Spiegel im Arm aus. »Deine Reise ist hiermit beendet!« Er wollte den Spiegel aus der Gondel werfen.

Antilius versuchte, seinen Arm festzuhalten, was sich zu seiner Überraschung als sehr schwierig erwies. Pais war um einiges stärker, als er nach außen wirkte.

»Pais, hör sofort auf! Was soll denn das?«

»Lass mich los! Ich werde uns von diesem verfluchten Ding samt Inhalt endlich befreien.«

Es kam zu einem heftigen Handgemenge. Antilius zog, zerrte und rüttelte mit beiden Händen an Pais' Arm, und versuchte, ihm dabei den Spiegel aus der Hand zu schlagen.

»Du bist ja völlig wahnsinnig!«, wehrte sich Gilbert. Eine Entschuldigung kam für ihn nicht in Frage, obwohl er fürchtete, allein in den Wäldern zu enden. Manchmal, wenn er sich mit Pais stritt, dann kannten beide kein Halten mehr.

Was die beiden Kontrahenten im Kampf um den Spiegel nicht bemerkten, war ein uraltes aber trotzdem gut erkennbares Hinweisschild aus verwittertem Metall am Streckenrand, welches bescheiden darauf hinwies, dass in einigen hundert Metern die Schiene abrupt enden werde. Die Gondel raste zu diesem Zeitpunkt etwa zwölf Meter über der Erde über die Baumwipfel des dichten, endlos scheinenden Laubwaldes hinweg.

»Leb wohl Gilbert. Ich hoffe, du hast da unten viele Jahrzehnte zum Nachdenken, mit wem du dich das nächste Mal anlegst!«, rief Pais, während er sich unermüdlich von Antilius' Griff loszureißen versuchte.

»Pais, lass sofort los, oder …« Antilius konnte seinen verzweifelten Beschwichtigungsversuch nicht zu Ende aussprechen, denn er war der Erste, der das drohende Unheil kommen sah: Das Ende.

Immer noch an Pais' Arm festgeklammert, starrte er ungläubig in die Fahrtrichtung der Gondel und versuchte verzweifelt, eine Fortführung der Amedium-Schiene auszumachen. Aber da war nichts. Ein paar Dutzend Meter noch, bis die Schiene abrupt endete.

»Bremsen!«, schrie er panisch. Er ließ von Pais ab, umklammerte den Bremshebel des Gefährts mit beiden Händen und riss ihn herum. Die Bremsklötze an den Laufrädern oberhalb der Gondel reagierten sofort. Ein ohrenbetäubendes metallisches Quietschen dröhnte durch den schweigenden Wald. Pais hatte nun auch realisiert, was geschehen würde, wenn die Gondel nicht rechtzeitig zum Stillstand kommen würde. Durch die extreme Bremswirkung schwang der Korpus des Fahrzeugs wie bei einer Schaukel nach vorne, sodass Antilius und Pais gen Himmel schauten. Sie konnten nur noch abschätzen, wann die Schiene enden würde. Doch selbst die kühnste Schätzung hätte nicht ausgereicht, um einen sicheren Halt vorherzusagen. Die Fahrtgeschwindigkeit war viel zu hoch und der Bremsweg der Gondel viel zu lang.

Pais ließ vor Panik Gilberts Spiegel zu Boden fallen und ergriff ebenfalls den Bremshebel. Doch auch die vereinten Kräfte blieben erfolglos.

Am bitteren Ende brach die Aufhängung der Gondel an einem Querbolzen in der Schiene mit einem ohrenbetäubenden Knall ab und das Gefährt stürzte, begleitet von einem Synchronschrei des Entsetzens, in das dichte Meer von Baumkronen.

Antilius' Kopf stieß gegen eine der Seitenverstrebungen der Gondel. Er sah die Baumkronen auf sich zurasen. Etwas schlug ihm wie eine Ohrfeige an den Kopf.

Dann verlor er das Bewusstsein.

Der Aufprall auf dem verwurzelten Erdreich war hart. Aber er hätte noch härter sein können, wenn die vielen belaubten Äste der Waldbäume den Sturz der Gondel nicht abgefangen hätten. Die Beule, die auf Antilius' linker Kopfseite zu wachsen begann, würde ihm noch viele Tage Schmerzen bereiten. Eine ganze Weile lang blieb er regungslos in dem Amedium-Schrotthaufen liegen, ehe sich das Schwarz vor seinen Augen wieder lichtete. Vorsichtig tastete er sich ab, ob er sich irgendetwas gebrochen hatte.

»Mann, habe ich ein Glück!«, stellte er schließlich nach einigen Minuten verblüfft fest. Nichts gebrochen. Nur eine Beule am Kopf und ein paar blutige Schrammen an Gesicht und Hals. Und das linke Handgelenk schmerzte ein wenig bei Bewegung. Rasch kletterte er aus der zerstörten Gondel und kontrollierte noch einmal Arme und Beine. Alles in Ordnung.

Wo war Pais?

Wo war Gilbert?

Pais musste aus dem Fahrzeug herausgeschleudert worden sein.

Ein schmerzerfülltes Stöhnen führte ihn schließlich zu ihm.

Er fand ihn auf dem Bauch liegend vor. Mit dem Gesicht im Dreck.

»Pais, ist alles in Ordnung?«, fragte Antilius besorgt und kniete sich neben ihn.

»Oh! Ich glaube, sämtliche Knochen in mir sind zersplittert«, wimmerte er.

Antilius zuckte zusammen. »Was? Lass mich mal sehen.«

»Nein. Geh! Du musst die Welt retten. Lass mich hier einfach zurück. Ich bin wohl doch zu alt für solche Abenteuer.«

»Du spinnst wohl! So schlimm kann es nicht sein.«

»Nein, nein. Für mich es ist vorbei.«

»Hör gefälligst auf, dich so jämmerlich zu beklagen, du alter, fauler Sack!« Nur einer konnte solch böse Worte von sich geben: Gilberts Spiegel war nach dem Absturz der Gondel nicht unweit von Pais' Liegeposition entfernt gelandet. Zufälligerweise lehnte der Spiegel aufrecht an einem schmächtigen vertrockneten Ast, sodass Gilbert das vermeintliche Elend, das Pais amateurhaft darbot, mit Abscheu begutachten konnte.

»Na los, steh schon auf, du Faulpelz! Ich habe ganz genau gesehen, dass du im Gegensatz zu meinem Meister ganz weich gelandet bist. Deine dicken Knochen haben sicherlich keinen Schaden davongetragen.«

Daraufhin erhob - mit einem scheinbar letzten Funken von Würde - Pais seinen Kopf aus dem matschigen Untergrund. Seine Augenlider weiteten sich ganz langsam und seine Pupillen verkleinerten sich.

Antilius konnte nur erahnen, welchen Grad der Wut der alte Mann gerade durchlebte, aber er schien ihn auf wundersame Weise wiederbelebt zu haben.

Als Gilbert schließlich, nachdem er das mit feuchter Erde beschmierte Gesicht des am Boden Liegenden gesehen hatte, in schallendes Gelächter ausbrach, explodierte Pais.

Mit einem Kampfschrei schoss er in die Höhe und wollte auf den Spiegel zuhechten, um ihn endgültig zu zerstören. Doch ein Schuh, der sich beim Absturz von seinem rechten Fuß halb gelöst hatte, machte ihm einen Strich durch die Rechnung. Er stolperte und fiel strauchelnd erneut zu Boden. Wieder mit dem Gesicht in den Dreck.

Obwohl es unfair war, konnte Antilius sich ein kleines gepresstes Grinsen nicht verkneifen. Er eilte jedoch sogleich zu ihm, um ihm wieder hoch zu helfen, doch Pais winkte energisch ab. Er kniff die Augen zusammen bei der Vorstellung, welchen beschämenden Anblick er gerade darbot.

Gilbert, wie schon gewohnt, kannte kein Mitleid: »Pais, Pais, Pais«, sagte er kopfschüttelnd. »Wenn du so weiter machst, wirst du dich noch wirklich ernsthaft verletzen.«

Jetzt platzte Antilius der Kragen: »Schluss jetzt! Ihr benehmt euch ja wie zwei kleine Kinder. Ach, was rede ich, Kinder würden sich nicht so albern verhalten. Wegen euch beiden Tölpeln sind wir abgestürzt. Mitten im Wald, wo es fleischfressende Piktins gibt. Und die Karte haben wir auch verloren. Aber das interessiert euch ja nicht. Nein! Ihr müsst euch ja um euren Kleinkrieg kümmern!«

Beschämte Stille folgte. Pais wischte sich den Schmutz aus dem Gesicht und sah beschämt zu Boden. Er ärgerte sich, dass er sich von Gilbert dermaßen hatte provozieren lassen.

Doch dann beschloss Gilbert, die Stille wieder zu durchbrechen. »Sieh nur, was du angerichtet hast«, sagte er leise zu Pais.

Antilius fasste sich nur noch an den Kopf. Gilbert wusste einfach nicht, wann es genug war.

Pais hob erschöpft den Kopf und schaute mit leeren Augen in den kleinen unscheinbaren Spiegel. Dann begann er, langsam zu grinsen. Gilbert zog ebenfalls die Mundwinkel hoch, und es dauerte nicht lange, bis sie beide in ein befreiendes Gelächter ausbrachen.

Antilius verstand die Welt nicht mehr.

Er war aber froh, dass dieser Disput, zumindest vorübergehend, aus der Welt geschafft war.

Pais ließ sich wieder auf die Beine helfen. Ein großes Loch klaffte in seinem linken Hosenbein. »Verdammt!«

»Bist du dir auch sicher, dass du dir nichts getan hast?«, fragte Antilius fürsorglich.

»Ja, ja. Ich bin mir ganz sicher. Es wird schon gehen«, sagte er sichtlich besserer Stimmung.

Er rieb sich Erde aus den Augen.

»Tja, wie es aussieht, müssen wir zu Fuß weitergehen und uns auf unseren inneren Kompass verlassen. Wir gehen am besten in die gleiche Richtung, in welche die Schiene zuletzt geführt hat und richten uns nach der Sonne.«

»Was meinst du, wie lange wird der Fußmarsch wohl dauern?«

»Ich bin mir nicht sicher, aber ich denke, dass wir mindestens ein Drittel der Strecke mit der Gondel bereits zurückgelegt haben. Aber bevor wir uns auf den Weg machen, werde ich erst mal nachsehen, ob mein Reisebeutel noch in der Gondel ist, denn ich muss versuchen, meinen kaputten Schuh wieder zu flicken. Und barfuß durch das Gehölz zu stapfen, wäre sicherlich nicht gerade eine Freude.«

Antilius war ein wenig neidisch auf Pais, weil er selbst kein *eigenes* Gepäck mehr besaß. Glücklicherweise hatte Pais ihm die wichtigsten Dinge, die man für eine derartige Reise benötigte, geliehen und ihm einen Rucksack gegeben. Sein Zelt hatte er im Haus von Brelius Vandanten zurückgelassen, denn es wäre eine zu schwere Last gewesen. Sie wollten im Freien übernachten.

»Na ja«, sagte er zu sich selbst, »wenigstens habe ich noch beide Schuhe.«

Er hob den Spiegel auf und steckte ihn sich wieder in die Brusttasche, die ebenfalls durch den Sturz ein wenig lädiert war.

»Gilbert, ich schwöre dir, wenn du so etwas je wieder machen solltest, wirst du sehr bald sehr allein sein.«

Gilbert nahm die Warnung ernst, zog es allerdings in diesem Moment vor, zu schweigen, um sich selbst oder seinen Meister nicht wieder unabsichtlich in Schwierigkeiten zu bringen.

LÜGEN

Stunden waren vergangen.

Marschieren. Marschieren. Nichts als Marschieren.

Der Waldboden war überwiegend bedeckt mit einem fleischigen Teppich aus dunkelgrünem Moos. Es war so dicht und eben, dass man umgestürzte Bäume oder einen Fuchsbau darunter nicht einmal mehr erahnen konnte.

Die Bäume waren nicht besonders hoch, dafür aber stark und schienen mit jedem Meter, den sie liefen, größer zu werden. Antilius konnte die meisten Baumarten nicht bestimmen. Er kannte sie nicht. Nichts kannte er hier. Es war alles anders als in seiner Heimat, der Vierten Inselwelt. Es war fremd. Und trotzdem war es unheimlich faszinierend.

Er befürchtete, dass sie bei diesem Tempo wohl noch dutzende von Tagen unterwegs sein würden.

Hoffentlich hält Pais durch, dachte sich Antilius, denn der alte Mann schnaufte ziemlich laut und schien schnell zu ermüden. Vielleicht wäre es besser gewesen, er hätte ihn nicht mitgehen lassen. Und noch während er darüber nachdachte, plumpsten sie regelrecht aus dem Baummeer heraus in eine offene Ebene. Direkt dahinter lag ein gewaltiger tiefblauer See. Er war so groß, dass sie dessen Ende am Horizont nur schemenhaft ausmachen konnten. Eine blutorangefarbene Sonne strotzte knapp über dem wolkenlosen Horizont. Die letzten Sonnenstrahlen des Tages ließen glitzernde Punkte auf dem Wasser tanzen.

Die grasbewachsene Hügelkette, die fast den ganzen See umgab, wirkte in dem Abendlicht wie ein warmer Schal, der sich um das Wasser legte.

Antilius hatte noch nie zuvor so ein atemberaubendes Panorama gesehen. Es strapazierte regelrecht die Sinne. Ein perfekter Ort, um hier die Nacht zu verbringen.

Pais nahm dankbar auf einem großen Stein Platz, der sich als bequemer herausstellte, als er aussah. Er seufzte. »Ach! Hier ist es wunderschön. Hier nicht zu rasten, wäre eine Beleidigung für die schöne Landschaft.«

»Keine Sorge, Pais. Für heute sind wir genug gewandert. Hier können wir unsere Kräfte wieder auffrischen. Wir werden sie garantiert noch brauchen. Ich werde Feuerholz sammeln«, sagte Antilius und gab den Spiegel an Pais, der ihn nur widerwillig annahm.

»Ich bin völlig erledigt«, schnaufte der alte Mann.

»Ja, das war wirklich ein äußerst anstrengender Tag«, pflichtete ihm Gilbert bei und fing sich damit einen irritierten Blick ein.

»Was hat dich denn bitte heute so sehr angestrengt? Etwa mich zu erniedrigen oder uns fast in den Tod zu schicken?«

»Nun sei mal nicht so ungemütlich! Ich sagte dies lediglich aus einem Gefühl freundschaftlicher Anteilnahme heraus.«

»Du spinnst doch.«

»Du auch.«

Pause.

»Musst du eigentlich immer das letzte Wort haben, Gilbert?«

Pause.

»Ja.«

Pais schüttelte verärgert den Kopf und schwieg.

Nachdem das Feuer entzündet war und Pais und Antilius ihre Wegrationen aufgegessen hatten (noch herrlich frisches Landbrot mit Käse), legten sie sich auch sogleich schlafen.

Die Nacht verlief ruhig. Antilius war es nicht gewohnt, im Freien zu übernachten. Mehrmals wachte er in der Nacht auf, weil er meinte, etwas gehört zu haben. Vor allem die Piktins, die es hier geben sollte, machten ihm Angst. Aber Pais' Schnarchen war wahrscheinlich so laut, dass es wohl jedes Lebewesen in einem kilometerweiten Umkreis verschreckte.

Nach zehn weiteren Tagen der Wanderung war es mit der Motivation der Reisenden nicht gerade zum Besten bestellt.

Den See hatten sie schon weit hinter sich gelassen und mit jedem weiteren Schritt wuchs die Unsicherheit, ob sie auch wirklich die richtige Richtung eingeschlagen hatten.

An diesem elften Wandertag hatte es den ganzen Morgen nur gegossen und am Spätnachmittag waren sie immer noch völlig durchnässt.

Pais fiel immer weiter zurück. Ein derart langer Marsch war für ihn eine harte Bewährungsprobe. Er war an der Grenze seiner Kräfte, aber sein unglaublich eiserner Wille trieb ihn weiter voran.

Dann bekam er auf einmal einen Krampf in der rechten Wade und musste sich auf den Boden setzen. Nachdem der Schmerz wieder ein wenig nachgelassen hatte, bemerkte er, dass auch Anti lius weiter vorn stehen geblieben war und regungslos etwas beobachtete. Pais humpelte zu ihm. »Was ist los?«, flüsterte er.

»Ich glaube, ich habe Stimmen gehört«, flüsterte Antilius zurück.

»Stimmen?

Pais horchte. Er konnte nichts hören. Gar nichts. Nicht einmal einen Vogel. »Ich glaube kaum, dass sich noch jemand außer uns hierher in diese Wildnis verirrt hat.«

»Ich bin mir aber sicher, dass ich etwas gehört habe.«

Sie befanden sich erneut in einem dichten Wald, der aus den gleichen Bäumen bestand, wie der, in den ihre Gondel abgestürzt war.

Sie horchten weiter. Und dann hörten sie beide etwas: »Nein, nein! Lasst mich in Ruhe!«, schrie eine Stimme aus weiter Ferne.

Niemand war zu sehen. Antilius spannte seine Muskeln an. »Da stimmt was nicht. Da ist jemand in Gefahr.«

Sofort rannte er los in die Richtung, aus der die Stimme gekommen war. Pais versuchte, so schnell wie möglich, ihm zu folgen.

»Haut ab!«, schrie die Stimme jetzt sehr deutlich.

Antilius erreichte eine Lichtung und stoppte kurz davor seinen Spurt, um sich hinter einem dicken Baumstamm zu verstecken. Er wollte zunächst die Lage sondieren.

Vier Gorgens waren dabei, einen Sortaner einzukreisen.

»Geht das nicht in euer verfaultes Gehirn rein? Ich habe keine Ahnung, wovon ihr sprecht«, wehrte sich der Sortaner mit dünner Stimme.

Es war Haif Haven.

»Wie kommt *der* denn hier her?«, murmelte Antilius zu Gilbert, dessen Spiegel in seiner Brusttasche steckte.

»Sag uns doch einfach, wo du hin willst. Das ist alles. Dann lassen wir dich auch wieder in Ruhe. Versprochen«, zischte einer der Gorgens unehrlich. Seine Art zu sprechen war nicht menschlich. Ihn zu verstehen war äußerst schwierig. Es war, als wenn eine Mischung aus einer Fledermaus und einer Echse versuchte zu sprechen.

Zwar waren Gorgens in der Lage, normal zu sprechen, aber diese Exemplare hier waren offenbar schon ziemlich verwahrlost.

»Ich suche Pilze. Wie oft soll ich das denn noch sagen?«, versuchte Haif die Gorgens zu täuschen.

»Du sollst uns eine Antwort geben, die uns auch gefällt. Möchtest du vielleicht noch einmal deine Antwort überlegen?«

Mit schlangenartigen Bewegungen umschlich der Gorgen Haif. Er wollte ihm bewusst Furcht einflößen. Das war nicht besonders schwer. Sortaner waren ohnehin sehr ängstliche Zeitgenossen.

»Du denkst, du bist clever? Du denkst, du kannst uns austricksen?«

Haif versuchte, Stärke zu zeigen, um den Gorgens zu beweisen, dass er sich nicht so leicht einschüchtern ließ, aber das Beben in seiner Stimme verriet seine Aufregung.

»Das bringt nichts! Was sollen wir jetzt mit ihm machen?«, wollte der zweite Gorgen wissen und zuckte ungeduldig mit seinen lederartigen Flügeln.

»Das kommt ganz auf dich an, kleiner, dicker Sortaner«, sagte der erste. Er setzte dabei ein boshaftes Grinsen auf, das sein komplett schwarzes Ledergesicht in eine grässliche Fratze verwandelte.

»Der Wald kann sehr gefährlich sein«, fuhr er fort. »Wenn man nicht immer genau aufpasst, wo man hintritt, kann es leicht passieren, dass man hinfällt. Und sich schlimmstenfalls ein Bein bricht. Stell dir nur vor: Du hier ganz allein im Wald mit einem gebrochenen Bein und niemand ist da, um dich zu retten. Was wird wohl mit dir geschehen? Du könntest verhungern. Ein langsamer und qualvoller Tod. Aber wenn du Glück hast, finden dich die Piktins und werden dich zu einem Festmahl einladen. Wobei *du* natürlich das Mahl sein wirst!«

Alle vier Gorgens lachten hysterisch.

Das wirkte. Haif begann am ganzen Leib zu zittern. Seine Fellhaare sträubten sich auf. »Ich ... ich habe keine Angst vor euch«, quiekte er mit letzter Kraft und hämmerndem Herz.

Die Gorgens schreckten nicht vor Gewalt zurück. Diese Erfahrung hatte Antilius schmerzhaft machen müssen. »Was machen wir jetzt, Gilbert? Wie sollen wir ihm helfen?«

»Ich weiß nicht. Das Geflügel da hinten ist in der Überzahl.«

»Du hast Recht. Ach, dieser Dummkopf!«

»Kennst du ihn?«

»Ich habe kurz im Hafen ein paar Worte mit ihm gewechselt. Wir waren zusammen auf dem Schiff, mit dem ich auf Truchten angekommen bin.«

Ein Gorgen begann, Haif unsanft zu schubsen. »Ich denke, wir müssen jetzt härtere Maßnahmen ergreifen. Was meint ihr?«, schnaubte der erste Gorgen. Er war wohl der Anführer der Gruppe.

Haif stieß einen schrillen Angstschrei aus.

»Was machen die jetzt?«, fragte Antilius.

»Gilbert wich einen Schritt von seinem Spiegel zurück.

»Na ja, wenn er Glück hat, brechen sie ihm nur *ein* Bein.«

Die Gorgens zogen ihre Schlinge immer enger zu.

»Halt. Sofort aufhören!«, rief Antilius intuitiv. Er trat aus seinem Versteck hervor. Nur etwa fünfzehn große Schritte trennten ihn von den Aggressoren.

Blitzartig fuhren die Gorgens herum.

Um den Hals des zweiten baumelte ein Kompass an einer Schnur. Er gehörte Antilius. Es waren dieselben Kreaturen, die ihn auf dem Denkmalplatz überfallen hatten.

»Ach, sieh an! Wen haben wir denn da? Du hast wohl noch nicht genug von uns?« Mit einer unscheinbaren Handbewegung bedeutete der erste Gorgen zwei seiner Gehilfen, zum Angriff überzugehen.

»Das war wohl keine gute Idee, Meister«, sagte Gilbert.

Langsam und selbstbewusst rückten die beiden Gorgens, die bisher untätig geblieben waren und nichts gesagt hatten, zu Antilius vor. Die anderen beiden behielten Haif im Auge.

»Das würde ich mir an eurer Stelle noch einmal überlegen!« Verunsichert schauten sich die Gorgens nach der fremden Stimme um.

Es war Pais, der auf der Bildfläche erschien. Er hielt eine kleine Armbrust im Anschlag, die er zuvor aus seiner Reisetasche hervorgezaubert hatte. Er zielte auf den ersten Gorgen, der das Kommando innehatte.

Keines der schwarzen Geschöpfe rührte sich.

»Bitte! Es besteht doch kein Grund zur Gewalt«, sagte der Anführer unsicher.

Pais grinste breit. »Das sehe ich anders«, sprach er und drückte ohne das geringste Zögern den Abzug.

Der Bolzen schoss auf den Anführer zu, der im Begriff war zu fliehen und die Flügel aufspannte. Und genau das war sein Fehler. Das Geschoss fetzte ein Loch in die rechte Flügelhaut.

Ein markerschütternder Schrei hallte durch die klamme Luft. Der Gorgen fasste sich mit seinem linken Arm an den verletzten Flügel und sackte auf die Knie. Währenddessen nutzten die anderen drei diesen Moment zur Flucht und hoben ab. Wie es den Anschein hatte, waren nicht nur Sortaner bekannt für ihre Ängstlichkeit.

Der verletzte Gorgen versuchte, sich wieder aufzurappeln und taumelte dabei ein paar Schritte zurück. Haif, der hinter ihm stand, streckte geistesgegenwärtig sein Bein aus. Der Gorgen stolperte darüber, verlor das Gleichgewicht und stürzte nach hintenüber. Zu seinem Unglück prallte er mit seinem Kopf gegen einen Baum. Ein dumpfer Schlag gegen das Holz setzte ihn endgültig außer Gefecht.

Haif triumphierte: »Na, wer ist jetzt hier der Dumme?«

Erst als sich das Geschöpf nicht mehr bewegte, holte Antilius wieder Luft. »Pais, wo hast denn die Armbrust her?«, fragte er erstaunt.

»Was meinst du wohl, warum ich nicht mit dir Schritt halten konnte?«

»Aber ich hätte sie doch für dich tragen können.«

»Das verstehst du nicht«, mischte sich Gilbert ein. »Pais und seine Armbrust, das ist eine sehr lange Liebesgeschichte.«

»Gilbert, halt die Klappe!«

Antilius eilte zu Haif herüber. »Alles in Ordnung?«

»Ja. Danke, mir geht es gut. Ihr habt mir wohl das Leben gerettet.«

»Herr Haven, ich dachte, Ihr seid ein Händler. Was macht Ihr bloß hier? Und jetzt erzählt mir nicht, Ihr würdet Pilze suchen.«

»Also erstens: Sagt doch einfach Haif zu mir. Und zweitens: Was ich hier mache, geht nur mich etwas an.«

»Aber ...« Antilius konnte nicht weitersprechen, weil der Gorgen wieder zu Bewusstsein kam. Rasch näherte sich Pais und hielt die Armbrust wieder schussbereit.

»Halt! Nicht schießen!«, flehte der Gorgen mit seiner zischenden Stimme.

»Ja! Jetzt winselst du, du Tier!«, schimpfte Haif übermütig.

Der einstige Anführer stöhnte vor Schmerz.

»Wie heißt du?«, fragte Pais in einem herrschenden Ton.

»Feuerwind.«

»Was für ein dämlicher Name! Was wolltest du von dem Sortaner?«

Feuerwind schwieg.

Haif baute sich, soweit es ihm mit seinem kleinen rundlichen Körper überhaupt möglich war, vor dem Gorgen auf.

»Na los! Antworte! Was wolltest du von mir?«

»Tu doch nicht so scheinheilig, Zwerg! Du hast nach dem Tor gesucht.«

»Ha! Was denn für ein Tor? Lügner! Du wolltest mich ausrauben!«

Feuerwind wandte sich wieder an Pais und Antilius. »Und ihr? Sucht ihr auch nach dem Tor?«

»Du bist nicht in der Position, Fragen zu stellen. Übrigens, ich glaube, das gehört mir.« Antilius deutete auf den Kompass, den Feuerwind um den schwarzen Hals trug und nahm ihn ihm ab.

»Nimm es ruhig. Dieses komische Ding hat mir sowieso nicht gefallen.«

Pais hatte unterdessen keine Anstalten gemacht, seine Armbrust zu senken. »Du bist also auf der Suche nach einem Tor? Was soll das genau für ein Tor sein?«

»Aber das wisst ihr doch ganz genau. Das Zeittor.« Eine kurze Pause machte Feuerwind klar, dass die Menschen und der Sortaner genau wussten, wovon er sprach.

»Du suchst also das Zeittor«, begann Pais. »Wieso? Was will eine kleine Gruppe Wilde, die sich bei Blitz und Donner in ihre Höhlen verkriechen, damit anfangen?«

»Das geht euch nichts an.«

Pais zielte wieder mit seiner Lieblingsausrüstung.

»Also gut! Also gut. Wir haben nach dem Zeittor gesucht. So lange schon galt es als verschollen, und da begegneten wir diesem dummen Sortaner und wollten herausfinden, ob er weiß, wo es sich befindet.«

»Ich bin nicht dumm, du Echse!«

Pais bedeutete Haif, still zu sein. »Sprich weiter!«

»Wir haben versucht, den Sortaner auszuquetschen, als ihr dazwischen gekommen seid. Was wisst *ihr* eigentlich über das Tor?«

»*Wir* stellen hier die Fragen!«

»Ich meine es doch nur gut mit euch. Wer sich in die Nähe des Zeittores wagt, der geht ein großes Risiko ein.«

Pais war misstrauisch. »Ich glaube kaum, dass du aus eigenem Antrieb das Tor gesucht hast. Für wen arbeitest du?«

Schweigen.

»Antworte, oder ich durchlöchere auch noch deinen anderen Flügel!«

Doch Feuerwind blieb ihm eine Antwort schuldig. Aber Antilius konnte sich schon denken, für wen er arbeitete.

Nach einer Weile nahm Pais schließlich die Waffe herunter. »Geh! Hau ab!«

Feuerwind war erstaunt. »Ihr schenkt mir die Freiheit?«

»Ich sage es nicht noch einmal. Verschwinde!«

»Er hat heute seinen mitfühlenden Tag«, sagte Gilbert spöttisch.

»Danke. Aber ich warne euch! Wenn ihr das Tor findet und benutzen wollt, dann spielt ihr mit eurem Leben.«

Pais richtete wieder die Armbrust auf Feuerwind. Diese Geste war unmissverständlich und der Gorgen eilte davon. Fliegen konnte er durch die Verletzung nicht mehr.

»Halt! Warte! Wo sind meine restlichen Sachen?«, rief Antilius Feuerwind noch hinterher, doch der drehte sich nicht mehr um, sondern verschwand im Baumlabyrinth. »Verdammt! Wieso hast du ihn gehen lassen?«

Pais legte die Armbrust beiseite und setzte sich, weil ihm seine Wade immer noch Schmerzen bereitete. »Gorgens können furchtbar stur sein. Aus ihm hätten wir allenfalls nur noch mehr Lügen herausbekommen.«

»Glaubst du, er arbeitet für Koros?«

Pais nickte.

»Wieso sollte Koros nach dem Tor suchen lassen? Ich dachte, er wüsste bereits, wo es sich befindet«, fragte Gilbert.

»Er hat es nicht suchen lassen. Der Gorgen hat uns belogen. Aber er hat irgendetwas dort gemacht. Vielleicht hat er auch nur den schnellstmöglichen Weg ausgekundschaftet, um zum Tor zu kommen. Oder er hat auch nach Brelius gesucht, was ich am ehesten vermute. Aber das konnten wir ihm wieder aus dem Kopf schlagen. Mit dem verletzten Flügel kommt er nicht mehr so schnell voran. Und die anderen drei sind zu feige, um zurückzukommen.«

»Möglich. Trotzdem habe ich ein ungutes Gefühl dabei, ihn laufen gelassen zu haben«, sagte Antilius missmutig. Er wandte sich wieder Haif zu. »Also, erkläre uns, warum du hier bist!«

»Soll das ein Verhör werden?«

»Nein, aber wir können ja eines daraus machen«, sagte Pais und deutete auf die Armbrust.

»Schon gut. Ich sage es euch. Ihr habt mir schließlich das Leben gerettet. Ich suche nach dem Gleichen, wonach ihr sucht und auch der Gorgen.«

Antilius wurde stutzig. »Woher kennst du das Zeittor?«

Haif schaute nach unten, um Antilius' Blick auszuweichen.

»Nun, eigentlich hast du mich auf die Idee gebracht.«

»Ich?«

»Ja. du hast mir erzählt, dass du nach diesem Sternenbeobachter suchen würdest. Zufälligerweise wusste ich, wo er wohnt und habe gehört, dass er schon seit längerem verschwunden sei. Also dachte ich mir, bevor du, Antilius, sein Haus findest, schaue ich mich dort kurz um.«

»Du bist bei ihm eingebrochen und hast seine Sachen durchgeschnüffelt? Das schlägt ja dem Fass den Boden aus!«, intervenierte Pais zornig.

»Ich habe aber nichts gestohlen. So etwas würde ich nie tun.«

»Du hast den Stimmenkristall benutzt. Deshalb funktionierte er bei uns anfangs nicht, weil du nicht wolltest, dass noch jemand anderes davon erfährt«, sagte Pais.

Haif grinste verschlagen. »Ich dachte, ich könnte mit diesem Tor ein gutes Geschäft machen.«

»Ein Geschäft?«

»Wenn ich das Tor zuerst finden würde, so hoffte ich, dass ich es später an den Meistbietenden verkaufen könnte. Es gibt eine Menge von Interessenten. Ein Tor zu besitzen, das es eigentlich gar nicht geben darf. Selbst wenn es nicht funktioniert, ist es mehr wert, als ich in meinem ganzen Leben durch den Verkauf von Informationen erwirtschaften könnte.«

»Du und welche Armee? Wie hast du dir denn vorgestellt, ganz allein in die Largonen-Festung zu spazieren?«

Haif lächelte tückisch und schwieg.

»Raus damit!«, befahl Pais wütend.

Der Sortaner zögerte. »Ich kenne den Geheimgang, der in die Festung führt.«

»Und selbst wenn du in die Festung kommen würdest. Das Zeittor wird wahrscheinlich schwer bewacht. Du würdest nicht mal in seine Nähe kommen.«

»Ich glaube nicht, dass es bewacht wird«, sagte Haif. »Ich habe gehört, dass die Largonen fort sind.«

»Fort? Das glaube ich nicht. Das wäre doch Unsinn!«, sagte Pais wütend.

»Brelius Vandanten hat es geschafft hineinzukommen. Und er hat nichts von Largonen in seinem Tagebuch erwähnt«, erwiderte Haif.

Antilius überlegte kurz. »Wolltest du das Zeittor ganz alleine da heraustragen?«

»Nein. Ich bin doch nicht blöd. Ich will mich nur davon überzeugen, dass es dieses Wunderwerk auch wirklich gibt. Dann wollte ich es verkaufen, weil nur ich, so glaubte ich, weiß, wo es sich genau befindet. Der Käufer soll dann sehen, was er damit anstellt.«

Antilius seufzte. Was ihn am meisten bei der Geschichte von Haif störte, war, dass es nun noch mehr Leute auf Thalantia gab, die von dem Zeittor wussten oder zumindest daran glaubten, dass es existieren würde.

»Also gut. Du wirst uns begleiten. Wenn du uns zum Tor führen kannst, dann finden wir vielleicht auch Brelius.«

Er und Pais machten sich ohne weitere Kommentare wieder wanderbereit, doch Haif war damit überhaupt nicht einverstanden. »Einen Augenblick bitte! Wer hat denn gesagt, dass ich euch den Geheimgang verraten werde, geschweige denn zum Tor führen werde? Macht mir ein Angebot, und dann bin ich auch bereit, über den Preis zu verhandeln!«

Pais, der gerade dabei war, seine Armbrust wieder in seinem Reisebeutel zu verstauen, begann mit entschlossener Miene, sie wieder auszupacken.

Dies überzeugte Haif. »Also gut. Dann eben umsonst.«

»Keine Tricks, sonst ziehe ich dir das Fell über die Ohren und zwar im wahrsten Sinne des Wortes«, drohte Pais.

Gilbert kicherte kurz, weil er diesen Witz, sofern es denn einer sein sollte, urkomisch fand. Wer Pais aber besser kannte, der wusste, dass es kein Witz war.

»Gehen wir«, sagte Antilius und schritt voran.

DER MYTHOS VOM TRANSZENDENTEN

Am darauf folgenden Abend erreichte die kleine Reisegruppe endlich das Ende des letzten Waldes, den es in Richtung Süden gab. Vor ihnen lagen nur noch eine grasbewachsene Endmoränenlandschaft, auf der nur versprenkelt Bäume wuchsen.

Sie schlugen ihr Nachtlager auf. Haif hatte keine Probleme damit, sich ungefragt von den Rationen von Pais und Antilius zu bedienen.

Es war fast dunkel, und Antilius war furchtbar müde.

»Was weißt du eigentlich noch über dieses Zeittor?«, wollte er trotz seiner Erschöpfung von Haif wissen.

»Es gibt viele Mythen, die sich um das Zeittor ranken«, sprach der Sortaner geheimnisvoll.

»Erzähle uns einen«, forderte Pais ihn auf.

»Ein Mythos berichtet vom *Transzendenten*.«

»Was soll das denn sein?«, fragte Gilbert neugierig.

»Es war ein Wesen, das vor vielen hundert Jahren hier auf den Inselwelten sein Unwesen trieb. Es war angeblich unsterblich, unbesiegbar, und es beherrschte Zeit und Raum. Sein einziger Wille war, zu unterdrücken und zu zerstören. Es tyrannisierte viele Jahre lang die Bewohner der Inselwelten.«

»Woher kam es?«, fragte Antilius etwas skeptisch.

»Das weiß wohl niemand so genau. Wie ihr wisst, gibt es nur wenig, das wir aus der Zeit der Könige und dem Zeitalter unmittelbar danach wissen, weil es praktisch keine Aufzeichnungen mehr gibt.«

»Und was hat dies mit dem Zeittor zu tun?«, fragte wieder Gilbert gespannt.

Haif ließ sich einen Augenblick Zeit, um die Spannung etwas zu heben. Dies schien er sichtlich zu genießen. »Die Bewohner der Inselwelten beschlossen, nach Jahren der Tyrannei den Transzendenten zu vernichten. Ein kleiner Mönchsorden schmiedete daraufhin einen Plan, der sogleich in die Tat umgesetzt wurde. Sie bauten ein Portal, das den Transzendenten wieder dorthin schicken sollte, wo er hergekommen war.«

»Etwa das Zeittor, nach dem wir suchen?«, fragte Gilbert aufgeregt.

»Nein, lass mich ausreden! Mit vereinten Kräften bauten die Inselbewohner das gewaltige Portal und zwar genau dort, wo heute die Ahnenländer liegen. Es gelang ihnen, dem Transzendenten eine Falle zu stellen, indem sie ihn in das Portal lockten und dort vernichteten. Doch es lief etwas schief. Der Transzendente wurde zwar getötet, doch seine übernatürliche Kraft und Bosheit wurden auf das Portal übertragen. Die Macht des Transzendenten kann nicht vernichtet werden, sodass es den Bewohnern nicht mehr gelang, auch das Portal zu zerstören, weil es diese Macht von nun an in sich trug.

»Und dann?« Gilbert klebte an seinem Spiegel.

»Es war ihnen jedoch möglich, das Portal mit Hilfe eines speziellen Schlüsselsteins zu versiegeln und in zwei Teile zu zerlegen. Zwei Tore.«

Antilius wurde blass in Anbetracht dessen, was Haif noch erzählen würde.

»Die beiden Tore wurden an geheimen Orten vergraben. Doch viele Jahre später gelang es einem üblen Machthaber, eines der Tore zu finden. Er experimentierte damit und fand angeblich heraus, dass man es für Reisen durch die Zeit benutzen konnte.

Ein geheimer Orden, der das Schicksals-Portal gebaut hatte, entriss dem Dieb das Tor wieder und betete zu seinem Gott Valheel, dass er dem Orden Weisheit geben würde, damit das Tor nicht wieder gestohlen werden konnte. Valheel erschien einem der Ordensmitglieder, als er im Gebet war und sagte ihm, er solle das ausgegrabene Tor den Largonen überlassen. Sie sollten ab diesem Tage dafür verantwortlich sein, dass nie wieder ein Fremder auch nur in die Nähe des Tores kommen konnte.«

»Und was war mit dem Schlüsselstein? Es ist doch derselbe Schlüssel, den Brelius gefunden hat, nicht wahr?«

»Der Schlüssel, der sowohl das Portal als auch das Zeittor wieder öffnen konnte, befindet sich nach diesem Mythos nur in einem bestimmten Gebiet dieser Inselwelt, nämlich in den Ahnenländern. Die Mönche brachten den Schlüssel dorthin. Valheel spaltete die Ahnenländer vom Rest der Inselwelt Truchten ab und schuf eine unüberwindbare Klippe um die Ahnenländer herum. So ist die Schlucht entstanden zwischen dieser Inselwelt und den Ahnenländern, die heute als Barriere von Valheel bezeichnet wird. Die Bewohner der Länder waren zwar fortan vom Rest der Welt getrennt, aber dafür konnte sichergestellt werden, dass niemand mehr den

Schlüssel mit dem Tor auf der anderen Seite der Schlucht benutzen konnte.«

»Und was geschah mit dem zweiten Tor? Das, das vergraben wurde?«, fragte Pais.

»Es gilt bis heute als verschollen.«

»Da wäre ich mir nicht so sicher«, sagte Antilius leise.

»Koros könnte noch gefährlicher werden, als wir befürchtet hatten.«

»Koros?«, fragte Haif.

Antilius erklärte dem Sortaner, was bisher geschehen war und welche Rolle Koros dabei spielte.

»Du meine Güte!«, stieß Haif daraufhin aus. »Stellt euch mal vor, Koros könnte das andere Tor, das als verschollen galt, gefunden haben und dann noch das zweite in die Finger kriegen. Dann könnte er beide Tore wieder vereinen und damit die Macht der Transzendenz, die im Portal eingeschlossen ist, entfesseln. Und das würde bedeuten …«

Jeder in der Runde um das nächtliche Lagerfeuer wusste, was dies bedeuten würde: Die Geburt eines neuen Transzendenten.

»Und niemand hat das Zeittor der Largonen je wieder angerührt?«, wollte Gilbert wissen.

»Niemand. Die Largonen schworen ihren Eid, das Tor für alle Generationen hinweg zu beschützen. In der Halle des Schicksals verbannten sie das Tor in ein Kellergewölbe, so heißt es.«

Antilius glaubte eigentlich nicht an Mythen und Legenden. Aber seit den letzten Ereignissen, insbesondere seit seinem Traum von der Schlucht und dem Mann ohne Gesicht war er sich nicht mehr sicher, was er noch glauben sollte. Koros war dieser Mann in seinem Traum und er wollte allem Anschein nach mithilfe des Portals zum neuen Transzendenten werden. Warum sollte er dann Antilius in seinem Traum erschienen sein? Was hatte Antilius mit dieser Sache zu tun?

Tatsächlich verbarg sich hinter der Geschichte um den Transzendenten eine weitere, düstere Wahrheit, die niemand kannte, auch nicht Haif. Das Geschehen an der Barriere von Valheel vor vielen hundert Jahren hat es tatsächlich gegeben, wenngleich kein Gott der Namensgeber für die Barriere war, sondern der Erfinder des Portals. Jenes Portals, das die Macht der Transzendenz in sich aufnehmen konnte, wodurch Thalantia vor noch viel Schlimmerem als einem Transzendenten bewahrt wurde. Bis zu diesem Tage.

Es rächte sich heute, dass niemand mehr über die wahren Zusammenhänge Bescheid wusste. Denn mit dem Schlüsselstein, den Brelius unter Zwang in das erste Zeittor bei den Largonen eingesetzt und es damit aktiviert hatte, wurden Dinge ins Rollen gebracht, die eine Gefahr für ganz Thalantia bedeuteten. Eine existenzielle Gefahr, von der niemand etwas ahnte.

Als alle (auch Gilbert in seinem Zimmer) sich schlafen legten, fiel es Antilius schwer, sich zu beruhigen. Er musste immer wieder an den Transzendenten denken. Seine Macht. Sein Zerstörungswille.
Und das Zeittor. Oder das Portal, in dem die Macht des Transzendenten gefangen war und darauf wartete, endlich wieder entfesselt zu werden.
Und die Barriere von Valheel. Warum wurde sie geschaffen? Um den Schlüssel vom Rest der Welt fernzuhalten? War das alles? Anscheinend hatte Brelius diesen Schlüssel gefunden. Der Schlüssel muss also irgendwie die Ahnenländer verlassen haben.
Was sagte Brelius noch in seinem Stimmen-Kristall? Das Avionium. Der Schlüssel, den er erstand, war ein Teil des Avioniums, das es nur in den Bergen der Ahnenländer gab. Er diente dazu, das Portal zu öffnen. Ein Teil des Portals war schon durch Brelius geöffnet worden, nämlich das Zeittor der Largonen.
Und das Avionium? In großen Mengen sollte es die Schwerkraft aufheben können, glaubte Brelius. Vielleicht konnte es noch mehr. Vielleicht funktionierte das Portal nur dort, wo es auch reichlich von dem Avionium gab. Deshalb haben damals die Ordensmitglieder das Portal in den heutigen Ahnenländern aufgebaut.
Weil es nur dort funktioniert. Ob Koros dies weiß?
Der Transzendente kommt zurück. Der Transzendente.
Der Transzendente.
Es ging ihm nicht mehr aus dem Kopf.
Irgendwann schlief er aber dann doch ein. Nicht ahnend, dass Koros Cusuar ihn in dieser Nacht wieder heimsuchen würde.

DAS FLÜSTERNDE BUCH

Der massige ovale Tisch war umgeben von insgesamt dreiundzwanzig Stühlen. Nur ein einziger war besetzt. Koros Cusuar saß allein gebückt am Tisch und schlang sein Abendmahl hinunter. Man konnte ihm am Gesicht nicht ansehen, ob es ihm schmeckte oder nicht. Essen war für ihn nur eine Pflicht, kein Genuss. In Anbetracht dessen, in was er erhoffte sich zu verwandeln, war Essen nur eine dumme unvermeidbare Pflicht eines Menschen zum Überleben.

Sein dunkles Haar hing ihm chaotisch ins Gesicht. Er legte nicht viel Wert auf Äußerlichkeiten.

Seine Karriere hatte er als einfacher Dieb begonnen. Ein Dieb, der im Verborgenen arbeitete. Und jetzt, zwanzig Jahre später, hatte er es zu einigem Reichtum gebracht. Seine telepathischen Fähigkeiten waren ihm auf diesem langen Weg schon mehr als nur einmal sehr nützlich gewesen. Schon immer hatte er sich zu Höherem bestimmt gefühlt. Und jetzt war er seinem Ziel so nahe wie nie zuvor.

In den Speisesaal seines neu erworbenen Palastes fiel das letzte Licht des Tages ein. Koros schaute ab und zu zum Fenster hinaus, während er aß, aber nicht etwa, weil er den Sonnenuntergang nicht versäumen wollte, sondern weil er nach einem Gorgen Ausschau hielt, der ihm hoffentlich bald erfreuliche Nachrichten bringen würde.

Koros' Blicke wechselten immer wieder zwischen den Fenstern und einer Tür rechts von ihm, hinter der sich eine kleine Kammer verbarg. *Es* befand sich darin. Das Flüsternde Buch. Er fühlte sich magisch angezogen von dem Buch, das er gefunden hatte, und das, so wie er glaubte, für ihn bestimmt war. Nur für ihn.

Aber wenn man sagte, er hätte das Buch gefunden, dann war dies aus seiner Sicht sicherlich nicht ganz zutreffend. Es war umgekehrt. Das Buch hatte ihn gefunden. Ja, so war es. Das Buch hatte *ihn* ausgewählt. Das Buch, das aus einer fernen Vergangenheit stammte und Dinge wusste, die es nicht mit jedem teilte.

Koros schaute wieder zum Fenster. Schließlich wischte er sich grob seinen Mund mit einer schmuddeligen Serviette ab und stieß seinen Teller von sich, so heftig, dass er beinahe auf der anderen Tischseite wieder heruntergefallen wäre.

»Wrax!«, brüllte er wütend.

Seine beiden Dienerinnen, die sich an der Tür zum Vorzimmer postiert hatten, fuhren durch sein Gebrüll leicht zusammen. Sie fassten sich jedoch schnell wieder, um sich vor ihrem Herrscher nicht ein Zeichen von Schwäche anmerken zu lassen. Koros hasste Schwäche. Er hielt eigentlich nicht viel von Dienern, aber sein Berater und Verbündeter Wrax, nach dem er gerufen hatte, hatte ihm dazu geraten, um seinen Anhängern seine Macht und Stärke zu demonstrieren. Außerdem gehörte es sich angeblich einfach so, für einen Mann in seiner Position.

Seine Untertanen sollten ihn zwar nicht lieben, aber sie sollten Ehrfurcht vor ihm haben. Und das mussten sie ihm jeden Tag zeigen. Wer nicht seine Ehrerbietung glaubhaft machen konnte, wurde *beseitigt*. Nur auf diese Weise gelang es dem Herrscher, sein archaisches Selbstbild in den Mienen seiner Untergebenen widerzuspiegeln.

»Wrax!«, schrie Koros wieder. Er war erzürnt, dass Wrax nach seinem ersten Ruf noch nicht bei ihm erschienen war.

Nach einer Weile sprang schlagartig die Tür auf und Wrax eilte keuchend herein. Er war schon beim ersten Aufruf seines Ersten - so wollte Koros stets genannt werden - losgelaufen, aber der Palast war so verschwenderisch weitläufig gebaut, dass er einige Zeit benötigte, um den Speisesaal zu erreichen.

»Ihr habt nach mir gerufen, Erster?«

Koros stand am Fenster und schaute zur untergehenden Sonne.

»Habt Ihr mir nichts zu berichten, Wrax?«, fragte Koros betont ruhig, wobei er auf den Sonnenuntergang starrte.

Wrax wusste, worauf Koros anspielte. »Erster, die Gorgens sind noch nicht aus den südlichen Ebenen zurückgekehrt. Ich erwarte aber jeden Moment ihre Ankunft.«

Koros drehte sich ruckartig um. »*Ich! Ich* erwarte ihre Ankunft! Und das schon seit drei Tagen. Wieso dauert das so lange? Ich habe mich bisher bemüht, die Ruhe zu bewahren, habe mich von Euren ärmlichen Beschwichtigungen hinhalten lassen, aber jetzt ist Schluss, Wrax!«, fuhr Koros ihn an.

Wrax nahm eine devote Haltung ein. »Aber Erster, Ihr selbst habt gesagt, ich solle eine Gruppe Gorgens auf Brelius Vandanten ansetzen, damit das Projekt geheim gehalten wird, und Ihr wisst ja, dass diese Wesen nicht viel von Pünktlichkeit verstehen, aber dafür erledigen sie ihre Aufträge immer sehr gewissenhaft.«

»Wollt Ihr *mir* etwa die Schuld für *Eure* Unfähigkeit geben?«, schrie Koros. Wrax war der einzige, den er förmlich anredete.

Wrax starrte ihn nur betreten an und schwieg. Er kannte diese Art von Wutausbrüchen nur zu gut. Dieser war nur einer von vielen, und auch der würde wieder vorbeigehen.

Koros wandte sich wieder ab und lehnte seinen Kopf gegen die Fensterscheibe. »Es tut mir Leid, Wrax. Ich wollte Euch nicht anschreien. Die Ereignisse der letzten Zeit haben mich nicht viel schlafen lassen. Ich weiß, dass ich mich immer auf Euch verlassen konnte, und auch in Zukunft verlassen kann.«

»Danke, Erster«, sagte Wrax demütig.

»Erster, jemand will Euch sprechen«, sagte eine der Dienerinnen, ohne dabei Koros direkt anzuschauen.

Koros lief rasch zu ihr und riss die Tür auf. Als Wrax erkannte, wer dort Einlass begehrte, atmete er erleichtert auf.

»Tritt ein, Feuerwind«, sagte Koros zu dem Gorgen und bedeutete den Dienerinnen mit einer knappen Handbewegung, den Raum schleunigst zu verlassen. Koros schloss eigenhändig die Tür und schob den Riegel zu, um sicher zu sein, dass niemand sie stören würde. Dann wandte er sich ungeduldig an Feuerwind. »Also, was hast du zu berichten? Ich bin äußerst gespannt auf deine Neuigkeiten.«

Der Gorgen machte ein zufriedenes Gesicht, wobei er sich leicht gebückt hielt, um mit dieser unterwürfigen Geste Koros einen angemessenen Respekt zu zollen. Es sah aber ziemlich übertrieben aus. Grotesk fand Wrax.

»Gute Nachrichten, Herr!«

Koros weitete seine Augen und straffte den Hals.

»Die Festung Mondstein ist leer. Alle Largonen sind fort. Wir haben es genau überprüft.«

»Sie sind weg? Das ist merkwürdig. Als ich Brelius telepathisch zur Largonen-Festung geleitet habe, da habe ich auch keine Largonen wahrnehmen können, die Brelius hätten aufhalten können. Wo sind sie? Wenn ich das gewusst hätte, hätte ich auch selber hingehen können.«

»Wir haben es nicht herausfinden können«, sagte Feuerwind. »Sie sind einfach fort.«

In Koros' Gehirn arbeitete es. Wieso sollten die Largonen verschwunden sein? Sie waren die Wächter des Zeittores. Schnell kam er zu einer Lösung.

»Das Buch! Es hat mir geholfen. Es hat mir gesagt, dass sich die Späher um die Largonen kümmern würden. Die Späher haben mir tatsächlich geholfen, so wie es das Buch gesagt hat. Die Largonen haben versagt. Das Zeittor ist aktiviert und unbewacht und wartet nur darauf, von mir geborgen zu werden. Das ist fantastisch!«, sagte Koros, wobei er gar nicht merkte, dass er mit sich selbst redete.

Wrax war sich nicht ganz sicher, wen sein Erster mit den Spähern meinte. Aber das wollte er eigentlich auch gar nicht so genau wissen. Dieses Buch, mit dem sein Erster viel Zeit (zu viel Zeit, wie Wrax sich nicht eingestehen wollte) verbrachte, war ihm schon unheimlich genug.

Koros ballte die linke Hand zu einer Faust: »Ich wusste es! Ich wusste, dass es funktionieren würde. Was ist mit Brelius? Ist er wieder aufgetaucht?«

»Ja, Herr. Er hat die Festung verlassen, nachdem er den Schlüsselstein benutzt hat und wurde kurz darauf wieder in seinem Heim gesichtet. Allerdings soll er es schon wieder verlassen haben.«

»Wohin ist er gegangen?«, fragte Koros mit einem Anflug von Besorgnis.

Der Gorgen schwieg, weil er es nicht wusste und sich nicht traute, Koros zu erklären, warum er und seine Artgenossen es versäumt hatten, Brelius nach dessen Besuch der Largonen-Festung nicht weiter zu folgen. Er fürchtete, einen Wutanfall über sich ergehen lassen zu müssen.

Koros ging ein paar Schritte weg von Wrax und Feuerwind und stellte sich mit dem Kopf zur Wand. Er schloss die Augen.

Feuerwind war verdutzt. Er verstand nicht, was der Herrscher gerade tat. Wrax wusste es. Koros versuchte, telepathischen Kontakt zu Brelius aufzunehmen, so wie er es schon einmal gemacht hatte, als der Sternenbeobachter für ihn zu dem Zeittor gehen und es für ihn aktivieren musste.

Sein Versuch schlug jedoch fehl. Er versuchte es wieder. Erfolglos. Dann gab er auf und drehte sich wieder um.

»Ich kann ihn nicht erreichen. Das kann nur bedeuten, dass dieser Dummkopf ein zweites Mal durch das Tor gelaufen ist und dort geblieben ist. Wäre er noch in dieser Welt, würde ich ihn erreichen können. Oder aber er ist tot. Und Letzteres wäre mir am liebsten.«

Koros schaute kurz grüblerisch zur Seite. »Und selbst wenn er noch am Leben sein sollte. Was soll dieser Niemand schon ausrichten? Die Späher werden sich um ihn gekümmert haben. Das Tor ist nur für mich bestimmt, das wissen die Späher. Sie werden ihn hoffentlich umgebracht haben. Ich werde das Buch nachher fragen, was mit ihm geschehen ist.«

»Da bin ich mir ganz sicher, Herr«, versuchte sich Feuerwind einzuschleimen, doch Schleimerei war bei dem Herrscher fehl am Platze. Koros sah in Feuerwind und seinen Artgenossen nicht mehr als eine von ihren primitiven Instinkten fehlgeleitete Narretei der Schöpfung. Nützlich ab und zu. Mehr aber nicht.

»Was hast du noch zu berichten, Feuerwind?«

»Das Zeittor wurde reaktiviert. Brelius Vandanten war tatsächlich im Besitz des echten Schlüsselsteins, wie Ihr es vermutet habt. Von jetzt an ist das Zeittor geöffnet. Sie können es jederzeit benutzen, Herr.«

»Sehr gut. Sehr gut«, freute sich Koros und warf dem entlasteten Wrax einen bestätigenden Blick zu. »Jetzt, da wir wissen, dass das Tor funktioniert, können wir endlich die weiteren Schritte einleiten.

Der Gorgen machte auf einmal einen Schritt zurück und legte eine entschuldigende Miene auf. »Nun, Herr, wir wissen zwar, dass das Zeittor wieder funktioniert, es gab dann aber bedauerlicherweise ein kleines Problem.«

»Welches?«

»Nachdem wir durch den Geheimgang, der aus dem Inneren der Festung der Largonen führt, zurückgekommen sind, verschwand der Ausgang plötzlich. Wie es aussieht, verändert der geheime Gang seine Lage jedes Mal, nachdem er benutzt wurde. Es ist eine Art Sicherheitsmechanismus. Der Zugang ist jetzt irgendwo in den Grashügeln rund um die Festung der Largonen. Wir haben ihn gesucht, nur waren wir zu wenige, als dass wir ihn hätten finden können. Deshalb habe ich mich auch um so viele Tage verspätet und habe Brelius aus den Augen verloren.«

Koros presste seine Lippen zu einem dünnen Strich zusammen und stellte sich dicht vor den Gorgen. »Wozu bezahle ich euch Wilde eigentlich? Habe ich nicht ausdrücklich angeordnet, ihr sollt feststellen, wo sich der geheime Zugang befindet?«, brüllte er los.

Feuerwind begann mit seinen Flügeln zu zittern.

»Aber Herr, wir konnten doch nicht wissen, dass der Zugang seinen Standort verändern kann. Wenn wir noch einmal losziehen würden, mit ausreichend Gorgens, dann finden wir ihn bestimmt.«

Koros starrte voller Verachtung ein paar Sekunden dem Gorgen in die gelben Augen, wandte sich dann von ihm ab und schlug, so fest er konnte, mit der Faust auf den Tisch.

»Erster, wir werden schon an das Tor herankommen. Wichtig ist allein, dass wir wissen, dass es existiert und funktionsfähig ist. Die Largonen sind fort, also werden wir einen anderen Weg in die Festung finden«, versuchte Wrax seinen Ersten zu beruhigen.

»Sie haben Recht, Wrax. Gibt es vielleicht sonst noch irgendetwas, das ich erfahren sollte, Feuerwind?«

»Ja, Herr«, begann dieser vorsichtig. »Auf unserem Rückweg sind wir zwei Menschen und einem Sortaner begegnet, gut zehn Tagesmärsche vor den Toren der Largonen Festung.«

»Und?«

»Wir wollten den Sortaner ausfragen, was er soweit außerhalb der Stadt zu suchen habe, aber die Menschen kamen dazwischen und einer verletzte mich mit seiner Armbrust, sodass ich nicht mehr in der Lage war zu fliegen.«

Feuerwind öffnete seine Flügel ein wenig, um Koros seine Verwundung zu zeigen. Dieser interessierte sich jedoch nicht sonderlich dafür. »Sehr bedauerlich. Ich hoffe, es wird schnell heilen«, sagte er angewidert.

»Das ist nicht das Problem, Herr. Wie ich von ihnen erfahren habe, waren sie ebenfalls auf der Suche nach dem Tor.«

Koros wurde hellhörig: »Wieso das?«

»Sie waren auf der Suche nach Brelius Vandanten. Sie wissen irgendetwas von dem Tor. Vielleicht wollen sie es sogar selbst benutzen.«

»Was weißt du über die drei?«

»Der Sortaner ist nur ein einfacher Händler. Über den älteren Menschen konnten wir nichts in Erfahrung bringen, aber der jüngere stammt nicht von hier. Jemand vom alten Schienenbahnhof an der Westküste verriet uns seinen Namen: Antilius.«

»Antilius«, wiederholte Koros begeistert.

Wrax war verwundert über diese Reaktion. Eigentlich kannte er seinen Ersten ganz gut. Glaubte er jedenfalls.

»Ich denke aber nicht, dass diese Truppe Euch irgendwie im Weg stehen könnte, Herr.«

»Sehr gut, Feuerwind. Geh jetzt. Eine meiner Dienerinnen wird dich für deine Arbeit entlohnen. Warte in der Eingangshalle auf mich, dann werde ich dir Anweisungen für mein weiteres Vorgehen geben.«

»Oh, vielen Dank, mein Herr. «

Nachdem Feuerwind den Saal verlassen hatte, bemerkte Wrax, dass Koros beunruhigt zu sein schien. »Erster, machen Euch etwa diese beiden Menschen, die nach dem Tor suchen, Sorgen?«

Koros schüttelte den Kopf. »Die Tatsache, dass sich jemand in meine Pläne einmischt, gefällt mir nicht, obwohl ich weiß, dass ich von diesen Sonderlingen sicherlich nichts zu befürchten habe. Was mich allerdings nachdenklich gemacht hat, war der Name des einen Menschen. Antilius. Das ist ein sehr ungewöhnlicher Name, auf den ich erst vor kurzem gestoßen bin.«

»Ich verstehe nicht, Erster.«

»Kommt mit«, forderte Koros seinen Berater auf und ging zur anderen Tür des Saales, die durch ein schweres Schloss gesichert war. Koros wühlte in der Tasche seines Gewands und brachte einen großen alten Messingschlüssel zum Vorschein. Er öffnete das Schloss und zog die schwere Holztür auf.

Wrax war gespannt, was sich hinter der Tür verbarg. Koros hatte stets dafür gesorgt, dass niemand auch nur in die Nähe dieses Raumes kam, und nun war er auf einmal bereit, ihm sein Geheimnis preiszugeben. Wahrscheinlich wollte er ihm endlich das Buch zeigen, von dem sein Erster immer sprach. Endlich würde er Wrax in seine Pläne einweihen.

Anders als Wrax es erwartet hatte, traten sie in eine winzige fensterlose Kammer ein. In diesem dunklen Raum befand sich nichts außer einem kunstvoll geschnitzten Sockel mit einem Buch darauf und einem Kerzenständer mit drei großen Wachskerzen, die Koros rasch entzündete.

Wrax starrte gebannt auf das Buch. Es war groß. Es hatte einen dunklen Ledereinband. Und es schien alt zu sein. Sehr alt. Mehr konnte Wrax bei dem schlechten Licht nicht erkennen.

»Was ist das für ein Buch, Erster?«, fragte er.

Koros schaute ihn verschwörerisch an. »Dies, mein treuer Berater, ist nicht nur einfach ein Buch. Es wird alles verändern. Es wird *mich* verändern. Und Euch auch, Wrax. Es wird den Planeten in eine neue Zeit führen.«

Wrax überlegte, verstand aber nicht, was Koros damit meinte.

»Erster, ich hielte es für besser, wenn Ihr mir Eure Pläne erklärt.«

»Alles zu seiner Zeit, Wrax. Ihr werdet alles früh genug erfahren.«

Wrax schwieg, und der Herrscher merkte, dass sein Berater mit dieser Antwort nicht zufrieden war. »Aber ich werde Euch zumindest das erklären, was Ihr vielleicht doch wissen solltet.«

Wrax hörte seinem Ersten konzentriert zu. Er war erregt von der Vorstellung, in Koros Pläne zumindest teilweise eingeweiht zu werden, aber ihn beschlich dabei auch ein ungutes Gefühl.

»Der Plan, Brelius als Marionette zu benutzen, nachdem ich erfahren hatte, dass er den Schlüsselstein besitzt, ist allem Anschein nach hervorragend gelungen. Niemand hat etwas bemerkt. Und niemand wird mich mit seinem Tun in Verbindung bringen.«

»Ja, Erster.«

»Und durch das Verschwinden der Largonen bleibt uns ein Krieg mit ihnen erspart. Wir werden die Gorgens zur Festung schicken und nach dem Geheimgang suchen lassen, der in das Innere der Anlage führt.«

»Aber wieso, Erster? Können wir jetzt nicht einfach bei den Largonen sozusagen einfach durch die Tür hereinspazieren? Jetzt da sie nicht mehr dort sind.«

»Wir sollten zuerst nach dem Geheimgang suchen, denn ich traue dem Frieden, der dort herrschen soll, nicht. Die Späher könnten mich reingelegt haben. Oder die Largonen sind schlauer, als sie aussehen. Vielleicht haben sie einen Hinterhalt vorbereitet. Der Geheimgang könnte uns daher einen taktischen Vorteil geben. Ich glaube zwar nicht, dass sie noch dort sind, aber ich wähle lieber den sicheren Weg. Jetzt, so kurz vor dem Ziel will ich keine Risiken mehr eingehen.«

»Was hat es mit dem Zeittor auf sich, Erster? Was wollt Ihr damit anfangen? Welche Macht besitzt es, dass es Euch danach so sehr sehnt?«

Koros lächelte seinen Diener sanftmütig an: »Das Tor ist nicht nur ein Pfad durch die Zeit. Es ist der Schlüssel zur Ewigkeit.«

»Ihr sprecht in Rätseln. Wollt Ihr etwa eine Zeitreise mit Hilfe des Tores machen? Erster, ich muss Euch dringend davon abraten! Zeitreisen bringen Tod und Verderben. Das kennt man doch aus zahlreichen Gedichten und Kinderliedern.«

Koros fasste Wrax an der Schulter und grinste selbstherrlich. »Nur keine Sorge, Wrax. Ich habe nicht vor, eine Zeitreise zu machen. Das würden die Späher nicht erlauben, denn sie sind es, die über die Zeit wachen.«

»Aber was wollt Ihr dann mit dem Tor anfangen?«

»Ganz einfach. Ich will es hierher zu mir holen. Jetzt, da die Largonen offensichtlich fort sind, und niemand mehr über das Zeittor wacht, können meine Truppen es ungehindert entfernen und hierher in meinen Palast bringen. Sollten die Largonen wider Erwarten doch noch dort sein, dann werde ich mir das Tor mit Gewalt holen«, sagte Koros ganz sachlich, als sei es das Normalste der Welt.

Wrax wurde bei dem Gedanken an Gewalt, welche Form sie auch immer annehmen sollte, übel. »Aber wozu soll das gut sein, Erster? Es ist verboten, das Tor zu entwenden. Deshalb wurde es ja von den Largonen bewacht. Oder habt *Ihr* etwa vor, das Tor nun zu bewachen?«

Koros grinste breit. »Nun, so könnte man es auch ausdrücken.«

»Ich fürchte, ich verstehe nicht, Erster. Das einzige Tor auf der Welt, das in der Lage ist, Lebewesen durch die Zeit zu schicken. Das Tor, das seit Jahrhunderten nicht mehr benutzt wurde und nicht benutzt werden darf.«

»Das ist nicht ganz richtig, Wrax. Es ist *nicht* das einzige Tor.«

Wrax schaute seinen Ersten fassungslos an. »Nicht das einzige?«, wiederholte er ungläubig. »Ihr meint, es gibt noch eines?«

Koros nickte feixend. In diesem Moment fühlte er sich über alles erhaben.

»Wo ist es?«

»Ratet, mein treuer Berater.«

»Ihr seid in seinem Besitz?«

Koros nickte wieder und sein Grinsen wurde immer breiter.

»Aber, aber wozu? Wozu braucht Ihr zwei Tore, Erster? Und was hat dieses Buch damit zu tun?«

»Das Buch wird mir helfen, die Tore zusammenzubauen. Die beiden Tore sind nur Fragmente. Zwei Fragmente, die zusammen wieder ein Ganzes bilden. Und wenn dies vollbracht ist, werden wir die beiden Tore an der Barriere von Valheel aufbauen, wo die Wirkung des Avioniums am stärksten ist.«

Wrax' Fassungslosigkeit nahm kein Ende.

»An der Barriere? Aber Erster, was wollt Ihr dort? Die Bewohner der Ahnenländer werden das nicht dulden, was immer Ihr vorhabt.«

»Ihr habt recht, Wrax. Das, was ich vorhabe, wird die Dreizehn Häuser der Ahnenländer auf jeden Fall aufschrecken lassen. Es wird sie erschüttern. Deshalb wird es Eure Aufgabe sein, Wrax, für mich eine Armee aufzustellen.«

»Eine Armee, aber warum?«

»Wrax, Eure Fragen nehmen ja kein Ende«, unterbrach ihn Koros und lachte selbstgefällig. »Wie ich schon sagte: Alles zu seiner Zeit. Kümmert Ihr Euch um die Aufstellung der Armee. Sammelt jeden ein, der bereit ist, für mich aus Überzeugung oder für Geld zu kämpfen. Ihr solltet auch Kampftiere organisieren und Gedankenwandler, die sie kontrollieren. Außerdem sollen zwei Brücken gebaut werden, damit wir über die Schlucht zu den Ahnenländern gelangen können. Die Pläne dafür sind bereits ausgearbeitet, und das Material habe ich schon beschaffen lassen.

Wir müssen uns jetzt beeilen. Die Zeit drängt.«

Für Wrax ergab das alles immer noch keinen Sinn. Koros wollte das Zeittor der Largonen und ein zweites, das er schon besaß, zu etwas Neuem zusammenbauen. Was mochte das bewirken? Er wollte wieder nach dem ‚Warum' fragen, aber er ließ es bleiben. Mehr würde Koros ihm nicht erzählen. Noch nicht. Mehr wäre für Wrax wahrscheinlich in diesem Moment auch zu viel gewesen.

Doch eine Sache wollte er noch wissen: »Ich werde mich bemühen, Eure Wünsche zu erfüllen, aber gestattet mir noch eine letzte Frage.«

»Ich höre.«

»Als ich nach dem Menschen namens Antilius fragte, zeigtet Ihr mir daraufhin das Buch. Was hat es mit ihm zu tun?«

»Der Name dieses Menschen kommt in diesem Buch vor, und zwar derart häufig, dass ich Grund zur Beunruhigung habe. Ich kann Euch aber noch nichts Genaueres sagen. Ich werde das Buch noch einmal befragen.«

Koros ließ seine flache Hand sanft über das Buch streichen. Plötzlich bemerkte Wrax, dass irgendetwas in seinem Kopf zu flüstern begann. Eine Stimme. Sie war fremd. Die Stimme drang immer tiefer in ihn hinein. Wrax konnte seine eigenen Gedanken nicht mehr hören. Was sprach die Stimme? Wovon redete sie? Wortfetzen drangen durch seinen Gehörnerv. Grausame Worte. Entsetzliche Bilder schilderte sie ihm. Sie wollte nicht aufhören. Sie flüsterte ihm mehr und mehr Abscheuliches zu.

Erst jetzt bemerkte Wrax, dass die Stimme von dem Buch kam. Sie war zwar in seinem Kopf, aber er spürte, dass es das Buch war, das zu ihm flüsterte. Genauso wie das Buch schon seit längerem zu Koros flüsterte.

Entsetzen überfiel den Berater. Das Buch war böse. Einfach nur böse. Das Buch war es, das einen teuflischen Plan ausheckte und mit Koros ein dunkles Bündnis eingegangen war.

Wrax hielt sich mit Entsetzen die Ohren zu und stürzte aus dem Raum.

Koros stand einfach nur da. Auch in seinem Kopf hatte sich die Stimme eingenistet. Doch für ihn war sie nicht gräulich. Sie war harmonisch und liebevoll. Sie sagte ihm, was er hören wollte. Sie sagte ihm, was er zu tun hatte. Sie war für ihn da.

Das Flüsternde Buch sagte ihm, was er tun musste, um zu einem mächtigen Wesen aufzusteigen. Das Buch hatte ihm vom Zeittor erzählt und vom Schlüsselstein, der plötzlich wieder aufgetaucht war. Es versprach ihm eine große Zukunft.

Es versprach ihm nicht weniger als die Unsterblichkeit.

Ja, es war das Flüsternde Buch, das hinter allem steckte. Es hielt alle Fäden in der Hand und arbeitete nun schon eine lange Zeit daran, Koros, den es nach endlos scheinender Suche auserwählt hatte, auf die Entfesselung der Macht der Transzendenz vorzubereiten.

Koros gehorchte dem Flüsternden Buch blind. Und das war auch gut so. Denn das Buch hatte ganz eigene Pläne, in die es seinen Auserwählten nicht einweihte. Während es Koros vorgaukelte, dass er mithilfe der Macht der Transzendenz zu einem unbesiegbaren Wesen werden würde, plante es in Wahrheit, die Vernichtung Thalantias in die Wege zu leiten.

Koros hätte der Stimme des Buches noch lange zuhören können, aber jetzt musste er sich um diesen Antilius kümmern. Er musste herausfinden, ob dieser seine Pläne durchkreuzen wollte. Er musste mehr über ihn erfahren.

Und dazu würde er ihn in seinen Träumen besuchen.

DIE ANDERE SEITE DER SCHLUCHT

Antilius öffnete die Augen, ohne aus seinem unruhigen Schlaf zu erwachen. Er befand sich wieder in einem Traum, den Koros ihn träumen ließ. Nur dieses Mal war es anders als das erste Mal, als Koros ihn im Traum eine Schlucht hinuntergestürzt hatte. Antilius war sich in diesem Traum bewusst, dass er träumte.

Doch er fühlte sich im Nachteil: Wieder hatte Koros den Schauplatz ausgewählt. Antilius befand sich auf einem kleinen Felsen in einem Ozean. Es war keine Insel, sondern nur ein kleines Stück Fels, das aus einem violett funkelnden Wasser ragte. Der Himmel war in ein brüllendes Rot getränkt, was eine aggressive Atmosphäre erzeugte.

In diesem Ozean, der nur eine Illusion war, gab es nichts außer dem Fels, Antilius und Koros Cusuar.

Während Antilius nach Orientierung suchend den Blick in die Ferne schweifen ließ, näherte Koros sich ihm wie aus dem Nichts von der Seite. Antilius musste sich nicht umsehen. Er war sich der Anwesenheit des merkwürdigen Herrschers bewusst. Er verspürte keine Furcht vor ihm, denn er wusste irgendwie, dass es nur ein Traum war.

»Was für ein grotesker Ort«, sagte Antilius. Es war, als ob er keine Kontrolle über seine Lippen hatte. Sie sprachen von selbst. Weil es ein Traum war.

»Ich habe schon ungewöhnlichere Orte als diesen gesehen. Ich hielt ihn für angemessen. Hier sind wir ungestört.«

»Ungestört? Dies ist doch ein Traum. Wer sollte uns stören?«

Koros rang sich ein Lächeln ab. »Wenn du wüsstest, wer alles in deine Träume eindringt, während du schläfst. Es gibt Wesen, die ihre Lebensenergie aus den Träumen beziehen. Glaube mir: Dieser Ort hier ist sicher. Nur hier sind wir ganz unter uns.«

Antilius schaute nun den Herrscher das erste Mal an. Dieser trug seinen dunklen Mantel, den er auch im ersten Traum schon getragen hatte. Sein Gesicht war nur schemenhaft zu erkennen.

Und unter dem rechten Arm hielt er ein Buch. Ein großes Buch.

»Du scheinst nicht überrascht zu sein, dass ich dich erneut aufgesucht habe?«, fragte Koros.

»Nein. Obwohl ich nicht weiß, wer du bist und was du von mir willst, habe ich es irgendwie geahnt. Allerdings verblüfft es mich, dass du dich so nahe an mich heranwagst, im Gegensatz zum letzten Mal.«

Das verborgene Gesicht des Herrschers ließ einen misstrauischen Gesichtsausdruck erahnen. »Ich konnte dich noch nicht richtig einschätzen, Antilius. Aber du kannst stolz auf dich sein.«

»Stolz? Was meinst du damit?«, fragte Antilius verwirrt.

»Ich habe früher schon meine Gegner in ihren Träumen aufgesucht und im Traum zur Schlucht geführt und hinuntergestürzt. Einige sind aus diesem Traum nicht wieder erwacht, weil sie im Schlaf gestorben sind.« Koros Gesicht wurde jetzt für Antilius klarer. Er lächelte selbstzufrieden. »Für manche sind Träume so real, dass sie wirklich glaubten, sie fielen in die Schlucht und würden sterben. Also wie du siehst, kannst du stolz auf dich sein, dass du es überlebt hast.«

Antilius machte ein angewidertes Gesicht. »Was willst du von mir? Und was hast du da in deiner Hand?«, fragte er barsch.

Koros tat so, als ob er nicht genau wüsste, was Antilius meinte. »Was? Ach das. Mein Buch. Nun, dieses Buch ist so etwas wie mein bester Freund. Du fragst dich jetzt wahrscheinlich, dass dieses Buch gar nicht real sein kann, weil wir uns in einem Traum befinden, aber ich sage dir, dass dieses Buch real ist, denn es ist etwas ganz Besonderes. Es hat ein Bewusstsein. Es hat mich zu dir geführt, Antilius. Es hat mir von dir erzählt. Vielleicht solltest du mal einen Blick hineinwerfen.«

»Und wieso sollte ich das tun? Das ist bestimmt eine Falle. Hältst du mich für so naiv?«

»Ganz im Gegenteil. Ich halte dich keineswegs für naiv. Um Himmelswillen! Nein.«

Koros fasste sich mit spitzen Fingern an seine Stirn. »Lass es mich anders versuchen: Ich habe nicht vor, dich zu belügen. Ich habe dich auch noch nie belogen. Und ich schwöre dir, dass ich dich nie belügen werde. Du brauchst dich nicht zu fürchten. Ich will dich nur ein wenig besser kennenlernen, das ist alles.«

Es war absurd, aber Antilius war versucht, seinem Gegenüber zu glauben.

»Weißt du, was in diesem Buch geschrieben steht, Antilius?«, fragte Koros neugierig.

»Nein, woher sollte ich?«

»In diesem Buch steht wirklich eine ganze Menge. Sehr aufschlussreiche Dinge. Es birgt das Wissen um die Macht der Transzendenz, und wie ich sie erlangen werde.

Aber hier stehen auch Dinge über *dich*, Antilius. Es enthält deine Vergangenheit. All jenes, an das du dich nicht mehr erinnern kannst. Die vielen Jahre, die aus deinem Gedächtnis gelöscht wurden. Und als ich es gelesen habe, habe ich mich wirklich gewundert, dass du dich *dessen* nicht mehr entsinnen kannst. Bist du gar nicht neugierig, es zu lesen? Deswegen bist du doch nach Truchten gereist. Nicht um diesen merkwürdigen alten Kauz Brelius zu suchen, sondern um etwas über *dich* zu erfahren. Deswegen bist du hier. Versuche erst gar nicht es zu leugnen, denn ich weiß, dass es so ist, Antilius. Du willst nichts sehnlicher, als es zu erfahren. Und es steht alles hier drin. Alles. Es ist ganz einfach. Du musst das Buch nur in die Hand nehmen. Ich biete dir diese Gelegenheit nur ein einziges Mal.« Koros machte bewusst eine lange Pause. »Nur ein einziges Mal, mein Freund. Wenn du jetzt ablehnst, dann für immer. Hast du das verstanden?

Also nimm es!«, sprach Koros mit gierigen Augen.

Er reichte Antilius das Buch. Er musste nur zugreifen.

Es ist ganz einfach.

Ganz einfach.

»Nimm es!«, rief eine innere Stimme Antilius zu. Die Neugier übermannte ihn.

Und er tat es.

Es war sehr alt. Die Seitenränder waren stark vergilbt. Es bestand aus ungefähr vierhundert oder fünfhundert Seiten. Der braune Buchrücken war unbeschriftet.

»Sieh hinein!«, flüsterte Koros auffordernd.

Antilius schlug die erste Seite auf. Dann blätterte er um. Und blätterte noch einmal. Er blätterte schließlich durch alle Seiten.

Sie waren alle leer. Nicht ein einziger Buchstabe. Nichts.

»Ich vermute, dass das kein Scherz sein soll«, mutmaßte Antilius misstrauisch und aufrichtig enttäuscht. Enttäuscht nicht darüber, dass es nichts zu lesen gab, sondern über sich selbst, dass er ernsthaft geglaubt hatte, Koros würde es ihm so leicht machen.

»Was hast du gelesen?«

»Nichts. Wie auch? Es ist ein leeres Buch.«

»Da siehst du es, Antilius. Das ist es, was ich dir zu erklären versuche. Dieses Buch ist nur für mich. Nur ich bin imstande, es zu lesen. Nur ich kann es verstehen. Es ist für *mich* bestimmt.« In den Augen des Herrschers leuchtete ein Hauch von Wahnsinn auf.

»Ich hoffe, du hattest deinen Spaß, mir ein leeres Buch in die Hand zu drücken«, sagte Antilius hasserfüllt.

»Sei nicht verärgert. Ich war mir nicht ganz sicher, ob du das Buch nicht doch lesen könntest. Oder ob es zu dir sprechen würde. Also habe ich es dir gegeben. Deine Chance, es lesen zu können, war also echt. Ich habe dich daher nicht belogen. Aber jetzt hat sich meine Vermutung bestätigt. Nur *ich* kann es lesen.«

»Und wieso nur du?«

»Das ist mir genauso ein Rätsel, wie du es mir bist. Doch höre mich weiter an: Das Buch versucht jeden anzusprechen. Sogar mein Berater Wrax hat es gehört. Aber nur ich kann es *lesen*. Das Buch hat schon seit Generationen versucht, jemanden zu finden, den es für würdig erachtet, das Erbe des Transzendenten anzutreten. Es hat zu Unzähligen gesprochen, und alle waren unwürdig. Aber nun hat es mich gefunden.

Du, Antilius würdest niemals weder das leiseste Flüstern vernehmen, noch das Buch lesen können. Und das ist der Grund, warum du etwas Besonderes bist.

Du bist für mich die andere Seite der Schlucht. Für mich auf ewig unerreichbar. Und vielleicht auch für mich gefährlich.«

Antilius dachte über diese Worte nach. »Ich gehe davon aus, dass du mir nicht verraten wirst, was du in diesem Buch über mich gelesen hast, oder?«

»Ich kann es dir nicht sagen, Antilius. Wenn ich es tun würde, dann gefährdete ich mein eigenes Vorhaben. Das Buch hat mich vor dir gewarnt. Aber jetzt, da ich sicher sein kann, dass du dich wahrhaftig an nichts erinnern kannst, was für mich von Bedeutung ist, kann ich dich noch leben lassen. Trotzdem werde ich dich im Auge behalten.« Koros machte eine kurze Pause. Dann begann er listig zu grinsen und fügte hinzu: »Es gibt aber auch einen anderen Grund, warum ich dir nichts erzählen möchte. Würde ich dir die Wahrheit über deine Vergangenheit erzählen, dann bin ich mir sicher, dass du schlagartig deinen Verstand verlieren würdest.«

Antilius presste die Lippen zu einem dünnen Strich zusammen. Ein Teil von ihm wollte Koros nicht glauben. Aber der andere Teil glaubte ihm, und das machte Antilius wütend. »Jetzt glaubst du, dass du Macht über mich hast, und es bereitet dir einen perversen Spaß, habe ich nicht recht?«

Koros schien von Antilius' Vorwurf tatsächlich getroffen zu sein. Eine Geste, die bei ihm sehr selten war. »Ich gebe zu, dass es verlockend ist, dich im Ungewissen über die zukünftigen Ereignisse zu lassen. Aber auch ich bin nicht übermächtig. Noch nicht. So ist es mir nicht möglich, deine Zukunft vorherzusagen. Ich habe mich noch nicht entschieden, was ich mit dir am Ende machen werde. Wenn das neue Zeitalter anbricht. *Mein* Zeitalter.

Aber ich will noch abwarten. Ich kann dich bislang nur in deinen Träumen erreichen. Aber ich kann keinen telepathischen Kontakt zu dir aufnehmen, wenn du wach bist, Antilius. Weil du etwas Besonderes bist. Und deshalb rate ich dir, dich aus meinen Angelegenheiten herauszuhalten. Wenn du unbedingt Brelius finden möchtest, dann habe ich keine Einwände, sollte er noch leben, was ich jedoch stark bezweifle. Aber halte dich vom Zeittor fern.

Das Flüsternde Buch hat mir von dir erzählt. Es hat mir von deinen *Augen* erzählt. Und es hat mir erzählt, dass mit diesen Augen etwas Besonderes, Einzigartiges verbunden ist.

Und ich will, dass genau diese einzigartigen Augen, deine Augen, Antilius, sehen, was ich vollbringen werde.«

»Vollbringen?«, fragte Antilius und fühlte plötzlich, wie etwas an seinem Arm zog. Etwas Unsichtbares rüttelte an ihm und wollte ihn nicht loslassen. Dann verspürte er ein schummeriges Gefühl in seinem Kopf. Er war im Begriff aufzuwachen. Er hatte völlig vergessen, dass er sich in seinem eigenen Traum befand.

Der Himmel wurde blass. Alles verschwamm vor seinen Augen.

»Ich freue mich schon auf unser nächstes Zusammentreffen«, sagte Koros und löste sich zusammen mit dem Hintergrund in Nichts auf.

SIE KOMMEN NACHTS

Pais rüttelte Antilius mitten in der Nacht unsanft aus dem Schlaf.

»Was ist los?«

Pais stand mit gezückter Armbrust neben ihm und hatte die Ohren gespitzt. »Wir sind nicht allein«, flüsterte er.

»O, nicht schon wieder«, murmelte Antilius in Erinnerung an seine letzte nächtliche Begegnung mit den Gorgens.

Die Nacht war kalt und klar. Die Wolken, die noch am Morgen ihre Wasserfontänen auf die Erde ergossen hatten, waren den Tag über langsam immer weniger geworden und in der Dämmerung bis auf wenige Einzelgänger verschwunden. So konnte der große Mond Quathan in aller Stille sein blasses silbriges Licht verbreiten, sodass man zumindest ein wenig sehen konnte.

»Gorgens?«, fragte Antilius und steckte sich Gilberts Spiegel, den er zum Schlafen beiseite gelegt hatte, wieder in die Brusttasche.

»Weiß ich nicht. Es kam aus den Bäumen.« Pais schaute in den Wald, an dessen Rand sich das Nachtlager befand.

Mittlerweile war auch Haif wach geworden und sprang ängstlich auf. »Ist dieses fliegende Gesindel wieder hier?«

»Psst!« Pais wollte verhindern, dass sie sich durch die Stimmen verrieten.

Dann erklang ein gellender animalischer Schrei von irgendetwas, das noch weit entfernt war, aber es kam diesmal nicht aus dem Wald, sondern aus der gegenüberliegenden Richtung.

Alle drei drehten sich um.

Es kam irgendwo aus der Ferne. Durch das Mondlicht konnte man weit in die Ebene hineinschauen, doch nichts war zu sehen.

»Was war das?«, Antilius war sich sofort klar, dass es sich nicht um einen Gorgen handelte.

»Piktins«, sagte Pais kühl.

Der halb unterdrückte Schrei kam wieder, wiederholte sich und klang diesmal aber anders. Und die Schreie wurden lauter. Zwei Schreie. Zwei Piktins.

Ein drittes Kreischen folgte. Und dann drei Schreie auf einmal.

»Nichts zu sehen.«

Antilius machte Anstalten, in die Hocke zu gehen, um aus seinem Rucksack seine Petroleumlampe herauszuholen, aber Pais bedeutete ihm, er solle sich nicht bewegen.

»Licht wird uns bei diesen Kreaturen nichts nützen«, sagte er.

»Wo sind sie?«, fragte Antilius, bereit die Flucht zu ergreifen.

»Sie tarnen sich. Sie können sich an ihre Umgebung anpassen. Wir müssen zusammen bleiben. Sie lieben es, ihre Beute auseinander zutreiben. Das dürfen wir nicht zulassen.«

Haif fing an, in Panik zu geraten: »O, nein! Das kann doch nicht das Ende sein! Das darf doch nicht wahr sein! Das habe ich nicht verdient. Wäre ich bloß nicht mit euch gegangen. Hätte ich mich bloß von euch fern gehalten! Ihr bringt mir nur Unglück.«

»Sei still, du Narr oder du bist der Erste, den sie verspeisen«, fauchte Pais.

Haif verstummte daraufhin. Die Angst lähmte sein Sprechvermögen. Sein Körperfell richtete sich auf, und er sah aus, als hätte er einen elektrischen Schlag bekommen.

Das Kreischen wurde lauter und wiederholte sich in unregelmäßigen Abständen.

»Wieso können wir sie nicht sehen?«

»Sie können sich fast unsichtbar machen, wenn sie wollen. Dicht zusammenbleiben!«, befahl Pais ruhig und hochkonzentriert.

Die Schreie bewegten sich immer dichter an sie heran, aber sie konnten die Angreifer nicht ausfindig machen. Der Mond schien helfen zu wollen, indem er so hell strahlte, wie er es selten tat, aber es nützte nichts. Die gefräßigen Tiere blieben unsichtbar.

Haif versuchte, sich hinter Antilius und Pais zu verstecken. Da er nur halb so groß war wie die beiden, glaubte er, dort wenigstens ein bisschen Schutz zu bekommen.

Und genau ihn hatte eines der angaloppierenden Piktins im Visier. Piktins waren kaum größer als ein ausgewachsener Eber, aber kräftiger als eine Raubkatze und hungriger als ein Löwe.

Er hörte deutlich die galoppierenden Schritte der Tiere, doch sehen konnte er sie nicht.

Plötzlich verstummten die Schritte und ebenso das Kreischen. Langsam, ganz langsam schlich sich eines der unsichtbaren Piktins an Haif heran. Sein Zittern verriet dem Räuber, dass er es mit einer leichten Beute zu tun hatte.

Die Köpfe von Antilius und Pais flogen planlos herum, doch es war vergebens. Die unsichtbare Gefahr verheimlichte ihre Gegenwart.

Haif stand nur starr und zitternd da. Das eine Piktin war nun nahe genug, um ihn von hinten mit einem Satz anzufallen. Es machte sich sprungbereit und ließ sich dabei viel Zeit. Einen Fehler wollte es jetzt nicht machen. Jetzt durch eine Unachtsamkeit seine Beute entwischen zu lassen, wäre ein Sakrileg. Auch die anderen beiden machten sich für einen Angriff bereit, wobei jeweils Antilius und Pais die erwählten Opfer waren.

Pais kannte das Jagdverhalten der Piktins, doch diese Methode war ihm neu. Diese Räuber, so wusste er, griffen nur von einer Seite an. Wieso blieben sie dann jetzt stehen? Zuerst dachte er, dass sie noch immer direkt vor ihnen lauern müssten, doch dann schoss es ihm wie ein Blitz durch den Kopf, dass sie um ihre Opfer herumgeschlichen waren, um sie hinterrücks von der Waldseite aus anzugreifen. Dort, von wo man es am wenigsten erwartete.

Im fahlen Mondlicht zog lautlos der Schatten einer Wolke über Jäger und Beute hinweg. Bis auf Haifs leises Gewinsel war alles um sie herum still.

Dann ging alles sehr schnell. Noch während es bei Haif dämmerte, dass das Raubtier hinter ihm sein könnte, fuhr er schlagartig herum. Überrascht davon, verlor das Piktin, das es auf ihn abgesehen hatte, seine Tarnung. Zwar nur für einen Sekundenbruchteil, aber es reichte für Pais aus, um zu reagieren. Der erste Bolzen schoss aus seiner Armbrust haarscharf an Haif vorbei auf das Tier zu und durchbohrte es zwischen den Rippen.

Der Sortaner schrie vor Schreck auf und rannte in den Wald.

Das verletzte Piktin fiel durch die Wucht des Aufpralls des kleinen Geschosses auf die Seite. Die anderen beiden Piktins blieben unsichtbar, flüchteten aber hörbar zurück in die freie Ebene.

»Haif, bleib hier!«, schrie Pais.

Doch Haif hörte nichts mehr. Sein Fluchtinstinkt befahl ihm, diesen Ort so schnell wie möglich zu verlassen.

Antilius drehte sich wieder zurück zur gegenüberliegenden Seite des Waldes, um die fliehenden Piktins ausfindig zu machen. Zu seinem Entsetzen musste er feststellen, dass diese Unterstützung bekommen hatten. Etwa ein Dutzend von ihnen stand Pais und Antilius nun gegenüber, in einer Entfernung von etwas mehr als zwanzig Schritten. Sie hielten es nicht mehr für nötig, sich zu tarnen.

»Das war eine Falle. Ich hätte es wissen müssen!«, fluchte Pais.

Antilius sah, wie das Licht des Mondes von den mit Speichel benetzten Fangzähnen der Raubtiere reflektiert wurde und vernahm einen Chor aus wildem und hungrigem Knurren.

»Wenn ich ‚los' sage, dann rennst du, so schnell du kannst. Sie sind nicht besonders schnell. Das ist unsere einzige Chance.«

»Das sind zu viele! Wir können unmöglich …«

»Los!«, schrie Pais und sauste, so schnell er konnte, in den Wald, den er noch am frühen Abend endlich hinter sich geglaubt hatte.

Antilius folgte ihm. Und die Piktins auch.

Seite an Seite hetzten Pais und Antilius durch das Gehölz. Die Piktins waren ihnen dicht auf den Fersen. Holten rasch auf.

Der Wald sah in dem silbrig fahlen Mondlicht ganz anders aus als am Tage. Schon nach kurzer Zeit verlor Antilius die Orientierung. Das Einzige, wonach er sich richtete, waren die Kreischlaute hinter seinem Rücken, die sich nicht abschütteln lassen wollten. Er drehte kurz den Kopf nach rechts, um sich zu vergewissern, dass Pais noch da war.

»Wir müssen uns trennen!«, schrie Pais atemlos und schlug einen Haken mit einer erstaunlichen Agilität.

Antilius rannte weiter in die entgegensetzte Richtung des Kreischens. »Pais! Wo bist du?«

Statt einer Antwort nahm das Schreien der Piktins an Intensität noch zu.

Nicht zurückschauen. Nur fliehen!

Antilius hechtete über umgestürzte Bäume, patschte durch tiefe Wasserlachen und stürzte über schwere Schlammlöcher.

Er konnte den heißen, gierigen Atem der Raubtiere regelrecht in seinem Nacken spüren. Jeden Moment erwartete er, gebissen zu werden.

Weg! Nur weg! Lauf!, wirbelte es durch seinen Kopf.

Er rannte auf einen abschüssigen Abhang zu. Das matschige Laub unter seinen Füßen verwandelte sich in eine Rutschbahn. Es war nur eine Frage der Zeit, und dann passierte es. Er rutschte aus, fiel nach vornüber und purzelte den Hang hinunter. Bei seinen zahllosen unfreiwilligen Überschlägen konnte er einen Blick auf seine Verfolger erhaschen.

Es waren fünf. Vielleicht sechs. Oder mehr.

Antilius streifte den knochigen Zweig einer ausgedörrten Buche. Sein linkes Hosenbein wurde vom Knie abwärts zerfetzt und eine lange blutige Schramme zierte seine Wade.

Am Ende des Hangs angekommen, rappelte er sich wieder hoch und eilte weiter. Er hatte sich beim Sturz den rechten Fuß schwer gestaucht, doch das spürte er jetzt nicht.

Er wagte noch einen flüchtigen Blick zurück und stellte fest, dass er etwas Abstand zu den Bestien gewonnen hatte.

Blätter und Äste peitschten ihm ins Gesicht.

Nicht mehr umdrehen!

Der kalte Schein des Mondes war sein einziger Verbündeter. Er verhinderte, dass er in der Dunkelheit frontal gegen einen Baum prallte.

Auf einmal tauchte vor ihm ein riesiges Gebilde auf. Es sah aus wie ein riesiger Schatten. Als er sich ihm näherte, stellte er fest, dass es ein kolossaler Fels war, mitten im Wald, der die Form eines Stalagmiten hatte. Er war mindestens einhundert Meter hoch. Antilius korrigierte seine Laufrichtung, um bei dem Felsen irgendwie Schutz zu finden. Der Felsblock wirkte wie ein Fremdkörper in dieser Umgebung. Er konnte nicht natürlichen Ursprungs sein.

Die Monster holten wieder auf. Seine Kräfte schwanden. Langsam kroch der Schmerz in dem lädierten Fußknöchel sein Bein hoch.

Dann sah Antilius eine Tür. Eine Tür! Mitten im Fels. Er stürmte mit eisernen Willen darauf zu. Fast wäre er gegen deren Holz gestoßen, als sie sich plötzlich wie von Geisterhand von alleine öffnete. Er sprang ins Innere des Felsens und fiel auf die Knie. Im gleichen Augenblick drehte er sich um und sah die mörderische, blutgierige Bande auf sich zu stürmen. Antilius warf sich von innen gegen die Tür. Mit einem widerhallenden Donnern fiel sie ins Schloss. Die Piktins stießen dagegen, kratzen und heulten. Sie konnten es nicht fassen, dass ihre Beute entkommen war.

Wie wahnsinnig kratzen und jaulten sie minutenlang.

Antilius saß auf dem Boden gegen die Tür gelehnt und rang nach Atem.

Nach einer Weile legte sich der Lärm.

Lange horchte er an der Tür, ob die Piktins noch draußen auf ihn warten würden. Er konnte aber kein Schreien, kein Hecheln mehr hören. Sein eigener Atem hallte in dem turmartigen Gewölbe wider. An den Wänden floss Wasser herab. Ein grünes Licht quoll aus dünnen Spalten hervor.

Er griff nach seiner Brusttasche, um mit Gilbert im Spiegel zu sprechen, doch da war keine Tasche mehr. Sie war ihm wahrscheinlich bei seinem Sturz weggerissen worden. Und mit ihr der Spiegel. Und mit dem Spiegel Gilbert.

Antilius war allein.

DIE SPÄHER

Antilius suchte nach einem Knauf oder einer Klinke an der Innenseite der Tür, die sich wie von Geisterhand genau im richtigen Moment geöffnet und ihm somit das Leben gerettet hatte. Er suchte jedoch vergeblich. Er probierte, die Tür irgendwie aufzuziehen, fand aber keinen Halt. Anschließend drückte und schob er, so stark er konnte. Die Tür bewegte sich aber keinen Zentimeter. Er streckte seine Hand noch mal nach der Türkante im Spalt zum Rahmen aus, umklammerte sie, so fest er konnte, und zerrte, bis er mit seinen Fingern abrutschte und rückwärts stolperte. Sein Hinterteil knallte auf den nasskalten Steinboden und seine Rückenwirbel stauchten sich. Er stöhnte auf vor Schmerz.

Er war eingesperrt. Warum? War er jetzt gefangen oder wurde er beschützt, weil die Piktins immer noch draußen auf ihn warteten? Was war das für ein merkwürdiger Ort?

Antilius bemühte sich, ruhig zu bleiben. Aufgekratzt suchte er noch mal in seinen Taschen, in der Hoffnung, den Spiegel in der Hektik woanders eingesteckt zu haben, aber Gilbert blieb verschwunden. Er musste ihn irgendwo draußen im Wald verloren haben, als er von den Raubtieren gejagt wurde.

Er seufzte und rieb sich seinen schmerzenden Knöchel.

Dann schaute er sich um. Es gab keine Fenster. Nur nackten Stein. Die außergewöhnlich hohe Luftfeuchtigkeit und die erhöhte Temperatur, die in diesem gewaltigen zylindrischen Hohlkörper herrschten, erschwerten ihm das Atmen. Das grüne Leuchten der Wände machte ihn nervös.

Erneut versuchte er, sich zu beruhigen, indem er mehrmals tief ein und ausatmete, was in seiner Situation eher das Gegenteil bewirkte. Eigentlich müsste es hier drin stockfinster sein. Woher dieses diffuse Licht an den Wänden kam, war nicht auszumachen. Sein Blick fiel nach oben. Eine Wendeltreppe aus Stein, die an der Säulenwand entlang führte, gaffte ihn an. Er hatte sie vorher gar nicht bemerkt, weil sie und die Außenwand eine Einheit bildeten. Die Treppe endete irgendwo ganz oben.

Hier unten gab es anscheinend nichts, was er tun konnte, um sich zu befreien. Mit einem mulmigen Gefühl wurde ihm klar, dass er die Treppe nach oben steigen musste, um herauszufinden, was sich dort verbarg.

Er nahm die erste mit einem dünnen Wasserfilm bedeckte Stufe, und kaum hatte er seinen Fuß daraufgesetzt, ertönte plötzlich ein heller Widerhall. Nicht von seinem Fuß verursacht. Es war nicht sonderlich laut, und es kam auch nicht von oben, wie Antilius zuerst vermutete. Das Geräusch ähnelte dem Klingen von kleinen Glocken, und es spielte eine kurze Melodie, die sich rasch in seinen Kopf einprägte, aber nicht beängstigend oder gar störend wirkte. Antilius wartete eine Weile, um zu hören, ob sich die Melodie vielleicht veränderte. Aber das tat sie nicht. Dann stieg er leicht hinkend die Treppe weiter nach oben. Es ging immer weiter spiralförmig hinauf, wobei die Wendeltreppe nach oben hin spitz zulief. Wer oder was dort oben auch immer sein mochte, es hatte jedenfalls nicht viel Platz, dachte sich Antilius.

Mit gleich bleibendem Tempo stieg er immer weiter die Treppe empor. Das Glöckchenspiel begleitete ihn dabei fortwährend. Einmal wäre er wegen der aalglatten Nässe fast ausgerutscht und nach unten gestürzt.

Schwer atmend erreichte er das Ende mit zunehmender Kraftlosigkeit. Der Steinturm, in dem er eingesperrt war, war wirklich riesig groß. Antilius stieg durch eine Öffnung im Boden eines kleinen viereckigen Raumes. Er war mindestens neun Meter hoch und hatte ein flaches Dach. In der Mitte dieses Raumes trugen vier Säulen das flache Dach aus Stein. In den Kapitellen der Säulen ragten je zwei Figuren heraus. Sie stellten Männer- und Frauengesichter dar, die sich schützend ihre Hände vor die Augen hielten, so als ob sie von etwas geblendet wurden.

In der Mitte der vier Säulen war ein kleiner Sockel. So plötzlich, wie das Glockenspiel begonnen hatte, als Antilius die Treppe hinaufstiegen war, so plötzlich endete es, als er im Säulenraum stand.

Er wartete ab. Nichts geschah. Sein Blick fiel erneut auf den kleinen Sockel. Er war sich zwar nicht sicher, aber er hatte eine Ahnung. So lief er in das Zentrum des Raumes und stellte sich auf den Sockel. Kurz darauf erschien direkt über ihm ein violett leuchtender Punkt. Ganz unscheinbar und geräuschlos. Zunächst veränderte er sich nicht, doch dann wurde er schnell größer, und seine Leuchtkraft nahm stetig zu. Schon bald konnte Antilius nicht mehr den Punkt ansehen. Die Blendung war zu stark. Er bekam es mit der Angst zu tun und wollte sich in Sicherheit bringen, doch bevor er zur Flucht ansetzten konnte, explodierte die Leuchtkugel geräuschlos. Ohne den leisesten Ton zerstreute sie sich in Hunderte von kleinen violettfarbenen Sphären, die, sich um ihre eigene Achse drehend, im Raum schwebten. Antilius konnte bei diesen vielen Lichtpunkten nicht mehr den Ausgang erkennen. Er drehte sich mehrmals und verlor dann völlig die Orientierung.

»Was soll das?«, rief er.

»Was suchst du?«, fragte eine Stimme. Die verzerrte Stimme, von der Antilius nicht sagen konnte, ob sie die eines Mannes oder die einer Frau war, hallte laut durch den Raum.

»Sprich! Wer bist du? Was suchst du?«

Das kam ihm nur allzu bekannt vor. Er erinnerte sich wieder an seinen ersten Traum.

»Ich will erst wissen, mit wem ich es zu tun habe«, erwiderte er.

»Wir sind die Späher. Du bist der Suchende.«

»Späher? Was erspäht ihr?«

Darauf bekam er keine Antwort. Vermutlich stellte er die falsche Frage. »Wer seid ihr? Was macht ihr hier?«

Keine Antwort. Also versuchte er es anders: »Was ist eure Aufgabe?«

»Was ist eine Aufgabe?«, fragte die Stimme zurück.

»Was ist der Zweck eures Seins?«, fragte Antilius unsicher. Er bemerkte erst jetzt, dass er es geschafft hatte, die anfängliche Rollenverteilung umzudrehen. *Er* stellte jetzt die Fragen.

»Sein? Wir wachen über die Zeit, wir verstehen ihre Sprache.«

»Die Zeit? Warum?«

»Weil wir ein Teil von ihr sind, aber nicht immer waren.«

Antilius' Augen gewöhnten sich allmählich an die Helligkeit der vielen im Raum umhertreibenden Lichtpunkte.

»Zufälligerweise suche ich etwas, das mit der Zeit zu tun hat.«

Zufällig?, fragte er sich, gleich nachdem er diese Frage gestellt hatte.

»Ich suche jemanden, der durch die Zeit gereist ist. Er heißt Brelius Vandanten«

»Wir wissen, wen du meinst. Er hat versucht, die Zeit zu stören. Das haben wir ihm nicht erlaubt. Wir dulden keine Eingriffe in die Zeit«, sagte die Stimme prompt.

»Ihr wisst also von ihm. Was bedeutet das? Wo ist er?«

Die hellen Lichtpunkte pulsierten kontinuierlich weiter.

»Er ist nicht mehr in der Zeit.«

»Das verstehe ich nicht. Was habt ihr mit ihm gemacht? Lebt er noch?«

»Er ist vor uns geflohen. Er hat sich in den verschiedenen Zeiten und Realitäten jenseits des Zeittores vor uns versteckt. Wir konnten ihn nicht finden und haben seine Spur verloren. Jetzt ist er fort.«

»Fort? Heißt das, er ist tot?«

»Nein, aber er lebt nicht mehr in der Zeit.«

Antilius kratzte sich am Kopf. Er verstand einfach nicht, was die Stimme mit ihren hallenden Worten versuchte, ihm zu erklären. Er betrachtete fasziniert die vielen hellen leuchtenden Punkte, die ihn umringten. Er war sich sicher, dass jeder von ihnen eine Art Auge oder gar ein einzelner Späher sein musste.

»Er hat die Zeit gestört, sagtet ihr. Was bedeutet das?«

»Er benutzte das verbotene Tor. Das Tor war nicht für ihn bestimmt.«

»Wisst ihr auch, warum er das Tor benutzt hat?«

»Das soll für dich nicht von Bedeutung sein.«

»Für mich ist es aber von sehr großer Bedeutung, und das sollte es für euch auch sein.«

Die Antwort war Schweigen.

»Der Mann, der das verbotene Tor benutzt hat, hat es nicht aus eigenem Willen getan. Er wurde dazu gezwungen. Jemand anderes möchte sich des Zeittores bemächtigen.«

Die Sphären schwebten scheinbar unberührt, von dem, was Antilius sagte, durch den Raum. »Die Zeit ist es, über die wir wachen. Die Zeit und nichts anderes.«

Für Antilius klang das so, als wolle die Stimme vom Thema ablenken.

»Aber versteht ihr denn nicht? Das Zeittor ist in Gefahr! Wenn ich mit Brelius nicht sprechen kann, dann kann euch vielleicht niemand mehr helfen.«

»Du bist der Suchende. Du hast nicht über uns zu bestimmen.«

Antilius schaute verstört um sich. »Soll das etwa eine Antwort sein?« Er war genervt und wütend.

»Du suchst den Zeitreisenden. Mehr hat dich nicht zu interessieren.«

»Wo ist er?«

»Im Zeittor. Aber nicht in der Zeit.«

Antilius wurde stutzig. »Soll das etwa bedeuten, dass ich durch das Zeittor gehen muss, um mit ihm zu sprechen?«

»Der Weg zu ihm führt durch das Tor. Du darfst es aber nicht benutzen«, dröhnte die Stimme herrisch.

»Das heißt also, ja«, murmelte Antilius vor sich hin.

»Wo kann ich ihn finden? Ich meine, wenn ich das Zeittor durchschreiten sollte?«

»Du darfst die Zeit nicht stören. Die Zeit ist es, über die wir wachen.«

»Ich möchte ja auch nicht die Zeit stören. Ich will nur Brelius finden. Könnt ihr mir nicht helfen? Es könnte in eurem eigenen Interesse sein! Ein anderer Fremder könnte für alle Inselwelten eine Bedrohung darstellen, wenn er das Zeittor für seine Zwecke missbraucht.«

»Geh jetzt!«, war die lapidare Antwort. Das Pulsieren der Lichtpunkte wurde intensiver. Das Drehen der leuchtenden Kreise wurde schneller.

»Wollt ihr einfach zusehen, wie diese Welt womöglich zerstört wird? Alles Leben könnte vernichtet werden und ihr, ihr könntet auch vernichtet werden.«

»Wir wachen nur über die Zeit. Für die Existenz dieser Welt sind wir nicht verantwortlich; nicht mehr. Auch für dein Schicksal sind wir nicht verantwortlich.«

»Verantwortlich vielleicht nicht. Aber wenn das Zeittor gestohlen wird, würde auch die Zeit davon betroffen sein. Die Zeit könnte bedeutungslos werden, wenn es jemanden gibt, der die Zeit kontrollieren kann und ihr nicht handelt!«

»Du redest über Dinge, die du nicht verstehst. Geh jetzt!«, riefen nun dutzende Stimmen auf einmal mit donnernder Lautstärke.

Die leuchtenden, violettfarbenen Kugeln umschwebten ihn weiterhin lautlos, so als ob sie ihn genauer betrachten wollten.

Antilius drückte den müden Rücken durch, um Entschlossenheit zu demonstrieren. Er wollte sich nicht einschüchtern lassen. »Gut. Wenn ihr mir nicht helfen wollt. Dann werde ich es auch allein schaffen. Stellt euch mir nicht in den Weg«, drohte er und staunte gleich darauf über diesen Satz.

Die Stimmen zögerten. Fast hatte es den Anschein, als ob sie verunsichert wären. »Das Tor der Zeit zu benutzen, ist kein leichtes Vorhaben. Es ist tief in der Erde versteckt und wird von der *Dunkelheit* bewacht. Die Dunkelheit treibt einen gestandenen Mann in den Wahnsinn, wenn er ihrer nicht würdig ist!«

»Ich bin auch nicht davon ausgegangen, dass es leicht werden würde. Außerdem hat es Brelius anscheinend auch geschafft. Ich muss gehen und ihn finden.«

»Deine Entscheidung entspricht nicht deiner Natur. Geh wieder dahin zurück, wo du hergekommen bist! Störe nicht die Zeit!«

Jetzt war sich Antilius sicher, dass hier etwas faul war. Diese Wesen wollten ihn loswerden. Sie wollten nicht, dass er Brelius suchte. Seine Entschiedenheit beunruhigte sie. Seine bloße Anwesenheit irritierte sie. Und sie schienen kein Mittel zu haben, um ihn aufzuhalten. Hätten sie eines gehabt, dann hätten sie Brelius das Zeittor nicht betreten lassen. Aber da gab es noch eine andere Möglichkeit: Sie könnten aus irgendeinem Grund gewollt haben, dass Brelius das Zeittor aktiviert. Und mit dieser Vermutung lag er goldrichtig. Denn, was er nicht wissen konnte, war, dass die Späher und das Flüsternde Buch von Koros dasselbe Ziel verfolgten.

Doch egal, was ihre Beweggründe waren, Antilius musste es selbst herausfinden.

»Dass ich mich nicht einmischen soll, habe ich schon einmal gehört«, sagte er.

Eine Pause folgte, in der Antilius im Zeitraffer seine Gedanken sortierte. »Nun denn. Es ist alles gesagt. Werdet ihr mich wieder gehen lassen?«

»Uns zu verlassen, steht dir frei. Wir haben an diesem Ort keine Macht über dich.«

»Aber vorhin habt ihr mich nicht gehen lassen. Die Tür unten war versperrt«, sagte Antilius misstrauisch.

»Die Tür war nur versperrt, weil du sie aus Furcht vor den Tieren, die dich verfolgten, nicht öffnen wolltest.«

Antilius überlegte und dachte daran, wie er vergeblich alles daran gesetzt hatte, die Tür zu öffnen.

Die hellen Sphären gerieten in Schwingung und bewegten sich anschließend wieder auf ihre Ursprungsquelle zu, über Antilius' Kopf. Ein größerer leuchtender Ball sog alle kleineren wieder in sich auf und verlor immer mehr an Leuchtkraft, bis er schließlich verschwand.

Antilius ging gedankenverloren wieder die Treppe hinab. Kurz vor Erreichen der Tür, sprang diese von selbst auf und gab ihm den Weg nach draußen frei. Er seufzte erleichtert auf.

Es war Tag. Der Mond war verschwunden. Ist so viel Zeit verstrichen? *Unmöglich.*

Antilius lugte zunächst wachsam aus dem Steinturm heraus, um sich zu vergewissern, dass die Piktins fort waren. Als er der Meinung war, es sei sicher, lief er rasch zurück in die Richtung, aus der er gekommen war. Zumindest glaubte er, dass es die richtige Richtung war.

Er drehte sich noch einmal um, um sich den Stalagmitenturm aus der Ferne bei Tageslicht anzusehen. Aber der Turm war fort. Der Wald sah aus, als hätte es den Turm hier nie gegeben. Als hätte Antilius ihn nie betreten.

Was geht hier bloß vor?, dachte er.

DIE STRAFE DER ZEIT

Antilius ging weiter und spürte bei jedem Schritt den stechenden Schmerz in seinem rechten Fuß. Er blickte an seinem Bein hinab und konnte ohne genaues Hinsehen erkennen, dass der Knöchel geschwollen war.

Nach einer sehr langen Weile vernahm er freudig Gilberts Stimme, ohne die er wohl niemals seinen Spiegel wiedergefunden hätte. Er lag an dem Hang, an dem sein Meister ihn verloren hatte.

»Antilius! Du meine Güte, ich hätte nie gedacht, dass du so schnell laufen kannst!«, rief Gilbert aufgeregt.

»Das wusste ich bis dahin auch noch nicht. Weißt du, was mit Pais geschehen ist?«

»Ja, Pais lebt noch. Er hat vor kurzem noch meinen und deinen Namen von irgendwoher gebrüllt. Ich habe versucht zurückzurufen, doch er hat mich wohl nicht gehört. Ich denke, er sucht uns.«

»Gut«, sagte Antilius beruhigt.

»Als der Spiegel aus deiner Tasche geschleudert wurde, und du nicht mehr zurückgekommen bist, habe ich gedacht, das wäre dein Ende. Ehrlich. Wie bist du den Viechern bloß entkommen?«

Antilius hielt sich den Spiegel vors Gesicht und entlastete sein rechtes Bein. »Ich bin mir nicht sicher. Es war sehr seltsam. Plötzlich tauchte vor mir ein riesiger Fels auf, der die Form eines Stalagmiten hatte.«

»Der Stein der Zeit? Dort, wo die Späher leben?«

»Ja! Was weißt du darüber?«

»Es gibt lediglich Gerüchte, dass er existieren soll. Alten Sagen nach leben darin die Späher der Zeit.«

»Zeit«, grummelte Antilius verächtlich.

»Hast du etwa mit ihnen gesprochen?«, Gilbert schaute seinen Meister völlig perplex an.

»Oh, ja! Allerdings verstehe ich unter einer vernünftigen Unterhaltung etwas anderes. Diese Wesen behaupteten, dass Brelius an einem Ort sei, an dem es keine Zeit gibt oder so ähnlich. Sie wissen jedoch nicht genau, wo er ist. Angeblich versteckt er sich außerhalb der Zeit. Er ist wohl doch noch einmal durch das Zeittor gegangen. Vielleicht wollte er in die Vergangenheit reisen, um sich selbst daran zu hindern, den Schlüsselstein zu benutzen. Und wenn es stimmt, was die Späher gesagt haben, dann ist dieser Plan wohl gründlich schief gelaufen, denn er ist nicht mehr zurückgekommen.«

»Ein Ort außerhalb der Zeit? Verlorenend!«, sprach Gilbert ehrfurchtsvoll. Antilius schaute ihn fragend an.

»Verlorenend. Kennst du diesen Namen denn nicht? Hier auf Truchten kennt ihn fast jedes Kind.«

Antilius schüttelte den Kopf.

»Als ich noch ein kleiner Junge war – oh wie lange ist das schon her – hat mir meine Mutter nachts, wenn ich nicht einschlafen konnte, weil ein Gewitter wütete und der Regen lautstark auf das Dach unseres Heimes prasselte, ein Lied vorgesungen. Es handelt von dem König Tarador. Er war ein guter König, der von seinen Untertanen respektiert und geliebt wurde. Er hatte eine Tochter, Parima. Sie starb eines Tages, als ihre Kutsche, die sie zu Taradors Geburtstagsfeier bringen sollte, an einem Pass in die Tiefe stürzte. Ein Rad am Wagen brach, obwohl es erst gerade neu eingebaut worden war.

Der König kam nie über ihren Tod hinweg und war so verzweifelt, dass er beschloss, Kontakt mit den bösen Geistern des Landes aufzunehmen. Er bat sie um Hilfe. Er wollte, dass sie den ungerechten Tod seiner Tochter wieder rückgängig machten. Er war bereit, jeden Preis dafür zu zahlen, sogar sein eigenes Leben.

Doch die bösen Geister wollten etwas ganz anderes. Der Preis, den sie verlangten, war seine Gutmütigkeit, sein Mitgefühl und seine Menschlichkeit. Tarador willigte ein.

Seine Tochter erwachte wieder zum Leben, so als sei nie etwas geschehen. Und der König verlor alles, wofür seine Untertanen ihn geachtet hatten. Er begann, die Todesstrafe wieder einzuführen, führte einen Krieg gegen das Nachbarreich und war nicht mehr in der Lage, Gefühle wie Freude, Zufriedenheit und Liebe zu empfinden.

So geschah es dann, dass die *guten* Geister erschienen, um Tarador zur Strafe für seinen Pakt mit den bösen Geistern nach Verlorenend zu verbannen. Ein Ort, an dem Zeit keine Bedeutung hat und aus dem es kein Entkommen gab.

Niemals hat jemand danach wieder versucht, Kontakt mit den bösen Geistern aufzunehmen, und so gerieten sie in Vergessenheit, und niemand wurde wieder nach Verlorenend vertrieben.«

Antilius benötigte einen Augenblick, um dieses Märchen in Verbindung zu den aktuellen Ereignissen zu bringen.

»Die Botschaft dieses Liedes ist jedenfalls klar«, begann er. »Glaubst du, dass Brelius jetzt an diesem Ort ist? Diesem Verlorenend?«

Gilbert zuckte nur mit den Achseln.

» Ich bin jedenfalls noch keinen guten Geistern begegnet«, sagte Antilius.

Gilbert lief in seinem kleinen Zimmer einmal auf und ab und kratzte sich dabei an seinem Kinn.

»Und was ist mit den bösen Geistern? Bist du denen schon begegnet?«, fragte er, und seine Stimme hallte in Antilius' Ohren wider.

Böse Geister? Koros, der ihn die Klippe hinunterstürzte? In seinen Träumen war er ein Geist, aber im realen Leben gab es ihn wirklich.

»Ich denke schon«, sagte Antilius.

Bis jetzt hatte er Gilbert noch nichts von seinem zweiten Traum erzählt. Er entschied sich, ihm nun doch davon zu erzählen. Er berichtete ihm von seinem Traum, in dem Koros ihm ein leeres Buch in die Hand gegeben hatte.

Gilbert schien zu verstehen, dass Antilius' Schicksal offenbar unmittelbar mit dem von Koros verbunden war.

Er überlegte lange.

»Das ist ziemlich unheimlich. Koros weiß offenbar, dass du ihm gefährlich werden kannst. Es muss irgendetwas mit dem zu tun haben, an das du dich nicht mehr erinnern kannst.

Wie dem auch sei. Ich werde dir immer zur Seite stehen«, sagte Gilbert, weil ihm nichts Besseres einfiel. Aber es war genau das Richtige.

Antilius lächelte erschöpft.

»Danke. Zusammen werden wir das schon schaffen«, sagte Antilius, ohne davon im Geringsten überzeugt zu sein.

»Ja«, sagte Gilbert nachdenklich.

EINER FEHLT

Antilius ging danach wieder an die Stelle zurück, an der er sich von Pais getrennt hatte und hielt dort nach ihm Ausschau.

»Pais! Haif!« Den kleinen Sortaner hatte er bis zu dieser Minute völlig vergessen.

Sein Ruf wurde jedoch nicht beantwortet.

»Gilbert, hast du gesehen, wo Pais genau hingelaufen ist?«

»Ich glaube dort entlang.«

Antilius folgte Gilberts Richtungsanzeige. Nach einer Weile fand er Pais in einer recht merkwürdigen Situation, die dem alten Mann aber das Leben gerettet hatte.

»Pais, wie ist das passiert?«

Pais Ismendahl schnaufte wütend. »Das erzähle ich dir, wenn du mich hier runter lässt.«

Antilius und Gilbert mussten sich ein Lachen verkneifen. So wie es aussah, hatte Pais, der auch von einem Piktin durch den Wald gehetzt worden war, Glück im Unglück gehabt. Bei seiner Flucht war dieser nämlich versehentlich in die Schlinge einer Baumfalle getreten, die sich prompt zugezogen hatte und ihn nun seit einer geraumen Zeit vier Meter über dem Boden kopfüber an einem Baum baumeln ließ.

»Wie soll ich dich runter lassen, ohne dir weh zu tun?«

»Oh bitte, lass dir irgendetwas einfallen! Wenn es sein muss, schneide dieses verflixte Seil einfach durch, nur hol mich endlich hier runter! Ich halte das keine Minute mehr aus. Mein Kopf explodiert gleich.«

Antilius legte den Spiegel beiseite und untersuchte den Mechanismus, dem Pais zum Opfer gefallen war. Auf der anderen Seite des Baumes war ein abgesägter Holzstamm auf dem Boden, an dem das Seil festgebunden war. Er musste sich eingestehen, dass er es wohl nicht schaffen würde, ihn vorsichtig wieder herabzulassen, indem er das Seil einfach durchschnitt und festhielt, weil Pais einfach viel schwerer war als er selbst. Trotzdem musste er es versuchen.

»Ich probiere, dich langsam herunterzulassen«, sagte er.

Antilius schnitt das Seil mit der einen Hand durch, und mit der anderen umklammerte er das andere Ende des Seils. Als er es durchtrennt hatte, glitt Pais auf den Waldboden zu, wobei Antilius in die Höhe gezogen wurde. Doch das hielt der eher schlanke Ast, um den das Seil geschlungen war, nicht aus. Schließlich war die Falle nicht für zwei ausgewachsene Menschen aufgestellt worden. Der Zweig brach. Pais klatschte auf den Boden, genauso wie sein Retter, der panisch das Seil losgelassen hatte, als er merkte, dass er in die Höhe gezogen wurde. Pais hatte vor dem Aufprall eine halbe Drehung gemacht und landete auf dem Rücken. Antilius schlug mit dem lädierten Fuß auf dem Boden auf.

»Wenn das so weiter geht, werde ich mir noch alle Gliedmaßen brechen«, klagte Pais und fasste sich ans Steißbein.

Jetzt meldete sich der rechte Fußknöchel von Antilius, den er sich in der Nacht gestaucht hatte. Ein lähmender, alles erstickender Schmerz bohrte sich wie in Zeitlupe von seinem Knöchel bis in seine Stirn und ließ ihn eine Gänsehaut bekommen.

Antilius schrie auf vor Schmerz.

Wie Fische auf dem Trockenen, die langsam und qualvoll erstickten, wanden sich die beiden Gestürzten auf dem Boden vor Schmerzen.

Gilbert lachte dieses Mal nicht. Den Anblick, den die beiden Unglücksseeligen auf der anderen Seite seines Spiegelglases boten, war nur mitleiderregend.

Das war's. Die Reise ist hier beendet. Die beiden schaffen keinen Meter mehr weiter, dachte er niedergeschlagen.

Doch zum Glück sollte er sich irren. Antilius konnte eine Menge wegstecken und Aufgeben kam ihm nicht in den Sinn.

Es dauerte eine Weile, bis der Schmerz wieder auf ein erträgliches Niveau abflaute.

Nachdem sich beide wieder gegenseitig auf die Beine geholfen hatten, erzählte Antilius kurz, was er im Stein der Zeit erlebt hatte.

»Brelius ist in Verlorenend? Das ist ja unglaublich, ich hätte nie gedacht, dass es diesen Ort wirklich gibt.«

»Also ich glaube erst an die Existenz von Verlorenend, wenn ich es selber gesehen habe. Die Späher haben diesen Namen nicht benutzt. Sie meinten nur, er wäre nicht mehr in der Zeit«, sagte Antilius nüchtern.

Gilbert schaute suchend in seinen Spiegel, der ihm einen kleinen Ausschnitt des Waldes bot, in dem sich seine Freunde befanden.

»Wo ist Haif?«, fragte er.

»Ich habe ihn nicht gesehen, obwohl ich ja von da oben eine überwältigende Aussicht genießen durfte«, sagte Pais und deutete auf die Baumfalle.

»Wir müssen ihn finden«, sagte Antilius.

Mehrere Mondstunden suchten sie den Wald nach Haif ab, riefen immer wieder seinen Namen, bis in die Nacht hinein. Aber sie konnten ihn nicht finden.

Ermattet setzte sich Pais auf einen umgestürzten Baumstamm.

»Ich sage es ja nicht gern, aber wir müssen wohl davon ausgehen, dass er möglicherweise von diesen Biestern erwischt wurde.«

Antilius wollte dem etwas entgegnen, aber er wusste, dass Pais vermutlich recht hatte, und so schwieg er. Sein Knöchel war mittlerweile noch mehr angeschwollen und hatte die Farbe einer verfaulten Orange angenommen. Der Schmerz zog jetzt kontinuierlich das ganze rechte Bein hoch.

Er ließ sich auf den schmutzigen Erdboden fallen. Jede noch so kleine Bewegung tat weh.

»Das ist alles eine Nummer zu groß für mich. Das ist einfach zu viel!«, wimmerte er. »Ich schaffe das nicht.«

»Du darfst jetzt nicht aufgeben!«, versuchte Pais ihn wieder aufzurichten. »Morgen suchen wir noch mal nach Haif. Und Brelius werden wir auch finden. Und dann wirst du auch herausfinden, was du mit dieser verrückten Sache zu tun hast.«

»Wie sollen wir ihn denn finden, wenn wir nicht an das Tor herankommen? Nur Haif kannte den Geheimweg«, jammerte Antilius trotzig.

»Wir werden es auch ohne ihn schaffen, wenn wir ihn nicht mehr finden sollten. Hauptsache ist, wir kommen bis zu den Pforten der Largonen-Festung.«

Antilius schwieg und rieb sich vorsichtig den Knöchel, um den Schmerz zu vertreiben. Aber das half nicht. Im Gegenteil.

»Wir halten doch zusammen. Und wir werden dich jetzt nicht im Stich lassen. Hörst du? Wir lassen dich nicht allein. Richtig, Gilbert?«

»Natürlich nicht. Wo sollte ich auch hingehen?«, sagte Gilbert.

STILLE

Pais half Antilius zurück zu ihrem Rastplatz, wo sie letzte Nacht angegriffen worden waren. Jetzt verschwendeten sie jedoch keinen Gedanken an eine erneut mögliche Bedrohung. Und es ließ sich auch kein Piktin mehr blicken. Der Turm der Zeit hatte den Tieren offenbar Angst eingejagt, und sie waren weit weg geflohen.

Antilius tat die ganze Nacht kein Auge zu. Einerseits, weil ihn sein Fußknöchel quälte, andererseits, weil er sich um Haif sorgte. Ob er noch am Leben sein würde?

Seine Freunde hatten zwar versucht, ihm Mut zu machen, doch der versteckte sich feige in seinem Innersten.

Er war zu erschöpft, als dass er ihn noch einmal hervorlocken könnte.

Diese Nacht war still. Zu still. Wo waren die Zikaden? Wo war all jenes Getier, das sich sonst zu dieser Zeit herumtrieb? Seit die Piktins hier aufgetaucht waren, war alles verschwunden.

Es machte ihn verrückt. Aber er war sich nur nicht sicher, was ihn verrückter machte: Die schreiende Stille der Nacht oder der stumme Schmerz in seinem Fuß.

Es war kalt. Er fror.

Er wollte nach Hause.

DAS ALTE WESEN AUS SAND

Es sollten noch sieben Tage vergehen, ehe Antilius dem Sandling begegnen würde.

Den Tag nach der Begegnung im Stein der Zeit und einen ganzen weiteren Tag war Pais damit beschäftigt, weiter nach Haif zu suchen. Er konnte ihn jedoch nicht finden und nahm schließlich widerwillig das Schlimmste an.

Antilius nutzte die Zeit, sich auszuruhen und seinen Knöchel zu schonen.

Am nächsten Morgen packten sie ihre Habseligkeiten zusammen und machten sich schließlich auf, die Festung der Largonen zu finden.

Die folgenden Tage waren leidvolle Tage für Antilius. Der gestauchte Fuß wollte sich nicht bessern. Pais schnitzte ihm aus einem Ast eine Gehhilfe, auf die er sich stützen konnte. Außerdem hatte er es geschafft, einige Pflanzen zu sammeln, die er zerrieb und auf die verletzte Stelle auftrug. Und tatsächlich linderte es ein wenig den Schmerz, und die Schwellung ließ langsam etwas nach.

Immer wieder mussten sie pausieren. Antilius wurde immer schwächer. Gefühlte tausendmal dachte er darüber nach, umzukehren, doch das wäre sinnlos gewesen. Der Rückweg wäre noch viel länger ausgefallen, weil sie auf die Amedium-Gondel würden verzichten müssen.

Sein Fuß war nur noch ein unnützer Klumpen an seinem Bein.

Seine Gesichtsfarbe hatte sich in ein lebloses Blassgrau verwandelt. Er war erschöpft. Und ausgelaugt.

Hätten sie immer noch den Wald durchqueren müssen, hätten sie es wohl nicht mehr geschafft, ihr Ziel zu erreichen.

Aber glücklicherweise mussten sie nur weite Ebenen durchqueren. Natürliche Felder aus Wildgras und karges Land.

Es war eine monotone Landschaft, die sich mit den immer selben Farbtönen Lindgrün und Aschgrau zeigte.

Geregnet hatte es seit der Attacke der Piktins auch nicht mehr. So gingen ihre Wasservorräte schnell zur Neige, sodass sie fast verdurstet wären, wäre da nicht ein kleiner Bach gewesen, der ihnen sauberes Süßwasser schenkte. Sie alle hatten unterschätzt, wie abgelegen die Festung der Largonen war.

Koros hielt sich während der gesamten Zeit von Antilius' Träumen fern. Eigentlich erwartete er, wieder heimgesucht zu werden, ja, er wünschte es sich regelrecht. Wahrscheinlich um seine Rolle in diesem verteufelten Spiel besser begreifen zu können. Um zu erfahren, wer sein Gegner war. Und um noch einmal einen Blick in das Buch werfen zu können, in der armseligen Hoffnung, es doch lesen zu können.

Dann, kurz vor der Festung der Largonen in der Abenddämmerung:

Pais sah ihn zuerst. Er konnte es zunächst nicht glauben. Er dachte (oder hoffte insgeheim), dass er sich geirrt und nur einen kleinen Erdhügel oder etwas ähnlich Natürliches gesehen hatte. Doch als sie immer näher kamen, war er sich absolut sicher, obwohl er noch nie in seinem Leben einen lebenden Sandling vor die Augen bekommen hatte.

Diese Geschöpfe, so hieß es, waren älter als die Welt selbst. Sie tauchten in diesen und jenen Legenden oder Mythen auf. Es gab verschiedene Abbildungen von ihnen in der Großen Bibliothek der Ahnenländer, in der Pais früher viel Zeit verbracht hatte. Man ging mehrheitlich davon aus, sie seien vor Jahrhunderten ausgestorben. Niemand glaubte heute noch ernsthaft an ihre Existenz. Auch Pais hätte es niemals in Erwägung gezogen, dass es Sandlinge *wirklich* geben könnte. Aus der Vergessenen Wüste im Südosten von Truchten sollten sie stammen. Was tat der Sandling hier, so weit weg von seiner Heimat? Warum war er allein? Pais glaubte nicht, dass sein Auftauchen reiner Zufall war.

Der Sandling saß verloren in einer Senke vor einem kleinen Feuer. Es war eigentlich kein Feuer, sondern eher ein glimmendes Häufchen Holz.

Der Tag neigte sich dem Ende. Die Luft war sehr klar und kühl.

Der Sandling ruhte regungslos an seinem Platz. Pais beobachtete ihn einige Minuten lang. Aus der Entfernung gab es nicht viel, was er erkennen konnte, um das Wesen zu charakterisieren. Das, was bei ihm selbst Haut war, sollte beim Sandling schlichter Sand sein. Wüstensand. Das war alles, was er über das Geschöpf wusste.

Antilius fragte Pais, ob er ihm sagen könne, was sie dort am ersterbenden Lagerfeuer sitzen sahen, und Pais erzählte ihm alles, was er über das mythenhafte Volk der Sandlinge wusste.

»Vielleicht kann er uns helfen. Als Brelius hier vorbeigekommen ist, ist er dem Sandling vielleicht begegnet«, sagte Antilius.

Er wollte ihm entgegen hinken, doch Pais hielt ihn an der Schulter sanft zurück. »Warte«, sagte er leise. »Da gibt es noch etwas, was du wissen musst, bevor du mit ihm sprichst.«

»Was meinst du?«

»Er ist alt. Sehr alt. Er hat vieles gesehen in seinem langen Leben.«

»Worauf willst du hinaus?«

»Soviel ich weiß, leben Sandlinge normalerweise in der Wüste. Auch wenn ich bis eben noch Stein und Bein geschworen hätte, dass es diese Wesen nicht gibt.«

»Was macht er dann hier ganz allein?«

Pais ließ sich einen Moment Zeit, die passenden Worte zu finden.

»Ich glaube, es gibt nur einen Grund, warum er seine Heimat verlassen hat und die Einsamkeit sucht.«

»Welchen?«

»Er will sterben. Das hier ist der Ort, den er dafür ausgewählt hat.«

Antilius flößte diese Vorstellung sowohl Unbehagen als auch eine Spur von Faszination ein. »Ich werde vorsichtig sein. Wirst du mitkommen?«

»Nein, ich werde hier bleiben. Dieses Wesen, Antilius, ist mehr als nur ein Haufen Sand. Für manche ist es so etwas wie ein Gott. Es wird einen Grund dafür geben, warum er so dicht vor unserem Ziel gerade hierher gekommen ist. Ich glaube, nachdem was ich von Brelius' Tagebuch gehört habe, dass dieses Wesen womöglich auf *dich* gewartet hat. Ich kann das nicht genauer erklären. Aber es ist deine Suche, Antilius. Und deshalb solltest du mit ihm sprechen. Ich bleibe hier in der Nähe und behalte die Umgebung im Auge. Man kann nie vorsichtig genug sein.«

Antilius verstand. Pais hatte große Ehrfurcht vor dem Wesen aus Sand. Er nahm Gilberts Spiegel, der mangels Brusttasche wieder im Gürtel befestigt war, und gab ihn seinem Gefährten. Nun war er bereit, obwohl er sich innerlich keineswegs bereit fühlte.

Langsam humpelte er mit Hilfe seiner improvisierten Krücke auf ihn zu. Nicht nur, um den Sandling nicht zu verschrecken, sondern weil sich sein verletzter Fuß gegen jede Art von Bewegung mit heftigen Schmerzen wehrte.

Der allerletzte Lichtstrahl des Tages schien auf das Wesen. Es bestand tatsächlich nur aus reinem Sand. Hell und feinkörnig. Aber Antilius fiel gleich auf, dass seine Oberfläche sehr uneben war. Er hielt dies zunächst für normal.

Der Sandling schien den Besucher nicht zu bemerken. Antilius stellte sich direkt vor ihn. Nur das bescheiden glimmende Holz trennte sie. Holz war eigentlich in dieser Gegend Mangelware, aber nicht unweit vom Sandling ragte ein toter Baum aus der Erde, der nun als Heizmaterial diente.

»Hallo. Ich heiße Antilius«, sagte er unsicher.

Keine Reaktion. Der Sandling schaute ausdruckslos auf den Boden. Dennoch war sich Antilius sicher, dass er ihn wahrgenommen hatte. »Ich will dir nichts tun. Ich komme von weit her«, sagte Antilius zögerlich.

Nach einer Weile hielt er das Stehen nicht mehr aus. Der Fuß. Mit Hilfe seiner Krücke setzte er sich langsam und umständlich zu Boden.

»Schmerzt es?«, fragte der Sandling plötzlich. Träge richtete er seinen Kopf auf. Sand fiel von ihm ab und rieselte zu Boden. Erst jetzt entdeckte Antilius, dass rund um das Geschöpf herum ein kleiner Sandteppich ausgebreitet war. Bei jeder Bewegung des Sandlings kam weiterer Sand hinzu, der von ihm abfiel.

Erstmals konnte er sein Gesicht erkennen. Es bestand ebenfalls aus feinem goldenen Wüstensand. Seine Augen waren auch golden, doch sie glänzten nicht. Sie waren matt. Sie hatten ihre Lebenskraft verloren.

Antilius hatte vor lauter Aufregung gar nicht zugehört, wonach ihn das Wesen gefragt hatte.

»Schmerzt es dich?«, wollte der Sandling wissen und deutete auf den verletzten Fuß. Wieder fiel dabei Sand von ihm ab.

»Ja. Ja, es tut sehr weh.«

»Schmerzen sind keine gute Sache.« Das Wesen machte ein mitleidiges Gesicht. »Ich werde dir helfen. Zeige mir deine Verletzung.« Seine Stimme klang leicht brüchig. Alt aber weise. Warm und ein wenig wehmütig.

Antilius schob sich neben den sprechenden Sand und zeigte ihm seinen Fuß. Der Sandling war fast doppelt so groß wie er. Er streckte seinen Arm aus, wodurch sich noch viel mehr Sand als zuvor von ihm löste. Er umschloss mit seiner großen körnigen Hand die verletzte Stelle.

Zunächst spürte Antilius nichts. Doch auf einmal wurde sein Knöchel heiß. Anfangs war es noch auszuhalten, doch es wurde immer heißer. Dann brannte es so sehr, als ob ihm jemand heiße Lava auf den Fuß gegossen hätte. Er versuchte, einen Schrei zu unterdrücken. Aber dann schrie er doch. So laut wie noch nie zuvor in seinem Leben. Und als er nicht mehr schreien konnte, weil er glaubte, in Ohnmacht gefallen zu sein, fühlte er auf einmal nichts mehr. Kein Brennen. Keinen Schmerz.

Ungläubig bewegte er vorsichtig das Gelenk. Es tat nicht mehr weh. Er zog den Stoff des Hosenbeins höher, um das Wunder genauer zu untersuchen. Die Haut war noch ein wenig dunkel verfärbt, aber der Schmerz war fort, genauso wie die Schwellung. Der Fuß hatte seine völlige Bewegungsfreiheit wiedererlangt.

Fragend und staunend schaute er den Sandling an. »Wie hast du das gemacht?«

Das Geschöpf legte seinen Kopf ein wenig zur Seite. Dabei fiel wieder Sand herab und Antilius sah, dass dies die Ursache für die zerfurchte Oberfläche des Gesichts und Körpers war.

»Was geschieht mit dir?«, fragte Antilius.

»Es fällt schwer, die Form zu behalten«, sagte der Sandling leise.

»Kann ich irgendetwas für *dich* tun?«

»Es ist so kalt. Die Sonne, wo ist sie?« Er schaute sich um.

»Sie ist untergegangen.«

»Ich friere so sehr!«, seufzte das Wesen aus Sand.

»Ich werde das Feuer wiederbeleben«, sagte Antilius und sprang auf. Er konnte es immer noch kaum fassen, dass er wieder völlig geheilt war. Er sprintete zu dem toten Baum hinüber und brach Zweige ab. Als er einen großen Stapel gesammelt hatte, schichtete er es sorgfältig auf dem alten Haufen auf. Die Resthitze entfachte nach kurzer Zeit das trockene Geäst, und große Flammen begannen zu tanzen und das Holz zu verzehren.

»Besser?«, fragte er.

»Es wird wärmer.«

Beide schauten eine Weile in das Feuer. Die Nacht hatte begonnen. Pais saß mit Gilbert in etwa einhundert Meter Entfernung und beobachtete die beiden geduldig.

»Wer bist du?«, fragte das Wesen schließlich unvermittelt.

»Ich bin Antilius. Ich bin auf der Suche.«

»Was suchst du?«

»Ich suche jemanden, der Brelius Vandanten heißt.«

»Brel… Was? Wer?« Der Sandling war verwirrt.

»Er ging durch das Zeittor, das sich hier in der Nähe befinden soll. Hast du ihn gesehen?«, half ihm Antilius.

»Ah! Der Zeitreisende. Oh ja, ich erinnere mich. Ich habe mit ihm geredet.«

»Was hat er dir gesagt?« Antilius verspürte eine leichte Ungeduld in sich aufsteigen, doch er bemühte sich, sie zu kontrollieren.

»Er war besessen«, sagte der Sandling. »Der arme Mann! Sein Verstand hat gelitten. Ich konnte ihm nicht mehr helfen. Ich bin zu schwach.«

»Sprich weiter, alter Sand. Erzähle mir alles!«

»Das erste Mal, als er hier war, wollte er nichts mit mir zu tun haben. Doch als er das zweite Mal vorbeikam und erneut zum Tor ging, wollte er, dass ich jemandem etwas ausrichte.«

»Wem? Mir?«

»Demjenigen, der *die Augen* besitzt«, sagte der Sandling und sah Antilius ausdruckslos an.

»Was hat der Zeitreisende, Brelius, noch gesagt?«

»Du sollst zu ihm kommen. Du musst in das Dorf der Riesen und dort in das zentrale Haus, die Halle des Schicksals, gehen. Dort ist das Zeittor. Das Haus in der Mitte. Das hat er gesagt.«

»Ich weiß aber nicht, wo der Geheimgang liegt, der in die Festung führt.«

»Geheimgang. Schlecht. Sehr schlecht.«

»Wieso?«

»Der geheime Gang ändert seinen Eingang jedes Mal, wenn er benutzt wird. Du wirst ihn nicht rechtzeitig finden können. Du darfst damit keine Zeit verschwenden. Es eilt, Antilius. Es eilt.«

»Aber Brelius muss ihn auch gefunden haben. Wie hätte er sonst das Zeittor durchqueren können?«, sagte Antilius laut. Dem Sandling schien aber diese Lautstärke Schmerzen zu bereiten. Er machte eine abwehrende Geste.

»Entschuldige.«

»Vergiss den Geheimgang. Du musst in die Stadt der Largonen und den Dunklen Tunnel zum Zeittor durchschreiten.«

»Aber die Largonen! Ohne den Geheimgang werde ich nicht an ihnen unbemerkt vorbei kommen.«

»Es gibt keine Largonen mehr.«

»Was? Was soll das bedeuten?«

»Sie sind fort. Verschwunden. Aus der Zeit eliminiert«, sagte der Sandling müde.

»Sie sind *alle* weg?«, fragte Antilius verwirrt.

»Alle.«

»Wo sind sie hingegangen?«

»Sie sind nicht gegangen. Sie wurden einfach gestohlen.«

»Das verstehe ich nicht. Wie lange sind sie schon fort?«

»Schon bevor der Zeitreisende das erste Mal das Tor aufsuchte.«

»Das ist also die Erklärung, warum Brelius überhaupt in die Festung gelangen konnte. Ich verstehe aber nicht, was mit den Largonen geschehen ist.Weißt du, wer die Largonen gestohlen hat? «

»Nein. Es muss aber etwas sehr Mächtiges gewesen sein.«

»Kennst du die Späher?«

»Späher? Namen. Ich kann mir Namen so schlecht merken.«

»Ich bin ihnen in einem riesigen Turm aus Stein begegnet. Manche nennen ihn den Stein der Zeit.«

Der Sandling wurde auf einmal unruhig.

»Der Stein der Zeit? Er ist wieder aufgetaucht? Wie kann das möglich sein?«, flüsterte er mit zittriger Stimme.

»War er denn nicht schon immer da?«

»Nein! Nein, der Stein der Zeit verschwand, nachdem die beiden Fragmente versteckt worden waren.«

»Fragmente? Meinst du die Zeittore?«

Der Sandling nickte schwach. »Niemand sollte sie mehr benutzen dürfen. Sie sind wieder da? Das ist nicht gut. Nicht gut.«

»Wären die Späher in der Lage, die Largonen zu stehlen? Ich meine, die Largonen aus der Zeit zu eliminieren und sie damit aus ihrer Stadt zu verbannen?«

»Ja, das wären sie. Das ist nicht gut. Daran ist der Zeitreisende schuld! Er schritt durch das Tor und erweckte damit die Späher aus ihrem endlosen Schlaf.« Zum ersten Mal wirkte der Sandling zornig.

Antilius dachte nach. War *Brelius* wirklich Schuld? »Sandling, sagtest du nicht, die Largonen wären schon fort gewesen, *bevor* der Zeitreisende, also Brelius, kam?«

»Ich glaube, das sagte ich.«

»Aber dann kann Brelius nicht Schuld daran sein. Das würde bedeuten, dass die Späher wieder erwacht sind, schon *bevor* Brelius durch das Zeittor reiste. Denn die Späher haben die Largonen irgendwie beseitigt, bevor Brelius hier aufkreuzte. Die Largonen waren schon vorher verschwunden. Sage mir, was könnte die Späher noch zum Leben erwecken?«

Der Sandling überlegte nicht lange. »Nur eine Störung der Zeit kann dies bewirken. Nur das Aktivieren eines der beiden Tore kann dies fertig bringen.«

»Eines der beiden Tore«, wiederholte Antilius nachdenklich. »Dann hat er also das andere.«

»Wer?«

»Koros Cusuar. Er hat das zweite Zeittor in seinem Besitz, da bin ich mir absolut sicher. Das andere Fragment, wie du es genannt hast. Er war es, der die Späher wieder in diese Welt zurückgeholt hat. Wissend oder unwissend. Er war es auch, der Brelius telepathisch dazu gezwungen hat, das Zeittor der Largonen zu öffnen.«

»Aber das andere Tor, es wurde doch versteckt. Niemand konnte es finden«, hauchte der Sandling mit einem verzweifelten Unterton.

»Es scheint, als ob es ihm doch gelungen ist, es zu finden. Er muss das andere Zeittor entdeckt haben, und er muss einen Weg gefunden haben, dieses Tor zu aktivieren. Dadurch wurden die Späher erweckt. Was Koros jetzt nur noch fehlt, ist das zweite Zeittor, das von den Largonen bewacht wurde. Den Schlüssel dafür hat Brelius durch Zufall in die Hände gekriegt, und er hat damit das Zeittor unfreiwillig geöffnet. Die Largonen sind alle verschwunden, sodass es niemanden mehr gibt, der Koros aufhalten könnte, sich dieses zweite Tor zu holen.

Aber was ich nicht verstehe, ist, *warum* die Späher die Largonen aus der Zeit eliminiert haben. Sie bezeichneten sich als Wächter der Zeit. Warum sollten sie demnach die Wächter des Zeittores aus der Zeit entfernen? Sie spielen damit ja Koros direkt in die Hände. Oder wollten sie genau das?«

»Das glaube ich nicht«, wandte der Sandling mit wachem Verstand ein. »Die Späher sind hinterlistig. Sie würden niemals für jemanden anderen handeln. Sie verfolgen nur ihre eigenen Ziele. Die Belange anderer kümmern sie nicht.«

Antilius atmete tief durch. »Sage mir, Sandling, was würde passieren, wenn es Koros gelingen würde, die beiden Fragmente - die beiden Zeittore - wieder zusammenzufügen. Wieder zu einem Ganzen werden zu lassen? Wird Koros dann zum Transzendenten?«

Der Sandling schaute Antilius mit traurigen Augen an. Noch trauriger, als er sowieso schon war. »Das Portal darf nicht geöffnet werden. Das darf nicht geschehen. Das darf es nicht. Es wäre das Ende. Das Ende von allem.«

Antilius schluckte trocken »Wie kann ich das verhindern? Was soll ich tun?«

»Du musst zum Zeitreisenden. Er wird dir helfen. Du musst durch den Dunklen Tunnel gehen. Den Dunklen Tunnel, der zum Zeittor führt.«

»Was erwartet mich im Dunklen Tunnel?«

Der Sandling wurde sehr still. »Eine Kreatur, die in der Dunkelheit lebt. Sie besitzt keinen Leib. Keine Augen und doch kann sie sehen. Sie besitzt keine Beine, und doch kann sie laufen. Sie wird mit aller Macht versuchen, dich am Durchqueren des Tunnels zu hindern. Sie ist sehr mächtig. Viele haben versucht, sie zu überlisten, doch alle sind sie gescheitert. Die Kreatur wird dich täuschen. Sie wird dich belügen. Sie wird deine schlimmsten Ängste gegen dich einsetzen. Sie weiß, wovor du dich fürchtest.«

Antilius fuhr ein kalter Schauer über den Rücken, und ihm wurde bei diesem Gedanken ein wenig übel. »Brelius hat es doch auch geschafft. Sogar zweimal, wenn er den Geheimgang nicht benutzt hat. Wie?«, fragte Antilius hoffnungsvoll. Der Sandling schüttelte langsam den Kopf, begleitet von herabregnendem Sand.

Dann kam Antilius allein auf die Antwort: »Aber ja! Koros hat ihm geholfen. Brelius sagte in seinem Tagebuch, er könne sich nicht erinnern, wie er die letzten Meter zu dem Tor gefunden habe. Koros hat ihn irgendwie telepathisch geleitet. Vielleicht hat Brelius es deshalb geschafft.«

»Das ist möglich«, stimmte ihm der müde Sandling zu. »Hat man den Dunklen Tunnel einmal erfolgreich passiert, so wird er einem nie wieder Prüfungen stellen.«

Antilius nickte. »Deshalb konnte er das zweite Mal ohne Koros' Hilfe hindurch. Gibt es denn für mich keine andere Möglichkeit, das Tor zu erreichen, alter Sand?«

»Es gibt den Geheimgang, doch sein Zugang kann viele Tagesmärsche weit weg von den Largonen sein und ihn zu suchen, würde nur wertvolle Zeit verstreichen lassen. Aber du kannst es schaffen. Du bist stark. Doch Eines musst du noch wissen: Der Tunnel unter dem Hauptgebäude, der zum Tor führt, liegt unter der Erde. Eine Tür versperrt den Zugang zum Tunnel. Es ist keine

Tür, wie du sie kennst. Es ist eine Tür, die eine menschliche Hand nicht öffnen kann, denn sie besitzt keinen Griff, mit dem man sie öffnen könnte. Diese Tür ist nicht von dieser Welt. Und sie ist lebendig. Du kannst sie nur öffnen, wenn du den richtigen Schlüssel besitzt.«

»Was für einen Schlüssel?«

»Ein Teil des Schlüssels ist ein Bild, das du in den Sand vor der Tür malen musst. Der andere Teil ist ein Rätsel, das du alleine lösen musst. Dabei kann ich dir nicht helfen, denn das Rätsel ist immer anders. Kein Rätsel wird zweimal gestellt.

Nur deshalb bin ich schon so lange hier, Antilius. Um dir dieses Bild zu zeigen. Hast du das Bild, wirst du das Rätsel gestellt bekommen. Ich warte schon seit Jahren hier auf dich, um dir dieses Bild zu zeigen«, sagte der Sandling ruhig.

Antilius fiel die Kinnlade herunter. »Was? Seit Jahren?«, fragte er entsetzt.

»Man hat mich vor vielen Jahren losgeschickt, weil ich der jüngste war. Meine Chancen, noch am Leben zu sein, wenn du endlich kommst, waren am größten.«

Antilius starrte den zerfallenden Sandling fassungslos an.

»Wir haben schon sehr früh gewusst, dass du herkommen würdest, Antilius. Dass es wieder beginnen würde und die Vergangenheit uns einholt. Wir wussten nur nicht, aufgrund welcher Geschehnisse du hier eintreffen würdest«, fuhr der Sandling fort.

»Beginnen? Was wird beginnen?«

»Das Portal, Antilius, darf nicht aus den beiden Zeittoren wiedererrichtet werden. Du bist der Einzige, der dies noch verhindern kann. Frage mich jedoch nicht nach dem Warum, armer Mensch, denn ich kann es dir nicht sagen. Es ist mir verboten. Du darfst es nicht wissen, und es ist nicht an mir, dir die Wahrheit über Thalantias Vergangenheit zu offenbaren. Hoffe, Antilius, das du es nie erfahren wirst, denn dann wird diese Welt vor großem Übel verschont bleiben.«

Antilius vergrub kurz das Gesicht in seinen Händen und raufte sich verzweifelt die Haare. »Kann Koros denn wirklich zum Transzendenten werden, wenn er das Portal aus den beiden Zeittoren aufgebaut hat? Ist er dann allmächtig?«

Der Sandling schaute Antilius wissend an, und dieser Blick machte ihm deutlich, dass der folgende Satz das Letzte sein würde, was er über das Thema Portal von ihm erfahren würde. »Es gibt noch entsetzlichere Dinge, die wiedererweckt werden könnten, als der Transzendente. Der Transzendente wäre nur der Anfang. Der erste Schritt zum Untergang unserer Welt«, flüsterte der Sandling.

Antilius wünschte sich weit, weit weg von diesem Ort.

»Ich bin hier, weil ich dir das Bild zeigen werde, mit dem du das Rätsel gestellt bekommst. Gib mir deine Hand, dann zeige ich es dir«, sagte das Wesen aus Sand.

Der Sandling nahm behutsam Antilius' Hand. Er sagte ihm, er solle den Zeigefinger ausstrecken. Und dann führte er ihm die Hand und zeichnete ihm das Bild in den Sand, der um ihn herum war.

»Das Bild zeigt eine Geschichte. Die Geschichte ist im Bild nicht vollständig wiedergegeben, also muss die Geschichte bis zum Ende erzählt werden. Du wirst wissen, was ich meine, wenn du das Bild gezeichnet hast. Du wirst es schaffen, du bist stark«, sagte der alte Sand abermals.

Antilius schüttelte heftig den Kopf. »Nein. Ich bin nicht stark. Das ist mir klar geworden, seit ich diese Inselwelt betreten habe.«

»Doch. Du hast die *Augen*. Deine Reise wird noch lang sein. Meine ist schon sehr bald vorüber.«

»Was soll das heißen, ich habe die *Augen*?«, fragte Antilius.

»Du hast diese besonderen Augen. Oh, wie lange habe ich sie schon nicht mehr gesehen, diese Augen? So viele Jahrhunderte. Ich dachte schon, ich würde sie nie wieder bei einem Menschen sehen. Aber du hast sie. Ja, ich bin mir sicher, dass du sie hast. Deine Augen sind das Licht im Dunkel.« Der Sandling war sehr schwach geworden. Das Gespräch hatte ihn sehr angestrengt. »Ich bin so müde. Ich danke dir, dass du mein Feuer wiedererweckt hast. Für dich ist es jetzt Zeit, deine Reise fortzusetzen.

Geh, Antilius und verhindere die Auferstehung des Transzendenten. Dann wird alles wieder gut werden«, sagte er erschöpft.

Antilius wollte gehorchen. Er erhob sich und wollte sich verabschieden. Doch da brach eine große Menge Sand aus der rechten Körperhälfte des Sandlings und rieselte hörbar zu Boden. Aber der Sandling rührte sich nicht. Er ertrug den Zerfall. Er war darauf vorbereitet.

Antilius merkte gar nicht, wie ihm Tränen in die Augen kamen, so sehr war er von diesem tapferen Wesen ergriffen.

»Wie lange …?« Er konnte die Frage nicht zu Ende bringen, doch der Sandling wusste, was er wissen wollte.

»Wenn das Feuer erloschen ist. Dann werde ich meiner Einsamkeit entfliehen und zu meiner Familie zurückkehren. Auf der anderen Seite des Schleiers der Realität. Dort, wo sie mich schon seit sehr langer Zeit erwarten. Dann ist meine Reise endlich beendet.«

Antilius wurde klar, dass es falsch sein würde zu gehen. Es wäre einfach falsch. Er setzte sich wieder.

»In dieser Nacht bist du nicht allein.«

Und Antilius blieb die ganze Nacht beim Sandling. Er wich nicht von seiner Seite, als die Sterne langsam vorüberzogen. Alles andere verlor in dieser Nacht seine Bedeutung. Nur die Tatsache, dass er bei ihm war, zählte.

Antilius blieb.

Bis das Feuer erloschen war.

DIE ZUGBRÜCKE

Der nächste Morgen war warm und freundlich. Antilius hatte sich seit Beginn seiner Reise noch nie so wohl gefühlt. Es erschien ihm paradox: Eigentlich hätte ihn die letzte Nacht deprimiert haben müssen. Doch die Tatsache, bis zum letzten Augenblick für den Sandling da gewesen zu sein, verschaffte ihm enorme Befriedigung. Es war gut. Eine Aura hatte den Sandling umgeben, die bei Antilius auf eine nicht erklärbare Art und Weise eine Vertrautheit geschaffen hatte.

Hinzu kam noch seine wundersame Heilung. Er fühlte sich absolut fit; bereit seinen Weg fortzusetzen.

Pais fragte nicht danach, was ihm der Sandling anvertraut hatte, oder warum Antilius die ganze Nacht bei ihm verharrt hatte. Und darüber war Antilius auch froh. Er erzählte ihm aber trotzdem, was er über den Geheimgang, den zu suchen es zu spät war, die verschwundenen Largonen und den Dunklen Tunnel in Erfahrung bringen konnte.

Es dauerte nicht mehr lange, bis sie die Pforten der Largonen-Festung erreichten. Und sie verdiente den Namen Festung wirklich. Die Stadt der Riesen war von einer gigantisch hohen Mauer umgeben. Antilius vermutete, dass sie wenigstens zwanzig Meter in die Höhe ragte. Es gab keine Möglichkeit, dahinter zu schauen. Es war ein unüberwindbarer Wall aus kolossalen Felssteinen. Rings um die steinerne Befestigung verlief ein breiter Wassergraben, um zusätzlichen Schutz zu bieten.

Antilius hielt auf einmal inne und drehte sich um, nachdem er die Anlage betrachtet hatte.

»Was ist? Was hast du?«, fragte Pais unruhig.

Antilius zögerte mit seiner Antwort und lauschte. »Ich weiß nicht. Ich dachte, ich hätte etwas gehört.«

»Schon wieder diese Piktins?«, schnaubte Pais.

Antilius schüttelte den Kopf: »Nein, ich habe nur das Gefühl, dass wir verfolgt werden.«

»Also ich habe niemanden gesehen. Obwohl ich mir gut vorstellen kann, dass wir überwacht werden«, sagte Pais fast gleichgültig.

»Ach, ich glaube, ich bin nach der Sache mit den Gorgens und den Piktins einfach ein wenig nervös«, sagte Antilius. Er glaubte nicht daran, dass Koros' Männer ihn beobachteten, hatte doch Koros ihm in seinem letzten Traum gesagt, dass er ihn nicht telepathisch erreichen könne, wenn er wach war. Also konnte er auch nicht wissen, wo sich Antilius aufhielt. Dies war vermutlich sein einziger Vorteil, den er noch besaß.

Schließlich erreichten die beiden Männer zusammen mit Gilbert das Eingangstor.

Die riesige Zugbrücke war hochgezogen, sodass ein etwa sieben Meter breiter Graben sie von dem Festungseingang trennte.

»Na toll, nun sind wir so weit gekommen, und jetzt das!«, beschwerte sich Antilius. »Wahrscheinlich hat Brelius sie hochgezogen, als er noch einmal hierher gekommen ist, auch wenn ich mich frage, wie er das alleine fertig gebracht hat.«

Er trat einen Schritt nach vorne und begutachtete den Wassergraben. Das Wasser war dunkel und trüb. Es stank vermodert.

»Das sieht nicht sonderlich tief aus. Und selbst wenn, könnten wir hindurchschwimmen und versuchen, an der Mauer hochzuklettern«, sagte Antilius.

»Nein«, widersprach Pais. »Dieser Graben hat einen sehr morastigen Untergrund. Du würdest darin stecken bleiben und versinken. Und wer weiß, welche Kreaturen in diesem trüben Gebräu lauern. Nein, wir müssen etwas anderes probieren«, sagte er und schaute dabei an das obere Ende der Zugbrücke. »Seht ihr das da oben?«

Antilius und Gilberts Augen folgten Pais' Fingerzeig. Gilbert steckte wieder im Gürtel seines Meisters.

»Die Zugbrücke ist nur mit einem kleinen Holzriegel gesichert. Wenn wir an ihn heran kommen und ihn entfernen würden, könnten wir die Zugbrücke ganz einfach öffnen.«

Die Lösung dieses Problems war schnell gefunden.

Pais hatte - schon vor dem Beginn ihrer Reise - einen Bolzen für seine Armbrust so präpariert, dass er in seinem Inneren eine kleine Menge an Schießpulver mit sich führte, das sich beim Aufschlag entzünden würde. Antilius staunte nicht schlecht: Schießpulver war auf Thalantia eine absolute Rarität und sündhaft teuer. Pais legte den Bolzen in das Katapult seiner Armbrust und zielte auf den Riegel, der die Brücke in der Senkrechten hielt. Mit ruhiger Hand drückte er ab.

Der Bolzen schoss auf den Riegel zu, bohrte sich hinein und fast zeitgleich explodierte das in ihm enthaltene Schießpulver und zersplitterte den Holzriegel. Ganz langsam setzte sich die Zugbrücke in Bewegung, immer schneller wurde sie und sauste anschließend donnernd nach unten. Mit einem lauten Schlag, der die Erde erzittern ließ, kam sie mit der Oberkante auf der anderen Seite des Grabens zum Liegen und machte den Weg frei in die Festung.

DER EINSAME MANN UND DIE STERNE

»Ich verstehe das nicht. Wie kann man alle Bewohner einer Stadt einfach verschwinden lassen? Und dazu noch solche Riesen. Ich meine, seht euch doch nur mal die Breite dieser Straße hier an. Die ist doch fast viermal so groß wie die in Fara-Tindu«, staunte Gilbert aufgeregt, als er durch den Spiegel in seinem kleinen Zimmer beobachtete, wie die gewaltigen Gebäude der Largonen zur Linken und zur Rechten von vorn nach hinten durchs Bild in seinem Wandspiegel fuhren.

»Ja, du hast recht. Das ist schon unglaublich, aber diese Späher, mit denen ich sprach, waren auch nicht gerade das, was ich als normal bezeichnen würde. Ich kann mir schon vorstellen, dass sie diese Fähigkeit besitzen«, sagte Antilius.

Gilbert legte die Stirn in Falten. »Was ist denn mit dir los, Antilius? Seit wann glaubst du denn an übermächtige Wesen, die andere einfach mit einem Fingerschnippen verschwinden lassen können? Du hast doch nicht einmal an die Existenz des Zeittores geglaubt.«

Antilius zog den Spiegel aus seinem Gürtel und schaute den darin stehenden Gilbert ernst an. »So richtig bin ich noch immer nicht von diesen Zeitreisen überzeugt, aber nach dem, was ich bisher erlebt habe, bin ich mir nicht mehr sicher, was ich glauben soll, und woran ich überhaupt glauben kann.«

Noch während Antilius diese Worte aussprach, merkte er, dass irgendetwas mit dem Spiegel nicht stimmte, genauer gesagt mit seinem Inneren. »Gilbert, hast du irgendetwas in deinem Zimmer verändert?«

Gilbert schaute sich verdutzt um und zuckte mit den Achseln. »Nicht, dass ich wüsste. Was stimmt denn deiner Meinung nach nicht?«

»Dein Fenster. Sieh doch! War da nicht eine Graslandschaft mit wild wachsenden Blumen? Da ist ja auf einmal ein Meer!«

Gilbert drehte sich um und schaute gelangweilt zum Fenster. »Und?«, fragte er mit hängenden Schultern.

Antilius war verwirrt. »Ja, aber, wie geht das? Was ist passiert?«

»Das habe ich dir doch erzählt. Da draußen, hinter diesem Fenster, ist *nichts*. Es ist das *Nichts*. Hinter meinem Fenster ist gerade ein Meer, weil ich es mir vorstelle, und wenn ich mir eine Wiese mit Wildblumen vorstelle, dann ist dort draußen eine Wiese mit Wildblumen. Und wenn ich mir einen Baum vorstelle, dann ist dort ein Baum.«

Antilius kratzte sich am Kinn. Dieses Spiegelgefängnis war wohl das bisher Verrückteste, das er je gesehen hatte. »Ja, stimmt. Das hast du mir erzählt. Es ist also nur eine Illusion. Sehr merkwürdig.«

»Ich zeige es dir.« Gilbert stellte sich zur Seite, um Antilius ungehindert Blick auf sein Fenster geben zu können. Er schnippte einmal mit dem Finger und das Meer hinter dem Fenster löste sich langsam in einem dichten Nebel auf. Antilius verfolgte das Geschehen gebannt, und auch Pais war von dieser Verwandlung überrascht, als er Antilius über die Schulter in den Spiegel schaute. Der Nebel löste sich dann wieder auf, und die bekannte Wiese erschien wieder.

»Damit könntest du auftreten, Gilbert. Ich habe es dir immer gesagt«, meinte Pais.

»Wie funktioniert das?«

Erneut zuckte Gilbert mit den Achseln: »Wenn ich das wüsste. Es funktioniert eben. Es ist mir aber auch gar nicht wichtig, nach dem ‚Wie' zu fragen. Die anfängliche Faszination schlägt nämlich schnell in Gleichgültigkeit um, wenn einem bewusst wird, dass es hier kein Entkommen gibt. Im Übrigen soll es schon viele Spiegelgefangene gegeben haben, die versuchten, durch das Fenster zu fliehen, doch sie landeten im Nichts und hatten keine Gelegenheit mehr, ihren Fehler zu bereuen.«

»Was bedeutet das?«

»Im Nichts kann auch nichts existieren.«

»Soll das etwa bedeuten, dass …«

Gilbert nickte ernst. »Genau *das* bedeutet es.«

»Ich hoffe für dich, Gilbert, dass du irgendwann da wieder heraus kommst«, sagte Antilius ehrlich.

Er steckte den Spiegel wieder ein, und Pais und er setzten ihren Marsch in der Stadt der Riesen fort. Sie suchten das zentrale Gebäude, in dem sie, wenn der Sandling Recht hatte, das Zeittor vermuteten. Antilius versuchte, es sich nicht anmerken zu lassen, aber die unglaubliche Größe der Häuser, Straßen und Gehwege machten ihn sehr beklommen. Er kam sich wie eine Ameise vor. Eine Ameise in einer Geisterstadt der Riesen.

Pais schien es aber ebenso zu ergehen. »Seht doch nur, alles ist noch so, als ob hier noch vor wenigen Augenblicken Largonen gelebt haben.«

Riesige Karren standen mitten auf den Straßen, die Türen von Geschäften waren geöffnet, das riesige Gemüse auf einem Verkaufsstand faulte langsam vor sich hin.

Antilius schaute an jeder Kreuzung, in jedem Winkel nach, ob sich nicht doch noch ein Largone hier aufhielt. Die Späher hatten die Largonen mitten aus ihrem Alltag gerissen, und nur noch bedrückende Stille zurückgelassen. Obwohl keiner der Riesen mehr hier war, meinte Antilius noch ihre Anwesenheit zu spüren.

Welche Macht müssen die Späher besitzen, dies fertig zu bringen?, dachte Antilius mit Grauen.

»Da vorn! Das Monstrum da muss es sein«, rief Pais.

Er zeigte auf ein würfelförmiges Gebäude, das so wie alle anderen Häuser auch aus massiven Steinen gebaut war, nur mit dem Unterschied, dass es kubisch war und nur in der obersten Etage Fenster besaß. Auf dem flachen Dach des Steinklotzes prangte eine merkwürdige zehn Meter hohe Skulptur, die zwei ineinander verschlungene Knochen darstellte. Antilius vermutete, dass die Kochen einmal einem gigantischen Urtier gehört haben mussten.

Als er als Erster die Eingangstür erreichte, überlegte er, ob er an den Griff herankommen könnte, doch es war zu hoch für ihn oder besser ausgedrückt, er war zu klein. Diese Tür war nicht für Menschen gebaut. Sie war fast viermal so groß wie er.

»Warte, ich hebe dich hoch«, schlug Pais vor. Doch Antilius winkte ab. »Nein, das hat keinen Sinn. Ich würde trotzdem nicht herankommen. Wir müssen hier etwas suchen, auf das ich mich drauf stellen kann.«

Nachdem er und Pais ein paar (für largonische Verhältnisse) kleine Holzkisten zusammengetragen und vor der Tür aufgestapelt hatten, kletterte Antilius auf die oberste Kiste. Er umschloss den voluminösen Türgriff mit beiden Händen und hängte sich mit seinem ganzen Gewicht daran, um ihn herunterzuziehen. Ohne Erfolg. Er zog und zog, machte eine Pause und riss dann wild weiter am Griff. Er machte wieder eine Pause und probierte es mit einem Kampfschrei erneut, bis er schließlich aufgeben musste.

»Ich schaffe es nicht. Dieser Griff bewegt sich keinen Millimeter.«

»Wahrscheinlich ist die Tür versperrt. Möchte mal wissen, wie Brelius da durch gekommen ist«, sagte Gilbert.

»Verdammt! Brelius hat sie bestimmt geschlossen, nachdem er ein zweites Mal das Haus betreten hat.«

»Fluchen bringt nichts«, sagte Gilbert überflüssigerweise.

»Und wie wollen wir da jetzt reinkommen? Es gibt für uns nur diesen Eingang«, meckerte Pais nach oben zu Antilius, der erschöpft auf dem Kistenstapel saß.

»Ich weiß es auch nicht.« Antilius war wütend. An dieser blöden Tür durfte es doch nicht scheitern! Er schloss die Augen, um sich besser konzentrieren zu können. Eine Lösung zu finden. Irgendeine Idee. Ihm fiel aber nichts ein. Der Sandling hatte über den Dunklen Tunnel gesprochen, der ihn am Durchgehen hindern würde. Und von einer Art lebendigen Tür ohne Griff, die unter der Erde den Weg zum Tor versperrte. Aber von einer massiven Holztür *über* der Erde, die schlicht verriegelt war, hatte er kein Wort verloren. Er wünschte sich einfach nur, dass diese dämliche Tür von selbst aufspringen würde. Das hätten er und seine Freunde, bei all den Entbehrungen und Anstrengungen, die sie auf sich genommen hatten, wirklich verdient.

»Vielleicht sollten wir die Tür einfach in Brand stecken, warten, bis sie nur noch ein Häufchen Asche ist und schlendern dann entspannt hinein«, schlug Gilbert vor.

Pais verzog das Gesicht. »Du Spaßvogel! Diese Tür ist eine Armlänge dick, und außerdem besteht sie aus Immerfestholz. Die kriegen wir niemals angezündet.«

»Wir sollten es doch wenigstens versuchen«, drängte Gilbert weiter.

»Das ist absoluter Blödsinn.«

»Ach, hast du Dickkopf vielleicht eine bessere Idee? Wenn du nörgeln kannst, was ich wieder mal für einen Blödsinn erzähle, ja dann bist du ganz groß, nicht wahr? Aber wenn es darum geht, wenigstens mal ein kleines bisschen selber das Gehirn anzustrengen, dann ...« Gilbert brach sein verbales Gegenfeuer abrupt ab, als er plötzlich ein lautes Rumpeln vernahm. Es kam von der Tür. Antilius hatte es auch gehört und schaute irritiert zu ihr.

Kurz darauf rumpelte es noch einmal und dann folgte ein metallischer Donnerschlag. Ehe er und die anderen begriffen hatten, dass sich von innen der Türriegel geöffnet hatte, ging die gewaltige Holzwand auch schon langsam nach außen auf. Das tonnenschwere Holz schob dabei den Kistenstapel, auf dem Antilius saß, vor sich her. Antilius versuchte sich festzuhalten.

Die Tür knarrte immer weiter nach außen auf. Der improvisierte Kistenturm begann zu wanken. Antilius versuchte, die Schwingungen mit seinem Gewicht auszugleichen. Dann verlor er selbst das Gleichgewicht und fiel mit den Armen rudernd herunter, konnte sich aber noch im letzten Moment an dem oberen Rand einer Holzlatte festklammern. Doch das nützte ihm wenig. Der kleine Kisten-Turm neigte sich so weit zur Seite, dass er schließlich umzustürzen begann. Antilius stieß einen Schrei aus und stürzte samt den Holzkisten zu Boden. Pais machte sich sofort daran, ihn aus dem Bretterhaufen zu befreien.

»Danke, es geht schon. Ich glaube, ich habe mir nichts gebrochen.«

Die Tür kam schließlich zum Stillstand und stand nun einen Spalt weit auf. Es war wieder Totenstille in der Largonen-Stadt.

Pais lächelte: »Da hast du aber verdammtes Glück gehabt.«

Antilius hustete Staub aus. »Kein Problem für mich. Ich habe schon eine gewisse Übung im Abstürzen entwickelt.«

Pais half ihm wieder auf die Beine und grinste verhalten, was Antilius aber sofort bemerkte. »Tut mit leid, aber es sah irgendwie ulkig aus, wie du auf dem wankenden Kistenturm balanciert hast«, sagte Pais.

»Schon gut. Ich wundere mich nur, dass unser lieber Freund Gilbert noch gar nicht von Lachkrämpfen gepeinigt auf dem Boden liegt.«

»He, was denkst du von mir? Ich lache dich doch nicht aus! Du bist mein Meister«, beschwerte sich Gilbert und fügte mit einem Augenzwinkern hinzu: »Jedenfalls lache ich nicht *jetzt*. Sag mal, wie hast du das nur geschafft?«

»Was geschafft?«

»Die Tür zu öffnen!«

»Ich weiß es nicht. Ich habe eigentlich nichts gemacht. Ich habe nur überlegt, wie wir in das Gebäude gelangen können, und auf einmal öffnete sich das Schloss, und die Tür ging auf.«

»Tja, dann sollten wir hineingehen, meint ihr nicht?«, sagte Pais und rieb sich die Hände.

Der riesige Eingang barg Dunkelheit. Das Tageslicht reichte nicht aus, um das Innere ausreichend zu erhellen.

»Hmm. Ich dachte erst, jemand hätte die Tür von Innen geöffnet. Aber hier ist niemand. Ich kann jedoch nicht weit sehen. Gibt es hier kein Leuchtgas oder Fackeln?«, wunderte sich Antilius.

»Keine Sorge. Ich habe meine Petroleumlampe dabei und deine auch, Antilius.«

Pais kramte in seiner Tasche und holte die beiden kleinen Lichtspender heraus.

Antilius versuchte vergeblich, seine Lampe zu entzünden.

»Auch das noch! Durch diese verdammten Gorgens ist sie jetzt völlig aufgebraucht! Ich habe kein Petroleum mehr«, fluchte er unbeherrscht.

»Macht nichts. Meine wird schon ausreichen.«

Antilius ging vorsichtig los. »Wir werden dort lang gehen«, sagte er, ohne zu wissen, was sie in dieser Richtung erwarten würde.

Antilius kam sich vor wie in einem gigantischen Gespensterschloss. Um sie herum herrschte völlige Finsternis. Ihre Schritte hallten in den großen Räumen lange und geräuschvoll wider.

Gegen das spartanische Äußere dieses Gemäuers wirkte das Innere geradezu verschwenderisch prunkvoll. Tonnenschwere Kronleuchter hingen gefühlte hundert Meter über ihren Köpfen. Statuen aus Stein, die Largonen in Rüstungen darstellten, säumten die Gänge. Und unvorstellbar große Gemälde, die Largonen in irgendwelchen vergangenen Schlachten darstellten, bedeckten die Wände. Antilius bekam eine Gänsehaut, und er war sich sicher, dass es Pais ebenso erging.

Sie gingen durch ein Foyer, an das sich zwei breite Gänge anschlossen. Sie entschieden sich, den rechten Gang zu nehmen, der zu einer langen Treppe führte. Oben angekommen durchquerten sie einen riesigen Saal mit einem großen ovalen Tisch und Stühlen, von dem sie vermuteten, dass es sich um den Speisesaal handeln musste. Unerhört riesig. Vom Tisch bis zu den Stühlen. Am anderen Ende des Saals kamen sie zu einer breiten Treppe, über die sie wieder ins Erdgeschoss gelangten. Daran schloss sich eine zweite Treppe an, die unter die Erde führte.

»Das muss es sein. Hier geht es abwärts. Wir sind fast am Ziel. Ich bin mir ganz sicher. Ich kann es fühlen«, sprach Antilius ehrfürchtig.

»Es ist so still. Viel zu still«, flüsterte Pais.

Er leuchtete mit seiner Lampe die Umgebung ab, um nach möglichen Fallen Ausschau zu halten. »Das gefällt mir nicht«, sagte er.

Der Lichtschein seiner Petroleumlampe fiel nach oben an den Mauerrahmen des Treppeneingangs. Schriftzeichen waren in das Mauerwerk eingraviert.

»Was ist das für eine Sprache? Ich kann sie nicht lesen«, flüsterte Pais, als ob er vermeiden wollte, durch jemand Fremden belauscht zu werden. Die Dunkelheit und die kuriose Umgebung machten sogar ihn unruhig.

Gilbert bat Antilius, seinen Spiegel näher an die Schrift heran zu halten und sah sie sich genauer an. Er erkannte sie.

»Das ist eine sehr alte Sprache der Largonen. Ich glaube, ich weiß, was da geschrieben steht«, sagte er.

»Was?«, fragte Antilius hastig.

Gilbert zögerte.

»Nun sag schon, was bedeuten diese Zeichen?«

»Da steht: *'Hier endet der erleuchtete Weg. Kehre um, wenn du dich in der Dunkelheit nicht selbst erkennst.'*«

Antilius bekam plötzlich ein flaues Gefühl im Magen. Was sollte das bedeuten? Die vagen Hinweise des Sandlings halfen ihm auch nicht weiter. Aber wenn der alte Sand nicht davon überzeugt gewesen wäre, dass man die Dunkelheit durchqueren könne, dann hätte er ihn nicht ermutigt, es zu versuchen.

»Ach, wird schon nicht so schlimm sein«, bemühte sich Antilius, sich und den anderen Mut zu machen, aber seine Stimme bebte angsterfüllt. »Woher kennst du eigentlich diese Sprache, Gilbert?«

»Das ist eine längere Geschichte. Ich werde sie dir irgendwann mal erzählen«, sagte Gilbert.

Pais stellte sich vor die erste Stufe und leuchtete die Treppe nach unten ab. Sie bog sich nach rechts, sodass er nicht bis ganz nach unten sehen konnte. »Am Ende dieser Treppe muss der Tunnel sein«, sagte er.

Der Dunkle Tunnel.

»Komm rein Antilius, dann wirst du nie wieder herausfinden. Stattdessen wirst du hier bei mir in der Dunkelheit bleiben und verrückt werden. Komm zu mir! Komm zu mir!«, hallte es in Antilius' Kopf, so als hätte er gerade einen Tagtraum.

Er verharrte einen Augenblick vor der Treppe, schluckte dann einmal kräftig und stieg langsam hinab. Pais folgte dicht hinter ihm. Ihre Schritte hallten an den Wänden noch lauter wider als zuvor. Sie erreichten die Biegung. Pais leuchtete um die Ecke, konnte jedoch nichts erkennen. Je tiefer sie hinabstiegen, desto kälter wurde ihnen. Es wurde eiskalt. Jedes Mal, wenn sie ausatmeten, bildeten sich kleine Wölkchen.

Immer mehr Stufen führten hinab. Die Treppe machte schon wieder eine Biegung. Diesmal nach links. Es war noch viel tiefer, als sie vermutet hatten.

Antilius fühlte sich, als ob er direkt in den Schlund des Bösen marschieren würde.

Dann, nach unendlich langen Sekunden: Das Ende. Sie befanden sich nun mitten in einer Art Vorraum. Für Largonen-Verhältnisse war er relativ klein. Ein geradezu protziges Tor versperrte den Eingang zum Dunklen Tunnel. Es war noch mächtiger als jenes am Eingang des Gebäudes. Es gab keinen Griff, und Antilius konnte auch keinen anderen Öffnungsmechanismus ausmachen. Ähnlich wie im Stein der Zeit bei den Spähern.

Alles hier unten war alt. Uralt. Wasser sickerte an einigen Stellen aus den Felswänden hervor. Es roch nach Morast.

»Das Haus über diesem Raum muss viel später gebaut worden sein. Dieser Raum hier ist wesentlich älter«, mutmaßte Antilius.

Zu ihrer Rechten lag ein großes Sandfeld. Es war kreisförmig. Wie ein überdimensionierter Sandkasten sah es aus. Etwa vier Meter im Durchmesser. Pais leuchtete das ebene Sandfeld ab und erschrak. In der Mitte lag ein großes Skelett. Es war weder menschlich noch largonisch. Es sah aus wie das Skelett einer mutierten Riesenratte.

»Du meine Güte!«, rief Pais angewidert.

»Nur ruhig. Das sind bloß Knochen«, sagte Antilius gefasst, obwohl auch er etwas Vergleichbares noch nie gesehen hatte.

»Igitt! Stell dir mal vor, wie das Ding lebend ausgesehen haben muss«, sagte Pais und verzerrte das Gesicht so, dass es fast komisch aussah. Er entdeckte eine große Fackel, die an der Wand in einem Halfter steckte. Es gelang ihm, sie wieder mit seinen Zündhölzern (genau wie das Schießpulver selten und teuer) zu entzünden, und schon wirkte der Raum ein wenig freundlicher.

»Und jetzt?«, fragte Gilbert.

»Jetzt werde ich das Bild in den Sand zeichnen, so wie es mir der Sandling erklärt hat. Wenn ich alles richtig mache, dann werde ich das Rätsel gestellt bekommen.«

Antilius betrachtete nachdenklich den Sandkasten. Das Skelett der Monsterratte verdeckte einen Großteil der Fläche.

»Wir müssen wohl zuerst die Knochen beiseite schaffen. Hilf mir, Pais!«

Doch der druckste nur herum und tat keinen Schritt näher an die sterblichen Überreste heran.

»Was ist los mit dir?«, fragte Antilius, als er schon den ersten Unterschenkelknochen aufgelesen hatte.

»Ich kann das Ding nicht anfassen.«

»Was?«

»Mach, was du willst. Aber ich werde es nicht anfassen. Es ist einfach zu widerlich.«

»Du hast Angst vor ein paar alten Knochen? Was immer es war, es schon sehr lange tot. Oder hast du Angst, die Knochen könnten aufspringen und dich schnappen?«

»Lach' mich aus, wenn du willst, aber ich werde dieses Ding nicht berühren«, sagte Pais und verschränkte trotzig die Arme vor der Brust.

»Ich lache dich nicht aus.«

»Ich schon«, giftete Gilbert.

»Untersteh dich!«

Um einen erneuten Streit zu vermeiden, warf Antilius Pais den großen Knochen, den er aufgehoben hatte, zu. Dieser fing ihn reflexartig auf und beäugte dann seinen Fang ungläubig.

»Hmm. Auf den zweiten Blick sieht es gar nicht mehr so schlimm aus«, murmelte er.

Die Gebeine der Riesen-Ratte konnten nun endlich zur Seite geräumt werden. Einige waren leicht, andere so überraschend schwer, dass beide anpacken mussten. Zum Schluss bemühte sich Antilius noch, die Sandoberfläche an den Stellen, an denen der Sand durch das Gerippe eingedrückt worden war, zu glätten.

Ein wenig wehmütig schaute er auf den feinen Sand. Er sah genauso aus wie der des Sandlings, nur kälter.

Keinen Satz, kein Wort hatte er vergessen. Der Sandling hatte betont, dass er die Geschichte, die das Bild darstellte, auch erzählen müsse. Das Tor zum Dunklen Tunnel würde zuhören.

Also begann er. Er nahm einen Rippenknochen des Skeletts und benutze ihn als Zeicheninstrument.

Er pinselte zuerst eine wellenförmige Linie in den Sand.

»In einer unendlichen Wüste«, sagte Antilius.

Auf die Welle kam ein kleiner Kreis hinzu.

»Der einsame Mann durchquerte die Wüste in der Nacht, am Ende seiner Kräfte.«

Jetzt zwei Kreise je ober- und unterhalb der Wellenlinie.

»Im Norden würde das Leben auf den einsamen Mann warten. Im Süden der Tod. Der Mann suchte das Leben, doch kannte er den richtigen Weg nicht.«

Über der Kreis-Figur, die den Mann symbolisierte, zeichnete Antilius links und rechts jeweils einen weiteren Kreis. Die Kreise wurden dann jeweils durch eine gerade Linie mit der Kreis-Figur verbunden.

»Zwei Sterne erschienen am Himmel.«

Bis hierhin hatte der Sandling ihm die Geschichte erzählt und das zugehörige Bild beschrieben.

Antilius blickte gespannt zum Tor, in der Hoffnung, dass es sich öffnen wurde (wusste er doch, dass es sich um ein Rätsel handelte und sie noch verschlossen bleiben würde), doch stattdessen geschah etwas ganz Anderes. Immer noch über die Sandfläche gebeugt, hörte er ein leises Rascheln unter sich, als er in voller Erwartung zur Tür aufschaute. Er stand auf, wich ein paar Schritte zurück und drehte den Kopf wieder zurück zur Sandfläche. Er sah, wie der Sand in Bewegung geriet, als ob er lebendig werden würde. Antilius musste sofort an den Sandling denken. Er dachte, dass hier einer seiner Artgenossen gerade wieder zu Leben erwachte. Aber dem war nicht so. Der Sand verlor immer mehr an Körnung, bis er schließlich wie ein homogener Brei ausschaute. Es folgte ein Blitz, der die gesamte Oberfläche bedeckte, und dann war der Sand verschwunden. Und zurück blieb Wasser. Nur klares, sauberes Wasser.

Pais und Antilius wechselten verwirrte Blicke.

Als wäre dies noch nicht genug an Überraschung, sah Antilius irgendeine Bewegung in dem Wasser. Und er glaubte, ein Murmeln aus dem Nass zu hören. Er schaute lange auf die glatte Oberfläche.

»... also muss die Geschichte bis zum Ende erzählt werden«, hat der Sandling gesagt.

Antilius wusste plötzlich instinktiv, was er zu tun hatte. Er kniete sich am Rand des Beckens nieder. Dann holte er tief Luft und tauchte mit dem Kopf unter Wasser.

Pais wollte ihn zurückhalten, doch noch während Antilius mit dem Gesicht die Wasseroberfläche berührte, bedeutete er ihm, mit der flachen Hand, dass er warten solle.

DAS RÄTSEL UND DER DUNKLE TUNNEL

Unter Wasser öffnete Antilius die Augen. Das Wasser war dunkel, sodass er kaum etwas sehen konnte.

»DU HAST DIE GESCHICHTE BEGONNEN, ALSO WIRST DU SIE ZU ENDE BRINGEN, FREMDER«, sprach eine Stimme durch das Wasser zu ihm. Er zuckte zusammen.

»DIE BEIDEN STERNE AM HIMMEL SAGTEN DEM EINSAMEN MANN, ER DÜRFE NUR EINEM DER BEIDEN STERNE EINE FRAGE STELLEN, UM DEN RICHTIGEN WEG IN ERFAHRUNG ZU BRINGEN. DEN WEG, DER INS LEBEN FÜHRT.

EINER DER BEIDEN STERNE WÜRDE DIE WAHRHEIT SAGEN. DER ANDERE ABER, WÜRDE LÜGEN. DER EINSAME MANN WEISS NICHT, WER LÜGT UND WER DIE WAHRHEIT SAGT. WELCHE FRAGE MUSS DER EINSAME MANN WELCHEM STERN STELLEN, UM DEN WEG INS LEBEN ZU FINDEN?«, fragte die Stimme herrisch.

Antilius - zunächst völlig überrascht - hatte der Stimme konzentriert zugehört. Vor seinem geistigen Auge erschien der Einsame Mann wie er an der Wegeskreuzung stand und zu den beiden Sternen aufsah. Nur eine Frage durfte er stellen.

Er überlegte kurz, dann merkte er, wie seine Lunge nach Atem zu rufen begann. Er wollte den Kopf aus dem Wasser ziehen, um dann in Ruhe nachdenken zu können. Doch als er es versuchte, hielt ihn irgendetwas im Wasser fest. Antilius ruckte mit dem ganzen Körper, doch es wollte seinen Kopf nicht freigeben. Das Wasser - es war lebendig. Sofort geriet er in Panik. Pais, der schon die ganze Zeit ein mulmiges Gefühl hatte, durchschaute schnell, dass Antilius Hilfe brauchte. Er umklammerte Antilius' Schultern und versuchte ihn zurückzuziehen. Doch es war sinnlos. Antilius, der kniend mit aufgestützten Händen weiter vergeblich sich hochzustemmen versuchte, begriff trotz seiner Panikattacke, dass sein Kopf nur lebend das Wasser verlassen würde, wenn er die richtige Frage stellte. Wenn er das Rätsel löste.

Der Drang, atmen zu müssen, wurde immer schlimmer. Sein Herz hämmerte in seiner Brust. Aber nicht mehr lange, wenn er die Lösung dieses Rätsels nicht binnen Sekunden herausfinden würde.

Antilius presste seine Lippen zu einem dünnen Strich zusammen und konzentrierte sich auf die Lösung.

Es war unglaublich, aber es gelang ihm, sich auf das Rätsel zu konzentrieren. Sekunden wurden für ihn zu Minuten. In weiter Ferne hörte er Pais schreien und auch Gilbert konnte er hören. Sie schrien verzweifelt seinen Namen. Doch er war in sich gekehrt. Seine Muskeln entspannten sich. Und dann. Ganz plötzlich, kurz bevor er den Atemreflex nicht mehr unterdrücken konnte und kaltes Wasser seine heiße Lunge füllen würde, kam er auf die Lösung.

»Der einsame Mann fragt einen der beiden Sterne, was der jeweils andere antworten würde, wenn er ihn nach dem Weg zum Leben fragen würde. Beide Sterne würden dann mit ,Süden' antworten. Der Einsame Mann weiß dann, dass er nach Norden gehen muss. So bekommt er die richtige Antwort!«, rief Antilius im Geiste in das Wasser hinein.

Eine schreckliche Sekunde passierte gar nichts.

Doch dann ließ das Wasser ihn frei. Pais, der unermüdlich an Antilius zerrte, riss ihn überrascht mit einem Ruck aus dem Wasser, und beide fielen nach hinten über.

Antilius krümmte sich auf dem Boden und atmete japsend die kalte, feuchte Luft ein. Jetzt verstand er, was Brelius in seinem Tagebuch gemeint hatte, als er sagte, kurz vor dem Zeittor hatte er das Gefühl gehabt, zu ertrinken.

»Versprich mir, dass du so etwas nie wieder machst, ohne mich vorher zu fragen. Was immer da im Wasser war, es hätte dich beinahe getötet«, sagte Pais mit kreidebleichem Gesicht.

Antilius brauchte eine ganze Weile, bis er sich wieder erholt hatte. Mit zittrigen Beinen stand er auf und blickte erwartungsvoll zum Tor.

Geh' auf, du verdammtes Mistding. Geh' auf!

Es vergingen noch einige Sekunden, in denen bis auf Antilius' keuchende Atmung kein Geräusch zu vernehmen war.

Doch dann hörten sie ein leises Grollen. Dumpf. Unmöglich zu sagen, wo es herkam.

Steinstaub begann aus der Decke des Gemäuers herunter zu rieseln. Die Blicke waren auf das mächtige Tor gerichtet.

Das Grollen wandelte sich in ein Poltern. Im gleichen Moment begann sich das mächtige Tor nach oben zu erheben. Ganz langsam und schwerfällig, so als ob es sich wehren würde, den Weg freizugeben. Der alte Mechanismus war zuverlässig. Die Spannung ging bis ins Unerträgliche. Was würde sich dahinter verbergen? Was mochte es sein? Was konnte so böse sein, dass es die schlimmsten Ängste gegen einen verwenden würde? Wie sollte das, was Antilius gerade eben widerfahren war, noch an Erbarmungslosigkeit übertroffen werden?

Noch war nichts zu sehen. Nur Dunkelheit. Immer weiter hob sich das Tor. Doch dahinter war nur Dunkelheit.

Das Dunkel.

Wie eine schwarze Wand. Mit einem faszinierten Entsetzen schaute Antilius in das Schwarz des Tunnels, und das Schwarz schaute zurück. Es war erwacht und wartete nun auf ihn. Nur auf ihn. Es wollte herausfinden, womit es ihn schrecken konnte.

Ein dumpfes Bollern vollendete eindrucksvoll den Öffnungsvorgang. Der Eingang war frei.

»Wow!«, sagte Gilbert, der die ganze Zeit wie ein kleines Kind vor seinem Spiegel hin und her zappelte.

Antilius fühlte sich mit einem Mal noch ein Stückchen zittriger und schwächer. Vielleicht war es doch keine gute Idee, das Tor zu öffnen. Vielleicht hätten sie lieber wieder umkehren sollen. Vielleicht wäre es überhaupt besser gewesen, erst gar nicht hierher zu kommen.

Schluss jetzt!, befahl er sich innerlich.

Kehre um, wenn du dich in der Dunkelheit nicht selbst erkennst.

Pais trat ein paar Schritte vor, bis er direkt vor der schwarzen Wand stand. Es sah wirklich aus wie eine Wand. »Hmm, das ist merkwürdig.«

»Was meinst du?«

»Es dringt überhaupt kein Licht von der Fackel in den Tunnel.«

Pais entzündete wieder seine Petroleumlampe und hielt sie in den dunklen Gang.

»Das gibt es doch nicht!« Sie konnten es nicht fassen. Der Lichtstrahl, den Pais in den Tunnel schickte, wurde nirgendwo reflektiert. Keine Wand, kein Fußboden war zu sehen. Das Licht wurde von der Dunkelheit einfach verschluckt.

Pais streckte seinen Arm aus und hielt ihn mutig in den dunklen Gang. Der Kontrast zwischen Hell und Dunkel war am Übergang so hart, dass man glauben konnte, von seinem Arm fehlte ein Stück, als er ihn in das Dunkel hielt.

»Scheint ungefährlich zu sein«, sagte er und zog seinen Arm sicherheitshalber wieder zurück.

»Wo… Woher willst du da… das wissen?«, stotterte Antilius, der aus seinem Rucksack ein Tuch hervorgeholt hatte und sich damit die eiskalten, nassen Haare abrubbelte. Ihm war entsetzlich kalt.

»Wenn da drin etwas Gefährliches wäre, dann hätte es bestimmt nach meinem Arm geschnappt. Bist du sicher, dass du bereit bist?«

Antilius nickte. Natürlich war er *nicht* bereit. Aber er konnte jetzt wohl kaum umkehren.

»Keine Angst, ich werde vorgehen«, sagte Pais.

»Gute Idee, ich werde mich garantiert nicht vordrängeln.«

Pais holte tief Luft und trat ein kleines Stück in die Dunkelheit ein. Dann hielt er inne, um abzuwarten, ob etwas passierte. Als er sich versicherte, dass bis jetzt alles in Ordnung war und er zum nächsten Schritt ansetzen wollte, spürte er plötzlich einen eiskalten Hauch, der aus dem Tunnel kam, in seinem Gesicht.

Er schrie auf und warf sich zurück.

»Was ist passiert?«, fragte Antilius erschrocken.

»Ich... ich bin mir nicht sicher. Da war irgendwas. Ich spürte mit einem Mal einen kalten Windstoß.«

Gilbert schüttelte verständnislos den Kopf: »Das war nur der Zug. In solch einem riesigen Bau sind solche Windstöße ganz normal«, erklärte er angeberisch.

»Ach ja? Dann geh du doch durch, du Besserwisser!«, schimpfte Pais zurück.

»Wenn ich es könnte, würde ich es tun«, log Gilbert, denn er war sehr froh, in diesem Fall hinter der Spiegelscheibe zu sitzen und das Geschehen von einem sicheren Ort aus zu beobachten.

Antilius schaute Pais fragend an.

»Nach dir«, nahm dieser die Frage vorweg, ob er noch einmal vorgehen würde. Er drückte Antilius die Lampe in die Hand.

»Also schön, dann werde ich es probieren.« Das Herz sank ihm in die Hose.

»Ich bin ja bei dir«, sagte Gilbert beruhigend.

Antilius stellte sich genau wie zuvor Pais vor den Korridoranfang und streckte seinen Arm aus, wobei er die Augen schloss. Er wartete ab. Es geschah aber nichts.

»Wahrscheinlich habe ich mich wirklich geirrt. Meine Fantasie hat mir wohl einen Streich gespielt«, überlegte Pais.

»Ich glaube auch«, stimmte Antilius mit noch immer ausgestrecktem Arm zu und sah Pais ermutigt an. Kaum hatte er dies gesagt, spürte er plötzlich etwas Kaltes, das seine Hand in der Dunkelheit ergriff. Es war hart und umschloss sein Handgelenk mit eisernem, schmerzvollem Griff. Antilius schrie entsetzt auf. Sekundenbruchteile später riss ihn das Etwas zu sich in das schwarze Nichts.

Antilius verschwand in der Schwärze. Noch in dem Moment, in dem er in die Dunkelheit gezerrt wurde, schoss das Tor wieder hinab. So schnell, dass Pais es zunächst nicht realisieren konnte. Als er begriff, was geschehen war, wollte er mit einem gewagten Hechtsprung in den Tunnel hinterher springen. Doch zu seinem eigenen Glück war das Tor schneller, sodass er nur noch dagegen prallen konnte. Einen Wimpernschlag früher, und er wäre unter die Falltür geraten.

Sein Schädel war relativ stabil, sodass es nur bei einer Beule bleiben sollte. Etwas benommen schüttelte er seinen Kopf.

»Antilius?«

Keine Antwort.

»Antilius!«

Nichts.

Pais konnte ihn nicht hören, und umgekehrt war es genauso.

Der Dunkle Tunnel hatte seinen einzigen Gast zu sich gebeten. Das Tor würde sich nicht mehr öffnen.

DAS GRAUEN DER DUNKELHEIT

In der Finsternis des Korridors erhob sich der zu Boden geworfene Antilius. Was immer ihn in die Dunkelheit gezerrt hatte, war verschwunden. Es hatte seine Hand wieder freigegeben. Er konnte nicht weit von dem Tor entfernt sein, wo Pais immer noch auf der anderen Seite stand. Antilius drehte sich hastig herum, blickte aber wieder nur in Schwärze. Nichts. Es war absolut nichts zu erkennen. Jedenfalls für menschliche Augen.

»Pais? Pais, hörst du mich?«

Pais konnte ihn nicht hören.

Antilius ging in die Knie und tastete den Boden nach der Lampe ab, die er verloren hatte. Irgendwo musste sie doch sein!

Er fand sie und versuchte sie zu entzünden. Vergeblich. Der Sturz auf den Steinboden war zu viel für sie gewesen. Sie war leer.

Pech für dich!

Antilius ging hektisch in die Richtung, aus der er meinte gekommen zu sein. Es war zwar die richtige, aber kurz vor dem Ende des Ganges prallte er gegen eine unsichtbare Wand. Er hatte nicht mitbekommen, dass sich das Tor wieder geschlossen hatte.

Er tastete das Hindernis ab, trat dagegen und hämmerte schließlich mit seinen Fäusten darauf ein. Doch es half nichts. Er war eingesperrt. Eingesperrt in der Finsternis.

Er griff nach dem Spiegel. »Gilbert, bist du noch da?«

»Ja. Was ist geschehen? Ich kann absolut nichts erkennen.«

»Etwas hat mich in den Korridor gezogen, und jetzt kann ich nicht mehr zurück. Das Tor ist wieder zu.«

»Vielleicht ist das der Sinn der Sache. Du musst jetzt den Korridor durchqueren. Du hast keine andere Wahl.«

»Verdammt! Und wenn dieses Ding mich wieder packt?«

Gilbert schwieg. Darauf hatte er keine passende Antwort. Alles, was er tun konnte, war, seinen Meister zu beruhigen.

»Erinnere dich, was in der Wand geschrieben stand: '*Kehre um, wenn du dich in der Dunkelheit nicht selbst erkennst'.*«

Antilius atmete ein paar Mal tief durch, bis er wieder bereit war, sich zu zwingen, weiterzugehen. »Na, das kann ja heiter werden.«

Er schaute noch einmal in Gilberts Spiegel und erblickte dessen besorgte Mine. Er hielt kurz inne und kam dann auf eine Idee.

Er konnte Gilbert *sehen*. *Licht!* Das war es!

»Gilbert, du hast doch gesagt, dass du jederzeit bestimmen kannst, was hinter dir, hinter dem Fenster erscheint.«

»Ja.«

»Kannst du nicht dafür sorgen, etwas mehr Licht in deinen Raum scheinen zu lassen? So könnte ich den Spiegel in eine Art Lampe umfunktionieren.«

Gilbert rollte nachdenklich mit den Augen. »Warum nicht? Das ist eine ausgezeichnete Idee!«

Er stellte sich vor sein Fenster und schaute in Richtung Sonne, die ja eigentlich keine war, aber trotzdem Licht spendete. Allein durch die Kraft seines Willens setzte sie sich in Bewegung und kam näher an den Horizont heran. Die Wiese von vorhin war immer noch da. Es wurde heller in Gilberts Zimmer. Die Sonne senkte sich weiter. So weit, bis sie schließlich fast auf einer Höhe mit dem Fenster war. Ihre Strahlen drangen nun auf einer Linie durch das Glas des Fensters und durch das Glas des Spiegels. Ein warmer diffuser Schein trat aus dem Spiegel heraus, den Antilius in der Hand hielt.

Sofort probierte er ihn aus. Und tatsächlich, es klappte. Zwar nur extrem schwach, aber immerhin konnte Antilius nun Schemen der Wand des Tunnels erkennen. Das Licht schien es hier drin sehr schwer zu haben, das Dunkel zu durchdringen. Das Dunkel schien sich gegen das Licht zu wehren.

Aber schon die wenige Helligkeit reichte aus, um diesen Ort weniger bedrohlich erschienen zu lassen.

Der schwache Lichtkreis wanderte die rechte Wand entlang, ging dann zum Boden über und ließ kurz darauf Antilius wieder erschaudern. Ein Skelett lag vor seinen Füßen. Er hatte es vorher nicht bemerken können. Es stammte aber dieses Mal nicht von einem Tier, sondern von einem Menschen. Definitiv. Es hatte eine grotesk sitzende Position auf dem kalten Grund eingenommen. Es hätte eigentlich nichts mehr geben dürfen, was die einzelnen Knochen noch zusammen hielt, aber es schien noch recht vollständig zu sein. Der Schädel war auf den Torso herunter gesackt. Die Arme lagen links und rechts daneben. Sollte etwa einer dieser Arme ihn gepackt haben? Unmöglich!

Das ist doch nur ein Skelett. Nur Knochen.

Doch je länger Antilius das Gerippe anstarrte, desto mehr überkam ihn das Gefühl, dass es ihn auch anstarrte. Irgendwie grinste es ihn an, obwohl ein Schädel keine Gesichtszüge mehr zustande bringen konnte.

Sein Blick wanderte immer abwechselnd vom Schädel zu den Skelettarmen.

»Nur ein dummes Skelett!«, sagte er laut.

Dann wandte er sich wieder in die Richtung, in die er gehen musste. Das Zeittor wartete am anderen Ende. Antworten warteten am anderen Ende. Das fühlte er.

Ganz langsam setzte er einen Fuß vor den anderen. Er schaute sich dabei hilflos um, obwohl er fast nichts sehen konnte, selbst mit dem Schein der fiktiven Sonne aus Gilberts Gefängnis. Immer tiefer drang er in den Korridor ein. Alles, was er hörte, war sein schneller Atem und seine eigenen Schritte. Er konnte seinen rasenden Puls spüren.

Antilius schaffte ungefähr ein Dutzend Schritte.

Ein dumpfes Stampfen ertönte aus der Ferne. Antilius blieb blitzartig stehen und horchte angsterfüllt.

»Was war das?«

»Ich weiß nicht. Klang merkwürdig«, sagte Gilbert.

Dann wiederholte sich das Stampfen, nur jetzt lauter. Dann noch einmal. Es wurde immer geräuschvoller, und es schien immer dichter zu kommen. Es hörte sich an, als ob ein Riese auf ihn zulief. Vielleicht ein Largone?

Nein. Es war größer.

Größer als ein Largone? Gibt es so etwas?

»Gilbert, das hört sich an, als ob sich da etwas sehr Großes auf mich zubewegt. Was soll ich jetzt machen?«

Die stampfenden Schrittgeräusche wurden immer intensiver, sie erschütterten den Boden, und sie wurden immer schneller.

Sie kamen näher.

Antilius war gelähmt vor Angst. Er wusste, dass er nicht fliehen konnte. Das Ding kam näher. Der Boden bebte. Keine Fluchtmöglichkeit. Das Stampfen klang wütend. Und bösartig. Es würde kommen. Es würde ihn zermalmen. Sein Heranschnellen erzeugte einen ohrenbetäubenden Lärm. Es raste immer schneller auf ihn zu. Antilius kauerte sich an die Wand und hielt sich die Ohren zu. Der Lärm war unerträglich. Jeden Augenblick würde es ihn erreicht haben. Er erwartete das Schlimmste.

Es wird dich zerquetschen und dann auffressen, dachte er.

Er wollte, dass es aufhörte. Und dann bemerkte er, dass der Lärm direkt über seinem Kopf war. Es rannte über ihn hinweg, zumindest erschien es ihm so. Es war gar nicht in dem Korridor. Oder doch? War es unsichtbar?

Der Lärm nahm ab. Das Stampfen wurde langsamer. Immer leiser wurde es, bis es dann verstummte.

Stille.

Antilius glaubte zu ersticken. Er schnappte nach Luft und riss sich wild am Kragen seines ohnehin schon lädierten Hemds.

»Ist alles in Ordnung?«, fragte Gilbert, der nur den Lärm durch den Spiegel wahrnehmen konnte.

Antilius war kurz davor zu hyperventilieren. Doch dann fing er sich wieder. Zögernd. »Ich, ich glaube schon. Ich konnte es nicht sehen. Es kam auf mich zugerannt. Was war das?«

»Vielleicht war es ein Largone. Vielleicht aber auch nur eine Illusion.«

»Hauptsache es ist weg.«

»Geh schnell weiter, Antilius. Du hast bestimmt schon die Hälfte des Weges hinter dir. Du hast es fast geschafft!«

In diesem Moment war Antilius erleichtert, dass Gilbert bei ihm war. Bestärkt aber schweißgebadet trotz der Kälte stand er wieder auf und lief jetzt schneller als zuvor weiter.

Kehre um, wenn du dich in der Dunkelheit nicht selbst erkennst.

Sekunden kamen ihm jetzt wie eine Ewigkeit vor. Wenn der Gang doch nur enden würde! Hatte er denn ein Ende? Würde er auf ewig verdammt sein, den Dunklen Tunnel zu durchqueren? War dies das Grauen der Dunkelheit? Was würde er jetzt nur für mehr Licht geben.

Er lief. Er rannte. Er hatte kaum noch Atem, aber er ging immer weiter. Als wäre es das Letzte, was er zu tun hätte. Er musste ihn durchqueren. Er musste die Dunkelheit bezwingen.

Seine Beine verlangten nach einer Pause und drohten einzuknicken, wenn er nicht pausierte. Doch sein Wille war stärker.

Seine Schritte hallten gespenstisch in dem endlosen Gang wider. *Seine* Schritte. Doch auf einmal gesellten sich andere Schritte hinzu. Dieses Mal hinter ihm. Sie waren nicht besonders laut. Sie kamen weder näher, noch entfernte er sich von ihnen. Sie tauchten einfach aus dem Nichts auf.

Wie lange verfolgen sie mich schon?

Es waren keine normalen Schritte. Keine Schritte eines Riesen oder eines Menschen. Sie hallten anders wider als seine.

Es hörte sich so an, als ob jemand auf Stelzen gehen würde, anders hätte Antilius es nicht beschreiben können.

Was kann so merkwürdige Geräusche von sich geben? Was für eine neue Bosheit hat sich das Dunkel ausgedacht?

Dreh dich um, Antilius. Was immer es auch sein mag, du musst ihm in die Augen sehen. Dreh dich um und sieh ihm in die Augen!

Ich kann nicht. Was kann es bloß sein? Es hört sich irgendwie...

,knöchern', war der Begriff, der Antilius nicht einfallen wollte. Aber bevor er ihn hätte in Gedanken aussprechen können, wurde ihm klar, dass es das Skelett vom Eingang sein musste, das die Verfolgung aufgenommen hatte.

Antilius beschleunigte seinen Lauf noch einmal. Mit weiten Schritten hetzte er durch die Dunkelheit. Und das Skelett folgte ihm. Es hatte keinerlei Schwierigkeiten, sich an die höhere Geschwindigkeit anzupassen.

»Verschwinde!«, schrie Antilius entsetzt und außer Atem.

Doch das Skelett dachte nicht daran, ihn zufrieden zu lassen. Stattdessen begann es, ihn höhnisch auszulachen. Es war das niederträchtigste Lachen, das er je gehört hatte. Auf welche Weise sollte man beschreiben, wie ein Haufen Knochen einen auslachen konnte? Antilius kam es vor, als ob ihn der Wahnsinn persönlich auslachen würde.

»Gib auf! Gib auf und komm zu mir!«, schrie das Skelett.

Es kannte keine Erschöpfung. Antilius hätte jahrelang durch diesen Tunnel laufen können, das Skelett würde nie müde werden. Es war ja bereits tot. Je mehr Angst Antilius verspürte, desto stärker wurde es. »Gib auf!«, kreischte es.

»Niemals!«, rief Antilius atemlos zurück, ohne sich umzudrehen.

Laufen! Laufen! Doch seine Erschöpfung drohte Überhand zu nehmen. Und dann. Dann legte sich im Gehirn von Antilius ein Schalter um.

Abrupt blieb er stehen.

»Niemals!«, schrie er mit fester Stimme.

Die Schritte des Skeletts verstummten.

Antilius drehte sich schwer atmend um und leuchtete den Gang mit dem Spiegel aus. Und nur ein paar Meter von ihm entfernt lag das Skelett wieder. Seine Knochen lagen verstreut auf dem Boden. Es war ihm gefolgt. Und jetzt stellte es sich tot (oder besser: es stellte sich *nicht untot*). Antilius musste trotz seines Überschusses an Adrenalin, von dem er heute schon reichlich bekommen hatte, bei diesem Gedanken innerlich kichern. Ein Skelett, das sich tot stellte.

»Niemals werde ich umkehren!«, schrie er und trat dem Ding beherzt den Schädel ein. Scharfe Splitter flogen in alle Richtungen. Dann verpasste er dem Brustbein noch einen Tritt, das daraufhin berstend zerbrach.

Ein Befreiungsschlag.

Antilius hatte erst die Hälfte des Weges durch den Tunnel zurückgelegt. Zum ersten Mal fühlte er sich ermutigt.

Kehre um, wenn du dich in der Dunkelheit nicht selbst erkennst.

Er verstand zwar immer noch nicht, was diese Worte zu bedeuten hatten, aber er hatte das Gefühl, es zu erahnen. Der Schalter in seinem Kopf war umgelegt, sodass Antilius wieder für ein rationales Denken empfänglich war.

Er lief weiter. Diesmal rannte er nicht.

Rennen hilft dir nicht. Du kannst nicht davonlaufen.

Die Zeit verstrich. Im Dunkel eh bedeutungslos.

Doch dann irgendwann konnte er ein schwaches Licht am Ende des Tunnels erkennen. Licht!

Er ertappte sich schon dabei, an die Illusion zu glauben, es fast geschafft zu haben, als ein lautes Schnauben direkt hinter ihm seine Bewegungen einfrieren ließ. Es klang wie ein wildes großes Tier, das ihm seinen heißen, stinkenden Atem in den Nacken blies.

»Gilbert«, flüsterte Antilius, ohne sich zu bewegen.

»Ich habe es gehört. Dreh dich um!«

»Ich kann nicht.« Antilius fühlte sich einer Ohnmacht nahe.

»Du musst! Denke an das Skelett, das du erledigt hast. Es hat sich nicht gewehrt.«

»Aber diesmal hört sich das *sehr* lebendig an.«

»Dann lass mich schauen.«

Zittrig hielt sich Antilius den Spiegel über die Schulter, während das Ding hinter ihm wieder knurrend seinen widerlichen Odem entgegen blies.

»Da ist nichts. Ich sehe nichts. Moment mal! Jetzt verstehe ich es. Du darfst dich davon nicht ängstigen lassen. Das ist das Geheimnis. Der Korridor spielt mit deinen Ängsten. Nichts hier drin ist real. Das Grauen der Dunkelheit kann sich nur von deiner

Angst ernähren. Daraus schöpft es seine Energie. Du musst deine Angst überwinden und dir vorstellen, dass hier nichts ist. Beim Skelett hat es auch funktioniert.«

»Aber ich spüre doch seinen Atem!«, stöhnte Antilius.

»Vertraue mir. Das bildest du dir nur ein. Nur durch deine Vorstellungskraft kannst du das Monster verschwinden lassen. Es kann nur durch deine Angst existieren. Wenn du dich nicht umdrehst, wirst du es weiter hinter dir hören. Und es wird dich weiter schwächen.«

»Wie soll ich das machen?«, schrie Antilius verzweifelt.

»Konzentriere dich! Sag dir, dass dort nichts ist. Es ist nur deine Einbildung. Und dann drehst du dich um.«

Antilius ballte seine Fäuste, kniff die Augen zu und wiederholte innerlich die Worte von Gilbert. Er versuchte, sich nur darauf zu konzentrieren.

»Es ist nicht real. Es ist nicht real.«

Immer wieder wiederholte er die Worte, bis er begriff, dass das Atmen und das Knurren hinter ihm aufgehört hatten.

Er öffnete wieder die Augen und horchte. Dann drehte er sich um. Es war weg. Er hatte es besiegt.

»Sehr gut! Du hast es verschwinden lassen«, freute sich Gilbert und machte einen Luftsprung in seinem Zimmer, sodass er fast an die Decke gestoßen wäre.

Antilius wollte sein Glück nicht herausfordern. Verkrampft ging er weiter zum anderen Ende des Korridors und mit einem Mal stand er mit einem einzigen Schritt in einem beleuchteten Raum, obwohl er überzeugt war, dass er noch mindestens hundert Meter hätte laufen müssen.

Es war eine riesige Halle. Endlich.

Vor Schwäche schwindelte ihm. Er setzte sich auf den Boden aus Stein und lehnte sich an eine Wand.

»Sieh doch! Wir haben es gefunden«, rief Gilbert aufgeregt.

Antilius drehte seinen Kopf nach rechts und schaute auf ein würfelförmiges Gebilde, das nur aus dünnen Streben bestand und keine Wände besaß. Er hatte sich bis dahin das Tor ganz anders vorgestellt und war sich zunächst nicht sicher, ob es auch wirklich *das* Tor war, nach dem sie suchten. Aber er fühlte, dass es das Tor war.

Kein Zweifel.

Es war das Zeittor.

DAS ZEITTOR

Gilbert ließ seinem Freund eine Weile Zeit, sich wieder zu erholen. Er selbst hatte den Dunklen Tunnel nur durch die Spiegelwand mitbekommen und konnte nur erahnen, welche Ängste Antilius in der Finsternis durchlitten haben musste.

»Geht es dir jetzt besser?«, fragte er.

»Ja, ja.« Antilius sammelte sich wieder. Er steckte Gilberts Spiegel in seinen Gürtel und begann, das Würfelgerüst, das anscheinend das Zeittor war, zu untersuchen. Es befand sich in der Mitte des Saales. Der Würfel war fast so groß wie das Haus, in dem Brelius Vandanten lebte.

Im Würfelinneren gab es allerdings nichts Interessantes zu sehen, außer dem Fußboden. Er wies Rußspuren auf.

»Siehst du das, Gilbert? Sieht fast so aus, als wäre hier etwas verbrannt. Oder jemand.«

Das Würfelgestänge sah äußerst stabil aus. Wahrscheinlich war es auch aus Amedium gefertigt. Die Streben, aus denen das Gerüst bestand, waren so dick wie eine Faust. Zusätzlich waren sie über und über bedeckt mit eingravierten Texten. Es schien sich um eine Symbolsprache zu handeln, die auch Gilbert nicht kannte. Antilius betrachtete die Schrift genauer. »Was da wohl geschrieben steht?«

»Sieht irgendwie nicht wie ein Tor aus«, sagte Gilbert.

»Das muss es aber sein.« Der Meister schlich einmal um das Tor herum, wurde dadurch aber auch nicht schlauer.

»Nun mach schon!«, drängte Gilbert.

»Hmm?«

»Geh in das Tor! Stell dich hinein!«

»Ich weiß nicht. Ich habe ein ungutes Gefühl bei der Sache. Und das nicht nur wegen dem Ruß auf dem Boden.« Den Gedanken, dass das kleine Häufchen Ruß einmal Brelius gewesen sein könnte, verdrängte Antilius rasch.

»Das sagst du jetzt? Das hättest du mir mal vorhin im Tunnel sagen sollen. Das Schlimmste hast du doch überstanden.«

»Und was ist, wenn es nicht funktioniert?«

»Das wirst du erst herausfinden, wenn du dich in das Tor stellst.«

Antilius fiel keine Ausrede mehr ein. Nur widerwillig bewegten ihn seine Beine näher an das symmetrische Objekt heran.

Zunächst berührte er vorsichtig das Gerüst. Es war warm. Sehr warm. Ganz im Gegensatz zur unterkühlten Raumtemperatur.

»Es ist ganz warm, Gilbert.«

Es ist warm. Es weiß, dass du kommst. Es erwartet dich.

Er atmete noch einmal die kalt-feuchte Luft des Jetzt in seine Lungen. Dann trat er in das Innere des Würfelgebildes und verharrte dort angespannt. Er wusste nicht, was ihn erwarten würde. Schmerzen? Der Tod?

Nichts tat sich. Antilius seufzte. Gilbert stierte gebannt durch den Spiegel. »Warum tut sich nichts?«, wunderte er sich.

»Wir müssen einen Fehler gemacht haben. Vielleicht brauchen wir den Schlüssel, den Brelius benutzt hat.«

»Das glaube ich nicht. Wenn das Tor warm ist, bedeutet das, dass es vor kurzem benutzt wurde oder zumindest aktiv ist, so wie es Brelius in seinem Tagebuch gesagt hat.«

Antilius kam eine Idee. »Wir erwarten immer, dass ein Licht auftaucht, eine Tür sich öffnet oder ein unheimliches Geräusch ertönt. Vielleicht dürfen wir das aber nicht. Wir sollten uns einfach hindurch tragen lassen, ohne irgendwelche Erwartungen zu haben.«

»Wie meinst du denn das? Und wie kommst du darauf.«

Antilius versuchte, seinen Kopf freizumachen von Ängsten, Hoffnungen oder Erwartungen.

Zu seiner eigenen Überraschung fiel ihm dies nicht sonderlich schwer. Der Schalter der Rationalität in seinem Kopf funktionierte ganz hervorragend. Es war ein Teil einer besonderen Gabe, die er besaß, und über die er noch nichts wusste. Die gleiche Gabe, die ihn das Eingangstor zum Hauptgebäude unbewusst hatte öffnen lassen.

Und tatsächlich geschah es. Das würfelförmige Gerüst begann zu zittern. Zuerst leicht und danach immer heftiger. Mit einem Schlag stießen schwarze Energiestrahlen aus allen vier Innenkanten des Würfels und durchdrangen Antilius' Körper. Sie bereiteten ihm keine Schmerzen. Das schwarze Licht konzentrierte sich auf seinen Bauch und nahm immer stärkere Intensität an. Es blendete ihn nicht. Es war weder bedrohlich noch freundlich. Es war einfach nur schwarz. Ein Knall wie bei einem Blitzschlag erschallte. Antilius wurde schwarz vor Augen. Er war aber noch bei Bewusstsein. Instinktiv hatte er bei dem Knall die Augen geschlossen.

Als er sie wieder öffnete, waren die Energiestrahlen verschwunden. Er befand sich immer noch in demselben Raum. Nichts schien sich verändert zu haben. Das schwarze Licht war verschwunden.

DIE LARGONEN

»Hat es geklappt?«, fragte Gilbert.

Antilius schaute sich mit einem Anflug von Enttäuschung um. Er trat aus dem offenen Würfel heraus. »Ich weiß es nicht, aber sieh mal, was mit dem Korridor passiert ist.«

Gilbert folgte der Aufforderung seines Meisters und war verblüfft zu sehen, dass der Dunkle Tunnel nicht mehr stockfinster, sondern mit zahlreichen Fackeln hell erleuchtet war. »Das ist doch ein gutes Zeichen. Eventuell hat es ja doch funktioniert. Wir sind durch die Zeit gereist. Eine andere Erklärung kann es nicht geben.«

»Na, dann werden wir uns mal umschauen.« Antilius lief den langen hellen Tunnel zurück, zwar mit einem unguten Gefühl, aber dennoch hoffnungsvoll, die Zeitreise erfolgreich gemacht zu haben. Im Hellen hatte der Dunkle Tunnel keine bedrohliche Ausstrahlung mehr. Das Tor, welches ihm vorhin noch den Rückweg versperrt und von Pais getrennt hatte, war offen. An der Treppe angekommen, blieb er vor der ersten Stufe stehen.

Pais war fort. Noch ein Indiz dafür, dass die Zeitreise erfolgreich gewesen war. Aus dem darüber liegenden Erdgeschoss drangen tiefe Stimmen zu ihm hinunter.

»Hörst du das, Gilbert? Da oben ist jemand.«

»Ja. Geh hoch und sieh nach. Sei aber vorsichtig.«

Antilius hörte auf diesen Rat und schlich sich nach oben, wobei er sich an der linken Wandseite hielt. Die Stimmen wurden lauter. Er erreichte die oberste Stufe und lugte um die Ecke. Von hier hatte er einen ausgezeichneten Blick auf den großen Saal, den er mit Pais zuvor im Dunkeln durchschritten hatte. Der Saal war jetzt aber nicht dunkel, sondern von großen Kerzenkronleuchtern beleuchtet. Und er war nicht leer. Etwa ein Dutzend Riesen saß an einem ebenfalls riesenhaften Tisch und diskutierten heftig miteinander. Es waren Largonen. Sie waren vom Körperbau her den Menschen ähnlich. Ihre Haut war trocken wie Pergamentpapier und grau. Außerdem wuchs ihnen jeweils ein kleines Horn aus der Nase, das von unten nach oben gebogen war. Ihre fast kahlen Köpfe bildeten einen sonderbaren Kontrast zu ihren stark behaarten Beinen. Antilius schätze aus dieser Entfernung, dass die Riesen ihn ungefähr um das Dreifache überragten.

»Largonen. Was machen die denn hier? Ich dachte, die Späher aus dem Stein der Zeit haben sie verschwinden lassen?«, wunderte sich Gilbert.

»Sprich bitte ein wenig leiser! Ich will diese Ungetüme nicht auf mich aufmerksam machen. Ich weiß auch nicht, was die hier machen. Vermutlich sind wir in die Vergangenheit gereist, als die Largonen hier noch gelebt haben.«

Gilbert kratzte sich am Kopf. »Also von diesem ganzen Zeitreise-Zeugs bekomme ich Kopfschmerzen. Das ist alles ziemlich verwirrend. Aber hast du nicht gesagt, die Späher hätten sie aus der Zeit entfernt? Wenn sie entfernt sind, warum leben sie dann noch in der Vergangenheit? Das ist doch auch Zeit«, flüsterte Gilbert.

»Ich versteh das Ganze auch nicht«, sagte Antilius mit pochendem Herz.

Gilberts Einwand war mehr als gerechtfertigt. Waren sie tatsächlich durch die Zeit gereist? Zweifel machten sich bei Antilius breit.

»Was willst du denn jetzt machen?«

»Ich werde Brelius suchen. Ich hoffe, er ist hier irgendwo. Der Sandling wird mich nicht umsonst losgeschickt haben.«

»Willst du dich an den Largonen vorbei schleichen, oder willst du ihnen sagen, was du hier machst?«

»Bist du verrückt? Ich werde auf keinen Fall mit denen sprechen. Pais hat mir gestern erzählt, dass Largonen keine Menschen in ihrer Nähe mögen. Ich muss versuchen, hier unentdeckt herauszukommen«, flüsterte Antilius zurück.

»Was machen sie denn gerade?«

Gilbert und Antilius lauschten der Unterhaltung der Riesen am anderen Ende des übergroßen Saals.

»Ich traue dem Menschling nicht. Menschlinge haben die Eigenart an sich, einem ständig nur Lügen aufzutischen«, grunzte einer der Riesen, dessen Horn, das aus seiner Nase wuchs, nach rechts gekrümmt war.

»Ob Menschling oder nicht, er hat es geschafft, den Spähern zu entkommen. Er ist clever«, sagte ein anderer. Sein Horn war nach links gebogen. Es war das einzige Merkmal, das Antilius ausmachen konnte, um die beiden Sprecher optisch auseinanderhalten zu können.

»Über wen reden die?«, fragte Gilbert.

»Bestimmt über Brelius. Welchen Menschen außer mir sollte es noch hierher verschlagen haben?« Antilius war hoffnungsvoll. Es hatte den Anschein, dass er auf dem richtigen Weg war.

Der Disput der Riesen setzte sich fort: »Er mag clever sein, aber er hat uns nicht die Wahrheit gesagt. Er hat sich feige aus dem Staub gemacht. Wenn ich ihn in die Finger kriege, dann werde ich ihn zermalmen«, sagte der Largone mit dem nach rechts gebogenen Horn.

»Er hat versprochen, dass er uns helfen würde«, erwiderte der linkshornige Riese.

»Lügen!«

»Er hat gesagt, er wisse, wer für das alles verantwortlich ist. Und er sagte, dass noch jemand kommen würde, um uns zu helfen.« Zustimmendes Gemurmel der anderen Largonen. Antilius zählte insgesamt vierzehn und zwei weitere, die als Wachen vor der gegenüberliegenden Tür postiert waren.

»Unsinn! Das sind doch nur dämliche Menschenlügen. Glaube nicht alles, was man dir erzählt, du Schwachkopf!«, grunzte ein Befürworter des rechtshornigen Largonen.

Der Largone mit dem linken Horn nahm eine auf dem Tisch stehende Kristallschale, die mindestens zwanzig mal so schwer war wie Antilius und schmetterte sie mit einem ohrenbetäubenden Wutschrei gegen die Wand. Antilius zuckte verschreckt zusammen.

»Du wagst es, mich als Schwachkopf zu bezeichnen?«, brüllte der gekränkte Largone.

Der andere Riese, der die Beleidigung ausgesprochen hatte, erhob sich von seinem Stuhl und ballte die Faust. Und das war eine Faust! »Für Schwächlinge haben wir hier keinen Platz, Feigling!«

Nun stand der linkshornige Largone auch auf und warf seinem Gegenüber einen finsteren Blick zu.

»Dir werde ich zeigen, wer von uns beiden ein Schwächling *und* ein Feigling ist.«

Ein Kampf stand bevor und normalerweise ging es bei einem Machtkampf unter Largonen um Leben und Tod. Die übrigen Riesen freuten sich und begannen, rhythmisch mit den flachen Händen auf den Tisch zu schlagen und dabei ständig ein Wort zu rufen.

»TULK!« Das bedeutete übersetzt soviel wie: 'Schlagt euch die Köpfe ein!'

Auch die beiden Wachen verließen ihren Standort und gesellten sich zu den Schaulustigen. Antilius begriff schnell, dass dies seine Chance sein könnte, unbemerkt zu fliehen. Egal, ob einige der Largonen, ihm eventuell helfen würden, wenn er sich ihnen vorstellte. Er wollte nicht zwischen die Fronten geraten.

»Das ist *die* Gelegenheit«, sagte er zu Gilbert.

Der Largone mit dem linken Horn bereitete sich auf seinen Kampf vor, indem er blitzschnell seinen Stuhl ergriff, ihn auf den Boden schlug und danach ein großes Stuhlbein abbrach. Ideal, um dem anderen damit eins überzuziehen.

Sein Gegner hob ebenfalls einen Stuhl hoch, holte kurz aus und briet ihm dem Linkshornigen über. Krachend zerbrach der Stuhl auf dem Kopf des Largonen. So laut, dass es Antilius schon beim bloßen Zuhören Schmerzen bereitete und er zusammenzuckte.

Den getroffenen Riesen schien der Angriff nicht sonderlich zu beeindrucken, und so nahm er wieder eine Kampfhaltung ein.

»Die machen keine halben Sachen«, staunte Gilbert.

Antilius vergewisserte sich zum letzten Mal, dass alle anwesenden Largonen mit dem Duell beschäftigt waren. Dann rannte er in geduckter Haltung zum gegenüberliegenden Ausgang los. Es gelang ihm, die Gruppe von Riesen zu passieren. Am anderen Ende des Saals schlüpfte er durch die halb geschlossene Tür und bog anschließend nach links ab Richtung Ausgang.

Was er nicht bemerkt hatte, war, dass unmittelbar hinter der Tür eine dunkle Nische im Gang war, in der eine weitere Largonen-Wache saß und sehr über das Vorbeihuschen von Antilius erstaunt war.

»Eindringling! Wir haben einen Menschling hier!«, brüllte die Wache.

Antilius fuhr erschreckt herum und sah, wie die hünenhafte Wache auf ihn zugerannt kam. Im Saal, wo sich die beiden Largonen bis zu diesem Augenblick immer noch mit großen Gegenständen bearbeitetet hatten, wurde es still.

»Lauf, Antilius! Lauf!«, rief Gilbert.

»Ergreift ihn!«, schrie es aus dem Saal.

Antilius tat, was er tun konnte. Er rannte zum Ausgang. Er rannte um sein Leben. Er glaubte zumindest, um sein Leben rennen zu müssen. Gilbert fieberte mit seinem Meister mit und mochte sich gar nicht ausdenken, was die Largonen mit ihm anstellen würden, wenn er geschnappt werden würde.

Die Wache folgte ihm und holte auf. Aufgrund ihrer Größe war es ihr ein Leichtes, den Menschling einzuholen.

Die Ausgangstür kam in Antilius' Sichtweite. Erschrocken musste er feststellen, dass sie nun fest verriegelt war. Unmöglich für ihn, sie zu öffnen. Panisch suchte er nach einem anderen Ausweg, aber er wusste aus irgendeinem Grund, dass diese Tür die einzige war, die nach draußen in die Freiheit führte. Er entschied sich, zurück in den zweiten, linken Gang zu stürmen. Er hatte keine Ahnung, wohin dieser Gang ihn führen würde.

Der Largone war nun bedrohlich nahe und streckte schon seinen langen Arm nach Antilius aus, um ihn zu packen. Dann sahen er und Gilbert ein für Menschenverhältnisse relativ großes Loch in der Wand.

»Schnell, da rein!«, rief Gilbert.

Antilius warf sich in letzter Sekunde auf den Boden und rutschte auf dem Bauch in das Loch in der Mauer.

Keine Sekunde später schoss die riesenhafte Hand der Largonen-Wache in das Loch und fummelte unsanft darin herum.

Antilius hatte es geschafft, sich mit letzter Kraft tief in das Loch hineinzuzwängen, sodass die Wache ihn nicht erreichen konnte.

»Warte nur, Menschling, ich mache dich platt!«

Noch eine ganze Weile versuchte der Riese, Antilius zu ergreifen, zog dann aber die Hand wieder zurück und entfernte sich rasch.

»Ich kriege dich da schon raus!«, brummte er im Weggehen.

»Was hat der vor?«, fragte Gilbert.

»Er holt bestimmt irgendwas, um an mich heranzukommen.«

Antilius untersuchte die dunkle kleine Höhle nach einem anderen Ausgang, aber es gab keinen. Ihn beschlich ein ungutes Gefühl.

»Was ist das für ein Loch?«, fragte Gilbert misstrauisch.

»Was interessiert mich das? Ich habe im Moment ganz andere Sorgen.« Antilius spähte aus seinem Schutzbunker hervor, um festzustellen, wo die Wache geblieben war. Er konnte niemanden sehen.

»Du musst hier wieder raus!«

»Wohin denn? Dort hinten ist wieder eine versperrte Tür.«

»Ich befürchte, du kannst hier nicht drin bleiben.«

»Was redest du da?«

»Ich glaube, diese Höhle ist schon besetzt.«

»Was?«

»Erinnerst du dich an die Überreste der Riesen-Ratte?«

Antilius fuhr ein eiskalter Schauer über den Rücken und zwei Sekunden später stieg ihm ein übler Gestank in die Nase. Er stammte von dem Eigentümer des Lochs. Er drehte sich um und sah in zwei eitergelb leuchtende Augen. Es war eine dieser Riesenratten. Nur diesmal nicht tot wie im Kellergeschoss, sondern quicklebendig.

Sein Fluchtinstinkt befahl ihm, das Rattenheim auf der Stelle zu verlassen. Er stürzte hinaus und rannte damit der zurückgekehrten Largonen-Wache direkt in die Arme. Die Wache ließ sich nicht zweimal bitten und packte zu. Ihre starke Hand drückte Antilius die Luft aus den Lungen. Er keuchte.

»Na, wen haben wir denn da? Ein ziemlich hässliches, winziges Menschlein«, sagte der Largone.

»In Ordnung, du hast gewonnen!«, presste Antilius hervor.

»Mal sehen, was die anderen dazu sagen werden.«

Der Riese hielt sein Opfer mit festem Griff und lief stolz zum großen Saal zurück, in dem Antilius durch seine spektakuläre, aber missglückte Flucht unfreiwillig einen blutigen Kampf zwischen zwei Kontrahenten verhindert hatte.

»Seht, was ich Widerliches gefunden habe!«

»Ein Spion! Sehr gute Arbeit. Stell ihn hier auf den Tisch, damit wir ihn verhören können!«, sagte der rechtshornige Largone.

Die Wache folgte dem Befehl des Anführers der Gruppe und setzte Antilius auf der Tischplatte im Speisesaal ab.

Umringt von riesigen, schadenfrohen und angriffslustigen Fratzen, rang Antilius nach Luft.

»Du hast uns ausspioniert. Was hast du gehört? Sprich, Menschling!«, herrschte der Largone, dessen Horn nach rechts gekrümmt aus der Nase ragte, den Menschling an.

»Ich? Ich bin kein Spion«, keuchte Antilius.

»Es ist besser für dich, uns nicht zu belügen, Menschling!«

»Ich sage die Wahrheit!«

»Lügner! Wie bist du hier hereingekommen?«

»Ich weiß nicht genau. Ich bin durch das Zeittor gegangen, um jemanden zu suchen.«

»Nach wem? Einem Menschling? Du suchst nach einem anderen Menschling?«

»Ja.«

»Warum?«

»Er heißt Brelius Vandanten und hinterließ mir eine Nachricht, in der er sagte, ich wäre der Einzige, der ihm helfen könne.«

»Du bist gekommen, um ihn zu retten?«

Antilius überlegte sich eine geeignete Antwort, entschied sich dann aber zu einem stummen Nicken.

Die Largonen warfen sich fragende Blicke zu und brachen dann in schallendes Gelächter aus. Alle bis auf denjenigen, dessen Horn nach links gebogen war.

»Wir wussten gar nicht, dass Menschlinge solch einen Humor besitzen«, sagte einer mit einem besonders breiten Schädel.

»Das ist die Wahrheit!«, feuerte Antilius verzweifelt mit allem Mut zurück.

Der rechtshornige Anführer beugte sich vor. »Niemand kann diesen Menschling namens Brelius noch retten.«

Antilius war erleichtert. Sie sprachen immerhin von demselben Mann. »Wieso? Was ist mit ihm?«

Der Largone dachte kurz nach. »Sagen wir, er hat die Zeit zu oft in Anspruch genommen.«

»Was soll das bedeuten?«

»Das bedeutet, dass er genauso wie wir gefangen ist.«

»Ihr seid gefangen? Ich dachte, dies wäre eure Heimat. Eure Stadt.«

Der Largone neigte sich mit seinem Kopf soweit vor, dass sein Horn fast Antilius' Brust berührte.

»Ich glaube, du bist dir nicht darüber im Klaren, wo du dich gerade befindest.«

Antilius schwante Übles. »Wo befinde ich mich denn?«

»Was denkst du?«

»Ich vermutete, durch die Zeit, in die Vergangenheit gereist zu sein. Ich bin doch durch das Zeittor gegangen. Ist das hier nicht die Stadt der Largonen im Süden von Truchten? Welchen Tag haben wir?«

Die Antwort und die Fragen von Antilius lösten ein müdes Schmunzeln beim Riesen aus. Die anderen Largonen im Saal grunzten grimmig. Er wandte sich von ihm ab.

»Das hier ist nicht unsere Heimat«, sagte der andere Largone mit dem nach links gebogenen Horn leise.

»Was soll das bedeuten?«

»Dieser Raum, ja das ganze Dorf sind nicht wirklich. Sie sind eine Illusion. Geschaffen von den Spähern. Wir haben es erst dann gemerkt, als es draußen nicht dunkel wurde. Die Sonne wanderte nicht am Himmel. Sie bewegt sich nicht. Sie steht immer an der gleichen Stelle. Wir vermuten, dass die Zeit hier still steht.

Wir haben versucht jenseits der Mauern unserer Festung zu gehen, aber eine unsichtbare Barriere hinderte uns daran.«

Dann begriff Antilius. Er befand sich nicht in dem Gebäude, das er vor wenigen Mondstunden betreten hatte. Er war in einem Gefängnis. Einem Gefängnis irgendwo außerhalb der Zeit. Ähnlich wie dem Gefängnis, in dem sich Gilbert befand.

»Du hast keine Zeitreise gemacht, Menschling. Du bist jetzt ein Gefangener, genauso wie wir«, fügte der Linkshornige hinzu.

Antilius wurde schwindelig. Amüsiert und neugierig glotzen die anderen Riesen ihn an.

Jetzt ist es vorbei. Alles umsonst.

»Aber das sieht hier doch genauso aus wie in euer Festung«, stammelte er. Er wollte es nicht glauben.

»Diese Festung ist eine fast perfekte Kopie. Die Späher haben dafür gesorgt, dass wir es nicht sofort merkten. Wahrscheinlich dachten sie sogar, wir würden es nie merken, aber so dumm sind wir nicht.«

»Die Späher haben euer *ganzes* Volk hier eingesperrt? Wieso?«, fragte Antilius nachdenklich, obschon er doch ziemlich sicher war zu wissen, warum.

»Wir wissen es nicht genau. Bis zu dem Tage unserer Verbannung haben wir immer ehrenhaft über Generationen hinweg das Zeittor beschützt. Wir haben in unserer Aufgabe nie versagt. Es gab keinen Grund, uns zu bestrafen und einzusperren. Aber die Tatsache, dass du nun auch hier bist, macht die Sache schon interessanter«, sagte der Largone mit dem linken Horn, der anscheinend ihre Situation ein wenig ruhiger bewertete als sein Kollege mit dem nach rechts gebogenen Horn.

Antilius seufzte. Sollte ihn der Sandling in die Irre geführt haben? Kollaborierte er gar mit den Spähern, die ihn loswerden wollten? Hatte der Sandling ihn getäuscht und in dieses Gefängnis gelockt? Aber eigentlich waren diese Fragen im Moment egal. Brelius war auch hier. Irgendwo.

»Wo ist Brelius?«, fragte Gilbert barsch, als ob er die Gedanken seines Meisters gelesen hätte.

Antilius holte Gilberts Spiegel aus dem Gürtel.

188

»Lass gut sein, Gilbert. Ich glaube, es ist besser, wenn du mal einen Moment still bist«, zischte Antilius nervös.

»Wer ist Gilbert? Ist das noch ein Spion?«, fragte der rechtshornige Riese aufgeregt.

»Ich bin kein Spion, und Antilius ist auch keiner, du Spatzenhirn!«, schrie Gilbert wutentbrannt. Antilius konnte es nicht fassen, warum Gilbert gerade in einer brenzligen Situation wie dieser so einfach die Nerven verlieren konnte und riskierte, sie beide in Gefahr zu bringen.

Der rechtshornige Largone schaute sich verunsichert um, woher die Stimme gekommen war und entdeckte dann die kleine Figur im Spiegel, den Antilius in Händen hielt. Skeptisch gaffte er hinein.

»Was ist das?«, wollte der Anführer wissen.

»Ein Kobold! Ein Dämon aus der Unterwelt!«, rief einer der anderen Riesen.

Gilbert schüttelte daraufhin nur verständnislos den Kopf. »Ihr seid ja so dumm!«

»Was habt ihr denn auf einmal? Gilbert ist ein Spiegelgefangener. Es ist ein Mensch, genau wie ich«, rief Antilius.

»Nicht mal ein Menschling kann so schwachköpfig sein, einen Spiegelgefangenen mit sich zu führen. Diese Spiegel sind das Werk des Bösen. Der Menschling steht in einem Pakt mit dem Bösen!«, brüllte der Rechtshornige.

»Es ist ein verhexter Spiegel. Der Menschling betreibt dunkle Magie«, röhrte ein anderer hinter Antilius und stupste ihn unsanft in den Rücken, worauf er vornüber fiel und sich das Kinn aufschlug.

»Du meine Güte! Ich habe Steine gesehen, die waren intelligenter als ihr«, stichelte Gilbert weiter.

»Sei still Gilbert!«, schrie Antilius.

»Ich habe es geahnt. Diese Menschlinge sind an allem Schuld. Wir werden nicht noch mehr Unheil bei uns dulden. Wir müssen den Spiegel zerstören«, sagte der Anführer mit dem rechten Horn. Der Largone mit dem linken Horn sagte nichts, sondern machte nur ein nachdenkliches Gesicht.

»Nein! Lasst ihn in Ruhe!«, schrie Antilius verzweifelt.

Der rechtshornige Largone riss den kleinen Spiegel aus Antilius' Hand. Ein heftiger Schmerz durchzuckte dabei seinen Arm und für einen Augenblick fürchtete er, dass der Riese ihm den ganzen

Arm noch gleich mit ausreißen würde. Der Largone wandte sich vom Menschling ab und drückte den Spiegel einem seiner Befürworter in die Hand.

»Zerstöre ihn!«, befahl er.

»Na, dann viel Spaß«, sagte Gilbert gelassen.

Antilius erinnerte sich daran, dass der Spiegel völlig unversehrt geblieben war, als eine Stadtwache in Fara-Tindu versucht hatte, den Spiegel zu zertreten. Er hoffte, dass sich dieses Wunder hier wiederholen würde. Mehr konnte er jetzt nicht tun.

Der befohlene Largone lief zur linken Mauer des Saals, holte einmal weit aus und haute den Spiegel mit seiner Hand dagegen. Der Spiegel fiel herunter. »Das war wohl nichts«, höhnte es aus ihm.

Der Largone musste erschreckt feststellen, dass der Spiegel noch intakt war. Jetzt versuchte der Riese es anders und trat mit einem kräftigen Tritt auf das Spiegelglas, so stark, dass Antilius durch die Erschütterung ein Stückchen vom Tisch hochgeworfen wurde.

»Lass dir mal was Besseres einfallen!«, hetzte Gilbert aus dem heil gebliebenen Spiegel weiter. Es machte ihm richtig Spaß.

Der Largone war jetzt richtig wütend. Seine Gesichtsfarbe verdunkelte sich bedenklich. Er lief Gefahr, sich vor den anderen lächerlich zu machen.

»Na warte! Zähle bis drei, kleiner Kobold, dann bist du tot!«, brüllte der Riese und wollte zu einem nahe gelegenen Schrank gehen, um sich dort einen Schlaghammer heraus zu holen.

»Einen Moment! Ich habe da diesbezüglich eine Frage an dich«, sagte Gilbert aus dem Spiegel, der immer noch auf dem Steinboden lag.

Der Largone blieb stehen und wartete Gilberts Frage verwundert ab.

»Komm mal ganz dicht an mich heran.«

Zögernd beugte sich der Riese, der anscheinend mit einem schlichten Gemüt beseelt war, zum Spiegel hinunter.

»Näher!«

Der Largone beugte sich weiter vor. »Frag endlich!«

»In Ordnung. Du sagtest, ich solle bis drei zählen. Sag mir doch mal, wie viel ist drei?«

Der Riese zog nachdenklich die Augenbrauen herunter und begann zu überlegen. Er wusste die Antwort nicht. Fragend schaute er seine Kollegen an, die ebenfalls intensiv nachdachten.

Was Gilbert genau mit dieser zusätzlichen Bosheit bezwecken wollte, konnte Antilius noch nicht absehen. Es offenbarte lediglich, dass Largonen wohl nicht die Hellsten waren.

»Jetzt reicht es mir!«, schrie der Rechtshornige.

Er stürmte zum Schrank, riss die Türen auf, schnappte sich einen gewaltigen Vorschlaghammer, der zweimal größer war als Antilius selbst und holte zum Schlag auf Gilberts Spiegel aus. Diesen jedoch ließ das völlig kalt. Er stellte sich in seinem Zimmer breitbeinig hin, verschränkte die Arme vor der Brust und legte den Kopf ein wenig in den Nacken. Dem Anführer entging diese Verachtungshaltung nicht. Sie reizte ihn bis aufs Blut. Er konzentrierte seine ganze Kraft auf diesen einen Schlag, um dieses verfluchte Ding, das ihm dämonisch vorkam, zu vernichten.

Der Schlag hallte durch das gesamte Gebäude. Antilius konnte sich nichts auf der Welt vorstellen, was dieser Gewalt standhalten könnte. Der Anführer zog nach ausgeführtem Schlag den Hammer beiseite, um danach fassungslos festzustellen, dass der Spiegel nicht einen Kratzer abbekommen hatte. Ungläubig nahm er ihn an sich und schaute hinein. Gilbert winkte ihm fröhlich auf der anderen Seite zu und grinste dabei so breit, dass es schon fast wie eine Fratze ausschaute. Dann hauchte er gegen das Spiegelglas, um zusätzlich zu beweisen, dass der Zerstörungsversuch missglückt war.

Antilius atmete auf. Gilbert war noch da und sein Spiegel war heil geblieben.

»Tja, ich sage es ja nicht gern, aber du hast den schönen Steinboden kaputt gemacht«, sagte Gilbert vorwurfsvoll.

Verdattert schaute der Largone auf die Bodenplatte, auf die er zuvor geschlagen hatte. Sie war von der Wucht des Schlags zerschmettert. Er konnte es nicht fassen, dass es etwas gab, das stärker war als er. »Das ist Hexerei«, sagte er schwach.

»Richtig. Mein Spiegel ist unzerstörbar. Und wenn ihr noch einmal wagt, mich zu ärgern oder meinem Freund etwas anzutun, dann werdet ihr meinen dämonischen Zorn zu spüren bekommen. Ich werde euch alle mit einem furchtbaren Fluch belegen«, drohte Gilbert.

»Was für ein Fluch?«, wollte der Largone mit dem Hammer in der Hand wissen. Er schien tatsächlich den Unsinn zu glauben, den Gilbert sich in aller Schnelle ausgedacht hatte.

»Das werde ich mir noch überlegen. Hängt von meiner Laune ab. Und mit der ist es im Moment nicht zum Besten bestellt.«

»Ich glaube das reicht, Gilbert«, sagte Antilius.

»Ach komm schon! Ich wollte mir gerade einen schrecklichen Fluch ausdenken.«

»Gib ihm den Spiegel zurück!«, beschloss der andere Anführer mit dem linken Horn.

Bange Sekunden wartete Antilius die Reaktion des Rechtshornigen ab.

Der Largone ging schließlich langsam auf Antilius zu und gab ihm seinen Spiegel zurück. Dann eilte er aus dem Saal. Das Gefühl der Niederlage vor den Augen der anderen konnte er nicht ertragen.

Die Stimmung war plötzlich irgendwie gekippt. Eben noch musste Antilius befürchten, sein letztes Stündlein schlagen zu hören, und dann die überraschende Wendung. Wenn auch auf ungewöhnliche Art und Weise, so hatte es Gilbert doch geschafft, eine Ordnung in der Gruppe der Riesen herzustellen, indem er den rechtshornigen Largonen vor den anderen bloßstellte.

Es wurde ruhig im Saal.

»Ich möchte mit Brelius reden. Er ist wohl der Einzige, der mir sagen kann, was hier vor sich geht«, sagte Antilius entschieden und steckte den Spiegel zurück in den Gürtel. »Wo ist er?«

»Er ist nicht mehr hier. Aber du kannst zu ihm gehen. Es gibt einen … Spiegel. Durch ihn ist Brelius gegangen und nicht mehr zurückgekehrt«, sagte der Largone mit dem linken Horn.

»Einen Spiegel? Hier? Etwa ein Spiegel, wie der von Gilbert?«

Der Riese schüttelte den Kopf. »Nein. Dieser Spiegel ist eine Art Tor. Wir fanden ihn, nachdem der Menschling Brelius hier bei uns im Gefängnis eintraf und uns erzählt hat, dass er es war, der das Zeittor aktiviert hatte, und nun noch einmal zurückgekehrt ist, um seinen Fehler wieder rückgängig zu machen. Doch auch er landete dabei hier bei uns. Brelius erkannte das Spiegeltor, das wir gefunden hatten, als eine Fluchtmöglichkeit für ihn. Das Spiegeltor ist nur für die Größe eines Menschen gemacht worden. Wir konnten Brelius demnach nicht begleiten und mussten hier warten. Einige von uns glaubten, dass Brelius uns im Stich gelassen hat oder mit den Spähern im Bunde steht. Und dass der Spiegel das Werk des Bösen ist. Deshalb unsere Furcht vor dem Spiegel deines Freundes«, sagte der Linkshornige und schaute vorwurfsvoll in die Runde von Largonen.

Antilius kratzte sich am Kinn und merkte, dass es ein wenig durch den Schubs eines der Riesen von vorhin geblutet hatte, weil er mit dem Kinn auf der Tischplatte aufgeschlagen hatte.

»Das Spiegeltor ist erschienen, nur um Brelius die weitere Flucht vor den Spähern zu ermöglichen? Und euch nicht?«

Der Riese nickte. »Brelius sagte, er wolle sich vor den Spähern verstecken. Er hätte versucht, seinen Fehler wieder gutzumachen, aber er sei gescheitert. Ist das Zeittor einmal aktiviert, lässt es sich nicht mehr schließen. Aber es bringt einen nicht durch die Zeit, sondern hat ihn hier in dieses Gefängnis geführt. Nachdem Brelius bei uns eingetroffen war, und wir ihm erklärten, dass er jetzt auch ein Gefangener sein würde, wollte er die Hoffnung schon aufgeben. Aber dann entdeckte einer von uns das kleine Spiegeltor in einem Schuppen. Brelius war sich sicher, dass dieses Spiegeltor ihn zu einem Ort führen würde, an dem er sich vor den Spähern verstecken könne. Einem Ort, an dem die Späher weder Augen noch Ohren haben. Er sagte, dass er dies aus seinen Träumen erfahren hätte, in denen jemand versuchte, ihm zu helfen.

Jetzt ist er hoffentlich an einem sicheren Ort. Aber einige von uns glauben, dass es eine Falle der Späher war, und er bereits tot ist. Andere glauben, dass er den Spähern helfen will, um uns zu schaden. Ich glaube das jedoch nicht. Wenn aber alles gut gegangen ist, wird er dich bereits erwarten.«

»Was hat er euch noch gesagt?«

»Er sagte, unsere Welt würde sterben, wenn er nicht überleben würde. Er sagte, es gebe jemanden, der mit Hilfe des Zeittores, das wir bewacht haben, das Portal des Transzendenten wiedererrichten will. Das Portal, das die Macht der Transzendenz in sich birgt. Er sagte, er erwarte denjenigen, der die *Augen* hat. Wenn er kommen würde, wären seine Bemühungen nicht umsonst gewesen. Bist du derjenige, der die *Augen* hat?«

Antilius räusperte sich. »Ich bin mir über meine Rolle in diesem Verwirrspiel noch nicht völlig im Klaren. Wisst ihr, warum die Späher uns hier eingesperrt haben?«

»Wir waren ihnen anscheinend im Weg. So wie es aussieht, wollen sie, dass das Zeittor gestohlen wird. Sie wollen, dass es wieder einen neuen Transzendenten gibt. Anscheinend haben sie jemanden gefunden, der zu diesem Transzendenten werden soll.«

Koros, dachte Antilius.

»Sprich mit Brelius. Er wird dir alles erklären können. Er ist weise, glaube ich. Er sprach von einer Reihe von Visionen, die er in seinen Träumen hatte. In einer davon hat er anscheinend dich gesehen.«

Der Largone hob Antilius behutsam vom Tisch und setzte ihn wieder auf dem Steinboden ab. »Ich werde dir zeigen, wo sich der Spiegel befindet«, sagte der Largone ruhig. Die anderen Largonen protestierten nicht. Ihnen war klar, dass Antilius womöglich ihre einzige Hoffnung sein würde, aus dem Zeitgefängnis wieder herauszukommen. Auch wenn einige von ihnen sich innerlich weigerten, einem Menschling zu trauen, geschweige denn, sich von einem Menschling helfen oder gar retten zu lassen.

Sie gingen aus dem Hauptgebäude heraus zu einem Geräteschuppen. Hinter einer alten Decke kam das Spiegeltor zum Vorschein.

Als sie vor dem Spiegelglas standen, konnte Antilius nicht sehen, was dahinter lag. Es war dunkel.

»Wo wird er mich hinführen?«

»Zu einem Ort, an dem ihr vor den gierigen Augen und Ohren der Späher geschützt seid. Das hoffe ich zumindest.«

»Danke für eure Hilfe«, sagte Antilius, wobei er sich nicht sicher war, ob der Largone ihm wirklich freundlich gesinnt war.

»Du darfst nicht versagen, Menschling! Ich habe soeben meine Hand für dich ins Feuer gelegt. Wenn du scheiterst, werde ich bei den Largonen meinen Führungsanspruch verlieren, weil ich mich für dich eingesetzt habe. Die Vorstellung, uns von einem Menschling helfen zu lassen, bereitet uns - vorsichtig ausgedrückt - Unbehagen. Bekämpfe das Böse! Überliste die Späher! Durchkreuze ihre Pläne. Kehre zurück und befreie uns. Wir müssen das Zeittor um jeden Preis schützen. Es darf nicht in falsche Hände geraten. Ich glaube an dich. Ich glaube, dass du die *Augen* hast.« Er machte eine Pause. »*Wir* glauben, dass du die *Augen* besitzt.«

Der letzte Satz machte Antilius stutzig. »Schließt das auch den Großen mit dem Vorschlaghammer ein?«

Der Largone lächelte. Ein sanftes Lächeln. Ungewöhnlich für eine Kreatur seiner Statur. »Mach dir darum keine Sorgen.«

»Hoffentlich bemerken die Späher nicht, dass ich von hier verschwinde«, sagte Antilius. »Ich bin den Spähern im Stein der Zeit begegnet. Sie haben mich nicht direkt daran gehindert, das Zeittor zu benutzen. Wahrscheinlich wollten sie mich auf diese einfache

Weise auch loswerden, indem ich quasi freiwillig in eurem Gefängnis lande.«

»Wir wissen, dass sich die Späher als Hüter der Zeit ausgeben. Doch das, was jetzt geschehen ist, lässt mich an ihrer Ehrlichkeit zweifeln. Finstere Mächte sind am Werk und wollen die Macht der Transzendenz befreien.

Geh jetzt, Menschling. Beeil dich!«

Ohne sich zu verabschieden, schritt Antilius durch den Spiegel.

Kurz nachdem er hinter dem durchgängigen Glas verschwunden war, vernahm der Largone noch seine Stimme.

»Ich werde euch da raus holen«, sagte sie.

PAIS ISMENDAHL UND DIE GORGENS

Pais Ismendahl verweilte noch fast eine Mondstunde lang vor der Tür, die ihn fast ein paar Finger gekostet hätte, als sie sich unvermittelt geschlossen hatte.

Er rief fortwährend nach Antilius und Gilbert (ja, auch nach Gilbert), doch konnte er auch nicht den leisesten Ton von der anderen Seite der Tür vernehmen.

Einerseits fühlte er sich schlecht und niedergeschlagen, weil er seine Freunde verloren hatte. Andererseits hatte er schon seit längerem geahnt, dass Antilius seine Suche alleine würde fortsetzen müssen. Pais hatte ihm geholfen, bis hierher zu kommen. Und hier trennten sich nun ihre Wege. Antilius würde fortan auf sich alleine gestellt sein, allenfalls unterstützt durch Gilberts altkluge und überflüssige Ratschläge.

Zögerlich wandte sich Pais von der Tür zum Dunklen Tunnel ab und schlurfte nachdenklich und erschöpft zurück zur Treppe, die nach oben führte. Gedankenverloren durchquerte er die Räumlichkeiten des Largonen-Gebäudes.

Als er wieder draußen war und die letzten Sonnenstrahlen des Tages sein wettergegerbtes Gesicht berührten, überlegte er, ob sich die Bezeichnung ‚Halle des Schicksals' auf das gesamte Gebäude bezog oder nur auf den Raum, in dem sich das Zeittor befinden sollte. Es war natürlich unsinnig, sich darüber Gedanken zu machen, doch es lenkte ihn von der plötzlichen Einsamkeit ab, die ihm mehr zu schaffen machte, als er sich jemals hätte eingestehen wollen.

Er überquerte die Zugbrücke am Rande der Festung. Heute schien es schneller als sonst dunkler zu werden. Pais entschied sich daher, nahe einer kleinen Kolonie von Almelienbüschen sein Nachtlager aufzuschlagen. Almelienbüsche waren dornige und dichte Gewächse, die bläuliche und giftige Beeren hervorbrachten. Sie wuchsen meist ringförmig. In der Mitte des Rings würde Pais vor ungebetenem Besuch geschützt sein, oder zumindest würde er alles hören können, das versuchen würde, sich ihm durch das Gebüsch zu nähern.

Die Nacht verlief ruhig. Pais konnte sogar relativ gut schlafen. Obwohl er schon mit den ersten Sonnenstrahlen erwachte, döste er noch lange, als die Sonne schon hoch am Himmel stand.

Er dachte an die Zeit, als er noch in den Ahnenländern gelebt hatte. In der Stadt der Ahnen, die in einem großen uralten Vulkankrater errichtet worden war. Der Krater war so tief, dass man die Stadt von Meereshöhe aus gar nicht sehen konnte. Er dachte an den großen schmalen Turm, der im Zentrum der Stadt aus dem tiefsten Punkt des Kraters in schwindelerregende Höhe ragte.

Manchmal, nicht oft, aber manchmal vermisste er seine alte Heimat. Er vermisste diejenigen, die er zurückgelassen hatte; jene, die er wohl nie wieder würde sehen können. Er bereute seinen damaligen Entschluss zur Flucht nicht. Niemals hatte er das getan. Auch heute nicht. Es war richtig, zu gehen. Der wachsenden Arroganz, die sich in der Stadt der Ahnen wie ein Geschwür ausbreitete, zu entgehen, war schon immer sein Wunsch gewesen.

Und doch konnte er der süßen Vorstellung nicht widerstehen, seine Freunde, seinen Bruder und seine Schwester wiederzusehen. Besonders seinen Bruder. Er hatte in den Ahnenländern eine wundervolle Kindheit verbracht, auch wenn Pais damals immer als ein Außenseiter galt. Das hatte er selbst jedoch nie so empfunden.

Und während Pais immer tiefer in seiner Vergangenheit versank, merkte er nicht, wie ein paar Gestalten nur wenige Meter von ihm entfernt sich leise unterhielten. Erst als drei andere sehr nahe an seinem Versteck im Gebüsch vorbeiliefen, wurde er unsanft aus seinem Tagtraum gerissen und schreckte hoch.

Vorsichtig lugte er durch das dichte Geäst. Das, was er sah, erschreckte ihn zwar nicht, weil er damit schon gerechnet hatte, aber er spürte, wie er zornig wurde. Und wenn Pais zornig wurde, war das kein gutes Zeichen für den Verlauf des Rests des Tages.

Er zählte mehr als zwei Dutzend Gorgens, die dabei waren, sich erheblich aufgeregt hinter ein paar großen Felsbrocken zu verschanzen. Sie unterhielten sich dabei in ihrer merkwürdigen Sprache mit den zischenden und knackenden Lauten.

Sie waren nur knapp vierzig Meter von ihm entfernt.

Pais holte zur Sicherheit seine Armbrust heraus und legte einen Bolzen ein. Die Gorgens waren deutlich in der Überzahl. Wenn Pais sich ruhig verhalten würde, würde er mit ein wenig Glück unbemerkt bleiben.

»Was haben die jetzt schon wieder vor?«, flüsterte er zu sich selbst.

Die Gorgens lugten immer wieder hastig über die Felsblöcke hinweg und schauten auf eine weiter entfernte Stelle. Pais konnte dort nichts Besonderes erkennen.

Die Gorgens wurden immer nervöser. Sie zischten sich gegenseitig an und zappelten wild herum. Sie waren wie in Ekstase.

Pais versuchte immer noch herauszufinden, was sie so sehr erregt hatte, als plötzlich ein gewaltiger, dumpfer Knall alle anderen Geräusche verstummen ließ. Pais riss die Augen auf.

Die von den Gorgens beobachtete Stelle wölbte sich kreisförmig in einem Durchmesser von mindestens fünfzig Metern und explodierte schließlich. Geröllmassen, Bäume, Sträucher und tonnenweise Sand wurden in die Höhe geschleudert und regneten anschließend dröhnend wieder auf die Erde herab. Die Trümmer flogen so weit, dass Pais beinahe aus seinem Versteck hätte fliehen müssen, wollte er nicht von einem der herabstürzenden Brocken getroffen werden.

Es dauerte eine Weile, bis sich der Staub gelegt hatte.

Pais lugte wieder vorsichtig durch das Gestrüpp und konnte den Krater sehen, den die Explosion hinterlassen hatte. Die Gorgens rannten darauf zu und jubilierten dabei.

Ein paar von ihnen kletterten in das große Loch hinein. Weitere folgten ihnen.

Pais ahnte schon, dass sich die Gorgens auf diese Weise einen Zugang zum Zeittor verschaffen wollten, das sich ja unter der Erde befand. Doch wunderte er sich, dass sie dies so weit entfernt von der Largonen-Festung getan hatten.

Was er nicht wissen konnte, war, dass sich das Zeittor unmittelbar unter diesem Krater befand. Der Dunkle Tunnel, den Antilius noch vor kurzem panisch durchschritten hatte, war so lang, dass er unterirdisch weit außerhalb der Mauern der Largonen-Festung führte.

Doch hatte Koros Cusuar dies bis vor kurzem auch noch nicht gewusst. Er hatte gedacht, man müsse auf jeden Fall in die Festung eindringen, um an das Zeittor heranzukommen. Erst jetzt hatte das Flüsternde Buch ihm verraten, wo sich das Tor wirklich befand. Das Flüsternde Buch verriet Koros nur soviel, wie notwendig war. Denn das Buch traute Koros nicht. Es wollte sicher gehen, dass Koros genau das tat, was das Buch von ihm verlangte. Freudig hatte Koros daraufhin von seinem Schloss aus die Position des Zeittores dem Anführer der Gorgenstruppe, Feuerwind, mitgeteilt.

Pais bekam eine Gänsehaut bei dem Gedanken, welche enormen Kräfte Koros Cusuar entfesselt hatte, um an das Zeittor heranzukommen. Eine Sprengung dieser Größenordnung musste mit anderen Mitteln erfolgt sein als mit Schwarzpulver, welches ohnehin viel zu selten war, als dass es für eine solche Sprengung ausgereicht hätte.

Nachdem Pais noch eine Weile den Gorgens zugesehen hatte, beschloss er, diesen günstigen Moment auszunutzen und sich heimlich aus dem Staub zu machen. Er rollte seine Decke, die er zum Schlafen ausgelegt hatte, zusammen, verknotete sie als Rolle auf seinem Rucksack und verstaute anschließend seine Armbrust. Dann wollte er noch einmal durch das Gebüsch spähen, ob die Luft rein war. Doch statt wie erhofft die mit ihrer Arbeit abgelenkten Gorgens zu sehen, blickte er direkt in vier dieser hässlichen gelben Augen zweier Gorgens, die *ihn* schon eine Weile beobachtet hatten.

Es war zu spät, nach der Armbrust zu greifen. Die beiden Gorgens stürmten blitzschnell hervor und überwältigen ihn. Zwei weitere kamen aus der Luft hinzu.

»Jetzt ist es vorbei mit Schnüffeln, alter Mann«, sagte einer von ihnen.

SPIEGELBILDER

Antilius fand sich an einem Ort wieder, der irgendwo zwischen Zeit und Raum war. Um ihn herum schwebten lauter Spiegel. Große und kleine. Kreisrunde, rechteckige, quadratische, trapezförmige und ovale. Auch zerbrochene waren darunter. Nur Eines war ihnen allen gleich: Sie waren sehr alt.

Er benötigte einen Moment, um sich von dem kurzen Schwindel, der ihn befallen hatte, als er durch den Spiegel bei den Largonen getreten war, zu erholen.

Er war allein an diesem sonderlichen Ort. Nur Gilbert war bei ihm. In *seinem* Spiegel.

Antilius schaute sich um. Gesichter schauten ihn aus den Spiegeln heraus an. Sie beobachteten ihn stumm. Sie gehörten alle einer Person: Brelius Vandanten.

»Was geht hier vor?«, flüsterte Antilius.

Seine Frage fiel in ein Echo. Dutzende Male wiederholte sich seine Frage. Die Gesichter aus den Spiegeln wiederholten sie.

Jedes Gesicht schaute ihn aus einer anderen Perspektive an. Er konnte nichts vor ihnen verbergen. Sie waren alle *ein* Brelius. Sie starrten ihn von verschiedenen Zeiten, oder aus verschiedenen Dimensionen aus an, was auf dasselbe hinausläuft, wenn man Zeit als Dimension betrachtete.

»*Wähle den richtigen Spiegel*«, sagten die Gesichter.

»Welcher ist der Richtige?« Seine Stimme hallte erneut wider.

»Sei vorsichtig, Meister. Die Späher haben dir eine Falle gestellt. Wenn du durch den falschen Spiegel gehst, ist alles verloren. Der echte Brelius muss in einem der Spiegel sein.«

Wieder verspürte Antilius in diesem surrealen Moment eine gewisse Erleichterung, dass er jemanden bei sich hatte, der einen kühlen Verstand besaß.

»*Wähle!*«, sagten die Gesichter. »*Wähle!*«

»Ihr könnt mich nicht täuschen«, murmelte Antilius kühl. Aber welchen Spiegel sollte er bloß nehmen? Welcher war der Richtige?

»*Wähle!*«

»Schweigt, Trugbilder!«

Die Gesichter verstummten, verharrten aber mit ihren Augen auf ihm.

Sie wollen deinen Verstand. Sie bohren sich langsam in deinen Kopf und saugen ihn dir heraus.

»*Komm zu mir, ich bin der echte Brelius!*«, sagte eines der Gesichter.

»*Nein! Ich! Ich bin der echte!*«, rief ein anderes Gesicht.

Antilius verzweifelte beinahe, bei dem Gedanken, dass die Späher ihn anscheinend immer noch beobachten konnten. Nur sie konnten hinter dieser Tücke stecken. Sie wollten ihn verwirren. Aber aufhalten konnten sie ihn nicht. Einer dieser Spiegel würde ihn zu dem richtigen Brelius Vandanten führen. Einer dieser Spiegel würde der Richtige sein. Antilius musste nur herausfinden, welcher es sein würde.

Sie können nicht an dich heran. Sie haben dir zwar eine Falle gestellt. Mehr können sie aber nicht tun. Du sollst selber den falschen Weg wählen und würdest dich damit selbst vernichten. Aber den Gefallen werde ich ihnen nicht tun, dachte Antilius.

»*Höre nicht auf die anderen! Hierher, zur mir! Hier bist du sicher*«, rief wieder ein anderes Gesicht aus einem anderen Spiegel.

Noch ein anderes: »*Komm hierher! Ich bin Brelius.*«

Und wieder ein anderes: »*Hier!*«

»*Ich bin Brelius!*«

»*Nein, Ich*!«

Alle Gesichter schrien ihn an. Alle Stimmen nahmen für sich in Anspruch, die Wahrheit zu sagen.

Und alle logen sie. Das spürte Antilius.

Sie riefen. Bettelten ihn an. Befalen ihm, zu ihnen zu kommen.

Antilius konnte es nicht mehr ertragen.

»*Wähle!*«, schrien sie noch einmal wie aus einem Mund.

Und dann wählte Antilius.

Er sprang in einen der Spiegel und verschwand darin.

DAS VERSTECK AUSSERHALB DER ZEIT

Antilius hatte es geschafft. Er war durch einen der Spiegel entkommen und fand sich nun an einem Ort wieder, der ihm bereits vertraut war. Es war der Wurmhügel am Stadtrand von Fara-Tindu. Doch war dies nicht der echte Berg. Es war eine Illusion, genauso wie das Gefängnis der Largonen.

Es war ein später Abend, als Antilius den kleinen Hügel außerhalb der Stadt erreichte, auf dem das kleine Haus des Sternenbeobachters Brelius Vandanten stand.

Er sah durch das Fenster und erblickte ein leeres Zimmer. Licht brannte darin. Er wollte schon an die Tür klopfen, als er ein merkwürdiges leises Brummen vernahm. Es schien vom Himmel zu kommen. Er schaute nach oben, sah aber nur den klaren Sternenhimmel.

Dann plötzlich sauste eine leuchtende Wolke über ihn hinweg und verschwand hinter dem Haus. Antilius ging um das Haus herum zur gegenüberliegenden Seite. Ein Mann mit wirrem grauem Haar stand neben einem großen feinmaschigen Käfig, und über ihm schwebten kleine, grüngelb strahlende Kugeln. Es waren die Riesenglühwürmchen.

Die kleinen hellen Kugeln schwirrten spiralförmig über dem grauen Haupt des Sternenbeobachters. Dann änderten sie abrupt ihre Formation und ordneten sich zu einem Kreis. Fasziniert verfolgte der Mann das Schauspiel. Irgendwie beeinflusste er die Bewegungen der Glühwürmchen, ohne dabei eine sichtbare Geste zu machen oder einen Befehl zu geben. Genauso wie Pais es zu tun vermochte.

»Sehr beeindruckend«, sagte Antilius, locker an die Hauswand gelehnt. Er war erleichtert, den Sternenbeobachter endlich gefunden zu haben.

Brelius Vandanten schaute sich erschrocken um. »Wer bist du? Verschwinde!«

»Das werde ich ganz bestimmt nicht tun. Wisst Ihr eigentlich, was ich durchmachen musste, um Euch zu finden?«

Brelius verkrampfte die Finger und huschte in gebückter Haltung an Antilius heran. »Du bist es! Oder bist du auch nur eine Lüge? Bist du eine Lüge? So wie meine Glühwürmchen hier? Eine Lüge, so wie dieser Ort hier? Sprich!«

»Ich bin so echt, wie ich hoffe, dass Ihr es auch seid.«

Brelius brach in hysterisches Gelächter aus. Es war das Lachen eines Verrückten. Da war Antilius sich ganz sicher.

»Wie hast du mich gefunden? Woher wusstest du, welcher Spiegel dich belügen würde und welcher nicht? Antworte, Antilius!«

»Ich habe denjenigen gewählt, der nichts sagte. Denjenigen, der stumm blieb.«

»Aha!« Brelius war erleichtert. Er rannte ein Stück weg, hielt kurz inne, wobei er ständig mit seinen Fingern spielte und sauste dann wieder zurück.

»Du weißt gar nicht, wie ich mich freue«, sagte er und fing dann plötzlich an zu schluchzen.

»Was ist mit Euch?«, fragte Antilius besorgt.

»Gar nichts!«, schrie Brelius. Jetzt wütend. Seine Emotionen gingen fließend ineinander über. Er begann an seinen Fingernägeln zu kauen. »Ich bin nur verrückt. Das ist alles. Verrückt«, rief er und drehte sich jaulend im Kreis.

Antilius war unsicher, wie er sich verhalten sollte.

»Ich bin ein irrer alter Mann.« Brelius tanzte im Kreis.

Antilius schaute dem grauhaarigen Mann verstört zu. Brelius musste zwar deutlich älter sein als Pais. Doch hier, an diesem sonderlichen Versteck, welches das gleiche Aussehen hatte wie dessen Zuhause, wirkte er uralt.

Brelius beendete seinen Tanz abrupt, schaute Antilius fest an und packte dessen Gesicht mit beiden Händen. »Weißt du, wie es ist, seinen Verstand zu verlieren?«, fragte er ihn mit weit aufgerissenen Augen.

Antilius zeigte keine Reaktion. Aber die Frage machte ihm Angst.

»Es ist wunderbar!«, rief Brelius in den Nachthimmel. »In einer Sekunde ergibt alles einen Sinn. Alles passt zusammen. Alles ist ganz klar. Und in der nächsten Sekunde: Wusch! Alles weg. Die Welt bricht zusammen. Panik breitet sich aus! Und du möchtest nur noch vor dir selbst davonlaufen.«

»Ihr wart aber nicht immer verrückt. Ich habe Euren Stimmenkristall gefunden.«

Brelius sackte innerlich und äußerlich zusammen. »Ja, das habe ich mir gedacht.

Ich war ihnen immer einen Schritt voraus. Ich hatte immer einen Vorsprung. Aber die Späher werden nicht müde. Sie könnten mich ewig lang verfolgen, wenn sie wollten. Sie haben bisher jeden gekriegt.

Im Gegensatz zu dir, Antilius, habe ich, als ich durch das Spiegeltor bei den Largonen gegangen bin, auf der anderen Seite den falschen Spiegel ausgewählt. Die Folge war, dass ich nicht in einem sicheren Versteck landete, sondern ich musste durch hunderte weitere Spiegel türmen. Die Späher waren mir immer dicht auf den Fersen. Doch je länger ich mich vor ihnen verstecken musste, je öfter ich durch weitere Spiegeltore gehen musste, desto erschöpfter wurde ich. Meine Flucht durch die Zeiten und Realitäten frisst meinen Verstand auf. Es ist ein Phänomen, das ich als ‚Zeitpsychose' bezeichne. Aber hier können sie mich nicht hören. Und sehen auch nicht. Ich weiß nicht, wie viel Zeit wir noch haben, bis sie mich finden werden.« Brelius fing an, hemmungslos zu grinsen »Zeit, verstehst du? Ist das nicht witzig?«

Dann wurde der alte Mann still. Nur das sanfte Brummen der fliegenden Leuchtkäfer durchdrang die Stille.

Antilius versuchte, einen klaren Kopf zu behalten. Er blickte in den Sternenhimmel. »Was ist das hier für ein Ort? Ist dies hier Verlorenend, der Ort an dem Zeit keine Bedeutung hat?«, fragte er in Erinnerung an das, was Gilbert ihm über Verlorenend erzählt hatte.

Brelius schüttelte energisch den Kopf. »Verlorenend ist kein Ort, den man auf einer Landkarte finden könnte. Verlorenend ist mehr, und doch nichts. Verlorenend ist überall und doch nirgends.

Wir sind hier in meinem Versteck. Ich bin mir nicht sicher, aber ich denke, es ist ein Teil von Verlorenend, der im Moment nur durch meine Willenskraft bestehen kann. Eine abgespaltene Insel von Verlorenend ist dieser Ort hier, wenn du so willst, aber nicht so mächtig wie Verlorenend. Es sieht genauso aus wie bei mir zu Hause. Aber in Wahrheit ist auch das nur eine Täuschung. Ein Faksimile.«

Antilius war es leid, ständig Fragen zu stellen. Fragen, auf die sich entweder keine Antworten oder nur noch mehr Fragen auftaten. Brelius nahm ihm seine wichtigste und schwerste Frage ab.

»Ich werde dir jetzt sagen, warum du hier bist, mein junger Freund. Setz dich!«

Antilius setzte sich auf das weiche Gras des Wurmhügels.

Es ist so echt! So echt! Wie soll ich Realität und Fiktion noch unterscheiden, wenn schon das Gras sich so echt anfühlt?, fragte sich Antilius.

»Ich habe dich in meinen letzten Träumen gesehen«, fuhr Brelius fort. »Du bist der mit den *Augen*. O, ich habe sie leuchten gesehen, deine Augen. Es war so wunderbar!«

»Ich weiß nicht, wovon Ihr sprecht.«

»Das Orakel hat es mir gesagt. Es hat mir gesagt, dass ich dich finden muss. Aber zugegebenermaßen hast du *mich* gefunden.

Ich war so euphorisch, als ich den Stein gefunden hatte. Der Stein, der ein Schlüssel war. Ich dachte, ich könnte berühmt werden durch die Erfindungen, die ich damit machen könnte. Doch war mir nicht bewusst, dass ich den Stein des Unheils gefunden hatte.«

Brelius machte eine Pause, um Antilius Zeit für eine Frage zu lassen.

»Fahrt bitte fort«, sagte dieser nur.

»Ich weiß nicht, wie dieser Tyrann es erfahren hat. Und ich weiß nicht, wie ich so blind sein konnte, es nicht zu erkennen. Der Stein, den ich mit naiver Faszination studierte, war der Schlüssel, um das Zeittor zu öffnen. Und damit der Schlüssel in die Verdammnis. Als der Tyrann erfahren hatte, dass ich den einzigen Schlüssel für das Zeittor besaß, drang er in meinen Kopf ein.«

»Ihr redet von Koros?«

Der alte Mann nickte schwach. »Ich habe ihn angefleht, mich in Ruhe zu lassen, aber sein Geist war stärker, als meiner es zu sein vermag. Ich konnte mich nicht gegen ihn wehren.«

»Ihr habt das Zeittor mit dem Schlüsselstein geöffnet, ohne zu wissen, was Ihr getan habt«, ergänzte Antilius.

»In dem Moment, in dem ich es aktivierte, spürte ich seine hasserfüllte Freude über seinen vorläufigen Sieg. Ich spürte seine Unverwundbarkeit und seinen Übermut.«

Jede weitere Frage, die Antilius stellte, bereitete ihm gemeine Schmerzen in der Magengegend. »Also, ich hoffe, ich habe das alles richtig verstanden: Koros braucht zwei Tore. Ich habe es zwar schon erfahren, aber ich möchte es von Euch hören: Was will er damit?«

»Woher weißt du von dem anderen Tor-Fragment?«

»Das habe ich durch den Sandling erfahren, der vor der Largonen-Festung auf mich wartete.«

Brelius machte ein verzweifeltes Gesicht. »Sag mir, Antilius, ist Koros auch in deine Träume eingedrungen?«

»Ja. Aber er hat mich bisher nicht manipulieren können, so wie bei Euch.«

»Er hat mit dir gesprochen? Er ist ja so verschlagen!«, sagte Brelius und vergrub das Gesicht in den Händen.

»Er hat mit mir nicht wie mit einem Feind geredet.«

»Natürlich nicht. Er versucht, dich in Sicherheit zu wiegen. Er will dich schwach machen, so wie er es mit mir getan hat.«

»Nein. Es steckt mehr dahinter. Es ist eine Art kranke Faszination, die ich auf ihn ausübe. Vielleicht ist das sein Schwachpunkt«, vermutete Antilius.

»Ich versichere dir, er besitzt viele Schwachpunkte.

Doch zurück zu den zwei Fragmenten. Er hat vor, diese beiden Tore zusammenzufügen zu einem Portal. Dieses Portal wird ihn zum absoluten Herrscher über die Sieben Inselwelten machen. Er wird sich über das Leben und über die Zeit einfach hinwegsetzen. Niemand wird ihn aufhalten können.«

»Was genau hat das zu bedeuten? Jemand erzählte mir von der Legende vom Transzendenten. Was genau hat es damit auf sich.«

»Es ist keine Legende. Es ist geschehen, vor vielen Generationen. Und es wird wieder geschehen, wenn du es nicht verhinderst. Die Macht der Transzendenz ist gefährlich und böse durch und durch.«

»Und was ist mit den Spähern? Sie haben die Largonen in eine Art Gefängnis eingesperrt, *bevor Ihr* gekommen seid und das Zeittor aktiviert habt. Warum haben die Späher das gemacht? Warum haben sie Koros damit geholfen, ihm den Weg zum Tor zu vereinfachen?«, fragte Antilius ungeduldig.

»Ohne jeglichen Widerstand wird es Koros ein Leichtes sein, das Tor zu entwenden. Ich befürchte, die Späher haben noch etwas viel Grauenhafteres vor als er selbst. Ich habe es gesehen. Ich kann es nicht in Worte fassen. Meine Augen konnten in meinen Träumen nur einen flüchtigen Blick erhaschen von dem, was die Späher vorhaben.«

»Was habt Ihr gesehen?«, hauchte Antilius.

»Ich habe es nur durch die Augen des Orakels gesehen. Jenes Orakel, das mir deinen Namen verriet. Das mir von deinen *Augen* erzählte. Das Orakel, das mich zurück zu diesem verfluchten Ort getrieben hat, weil es glaubte, ich könne meinen Fehler ungeschehen machen.«

»Nun spannt mich nicht länger auf die Folter. Was habt Ihr gesehen?«

»Das Ende. Das Ende von allem. Das Nichts. Wenn die Späher und das Flüsternde Buch ihr Werk vollendet haben, wird nichts als endlose Dunkelheit zurückbleiben. Der Transzendente wird nur der Anfang sein. Wenn die Macht der Transzendenz aus dem wieder zusammengefügten Portal befreit und auf Koros Cusuar übertragen wird, dann wird etwas erwachen, das noch viel gefährlicher ist als der Transzendente.«

Das Puzzle fügte sich in Antilius' Kopf langsam zu einem Bild zusammen, auch wenn er nicht verstand, was Brelius meinte. Er hatte gehofft, dass es nicht noch schlimmer werden würde. Aber seine Hoffnung wurde nun auf eine harte Probe gestellt. Er fürchtete, sie nicht zu bestehen.

»Seid Ihr sicher, was Ihr gesehen habt?«

Der alte Sternenbeobachter hustete kränklich. »Ich bin zwar dabei, meinen Verstand zu verlieren, aber solange ich mir noch meines schwindenden Geistes bewusst bin, solange ich noch mit mir selbst reden kann, bin ich noch immer Brelius.«

Antilius fiel es schwer, immer wieder mit einer Abart des Verfalls konfrontiert zu werden. Erst der Verfall der nur kurz andauernden Gemeinschaft mit Haif und Pais, dann der sterbende Sandling, der vor Antilius' Augen zerfiel, und jetzt der sterbende Verstand von Brelius Vandanten. Es lastete schwer auf ihm.

»Was muss ich tun?«, fragte er düster.

»Du musst deine Gabe erforschen. Du musst herausfinden, was deine Bestimmung ist. Irgendetwas an dir ist besonders. Das musst du ergründen. Nur so kannst du dem Bösen entgegentreten. Und ich glaube, dass es mit deiner Vergangenheit zu tun hat. Die Vergangenheit, an die du dich nicht mehr erinnern kannst.

Das Orakel. Es wird dir bei deiner Suche helfen. Finde das Orakel, dann findest du auch deine Gabe. Sie wird deine einzige Waffe gegen Koros sein.«

Brelius kramte in seiner Hosentasche und zauberte einen dunklen Stein hervor. Er sah aus wie ein schwarzer Kristall.

»Das hier ist der Rest des Schlüsselsteins, der mich hierher führte. Er ist zerbrochen, als ich ihn benutzt habe, um das Zeittor zu öffnen. Dieses Bruchstück wird dich in das eigentliche Herz von

Verlorenend führen. Dort lebt das Orakel. Ich habe ihm versprochen, dass du kommst.«

Antilius nahm den Stein an sich und drehte ihn zwischen seinen Fingern. »Eure Tochter macht sich große Sorgen um Euch. Sie erwartet Euch zurück«, sagte er.

»Ich wünsche mir nichts sehnlicher auf der Welt, als sie wiederzusehen. Aber ich muss mich hier verstecken.«

»Ihr werdet sie wiedersehen.«

Antilius konnte in den Augen des alten Mannes sehen, dass er die Hoffnung, seine Tochter noch einmal wiederzusehen, aufgegeben hatte. »Es wird Zeit. Du musst jetzt gehen. Die Späher suchen bereits nach dir«, sagte Brelius.

»Und was werdet Ihr machen?«

»Ich werde versuchen, die Späher abzulenken, wenn sie hier doch noch aufkreuzen sollten. Es könnte ja sein, dass sie deine Spur verfolgen, und das muss ich verhindern.«

»Lasst Euch nicht erwischen, Herr Vandanten.«

»Keine Sorge. Finde das Orakel, Antilius«, sagte Brelius aus trüben Augen.

Antilius verließ schließlich den alten Mann, der gegen den Verlust seines Verstands ankämpfte.

Er ging durch die sternenerfüllte Nacht eines Ortes im Nirgendwo. Und er ging zu einem Ort im Irgendwo.

Der Stein wies ihm den Weg. Er fing an zu leuchten, wenn er die richtige Richtung einschlug und lotste ihn wie ein Kompass. Der Stein war ein Stück des Avioniums.

Dieses verfluchte Zeug, dachte Antilius missmutig.

Als er den Spiegel von Gilbert aus seiner Hosentasche hervorholte und dabei in der anderen Hand den Stein hielt, fiel ihm ein seltsames Leuchten über der Spiegeloberfläche auf. Es sah aus wie eine winzige Nebelwolke, die aus dem Spiegel hervorquoll.

Antilius fiel prompt ein, was Brelius in seinem Tagebuch erzählt hatte. Nämlich, dass das Avionium die Schwerkraft beeinflussen konnte. Und dann dachte er daran, dass Koros das Portal in den Ahnenländern aufbauen wollte, weil dort vermutlich das Avionium aus dem Adler-Gebirge seine gebündelte Energie auf das Portal irgendwie übertragen würde. Wenn das Avionium dies alles fertig bringen konnte, konnte es dann auch das Spiegelgefängnis öffnen? Schließlich war es auch eine Art Portal.

Antilius hielt den Stein dichter an den Spiegel heran und tatsächlich vergrößerte sich die leuchtende Nebelwolke. Doch mehr geschah nicht.

Antilius steckte den Stein nachdenklich ein und sah in den Spiegel. Gilbert schlief in seinem Bett. Er hatte das Gespräch mit Brelius nicht mehr verfolgt. Die Müdigkeit hatte ihn überwältigt.

Antilius weckte ihn auf und erzählte ihm, was er gerade eben herausgefunden hatte. Gilbert war schläfrig und schien fast gar nicht sonderlich interessiert an der besonderen Entdeckung mit dem Avionium zu sein. Er erklärte nur, dass er sich nicht daran erinnern könnte, wie er in den Spiegel eingesperrt worden war, weil er zu diesem Zeitpunkt bewusstlos gewesen sei. Deshalb konnte er auch nicht bestätigen oder verneinen, dass das Avionium der Schlüssel zur Freiheit sein könnte. Sein scheinbares Desinteresse rührte von der Tatsache her, dass er sich schon so viele Male während seiner Gefangenschaft falsche Hoffnungen gemacht hatte, aus seinem Gefängnis entkommen zu können.

»Dass ich mal endlich hier rauskomme, ist einfach zu schön, um wahr zu sein«, sagte er gähnend und resigniert.

»Wer weiß«, sagte Antilius und ging die letzten Schritte Richtung Verlorenend.

VON DEN FINSTEREN EBENEN

Die Tage gingen vorüber. Antilius merkte davon nichts, weil er sich, seit er in das Zeittor bei den Largonen gegangen war, nicht mehr im normalen Zeitgefüge befand.

Jemand anderes bekam die Zeit dagegen deutlich zu spüren: Wrax' Augenhöhlen wurden von Tag zu Tag dunkler. Er war ununterbrochen damit beschäftigt, die Weisungen seines Ersten auszuführen. Kein Zweifel, Koros hatte Großes im Sinn. Daran wagte Wrax nicht eine Sekunde lang zu zweifeln. Immer neue Ideen kamen dem Herrscher in den Sinn, immer neue Pläne, neue Strategien, wie er die bevorstehende Schlacht gegen die Dreizehn Häuser der Ahnenländer für sich entscheiden wollte.

Sein Berater hatte die Aufgabe, so viele Sympathisanten wie möglich zu sammeln, egal woher sie kamen. Eine große Armee sollte entstehen. Wrax hatte in allen Städten für die Pläne seines Ersten werben lassen. Mit Erfolg. Es gab viele, die einen Groll gegen die Dreizehn Häuser hegten. Sie hatten den Ruf, von arroganten, selbstgefälligen Schwächlingen regiert zu werden. Sie lebten in verschwenderischem Luxus, besaßen Essbesteck aus Gold, hieß es. Dekadent.

Nichts davon entsprach den Tatsachen, aber es war für Koros eine willkommene Propaganda.

Die meisten Rekruten sammelte Wrax jedoch in den Finsteren Ebenen. Eine üble Gegend im Nordosten, um die man besser einen großen Bogen machen sollte, wenn einem das eigene Leben lieb war. Denn Leben hatte dort nur wenig Bedeutung. Und das war auch gut so. Koros brauchte Söldner, die für ein paar Münzen ihr Leben hingaben. Ohne zu überlegen. Ohne zu zögern.

In den Finsteren Ebenen gab es vorwiegend nur Wegelagerer, Plünderer, Meuchler und dazu noch all jenes Getier, das einem sonst nur beim Schlafen in einem Alptraum begegnet.

Und so schwer es Wrax auch fiel, er musste sie rekrutieren. Insbesondere die Gorgens, die eine eigene Stadt in den Finsteren Ebenen, in Küstennähe im Nordosten von Truchten, gegründet hatten. Die Gorgens waren in den Augen von Koros die Qualifiziertesten unter dem ganzen Abschaum, den Wrax für seinen Ersten sammelte. Fast die gesamte Stadt Gorgonia war bereit, dem Herrscher in den Krieg zu folgen.

Krieg? Nein. So wollte Wrax es nicht bezeichnen. Widerstand war zwar zu erwarten, aber dieser war in Anbetracht der Übermacht, die er zusammentrieb, nutzlos.

Das hoffte er zumindest.

Die Tatsache, dass Koros die Ahnenländer angreifen wollte, nicht weil er sie erobern wollte, sondern um das Portal in der Nähe der dortigen Adler-Berge aufzubauen, hatte Wrax während seiner harten Arbeit stets verdrängt. Aber innerlich beunruhigte ihn der Gedanke. Er hatte noch keine Ahnung, was Koros genau anstrebte. Die Zeittore, und das Avionium im Adler-Gebirge bei den Ahnenländern - beides konnte er nicht in einen Zusammenhang bringen.

Er vertraute aber dessen ungeachtet seinem Ersten. Koros war es einst gewesen, der ihn nach seiner Flucht aus der Stadt der Seelenlosen bei sich aufgenommen hatte. Er hatte dafür gesorgt, dass Wrax wieder Selbstbewusstsein schöpfen konnte.

Es stellte sich heraus, dass Wrax ein außerordentlich gutes planerisches Geschick besaß, was Koros natürlich förderte und ihn somit zu seinem engsten Vertrauten machte. Es war seinem Ersten egal, ob Wrax ein Mensch war oder nicht, denn das wusste Wrax selbst nicht. Äußerlich sah Wrax eigentlich wie ein Mensch aus. Wenn da nicht seine feuerrot glühenden Augen gewesen wären. Seine Augen, wegen denen er als Kind ständig gehänselt wurde. Sie waren auch der Grund, warum die meisten, denen er in seinem Leben begegnet war, Angst vor ihm hatten. Manche glaubten, er sei eine Ausgeburt eines schrecklichen Dämons. Und manchmal, ja manchmal, da ging es Wrax so schlecht, dass er das sogar selbst geglaubt hatte.

Doch Koros war es einerlei, welcher Abstammung sein Berater war. Schon allein aus diesem Grunde verbot es sich ihm, seinem Ersten unangenehme Fragen zu stellen oder gar Kritik zu üben. Nein. Er durfte nicht zweifeln. Und er musste ihm folgen.

In einem Moment, in dem Wrax sich unbeobachtet fühlte, verließ er den großen Sammelplatz hinter dem Palast seines Ersten, auf dem die Katapulte und die zwei Brücken gebaut wurden. Er legte sich auf eine schlichte Holzbank. Er war sehr müde und wollte nur ein kurzes Nickerchen machen. Ganz kurz.

Ehrlich!

Aber es war ihm nicht vergönnt.

Koros Cusuar erschien unangemeldet. Er wollte sich über den Zustand seiner Armee informieren. Wrax schnellte aus seiner Liegehaltung hoch.

Warum muss er ausgerechnet JETZT kommen? Er hat sich die ganz Zeit nicht blicken lassen. Warum hat er mich nicht früher in seine Pläne eingeweiht? Dann hätte ich mehr Zeit gehabt, um alles vorzubereiten. Mehr Zeit!

»Es tut mir sehr Leid, Erster! Ich ahnte ja nicht, dass Ihr so früh kommen würdet«, entschuldigte er sich.

»Schon gut, Wrax. Ihr habt in der letzten Zeit sehr hart gearbeitet. Ich verstehe, dass Eure Kräfte aufgezehrt sind, aber es wird sich lohnen, das verspreche ich.«

»Davon bin ich überzeugt, Erster«, sagte Wrax erleichtert, aber unsicher.

Koros schlenderte ungewöhnlich gelassen zum Sammelplatz, der eigentlich der riesige Park seines Anwesens war. Früher einmal musste er prächtig ausgesehen haben, bevor Koros hier eingezogen war. Heute diente der Park der Vorbereitung eines kriegerischen Angriffs. Der Sammelplatz befand sich direkt vor seinem Palast. Der Prachtbau war vor zehn Jahren noch eine verlassene Ruine gewesen, als er beschloss, es zu seinem neuen Zuhause zu machen. Das war kurz nachdem das Flüsternde Buch ihn gefunden hatte. Das Buch hatte ihm gesagt, dass die Ruine nun ihm gehören solle. Diese Ruine verberge etwas Wundervolles, sagte es. Und ja. Das Buch hatte ja so recht. An diesem Ort war das erste Fragment versteckt gewesen, das erste Zeittor.

»Dann erzählt mir, mein treuer Berater, was Ihr für mich habt«, sagte er gespannt.

Wrax war bemüht, sich trotz Müdigkeit zu konzentrieren und räusperte sich. »Ich habe wirklich eine äußerst exzellente Mischung von Kämpfern zusammengestellt. Dort hinten seht Ihr, wie sich die Gedankenwandler vorbereiten. Es gelang mir, elf von ihnen anzuwerben. Sie haben die Aufgabe, mehrere Horden Piktins unter Kontrolle zu bringen und als Vorhut in den Kampf zu schicken. Gleich daneben werden vier Katapulte gefertigt. Wenn ich mit aller Bescheidenheit hinzufügen darf: Sie entstammen meinen eigenen Entwürfen. Sie sind leichter in der Bedienung und lassen sich schneller nachladen als die alten Modelle. Mit ihnen können wir die Druckluftbomben, die Ihr entwickelt habt, Erster, über die Schlucht schießen. Die Gorgens werden sich uns dann anschließen, wenn wir aufbrechen. Ich habe mit ihnen gesprochen, und sie haben verstanden, wofür wir sie brauchen werden.«

»Sehr schön Wrax, das habt Ihr sehr gut gemacht. Ich bin beeindruckt.«

Wrax war stolz. Die Müdigkeit war vergessen. »Das ist noch nicht alles, Erster. Es ist mir ebenfalls gelungen, Borus und Greifer zu finden und hierher zu bringen. Die Borus werden als Lasttiere die Brücken zur Schlucht tragen. Und wir werden sie brauchen, um die Brücken auch aufzubauen.«

»Greifer? Von denen habe ich noch nie etwas gehört. Zeigt sie mir.«

Wrax pfiff laut einen der Greifer zu sich her. Er sah aus wie ein Mensch. Nur seine Hautfarbe war extrem blass. Fast Schneeweiß. Greifer, wie sie hierzulande genannt wurden, stammten von dem Volk der Felten ab. Einem Volk, das in den Schneegebirgen der Inselwelt Panthea lebte. Koros war verwundert. »Und? Was ist so besonders an ihm?«

Der Greifer streckte seine Arme aus, die sich zu dehnen begannen. Die Arme wurden immer länger. Der Greifer stand einige Meter von dem verdutzten Koros entfernt, wobei seine Hände ihn fast berühren konnten.

»Wage es nicht, mich anzufassen«, sagte er kalt.

»Verschwinde! Der Erste hat genug gesehen!«, befahl Wrax eilig, um seinen Ersten nicht zu verstimmen.

Enttäuscht zog der Greifer seine Arme wieder ein und verschwand zu den anderen.

»Sehr bemerkenswert, Wrax. Ich hoffe, diese langen Arme werden noch von Nutzen sein. Es ist Euch gelungen, mich zu überraschen.«

»Ich hoffe, Ihr seid nur positiv überrascht.«

»Aber ja. Macht Euch keine Sorgen. Ihr habt eine starke Truppe aufgestellt. Mit ihrer Hilfe, wird es ein Kinderspiel sein, die Ahnen-Tölpel zu besiegen.«

»Ganz bestimmt.«

Koros setzte seinen Spaziergang fort. Wrax folgte ihm. Wie immer.

»Was ist mit den Brücken?«

»Die Konstruktionen sind fast abgeschlossen. Ich kann Euch trotz größter Sorgfalt aber nicht versichern, dass sie stabil genug sein werden. Die Schlucht ist fast einhundert Meter breit. Starke Stürme könnten sie ins Wanken bringen. Zu große Belastung könnte sie entzweibrechen lassen.«

»Sie wird halten. Davon bin ich überzeugt«, sagte sein Herrscher beinahe gelangweilt.

Wrax machte eine Pause, um zu überlegen, wie er am behutsamsten seinen Ersten über dessen genaue Pläne befragen konnte. Eigentlich hatte er sich geschworen, nicht nachzufragen. Aber diese Ungewissheit und die ständig in seinem Kopf bohrende Frage, ob es richtig ist, das zu tun, was von ihm verlangt wurde, ließen ihm keine Ruhe.

»Sagt mir Erster, was habt Ihr vor? Was wollt Ihr mit den Zeittoren anstellen?«

Koros blieb stehen und drehte sich zu Wrax um. Dieser erschrak leicht, weil er fürchtete, seinen Ersten erzürnt zu haben. Man konnte bei Koros nie genau wissen, wie er reagieren würde.

»Kommt mit!«, forderte dieser ihn schließlich auf. »Ich werde es Euch zeigen.« Koros machte auf dem Absatz kehrt und ging zurück zu seinem Palast. Verunsichert trottete Wrax hinterher.

»Was wollt Ihr mir zeigen, Erster?«

»Das Tor, welches wir aus der Largonen-Festung geholt haben.«

»Es ist schon eingetroffen? Haben die Gorgens es schon hierher gebracht?«

»Ja, nachdem ich beiläufig erwähnt habe, dass ich ihre Todfeinde, die Kretahns, für die Bergung des Tores engagieren wolle, waren sie bereit, für einen äußert moderaten Lohn für mich weiter zu arbeiten.

Und wie ich gehört habe, haben sie mir sogar einen Gefangenen mitgebracht«, freute sich Koros.

»Diesen Antilius?«

»Ich hoffe nicht«, sagte der Herrscher unverblümt.

»Ich verstehe nicht, Erster. Ihr hofft nicht?«

»Wenn es stimmt, was in dem Flüsternden Buch geschrieben steht, dann ist Antilius der Einzige, der wirklich eine ernsthafte Gefahr für mich darstellen kann. Einer, der mir ebenbürtig sein kann.«

»Aber ...«

»Hört auf, mich mit diesen Fragen zu löchern! Es gibt Dinge, die Ihr nicht wissen müsst. Noch nicht. Und ich möchte nicht, dass Ihr mir bezüglich dieser Person jemals wieder Fragen stellt!«, fuhr Koros seinen Berater an.

214

»Jawohl, Erster.« Wrax musste sich selbst verbieten, weiter über dieses Paradoxon nachzudenken.

»Das Zeittor wird mit dem Tor, das ich beim Bau meines Palastes vor zehn Jahren hier entdeckt habe, zusammengebaut«, sagte Koros.

»Das heißt, dass sich das andere Zeittor schon immer hier befunden hat?«, fragte Wrax staunend.

Koros nickte grinsend. »Ja, es war schon hier, lange bevor wir beide geboren wurden, Wrax. Das Buch, das ich Euch gezeigt habe, hat mir gesagt, dass das Tor hier versteckt sein würde. Und es hatte die Wahrheit gesagt. Wobei ich es eher als Fragment, denn als Tor bezeichnen würde.«

»Was soll ein Zusammenbau mit dem Tor der Largonen bezwecken?«

»Das Flüsternde Buch sagt, dass es nur zwei Tore auf diesem Planeten gibt. Jedes für sich besitzt demnach die Fähigkeit, Lebewesen durch die Zeit zu schicken. Doch dies ist nicht möglich, weil die Späher Zeitreisen nicht erlauben. Selbst mir erlauben sie es nicht, sagte das Flüsternde Buch. Werden die Tore jedoch zusammengefügt, dann ergibt sich ein neues Tor. Ein Portal, das seine Macht nur dann entfalten kann, wenn es in der Nähe der Avionium-Berge errichtet wird. Oder das Adler-Gebirge, wie es von den Bewohnern der Ahnenländer bezeichnet wird.«

»Was bewirkt das Avionium?« Wrax wunderte sich einen Augenblick selbst darüber, dass er schon wieder nur Fragen stellte. Aber er begriff noch so wenig, dass er einfach immer wieder nachhaken musste. Zu seiner Überraschung war Koros jetzt anscheinend bereit, ihm alles zu erklären. Fast alles.

»Das Avionium. Oh, es wird Fabelhaftes vollbringen.«

»Was? Was wird es vollbringen? Erzählt es mir, Erster!«

»Ich weiß noch nicht, ob Ihr für die Wahrheit bereit seid, mein treuer Berater.«

»Ich bin es! Weiht mich in Eure Pläne ein, damit ich Euch besser verstehen und dienen kann!«

Koros blieb kurz vor dem Eingangstor seines Palastes stehen und schaute Wrax nachdenklich an.

»Es wird alles verändern. *Ich* werde mich verändern, Wrax. Und wenn alles so gelingt, wie ich es mir vorstelle, dann werde ich mit der Macht aus dem Portal nicht mehr der sein, den Ihr einmal kanntet.«

Wrax wurde unwohl: »Was meint Ihr damit? Werdet Ihr mich verlassen?«

»Fürchtet Euch nicht, mein treuer Freund. Ich werde Euch nicht verlassen. Ich werde immer da sein, zu jeder Zeit und an jedem Ort.« Ein wahnsinniges Leuchten in den Augen des Herrschers blendete Wrax.

»Warum tut Ihr das?«

»Weil es meine Bestimmung ist. Ich habe das Buch. Und ich habe das Tor gefunden. Es ist an mir, diese großartige Aufgabe zu übernehmen. Die Welt wird sich verändern, *ich* werde sie verändern. Ich muss es tun. Ich kann es Euch nicht jetzt genauer schildern. Ihr werdet es erleben, Wrax. Ihr werdet dabei sein. Die Macht, die sich im Portal verbirgt, gehört mir. Die Macht der Transzendenz. Alle werden es sehen. Alle.« Koros fühlte sich unglaublich stark, während er seinem Berater scheibchenweise mehr Informationen über sein Vorhaben gab. Nur konnte Koros Cusuar nicht wissen, dass er, sollte er erfolgreich sein, mit der Macht der Transzendenz noch etwas anderes entfesseln würde. Etwas, dem selbst der Transzendente nichts entgegenzusetzen haben würde.

Trotz des Versuchs von Koros, Wrax zu beruhigen, bekam dieser sichtlich Angst und stellte dann die Frage, die er am allermeisten fürchtete: »Wird sich die Welt zum Guten verändern?«

Koros antwortete nicht sofort und verunsicherte Wrax damit nur umso mehr. »Wenn Ihr an mich glaubt, dass die Welt sich zum Guten wenden wird, dann wird es auch so sein.«

Wrax wollte fest an ihn glauben, doch in seinem Inneren tat er es nicht. Koros' Antwort erschütterte ihn, doch er versuchte, sich nichts anmerken zu lassen. Er war sich über sich selbst noch nicht im Klaren. Solange er nicht genau herausfinden konnte, was Koros mit der Macht in dem Portal anfangen wollte, konnte er nicht vom Guten in Koros überzeugt sein. Vielleicht sagte Koros ja die Wahrheit, aber was, wenn nicht?

Er schob diesen Gedankenwirrwarr beiseite und konzentrierte sich zunächst weiterhin auf seine Arbeit.

Arbeit. Ja genau! Nicht darüber nachdenken. So wie früher, dachte er, als er seinem Ersten ins Innere des Palastes folgte.

Er hatte ohnehin keine andere Wahl. Er konnte nicht einfach aus dieser Sache aussteigen.

Aussteigen? Du bist verrückt, wenn du so was auch nur denkst, dachte Wrax erschüttert.

Er konnte jetzt nicht mehr zurück.

Das würde ihm sein Erster niemals verzeihen. Das durfte Wrax nicht tun.

Es wäre sein Tod.

VERGELTUNG

Der Herrscher und sein Berater warteten in der pompösen aber eher schmucklosen Empfangshalle auf die Gorgens und ihren Gefangenen.

»Ein Gorgen will mit Euch sprechen«, sprach ein anderer Diener, der wie ein Geist in die Halle geschwebt war.

»Das ist wohl derjenige, der mir ein Geschenk überreichen möchte«, sagte Koros selbstzufrieden.

Der Gorgen entpuppte sich zu Koros' Missfallen als der schon bekannte Feuerwind.

»Herr, ich freue mich, Euch hiermit das Tor offiziell überreichen zu können. Wir haben uns bemüht, es so schnell wie möglich hierher zu bringen, um Euch zufrieden zu stellen. Ich hoffe sehr, wir haben unsere Arbeit nach Euren Vorstellungen erledigen können«, schleimte der Gorgen. Er konnte das Schleimen einfach nicht lassen.

Er war in Wirklichkeit ziemlich nervös seit der letzten Drohung seines Auftraggebers und wollte nun endlich bezahlt werden und dann sofort verschwinden. Sobald der Angriff auf die Ahnenländer beginnen würde, wollte Feuerwind weit weg sein und sich mit seinem Lohn an ein ruhiges Plätzchen zurückziehen. Sollten doch die anderen Gorgens für Koros ihren Kopf hinhalten. Feuerwind würde es jedenfalls nicht tun. Noch wusste er nicht, dass dieser Plan nicht in Erfüllung gehen würde.

»In der Tat. Ich hätte es so primitiven Kreaturen wie euch gar nicht mehr zugetraut, diese Aufgabe zu bewältigen. Ihr habt euch meinen Respekt erworben«, sagte Koros trocken.

»Danke, Herr. Es war nicht leicht. Wir benötigten fast fünfzig Gorgens, um das Tor in die Lüfte zu heben und damit hierher zu fliegen.«

»Ihr werdet, wie versprochen, angemessen entlohnt. Ich werde mich persönlich darum kümmern.«

»Wir haben Euch noch jemanden mitgebracht, Herr.«

»Wen?«, erkundigte sich Koros gespannt aber kontrolliert.

»Es ist einer von diesen Abenteurern, die auch das Zeittor gesucht haben.«

»Wo ist er?«

Feuerwind drehte sich um und pfiff laut nach zwei anderen Gorgens. Diese stießen wie aus dem Nichts auf die Bühne und hielten eine Person zwischen ihren Armen. Der Mann, den sie mitgebracht hatten, konnte kaum ohne Stütze auf eigenen Beinen stehen.

»Was habt ihr mit ihm gemacht?«, fragte Koros scharf.

»Wir haben ihn für uns arbeiten lassen. Er war daran beteiligt, das Tor aus seinem Versteck zu tragen. Das war wohl ein wenig zu viel für ihn.«

Koros' Blick verfinsterte sich. »Was soll ich mit einem alten klapprigen Mann anfangen?«, zischte er wütend.

Feuerwind war irritiert: »Aber Herr, ich dachte, Ihr würdet Euch freuen, dass ich denjenigen gefangen habe, der versucht hat, Eure Pläne zu durchkreuzen?«

»Was weißt du schon von meinen Plänen?«, brüllte Koros.

»Es tut mir Leid, aber ich wollte Euch doch nur einen Gefallen erweisen. Ich hatte bestimmt nicht vor, Euch zu verärgern.«

Koros versuchte seine lodernde Wut unter Kontrolle zu bringen.

»Verschwinde«, presste er leise hervor.

»Aber was ist mit meiner Bezahlung?«

»Ich sagte: VERSCHWINDE! RAUS!«

Feuerwind verstand nicht, warum Koros plötzlich so wütend geworden war. Der Zorn, den er aber in seinem Gesicht sehen konnte, veranlasste ihn dazu, den Kürzeren zu ziehen.

»Also gut. Ich gehe. Aber ich werde wieder kommen. Meine Bezahlung steht noch immer aus. Ich habe zu viel durchmachen müssen, als dass ich auf eine Entlohnung verzichten könnte.«

Verärgert wandte sich der Gorgen ab und verschwand gemeinsam mit seinen Artgenossen, indem sie sich in die Lüfte erhoben und durch das Eingangstor davonflogen.

Der Gefangene, den sie zurückgelassen hatten, musterte aus trüben Augen den Herrscher und seinen engsten Berater.

Koros machte Wrax mit einer kaum wahrnehmbaren Geste deutlich, er solle ihn und den Gefangenen allein lassen. Wrax zögerte einen Moment, weil er erfahren wollte, wer der Fremde war und was er in der Largonen-Festung zu suchen hatte, gehorchte aber dann und ging zurück zum Park.

Dann wandte sich Koros an den Gefangenen: »Wie geht es dir, alter Mann?«

Pais atmete schwer und sah nur verschwommen, wer vor ihm stand. Er war dehydriert. »Ich weiß, wer Ihr seid, und ich weiß, was Ihr vorhabt«, erwiderte er.

Koros grinste kurz und kehrte dann wieder zu seiner ausdruckslosen Miene zurück, die seine wahren Gefühle seinem Gegenüber verbergen sollte.

»Wo ist er?«, fragte Koros.

»Wer? Ich weiß nicht, wen Ihr meint. Ich war allein.«

Der Herrscher schüttelte enttäuscht seinen Kopf. »Ich meine natürlich Antilius. Deinen Gefährten und Freund zu beschützen, ehrt dich. Deine Lügen sind aber in den Wind gesprochen. Noch einmal: Wo ist er?«

»Glaubt Ihr ernsthaft, ich würde es Euch verraten? Selbst, wenn ich wüsste, wo er sich gerade aufhält, würde ich es Euch nicht sagen«, raunte Pais und mied dabei, dem Herrscher ins Gesicht zu schauen.

»Ich weiß. Ich weiß. Er ist durch das Zeittor gegangen. Habe ich recht? Er konnte seiner unbändigen Neugier einfach nicht widerstehen.«

»Das weiß ich nicht. Und das ist die Wahrheit. Ich habe ihn verloren. Ich weiß nicht, wo er ist.«

Koros nickte verständnisvoll. »Ich glaube dir, alter Mann. Ich spüre aber immer noch seine Präsenz, nur kann ich ihn nicht orten. Er ist nicht mehr hier auf dieser Welt, aber ich kann ihn immer noch wahrnehmen. Er hat vor, sich mir entgegenzustellen. Er will mich herausfordern, und er weiß es noch nicht einmal.

Er will die Welt retten, und hat keine Ahnung, wie. Er weiß nicht einmal, wer er eigentlich ist. Er kennt nicht einmal seinen richtigen Namen. Ist das nicht faszinierend?«, fragte er und lächelte dabei befremdlich.

»Ihr redet wirres Zeug«, sagte Pais angewidert.

»Ich verstehe, dass dein begrenzter Verstand nicht in der Lage ist, zu begreifen, worum es geht, alter Mann.«

»O doch! Ich verstehe, dass Ihr das Flüsternde Buch gelesen habt. Für ein dummes Märchen habe ich diese Geschichten gehalten - ein Wesen, das es in grauer Vorzeit gab: der Transzendente.

Ein abscheuliches Wesen, das weder tot noch lebendig war. Grausam war es. Unterdrückte, folterte und tötete alles und jeden, der sich ihm in den Weg stellte. Der Transzendente konnte aber dennoch besiegt werden. Von einer Gruppe mutiger Männer und

Frauen, die ein Portal bauten, welches die Verbindung zu einer anderen Dimension herstellte und dort das bösartige Wesen einsperrte. Und mit ihm die Macht der Transzendenz.

Weil das Tor nicht gänzlich zerstört werden konnte, baute man es auseinander, sodass zwei Tore entstanden. Beide waren jedoch sehr begehrt, weil die Tore Reisen durch die Zeit ermöglichten, und deshalb mussten sie versteckt werden. Und Ihr, Ihr wollt das Portal wieder aufbauen, um die Macht, die es immer noch beherbergt, in sich aufzunehmen. Die Macht des Transzendenten.«

Koros runzelte die Stirn. Dann klatschte er Beifall und grinste spöttisch. »Ja, das war wirklich schon ein wenig zu einfach. Diese Späher sind doch tatsächlich so dumm, dass sie mir freien Zugang zum Tor verschafften, indem sie die Largonen aus ihrer Stadt verbannten.«

»Dann ist es also wahr. Ihr wollt Euch in den Transzendenten verwandeln? Das ist nicht nur verrückt, es auch nichts als purer Größenwahn!«

»Das ist nicht ganz richtig. Damit wird die Legende über den Transzendenten wieder zur Realität, und ich werde Macht erlangen, die du dir in deinen kühnsten Träumen nicht vorstellen kannst, alter Mann!

Ich werde zum *neuen* Transzendenten. Und mit diesem neuen Transzendenten wird auch ein neues Zeitalter anbrechen. Ein Zeitalter, in dem die Späher nichts mehr verloren haben werden. Diese Narren! Das Flüsternde Buch hat es mir so prophezeit. Und bisher ist alles wahr geworden, was es zu mir gesagt hat.«

»Ihr seid wahnsinnig!«, stieß Pais hervor. Der lange Marsch zurück quer durch Truchten unter der Gefangenschaft der Gorgens in den Norden hatte ihm schwer zugesetzt. Ihm schwindelte. Er glaubte jeden Moment, das Bewusstsein zu verlieren.

»Da muss ich dir widersprechen. Ich weiß, wer ich bin und wozu ich in der Lage bin. Verrückt zu werden, das überlasse ich anderen. Nicht jeder dahergelaufene Wicht könnte zum Transzendenten werden. Kein Wahnsinniger könnte das. Das Flüsternde Buch hat viele Jahrhunderte nach einem geeigneten Wirt für die Macht der Transzendenz gesucht, bis es mich gefunden hat. Mich und niemand anderen, verstehst du?

Der erste Transzendente, vor über sechshundert Jahren, war nicht kompatibel mit der Macht. Deshalb scheiterte er und ließ sich besiegen. Aber nun bin ich bereit für diese Aufgabe. Man muss spezielle Fähigkeiten besitzen. Man muss auserwählt sein. Man muss dazu bestimmt sein.«

»Ja, richtig. Fähigkeiten wie Größenwahn und Torheit zählen ganz sicher dazu.«

»Ach, ich spüre deine Kraftlosigkeit und deinen dahinsiechenden Geist, und dennoch versuchst du, mich mit Gespött zu überraschen. Wie erbärmlich.«

Koros nahm daraufhin einen grünen Edelstein von einem seiner Ringe ab, die er an beiden Händen trug, und hielt ihn Pais vors Gesicht.

»Schau her, und du wirst verstehen, alter Mann.«

Koros konzentrierte sich auf den Stein, der auf seiner flachen Hand lag. Der Edelstein begann zu vibrieren. Immer stärker zitterte er in der Hand. Pais trat einen Schritt zurück und schaute ungläubig auf das Geschehen. Koros' Augen starrten auf den Juwel, der immer mehr erbebte, bis er schlagartig zerbrach. Seine Splitter lösten sich langsam in Staub auf.

»*Das* ist eine Voraussetzung für die Macht.«

Pais schwieg.

»Der Einzige, der mich verstehen wird, ist Antilius.«

»Warum er?«

»Weil auch er diese und andere Fähigkeiten besitzt. Er wird mir mit seiner Macht die Stirn bieten wollen. Du glaubst nicht, wie sehr ich mich darauf freue! Ich hoffe nur, er schafft es rechtzeitig. Wenn er auch nur einen Bruchteil dessen erfährt, was in ihm verborgen ist, dann wird auch er über diese und andere Fähigkeiten verfügen können. Aber bis es so weit ist, wird es schon zu spät sein. Er wird sehen, was ich vollbringen werde. Er wird sehen, wie ich zum mächtigsten Wesen des Planeten werde, und dann muss er sein endgültiges Scheitern erkennen und eingestehen. Er, welcher der Letzte sein sollte, der mich hätte stoppen können. Und du wirst mir dabei helfen, ihn scheitern zu sehen«, sprach Koros mit feuchten Augen zu Pais.

»Niemals«, sagte der sofort.

Koros beugte sich leicht vor und schaute ihm tief in die Augen. So tief, dass Pais glaubte, sein Kopf würde von seinem Blick durchbohrt.

»O, doch, du wirst. Du wirst mir helfen. Ich sage dir, was du zu tun hast, und du wirst mich verteidigen, und wenn es sein muss, wirst du dein Leben für mich opfern.«

Pais konnte sein Gesicht nicht abwenden. Er war wie gelähmt. Er wollte dem eisigen Blick des Herrschers entfliehen, aber er konnte nicht. Koros' Stimme hallte in seinem Kopf wider. Immer lauter wurde sie, drang immer tiefer in ihn ein. Sie übertönte alles andere. Sie verhinderte, dass er einen klaren Gedanken fassen konnte. Er konnte überhaupt nicht mehr denken. Da war nur noch diese Stimme.

»Lass mich sehen, was du gesehen hast. Zeige mir, was dich quält. Offenbare mir dein Geheimnis«, sprach Koros, ohne die Lippen zu bewegen. Er war jetzt in seinem Verstand.

Pais konnte sich nicht wehren. Sein Gehirn war eine Kommode von Schubladen. Koros öffnete eine nach der anderen und durchwühlte sie. Gnadenlos. Er durchwühlte seine Erinnerungen. Die guten und die schlechten. Vor allen Dingen die schlechten. Die interessierten ihn am meisten.

»Zeige es mir!«

Nichts blieb mehr verborgen. *»Ah! Was haben wir denn da? Eine Flucht? Du bist von den Ahnenländern getürmt, als du noch jung an Jahren warst. Hast Freunde und Verwandte im Stich gelassen? Wie schrecklich! Aber da ist noch mehr. Mehr!*

Ein anderer. Er hat dir wehgetan. Er hat dich verletzt. Tiefe Schnittwunden in deiner Seele hinterlassen. Wie gemein von ihm!

Was ist denn das? Rachegefühle. Rache gegen ihn? Gegen deinen eigenen Bruder? Aber Rache passt doch nicht zu dir. Du bist kein Mann der Vergeltung.

Aber sie zieht dich an. Versuche, es erst gar nicht zu leugnen. So viele Jahre hast du sie unterdrückt.

Ich kann dir helfen, alter Mann. Ich kann dir bei deiner Rache helfen. Sie wird glorreich sein. Das verspreche ich dir.«

Pais starrte mit leeren Augen ins Nichts.

Er war nicht mehr Pais Ismendahl. Dieser Mann war in die hinterste Ecke seines Geistes gedrängt und konnte nur noch hilflos mitansehen, wie sein neues Bewusstsein geboren wurde, dessen Vater Koros Cusuar hieß.

Das fremde Ich hatte von nun an die Kontrolle über ihn. Es war besessen von dem Gedanken der Vergeltung.

Tödliche Vergeltung für eine Lappalie gegen seinen älteren Bruder, dem Vorsteher des Siebten Hauses der Ahnenländer.

VERLORENEND

Er war angekommen.

Das Erste, was Antilius wahrnahm, war ein leises Rauschen von Blättern im Wind. Es war ein sehr angenehmes Geräusch. Er fühlte sich gut. Sein Geist war von allen Sorgen und Ängsten losgelöst.

Er lag auf dem Rücken. Seine Augen waren geschlossen, und aus irgendeinem Grund fiel es ihm schwer, sie zu öffnen. War es die Schwere, die ihn befallen hatte, oder war es dieses angenehme Gefühl, das ihn wie eine warme Decke umwickelte, das ihn zögern ließ, die Augen zu öffnen?

Wo war er? War er allein?

Antilius wollte den Boden mit seinen Händen abtasten. Er konnte aber keinen Boden fühlen. Unter ihm war nichts, das er fühlen konnte. Er spürte einen Anflug von Beunruhigung. Jetzt war sie doch wieder da - die Angst. Er drehte sich zur Seite, öffnete seine bleiernen Augen und blickte unter sich. Dorthin, wo er den nicht tastbaren Boden vermutete. Doch da war nichts. Weit, weit unter sich sah er ein tiefschwarzes Loch. Seine Augen weiteten sich. Es war kein Loch. Das schwarze Nichts waberte gleichmäßig. Es war Wasser. Wasser überall! Schwarz wie Teer.

Das kann nicht sein! Das ist etwas schief gelaufen, dachte er. *Wie bin ich hierher gekommen?*

Er drehte sich wieder um und schloss seine Augen. Das Säuseln der Blätter. Darauf wollte er sich wieder konzentrieren. Er hatte es doch gehört. Wo war es? Wo waren die Blätter? Oder kam das Rauschen von der wabernden Schwärze unter ihm?

Es gelang ihm, das angenehme Geräusch wieder zu hören. Er versuchte sich vorzustellen, dass er sich genau dort befand, wo diese Bäume waren, durch die der sanfte Wind streifte. Er stellte sich vor, dass er unter einer Gruppe von Trauerweiden lag, und dass ihre tief hängenden Äste dicht über ihm den Wind einfingen.

Seine Hände suchten wieder festen Boden - und fanden ihn. Sand rann durch seine Finger.

Er fasste wieder Mut und öffnete erneut seine Augen. Ein prachtvoller Sternenhimmel breitete sich hinter den Blättern einer Trauerweide über ihm aus. Es war dunkel, aber nicht sehr. Es kam ihm vor wie eine helle Vollmondnacht, aber es gab keinen Mond. Er suchte die Lichtquelle am Himmel, aber er fand sie nicht. Und die Sterne? Es waren keine Sterne. Sie waren größer. Sie strahlten anders und glitzerten auf unnatürliche Weise.

Zögernd stand Antilius auf und schaute sich um. Er befand sich am Rande eines kleinen Waldes, seine Füße versanken leicht in weißem Sand.

Er war nicht mehr auf Thalantia, das spürte Antilius deutlich.

Sollte dies das Ende aller Wege sein? War dies jener Ort, an dem sich alles zusammenfügte? War dies vielleicht sogar eine Art Jenseits?

Er ordnete seine Gedanken. Plötzlich fiel ihm wieder ein, dass er ja nicht ganz allein war. Er hatte den Spiegel noch immer bei sich. Hastig zog er ihn aus seinem Gürtel und schaute hinein. Gilbert war aber nicht zu sehen. Nur das leere Bett, der Stuhl und der Tisch. Das Fenster war geschlossen.

»Gilbert, bist du da?«

Sein Ruf blieb aber ungehört. Gilbert war fort. Er war nicht mehr in seinem Gefängnis, dem Spiegel. Hatte er einen Weg herausgefunden?

Dutzende von Möglichkeiten schwirrten Antilius durch den Kopf, darunter immer wieder eine, die ihm einen kalten Schauer den Rücken hinunterlaufen ließ, sodass er diese Möglichkeit gleich wieder aus seinem Kopf strich. Gilbert war nicht dumm. Womöglich ergab sich für ihn die Möglichkeit, seinem Gefängnis zu entkommen, als Antilius in diese Welt übergetreten war. Er würde es ihm jedenfalls wünschen.

Aber was ist, wenn ...? Wenn er durch das Fenster gestiegen ist? Und dann ...

Im Nichts kann auch nichts existieren.

»Schluss damit! Du musst jetzt das Orakel suchen!«, sagte er sich.

Er prüfte erneut seine Umgebung. Niemand war zu sehen. Kein Mensch. Kein Tier.

War er hier das einzige Lebewesen? Brelius könnte sich auch geirrt haben. Immerhin war er nicht mehr vollständig Herr seines eigenen Verstandes. Hatte er ihn an den falschen Ort geführt?

»Ganz ruhig. Sieh dich erst mal ein wenig um«, beruhigte er sich selbst.

Er ging los. Irgendwohin. Die Richtung bestimmte sein Gefühl.

Er überquerte eine breite und schroffe Hügellandschaft. Dahinter erstreckte sich ein Kornfeld. Alles war in dieses diffuse silbrige Licht getaucht, das keinen speziellen Ursprung hatte. Antilius konnte nicht erkennen, um welche Pflanzen es sich handelte. Alles schimmerte bei dem schwachen Licht in einem verwaschenen Silbergrau. Ein Weg führte am Feld entlang. Er war schnurgerade und schien unendlich lang zu sein.

»Ein befestigter Weg! Also muss es hier doch noch jemanden geben.«

Bestärkt wanderte Antilius ein wenig schneller als zuvor.

Er lief und lief und lief. Der Weg schien kein Ende nehmen zu wollen. Die Landschaft veränderte sich nicht mehr. Ihn beschlich das ungute Gefühl, dass er im Kreis ging, obwohl der Weg immer nur geradeaus zu verlaufen schien. Es sah trotzdem alles gleich aus. Trat er nur auf der Stelle? War das wieder nur eine Illusion, wie vorhin das Meer, über dem er geschwebt zu sein schien? Er suchte nach einem Orientierungspunkt. Aber es gab keinen. Feld und Weg. Mehr nicht. Nichts, was ihm einen Hinweis darauf gab, wo er sich befand, oder wohin er gehen müsste. Er setzte dennoch seine Wanderung fort.

Auf einmal hörte er ein Rascheln neben sich im Feld, das zwar nur etwa hüfthoch war, dafür aber so dicht, dass man nicht hinein sehen konnte. Einige Halme bewegten sich. Was immer es war, es schlich im Schutz des Feldes parallel neben ihm her.

Und das schon seit einer ganzen Weile. Antilius machte Halt. Das Ding im Kornfeld ebenfalls.

»Wer ist da?«

Ein kindliches Gekicher erklang aus dem Feld und bewegte sich nach seinem Ruf rasch von ihm fort. Antilius beschloss, die Verfolgung aufzunehmen. Die zur Seite gestoßenen Halme verrieten den Flüchtling. »Stehen bleiben!«, befahl er laut.

Die Reaktion war wieder ein Kinderlachen. Dieses Mal noch lebendiger. Das Kind, sofern es denn eines war, blieb an einer Stelle im Feld stehen. Antilius hechtete los, um es zu ergreifen. Doch als er die Stelle erreichte, fand er nichts vor. Er durchstreifte die Gewächse mehrmals. Aber es war fort. Irgendwie hatte es ihn ausgetrickst.

Schon wieder Täuschungen. Dummkopf! Lass dich von ihnen nicht in die Irre führen! Was ist hier bloß real, und was nicht?

Antilius atmete einmal kräftig durch. Er wollte wieder zurück zum Weg gehen, doch er konnte ihn nicht mehr ausfindig machen. Er hatte die Orientierung verloren. Das Ding aus dem Feld hatte es geschafft, ihn soweit hinein zu locken, dass er nicht mehr zurückfand, und das, obwohl das Feld gerade mal halb so hoch war wie er selbst. Es war schon ohnehin schrecklich genug, nicht zu wissen, wo Norden und Süden war.

Wieder musste er eine Entscheidung treffen, einfach in irgendeine Richtung zu gehen. Wieder ging er los. Orientierungslos.

Irgendwann und irgendwie schaffte er es, das Kornfeld zu verlassen. Eine weite Ebene lag vor ihm. Doch sie schien an einer Klippe zu enden. Eine Klippe? Oder war es das Ende der Welt? Langsam schritt er auf sie zu. Er konnte bis hier oben die Brandung hören. Es war das schwarze Meer, über dem er zuvor geschwebt hatte. Ein betrübliches Gefühl übermannte ihn, das er sich nicht erklären konnte. Erst am äußersten Rand machte er Halt und schaute in die Tiefe. Es war unheimlich tief. Sein erster Traum von Koros war jetzt wieder voll präsent. Normalerweise hätte Antilius in diesem Augenblick einen Schwindelanfall erlitten, da er etwas unter Höhenangst litt, aber hier, hier war es anders. Alles war anders. Es war nicht real. Es war aber auch kein Traum. Er verspürte keine Angst, in die Tiefe zu stürzen.

Wo war er? Was war dieser Ort, der nach einer mystischen Legende nach, Verlorenend genannt wurde? War es doch ein Traum? Ein Alptraum?

Hier waren Traum und Realität miteinander vermischt. Es gab keine Grenze zwischen diesen beiden Welten.

»Nein, es ist kein Alptraum, Antilius«, sagte eine weibliche Stimme neben ihm.

Verschreckt drehte er sich zur Seite und erblickte eine junge Frau in einem hellen Gewand, die plötzlich neben ihm stand. Antilius war unentschlossen, ob es sich eventuell wieder um eine Art Vision oder ein Trugbild handelte.

Die Frau lächelte. Ihr langes, glattes und dunkles Haar reflektierte das schwache silberne Licht, das keinen Ursprung hatte. Für einen Sekundenbruchteil hatte er das Gefühl, sie zu kennen. Aber dann war dieses Gefühl auch schon wieder weg.

»Weißt du, wo du bist?«, fragte sie ihn.

»Ich bin nicht mehr in der wirklichen Welt, oder?«

»Wo bist du dann?«

»Ich glaube … nein, ich weiß, dass ich in Verlorenend bin. Ich fühle es.«

»Ich habe diese Bezeichnung lange nicht mehr gehört. Aber ja, du hast recht, das ist Verlorenend. Es ist ein eigener Kosmos. Eine Parallelwelt, wenn du es so nennen willst. Bist du freiwillig hier?« Antilius schaute sein Gegenüber verdutzt an. »Was für eine merkwürdige Frage. Ich glaube, ich kann sie dir nicht beantworten.«

»Dann ist es richtig, dass du hier bist. Als ich hierher kam, wusste ich ebenfalls nicht wieso. Ich konnte mich lange Zeit an nichts aus meinem früheren Leben erinnern. Niemand weiß genau, wie man nach Verlorenend kommt. Es heißt, es schaffen nur die Auserwählten. Aber soweit ich weiß, ist es schon sehr lange her, dass jemand hierher gefunden hat«, sagte die Frau.

Ihre Stimme war gleichmäßig sanft, und sie sprach sehr leise. Sie schien in sich zu ruhen. Sie stand mit dieser Umgebung im Einklang. Sie war ein Teil von ihr. Antilius glaubte nicht, dass sie ihm irgendetwas vorspielte. Es fiel ihm sonst schwer, andere Menschen nach nur kurzer Zeit richtig einzuschätzen, aber bei ihr war er sich ziemlich sicher, dass sie nichts Böses im Schilde führte.

Er schaute sie lange und fasziniert an. »Subjektiv betrachtet hatte ich keine Wahl«, sagte er. »Wenn ich ehrlich bin, wollte ich etwas über mich selbst erfahren. Deshalb bin ich nach Truchten gereist, dort wo alles begann. Und jetzt? Jetzt ist der ganze Planet in Gefahr. Ich bekomme gesagt, ich hätte besondere *Augen* und ich wäre der Einzige, der noch etwas bewirken könnte, ein Unheil abzuwenden. Wie sollte ich da nein sagen?«

»Ich weiß, warum du hier bist. Du zweifelst an dir selbst?«

»Ich bin bisher nur Menschen und Wesen begegnet, die so viel mehr wissen als ich. Ich sehe nur die Spitze eines Eisbergs. Ich weiß nicht, ob ich jemals den ganzen Berg sehen werde. Ich verstehe einfach nicht, was ich mit der Sache zu tun habe.«

»Deine Rolle, die dir zugetragen worden ist, ist mannigfaltig. Du verlangst von dir selbst zu viel. Du bist schon so weit gekommen. Du hast dich auf die Suche nach deinem Schicksal begeben. Nur wenigen ist dies bisher gelungen«, erklärte sie und schaute dabei aufs Meer hinaus.

»Da siehst du es! Auch du weißt mehr über mich als ich selbst.«

»Ich weiß nur das, was ich aus deinen Gefühlen herauslesen kann. Die Antworten werden kommen. Lass ihnen nur Zeit. Es ist deine Bestimmung, hierher zu kommen. Ich habe deine Ankunft vorhergesehen.«

Für ein paar Sekunden schauten beide nebeneinander stehend auf das Meer. Es war so sehr dunkel und doch besaß es eine gewisse Schönheit. Es hatte eine beruhigende Wirkung.

»Und wer bist du?«, wollte Antilius dann wissen.

Die Frau warf ihm einen fragenden Blick zu.

»Wie heißt du?«, fragte er nach.

Die Frau wirkte erstaunt. »Ich hatte einmal einen Namen, aber der ist hier bedeutungslos geworden. Wir brauchen hier keine Namen aus unserem früheren Leben.«

»Und wie redet ihr euch dann an?«

Die Frau lachte daraufhin. »Komm! Ich zeige dir mehr von dieser Welt.«

»Ich muss aber zum Orakel«, sagte Antilius energisch.

»Ja, ich weiß. Ich werde dich auch zu ihm führen. Aber noch ist es zu früh.«

Antilius stimmte nur zögerlich zu. Er war neugierig auf das Unbekannte und er war froh, dass er nicht alleine war. Er vermisste seine Heimat, aber ein Novum für ihn war, dass er Gilbert noch mehr vermisste. Erst jetzt wurde ihm bewusst, wie sehr er sich an ihn gewöhnt hatte.

REGENERATION UND WIEDERVEREINIGUNG

In Verlorenend, einer Welt zwischen der endlichen Wirklichkeit und der Endlosigkeit der Träume, schritt Antilius dem Unbekannten entgegen.

»Wann wird es hier hell?«, fragte er seine Begleiterin.

»Es gibt hier keine Sonne, die auf- oder untergehen könnte. Die Lichtverhältnisse hier sind so, wie du es für dich gerade wahrnimmst. Für mich ist alles ganz normal.« Die Frau ohne Namen musste ein wenig grinsen.

»Wieso lachst du? Ich bin schließlich neu hier«, verteidigte er sich ein wenig flachsend.

»Entschuldige. Ich fand es nur amüsant, weil du doch eigentlich bereits alles weißt.«

»Ich weiß nichts über diese Welt. Ich kann mich nicht einmal an meine eigene Vergangenheit erinnern. Aber davon wusstet du wahrscheinlich auch schon, bevor wir uns getroffen haben.«

Die Namenlose nickte und grinste dabei ein wenig. »Warte nur. Du wirst es noch begreifen. Und was deine Vergangenheit betrifft: Das Orakel wird dir vielleicht helfen können. Versprechen kann ich es dir aber nicht. Hab Geduld, Antilius.«

»Wenn du meinst. Und womit vertreibst du dir die Zeit, wenn du nicht gerade unwissende Neuankömmlinge verunsicherst?«

»Zeit?«

»Ja. Kennst du das etwa nicht?«

»Es gibt hier keine Zeit. Zeit ist bedeutungslos.«

Antilius blieb stehen. »Moment Mal! Soll das etwa heißen, dass hier die Zeit stehen geblieben ist und es deshalb nicht hell wird?«

»Nein. Die Zeit schreitet nicht voran. Sie bleibt auch nicht stehen. Es gibt sie nicht, zumindest nicht in dem Sinne, wie auf Thalantia. Die Zeit kann diesen Ort nicht erreichen, wenn du es so verstehen willst.«

»Keine Zeit? Wie können wir aber dann hier ohne Zeit überhaupt existieren?«

»Hier kann alles existieren. Alles lebt. Du kannst diese Welt nicht mit deiner vergleichen. Verlorenend ist ein Multiversum von unendlich vielen Möglichkeiten. Du wirst seine Wahrheit schon noch verstehen, glaube mir.«

Antilius seufzte. Wieder überkam ihn das Gefühl, die Namenlose irgendwoher zu kennen. Er würde sie noch danach fragen, aber nicht jetzt.

Eine ganze Weile lang gingen er und die schöne, merkwürdige Frau nebeneinander her, bis sie vor einem kleinen Holzhaus Halt machten. Zu Antilius' Verwunderung war es das einzige Haus weit und breit. Im Gebäude brannte kein Licht.

»Was denkst du, wenn du das Haus betrachtest?«, wollte die Namenlose neugierig wissen.

Antilius begriff nicht, worauf diese Frage abzielte. Vielleicht war es eine Art Prüfung. »Ich weiß nicht. Ein einsames Haus. Klein. Aus Holz. Ein bisschen heruntergekommen.«

»So ist es. Es fühlt sich nicht gut«, flüsterte sie.

Antilius legte die Stirn in Falten und senkte auch seine Stimme: »Was? Das ist ein Haus. Ein Haus! Was soll es denn fühlen?«

»Ich habe dir doch gerade gesagt, dass hier *alles* lebt. Das gilt auch für das Haus. Alles hat eine Seele.«

Antilius musterte daraufhin mit zweifelnder Miene die Holzhütte erneut. Es machte keinen lebendigen Eindruck. Er zuckte mit den Achseln. »Tja, wenn es sprechen könnte, würde ich dir vielleicht glauben«, lästerte er.

»Warum sprichst du dann nicht mit ihm?«

Antilius fühlte sich auf den Arm genommen. »Das kann ich ja gerne tun, aber es würde mir mit Sicherheit nicht antworten. Und du würdest mich mit Sicherheit wieder auslachen.«

»Du musst es nur wollen«, insistierte die Unbekannte. Ihr Mienenspiel war ernster geworden. Dennoch wirkte sie gelöst.

»Da verlangst du zu viel von mir«, warf er ein und machte Anstalten weiterzugehen, aber plötzlich vernahm er aus dem Haus ein Grollen. Antilius drehte sich wieder um und erstarrte:

Das Haus bewegte sich. Holzbalken bogen sich ächzend. Späne wurden aus den Ritzen gedrückt. Zwei Fenster unter dem Dachfirst leuchteten auf. Sie sahen aus, wie zwei Augen.

Das Haus bekam ein Gesicht.

»Ach, mir geht es gar nicht gut«, brummte das Haus mit einer unglaublich tiefen Stimme, wobei es die Worte nur sehr langsam herausbrachte.

Antilius blieb in seiner Erstarrung festgefroren. Seine unbekannte Begleiterin jedoch grinste wieder nur hinter vorgehaltener Hand.

»Das ... das ist ein Trick«, stammelte Antilius.

»Ich wünschte, es wäre einer«, murrte das Haus weiter. Ein schrecklich lauter und bodenerschütternder Hustenanfall schloss sich dem letzten Satz an. Aus dem Schornstein stieß stoßweise Rauch auf.

Fassungslos schaute Antilius seine Begleiterin an.

»Willst du es nicht fragen, warum es ihm nicht gut geht?«, fragte sie.

Antilius stockte der Atem. Er konnte es nicht glauben. Wenigstens war es kein Monster aus dem Dunklen Tunnel.

»Was hast du, altes Haus?«

»Ich fühle mich so alleine. Und außerdem habe ich einen schlimmen Husten.« Zur Bestätigung hustete das Haus erneut kräftig. Fast so, als suchte es Mitleid. Nein, nicht fast so - es wollte Mitleid.

»Warum bist du allein?«

»Mein Besitzer ist fort. Er hat mich schon seit Ewigkeiten nicht mehr sauber gemacht. Alles ist voll Staub. Und gelüftet hat er mich auch noch nie. So kann man mich doch nicht behandeln! Das ist einem Haus wie mir doch nicht würdig, oder?«

»Nun, äh, sicher nicht.«

Das Haus prustete wieder und brauchte lange, bis es sich gefangen hatte. Es sah wirklich bemitleidenswert aus - für ein Haus.

»Ich mache das nicht mehr länger mit«, jammerte es.

»Was willst du tun?«

»Ich werde verschwinden. Ich werde mich klammheimlich aus dem Staub machen. *Das* werde ich tun. Vielleicht ist das meinem Besitzer mal eine Lehre, wenn er wieder betrunken nach Hause kommt und merkt, dass sein Heim plötzlich verschwunden ist. Das wäre doch eine gerechte Strafe. Ich habe schon früher darüber nachgedacht, heute jedoch werde ich Ernst machen. Du wirst mich doch nicht verraten, oder?«

Das Haus besaß zwar kein Gesicht, aber Antilius hatte das Gefühl, dass ihn die leuchtenden Fenster verschwörerisch fixierten.

»Ich werde dich bestimmt nicht verraten«, versicherte er zügig.

»Ich auch nicht«, bestätigte die Namenlose mit allem nötigen Ernst.

Das Haus erzitterte daraufhin und erhob sich ächzend. Antilius konnte es kaum fassen, aber dieses wundersame Haus besaß so etwas Ähnliches wie Beine. Es waren dicke Holzbalken, die sich so stark bogen, dass Antilius fürchtete, sie würden brechen und das Haus wurde in sich zusammenstürzen.

»Also gut. Ich verschwinde. Ihr habt mich nicht gesehen, klar?«, sagte das Haus schließlich.

Antilius musste schmunzeln. Ein Haus wie dieses konnte sich wohl schlecht irgendwo hinter einem Baum verstecken. Außerdem würde es wohl auffallen, wenn ein Haus die Landschaft durchwanderte. Aber er wollte es nicht entmutigen. »Ich habe nichts gesehen«, sagte er.

Das Haus verabschiedete sich mit einem Hustenanfall und stampfte gemächlich davon und hinterließ dabei einen tief zerfurchten Acker. Antilius und die namenlose Frau schauten ihm hinterher. Irgendetwas murmelte das Haus noch, als es sich entfernte, es war aber nicht mehr zu verstehen. Wahrscheinlich verfluchte es seinen Besitzer.

»Das ist schon amüsant. Ein sprechendes Haus. Langsam gefällt mir dieser Ort hier.«

»Wenn du willst, kannst du mit allem hier sprechen. Du kannst mit Menschen sprechen, mit Tieren, Pflanzen oder mit Gegenständen. Alles ist beseelt. Es gibt keine Ausnahmen, sondern nur Möglichkeiten. Aber du musst es auch *wollen*«, sagte die Namenlose mit ernstem Gesicht.

»Du meinst, das Haus konnte nur mit mir reden, weil ich mir vorgestellt habe, dass es mit mir sprechen kann?«

»Nun, so ähnlich. Aber man kann es so ausdrücken. Erinnerst du dich, wie du mit dem Sandling gesprochen hast?«

»Ja, natürlich. Woher weißt du davon?«

»Der Sandling hat mir gesagt, dass du bald hier eintreffen würdest. Er spricht nicht mit jedem. Nur jene, die frei von Vorurteilen sind, können mit ihm reden.«

»Niemand ist frei von Vorurteilen. Auch ich nicht«, sagte Antilius aufrichtig.

»Tief in dir drin, bist du es. Und genau das ist die Voraussetzung, um mit dem Haus und allem anderen, das es hier gibt, zu sprechen und mit ihm zu leben.«

Antilius glaubte, einen Einfall zu haben. War es das? War das die Lösung?

»Ist diese Fähigkeit, das Unmögliche zu akzeptieren, das, wonach ich suche? Sich mit ihm auseinanderzusetzen?«

»Er ist mehr als das. Du besitzt noch mehr Fähigkeiten, die dir nur noch nicht bewusst sind.«

Antilius' Gesichtsausdruck signalisierte der Namenlosen, dass er ihr nicht glaubte.

»Wenn du nicht daran glaubst, wirst du deine Aufgabe nicht erfüllen können. Es würde schon ausreichen, wenn du dich nicht dagegen wehrst. Das ist der erste Schritt.«

»Ich bin bereit. Ich bin bereit zu lernen. Und ich werde glauben. Wo kann ich das Orakel finden?«, fragte Antilius jetzt wieder ungeduldig. Die Frage schien die Unbekannte zu überraschen.

»Dafür ist es noch zu früh«, sagte sie schnell.

Seine Miene verlangte nach einer Erklärung.

»Kurz nachdem du durch das Zeittor gereist bist, hat Koros es gestohlen, um es mit einem weiteren Tor zu einem Portal zusammenzubauen. Ist er erfolgreich, könnte er die ganze Welt vernichten, weil er nicht weiß, womit er es zu tun hat. Er könnte sogar für diesen Ort, für Verlorenend, eine ernsthafte Gefahr werden. Ihm ist zwar die Existenz dieses Ortes vermutlich nicht bewusst, aber er kann *dich* wahrnehmen. Und wenn er dazu fähig ist, dann könnte er auch herausfinden, wo du dich befindest. Deshalb ist es wichtig, dass du lernst, dich geistig von ihm abzuschirmen. Du musst einen Schutzschild aufbauen, um dich und die Bewohner von Verlorenend zu beschützen.«

Antilius ließ sich einen Moment Zeit, um über die Worte der namenlosen Frau nachzudenken.

»Du bist hier, um zu lernen, deine Fähigkeiten zu benutzen. Ich werde dich lehren. Erst danach wirst du das Orakel sprechen können, ansonsten würdest du nicht verstehen, was es dir erzählt. Das Orakel wird dir den weiteren Weg, den du gehen musst, weisen.«, sagte sie und wartete gespannt auf eine Reaktion.

»Wie lange wird das dauern? Koros könnte doch theoretisch jeden Augenblick das Portal öffnen und die Macht der Transzendenz befreien.«

»Vergiss nicht, was ich dir gesagt habe. Zeit spielt hier keine Rolle. Deine Ausbildung wird so lange dauern, wie es erforderlich sein wird. Wenn du in deine Welt zurückkehrst, um Koros aufzuhalten, dann wird es zum richtigen Moment sein. Ich habe es vorhergesehen, dass du zum richtigen Zeitpunkt dort sein wirst.«

Antilius war skeptisch. Er schwankte zwischen Glauben und Misstrauen. Andererseits hatte er keine andere Wahl. Er musste ihr vertrauen. Er fühlte sich in dieser fremden Wirklichkeit wie ein hilfloses Baby. Er war auf sie angewiesen.

»Du kannst Dinge vorhersehen?«, fragte er.

»Nur vage. Und nur mit Hilfe des Orakels. Wenn ich etwas sehe, dann sind es meist mehrere Versionen des jeweils selben Geschehens. Aber meistens gelingt es mir, die richtige Version herauszufinden.«

Die Frage aller Fragen: »Werde ich erfolgreich sein?«

»Das kann ich nicht sagen. Ich habe nur ein Gefühl. Eine unschlüssige Vision. Ich möchte dich nicht verunsichern. Ich sehe viel Widersprüchliches. Ich spüre allerdings, dass Koros sich deiner Gedanken bewusst ist. Das ist sicher. Er erwartet dich bereits und hat Vorbereitungen getroffen. Es wird ein harter Kampf«, flüsterte sie mit traurigem Gesicht. Sie machte ihm damit nicht gerade Mut.

»Warum besitzt er diese besondere Verbindung ausgerechnet zu mir?«, fragte er.

»Weil ihr beide etwas gemeinsam habt. Er ist fähig, diejenigen, die über die besonderen Fähigkeiten verfügen und sie benutzen, wahrzunehmen, egal, woher sie kommen und egal, wer sie sind. Fähigkeiten, die auch er beherrscht. Er selbst hat diese Begabungen vererbt bekommen. Deshalb hat er dich auch erst vor Kurzem bemerkt, als du nach deiner Ankunft auf der Fünften Inselwelt ihm unbewusst deine Fähigkeit offenbart hast. Damit hat er nicht gerechnet.«

Antilius' Kehle fühlte sich an wie ein ausgetrocknetes Flussbett.

»Ich habe noch eine Frage an dich«, begann er.

Die namenlose Frau schaute ihn geistesabwesend an. Aber sie hörte zu.

»Was ist, wenn ihr euch alle geirrt habt? Der Sandling, Brelius und du. Was ist, wenn ich keine besonderen Fähigkeiten besitze. Was ist, wenn es nur Zufall war, dass Koros mit mir Kontakt aufnahm. Er könnte sich auch irren.«

»Lass deine Worte in deinem Innersten widerhallen. Höre dir selber genau zu. Wiederhole, was du eben bezweifelt hast und dann sage mir, was du glaubst.«

Er antwortete prompt: »Ich kann es nicht erklären, aber ich fühle, dass es kein Zufall war, was bisher geschehen ist. Ich werde es versuchen. Ich will lernen und muss herausfinden, wer ich bin.«

»Du bist ehrlich. Das ist sehr gut«, freute sich die Namenlose.

Antilius nickte entschlossen und wollte so tun, als hätte er keine Angst. Aber als er darüber nachdachte, dass er die Frau nicht ohne weiteres täuschen konnte, ließ er es wieder bleiben. Im Übrigen war es wenig sinnvoll, sich selbst etwas vorzumachen.

»Also? Wo fangen wir an?«, fragte er stattdessen.

»Das musst du bestimmen. Überlege, welches Ereignis dich in der letzten Zeit am meisten emotional bewegt hat.«

»O, da gibt es so einiges«, stöhnte Antilius. Er ließ die letzten Tage Revue passieren. In dem Speisesaal bei den Largonen hatte er schwere Ängste durchlitten. Vom Dunklen Tunnel ganz zu schweigen. Oder die Trauer beim sterbenden Sandling. Aber dann fiel ihm das Ereignis ein, bei dem er die stärksten Gefühle empfunden hatte. Nichts hatte ihn für endlos scheinende Sekunden so gefesselt, wie das Eine. »Bei meiner Ankunft auf Truchten gab es etwas, das mich sehr beeindruckt hat.«

»Was war es?«

»Eine Blüte. Ich weiß, das klingt merkwürdig, aber so war es. Es war eine kleine rot leuchtende Blume mit kreisrunden Blütenblättern. Ich konnte mich gar nicht von ihrer Schönheit abwenden. Aber ihre Schönheit war nicht das Einzige. Ich habe etwas gehört. Eine Stimme. Sie schien von weit weg zu kommen. Ich glaube sie …«

»… kam aus der Vergangenheit? Aus der Vergangenheit, an die du dich nicht mehr erinnern kannst?«, fragte seine Begleiterin mit leuchtenden Augen.

Antilius wurde blass und bekam plötzlich eine Gänsehaut. »Ja«, sagte er tonlos. »Ja, ich glaube, so war es.«

Die Frau drehte sich um und pflückte etwas vom Boden.

»War es so eine?« Sie hielt ihm eine graue verwelkte Pflanze vor die Nase, die nur noch entfernt an eine Blume erinnerte. Aber Antilius erkannte, dass es sich um die gleiche Gattung handelte, die er in der Nähe des kleinen Schienenbahnhofs gefunden hatte.

»Ja. Das kann schon sein. Sie sah allerdings nicht so armselig aus wie die hier.«

»Dann versuche, ihre Kraft und ihre Schönheit zurückzuholen. Und frage mich nicht, wie du es anstellen sollst, sondern versuche es einfach.«

Er befolgte ihre Anweisungen und protestierte nicht, obwohl er keine Ahnung hatte, was er jetzt tun sollte. Er konzentrierte sich auf die verwelkte Blume und stellte sich vor, wie sie aussehen würde, wenn sie gesund sein würde.

Eine ganze Zeit passierte nichts. Antilius bemühte sich, sich noch intensiver auf die Blume zu konzentrieren, aber es half nichts.

»Ich kann es nicht«, klagte er kurzatmig.

»Du darfst dich nicht unter Druck setzen. Du musst es einfach nur wollen.«

Er versuchte es wieder, und dann geschah es auch sogleich. Allmählich richtete die Blume sich auf, sie gewann wieder an Farbe und Stärke und das so weit, dass sie trotz des schlechten Umgebungslichts rot leuchtend in der Hand der namenlosen Frau lag.

Antilius war überwältigt. Er hatte ein Wunder vollbracht.

»Siehst du jetzt, dass du es kannst? Du besitzt die Fähigkeiten, von denen ich sprach.«

»Ich kann es kaum glauben!«

»Das war der erste Schritt. Das sollten wir feiern!«

»Was stellst du dir vor?«

»Bei den zehn Wasserfällen gibt es eine Taverne. Eine Gruppe Beluvianer gibt dort heute ein kleines Konzert.«

»Ihr macht Musik? Hört sich gut an! Ein wenig Entspannung könnte ich schon vertragen.«

Kurz bevor die beiden die Taverne neben den Wasserfällen, die durch eine Anhöhe verdeckt wurden, erreichten, fiel Antilius sein Spiegel wieder ein. Und Gilbert, den er vermisste.

Und in seinem Kopf ging das Gespenst um, das ihm zuflüsterte, dass irgendetwas nicht stimmte. Nur was war es?

Eins nach dem anderen.

»Ich würde noch gerne etwas wissen«, begann er. »Ich lernte auf der Fünften Inselwelt jemanden kennen. Sein Name ist Gilbert. Er war ein Spiegelgefangener, und er hat mich während meiner ganzen Suche nach dem Sternenbeobachter begleitet und mir auch sehr geholfen.«

»War er dein Freund?«

»Ja. Ja, er ist mir ein sehr guter Freund geworden. Ich habe ihn verloren, als ich in diese Welt eintrat, nachdem ich diejenige, in der sich Brelius befand, verlassen hatte. Er war einfach aus dem Spiegel verschwunden. Hast du eine Ahnung, was mit ihm passiert sein könnte?«

Seine Begleiterin schwieg. Ihr beklemmendes Schweigen wurde nur durch das leise Rauschen der Wasserfälle hinter dem Hügel aufgeweicht. Antilius interpretierte es als Unwissenheit über das, was Gilbert zugestoßen sein könnte. Er fühlte sich verantwortlich für seinen Freund und jetzt auch schuldig, dass er ihn mit in diese Sache hineingezogen hatte.

Doch dann lächelte die Namenlose ihn an, ohne etwas zu sagen. Antilius war wieder einmal verwirrt.

Sie sah seine Verwunderung und schaute daraufhin hinüber zum Hügel. Antilius spähte ebenfalls dorthin, vermochte jedoch nicht, etwas zu entdecken.

Rufe erklangen. Ganz schwach. Sie gingen fast unter dem Rauschen der Wasserfälle unter. War es ein Hilferuf? Antilius lauschte genauer. Nein, es klang so, als ob jemand lachen würde. Nun war seine Neugier geweckt, und so tigerte er eilig zur Hügelspitze. Die Namenlose folgte ihm.

Der Anblick der zehn Wasserfälle war überwältigend. Sie waren nur knapp fünf Meter hoch und ergossen sich in einen kleinen See. Das aufgeschäumte Wasser sah in dem diffusen Umgebungslicht aus wie geschmolzenes Silber. Jemand badete darin. Er planschte in voller Bekleidung wie ein kleines Kind im Wasser, tauchte unter und sprang wieder heraus und gab dabei Rufe der Freude zum Besten.

Antilius erkannte die Stimme. Der andere im Wasser bemerkte die beiden Personen, die auf dem Hügel standen und ihn beobachteten. Er schaute zu ihnen hinauf.

Antilius traute seinen Augen nicht, wer ihn in diesem Moment von da unten ansah.

Aufgedreht suchte er eine Erklärung bei seiner Begleiterin, wobei er sie mit strahlenden Augen anschaute, aber kein Wort herausbringen konnte. Er brauchte die Frage nicht zu stellen. Sie gab ihm die Auflösung für das Wunder, das er nicht für möglich hielt.

»Hier in Verlorenend gibt es keine Gefängnisse«, sagte sie schlicht.

Unendliche Freude und Erleichterung überkamen ihn.

»Gilbert, ich bin es!«, schrie er aus Leibeskräften.

Gilbert winkte herauf. Der Meister durfte erleben, wie sein Freund den Zauber der Freiheit erleben durfte. Nach einer so langen Zeit der Gefangenschaft, deren Dauer er nur erahnen konnte, wurde es Gilbert ermöglicht, wieder das Gefühl der Freiheit zu spüren. Antilius wusste praktisch nichts über die Vergangenheit seines Freundes. Nicht einmal, wie er in den Spiegel gekommen war. Es war absurd, denn obwohl er bislang so wenig über ihn in Erfahrung bringen konnte, hatte er doch das Gefühl, einen guten alten Freund wiederzusehen.

Gilbert erkannte seinen Meister. Er stürmte in klatschnasser Garderobe auf ihn zu.

Schließlich standen sie sich gegenüber. Auge in Auge. Es gab kein Glas mehr, keine Wand, die sie trennte. Keine unterschiedlichen Proportionen. Antilius empfand es als ungewöhnlich, Gilbert plötzlich so groß zu sehen. Durch den Spiegel wirkte er immer klein und verletzlich. Gilbert erging es ähnlich, nur umgekehrt: Antilius war für ihn kleiner, als er es gewohnt gewesen war.

Sie umarmten sich.

»Du siehst gut aus«, sagte Antilius, ohne seinen Freund loszulassen.

»Ich habe mich noch nie so gut gefühlt wie jetzt«, sagte Gilbert.

»Wie hast du das bloß angestellt, aus deinem Gefängnis zu entkommen?«

»Ich habe nichts gemacht. Von einer Sekunde auf die andere erwachte ich hier neben den Wasserfällen. Es ist ein Wunder.«

»Ich freue mich für dich. Darf ich vorstellen? Das ist ... äh ... ich weiß ihren Namen nicht. Sie hat keinen.«

Gilbert machte ein verdutztes Gesicht und beäugte die fremde Frau.

»Ist schon in Ordnung«, beschwichtigte sie. »Ich freue mich, dich kennen zu lernen, Gilbert. Du hast die Freiheit verdient. Ich habe noch nie von jemandem gehört, der es so lange in einem Spiegelgefängnis ausgehalten hat wie du.«

Gilbert zog misstrauisch die Augenbrauen runter. »Woher weißt du, dass ich…?«

»Lass mal gut sein. Wir werden dir gleich alles erklären, obwohl ich bei der ganzen Geschichte auch noch nicht ganz durchgestiegen bin«, sagte Antilius überschwänglich.

»So, so. Du hast keinen Namen?«, wunderte sich Gilbert.

Die Frau schüttelte den Kopf.

»Sie braucht hier keinen Namen, wie sie selbst sagt«, ergänzte Antilius.

»Es wäre aber schön, wenn wir sie irgendwie ansprechen könnten. Wir wäre es, wenn wir dir einen Namen geben?«

Die Namenlose war verblüfft über diesen ungewöhnlichen Vorschlag, wollte zunächst ablehnen, entschied sich dann aber um. Einen Namen zu haben, war ein verlockender Gedanke. Wie lange war es her, dass sie einen Namen hatte?

»Also gut. Was schlagt ihr vor?«, fragte sie auffordernd.

Antilius fiel kein passender Name ein, wohl aber Gilbert: »Wie wäre es mit Tahera?«

»Woher hast du denn den Namen?«, fragte Antilius zweifelnd.

Gilbert war mit einem Mal ganz woanders. Ein Schatten bildete sich auf seinem Gesicht. Ein Schatten einer Erinnerung. Sein Körper war zwar jetzt befreit in Verlorenend, aber seine Gedanken waren weit weg. »Ich … ach, er ist mir nur so eingefallen«, sagte er mit leeren Augen.

»Also mir gefällt er«, sagte Tahera.

»Sehr gut. Dann können wir jetzt in die Taverne gehen und auf die Freiheit anstoßen«, meinte Antilius.

Gilbert bekam leuchtende Augen. »Eine Taverne? Bier! Du meine Güte! Wie lange habe ich kein Bier mehr getrunken?«, sagte er. Der Schatten auf seinem Gesicht, der Antilius nicht entgangen war, verschwand. Aber er verschwand nicht ganz. Auch das konnte Antilius sehen. Und als er darüber nachdachte, welche Bedeutung dahinter stecken könnte, wurde ihm klar, dass ein Hauch dieses Schattens schon immer da gewesen war.

Er hatte ihn bis heute nur noch nicht bemerkt.

KEIN PLAN, KEINE ARMEE UND KEIN MUT

Von wegen feige! Nichts brachte ihn so sehr in Rage, wie als Feigling tituliert zu werden. Und dies kam nicht selten vor.

Dabei war er wirklich nicht gerade das, was man als mutig bezeichnen würde. Und beim ersten Anzeichen von Gefahr machte er sich stets aus dem Staub. Das war wohl ein angeborener Reflex seiner Spezies. Dies machte er sich stets glauben.

Aber ob mutig oder nicht, sein Fluchtinstinkt hatte ihm mit absoluter Sicherheit das Leben gerettet. Wenn es darauf ankam, dann konnte er rennen. Schneller als alle anderen. Sogar schneller als die Piktins. Haif Haven hatte einen rekordverdächtigen Spurt hingelegt. Er hatte diese blutrünstigen Viecher einfach abgehängt. Das glaubte er zumindest.

In Wirklichkeit war es so, dass zwei der Piktins ihn zunächst verfolgt hatten und ihn dann als einen köstlichen Mitternachtsimbiss verspeisen wollten. Doch dann verloren sie aus irgendeinem Grund das Interesse an ihm. Die meisten der Piktins hatten sich entschieden, Antilius zu verfolgen.

Der arme Antilius. Hat er mich doch vor den Gorgens gerettet. Würde mich wundern, wenn er das überlebt hat, dachte Haif traurig.

Alle Piktins wollten sich auf Antilius stürzen. Sie mussten gespürt haben, dass er anders war als die anderen. Dass er etwas Besonderes war. Ein besonderer Mitternachtsimbiss.

So lange und so schnell, wie Haif gelaufen war, musste er bestimmt mehrere Pfund Fett verloren haben.

Tagelang war er in heller Panik durch die Wälder zurück nach Fara–Tindu gelaufen. Irgendein innerer Kompass musste ihn geleitet haben. Anders konnte er sich nicht erklären, wie er dorthin gefunden hatte.

Nachdem er die Stadt erreicht hatte, erholte er sich in einem Gasthaus schnell von den beispiellosen Strapazen. Sortaner waren ein unverwüstliches Völkchen.

Eigentlich wollte er sich allmählich wieder auf den Heimweg nach Itap-West machen, doch die physische Erholung, die sich bei ihm einstellte, ging nicht mit der psychischen einher. Er war einfach weggerannt. Er hatte seine Retter zurückgelassen. Er hatte sie im Stich gelassen. Er dehnte, bog und zerschnitt diese Unwiderlegbarkeit in schlaflosen Nächten. Er konnte sie jedoch nicht eliminieren. Sie war nun einmal da. Er würde mit ihr leben müssen.

Für den Rest meines Lebens.

Er hatte sich eingeredet, dass seine Retter sehr gut ohne ihn zurechtkommen würden, dass sie irgendwie die Piktins bezwingen konnten, aber es half nicht, die Schuldgefühle wegzuwischen.

Ein paar schlaflose Nächte später erfuhr Haif eher durch einen Zufall von einem guten Bekannten, dass der Herrscher Koros Cusuar in seinem kleinen Reich etwas Unheilvolles plante. Es hieß, die Gorgens würden ihn unterstützen. Zusammen wollten sie die Ahnenländer überfallen. Sie hätten etwas aus der Largonen-Festung gestohlen und dem Herrscher einen menschlichen Gefangenen offeriert, den sie dort entdeckt hatten. Haif wusste ganz genau, was sie gestohlen hatten.

Gerüchte verbreiteten sich auf der Fünften Inselwelt äußerst rasch. Tatsachen, so wusste es Haif aber besser, verbreiteten sich doppelt so schnell.

Ein menschlicher Gefangener.

Eine Stimme in seinem Kopf flüsterte:

»Na und? Menschen! Was kümmern dich die Menschen? Was haben Menschen jemals für dich getan? Warum solltest du etwas für sie tun?«

Aber es gab noch eine andere Stimme, die sagte:

»Du kannst den Menschen nicht im Stich lassen. Du hast es schon einmal getan. Einmal zu viel. Das ist deine Chance, es wieder gutzumachen. Du musst etwas unternehmen. Oder willst du, dass sie alle wieder mit dem Finger auf dich zeigen und ,Feigling! Feigling!' brüllen?«

Beide Argumente waren für Haif von Bedeutung. Das zweite aber noch mehr.

Er besaß keinen Plan, keine Armee und keinen Mut. Dennoch wollte er wenigstens mal nachsehen. Er wollte zum Anwesen von Koros Cusuar gehen und schauen, ob der Mensch noch lebte. Um wen es sich wohl handelte? Pais oder Antilius?

Und vielleicht, vielleicht fiele ihm dann etwas ein. Auf jeden Fall wollte er mal nachsehen. Konnte ja nicht schaden. Da konnte nicht viel passieren.

Haif wollte natürlich kein Risiko eingehen, aber er musste gehen und herausfinden, wer der Mensch war, den Koros gefangen hielt, und ob es ihm gut ging.

Haif ging einkaufen. Er rüstete sich mit allerlei Utensilien aus. Ausreichend Proviant war natürlich das Wichtigste. Ein paar kleine Klingen für die Gorgens. Gift für die Piktins und natürlich noch ein Fernrohr, denn das alte hatte er beim nächtlichen Überfall der Piktins unfreiwillig zurückgelassen.

Wäre Haif nicht in Fara-Tindu geblieben und stattdessen nach Itap-West gegangen, dann wäre er vermutlich umsonst zum Reich des düsteren Koros Cusuar gereist. Denn eine Nachricht erreichte Fara-Tindu als eine der ersten Städte auf Truchten: Koros war mittlerweile mit seiner Armee zur Barriere von Valheel aufgebrochen.

Haif rechnete nach: Seit seiner Rückkehr nach Fara-Tindu waren jetzt vierzehn Tage vergangen. Koros Cusuar schien es sehr eilig zu haben. Er musste in Windeseile eine Armee zusammengestellt haben.

Es war nur ein Gefühl. Eine Intuition. Aber Haif glaubte nicht, dass der Mensch noch in Koros' Palast gefangen war. Schließlich wusste Haif genau, warum der Herrscher zur Barriere vorgestoßen war: Das Portal, das ihm unendliche Macht verleihen sollte, sollte dort aufgestellt werden.

Pais und Antilius waren beide auf der Suche nach einem der Fragmente, aus denen das Portal bestand. Und einer von ihnen, also entweder Pais oder Antilius, war sicherlich bei Koros. Er würde den glücklosen Menschen brauchen. Er würde jeden brauchen, den er kriegen konnte.

»*Das ist deine Chance, es wieder gutzumachen!*«, rief die eine Stimme in seinem Kopf.

»Und ich werde sie nutzen«, sprach Haif mit einem noch verbesserungswürdigen Ausdruck von Unerschrockenheit.

Er machte sich auf den Weg zur Barriere von Valheel, welche die Ahnenländer von Truchten trennte. Ganz alleine. Er folgte der Stimme, die ihm die Chance seines Lebens beschwor. Die Chance, kein Feigling zu sein.

Die andere Stimme war verstummt.

SIE ANTWORTET NICHT

Gilberts entgleisende Gesichtszüge, als der erste Schluck Bier durch seine Kehle rann, war ein Bild für die Götter.

Gilbert, Antilius und Tahera stießen auf die Freundschaft an. Einmal. Zweimal. Dreimal.

Darauf konnte man schließlich gar nicht oft genug anstoßen. Nicht in dieser unwirklichen Welt, in der Häuser vor ihrem Besitzer Reißaus nahmen.

Bis hierhin hatten sie es geschafft. Sie waren so weit gekommen.

Ihr Zusammenhalt war ihre Stärke. Und jetzt, da Gilbert aus seinem Gefängnis befreit war, fühlte sich Antilius wesentlich sicherer. Er hatte das Gefühl, es schaffen zu können. Was immer dieses ,es' auch sein würde. An diesem Abend war es ihm egal, welche besondere Fähigkeiten er haben sollte.

»Ich bin von nun an dein Ex-Meister«, nuschelte er leicht angetrunken zu Gilbert.

Der Abend in der Taverne dehnte sich aus. Doch irgendwann wurde es auch Gilbert zu viel. Die Eindrücke einer fremden Welt waren für ihn immens. Er war müde und wollte schlafen.

Galant wollten sich die beiden Freunde von der Frau mit dem neuen Namen verabschieden. Doch erstens fiel ihnen auf, dass das viele Bier, das sie getrunken hatten, den Namen dieser Frau auf mysteriöse Weise aus ihrem Gedächtnis verdrängt hatte, und dass zweitens jene Frau schon seit geraumer Zeit verschwunden war. Dunkel erinnerte sich Antilius daran, wie sie schon früh gegangen war, um für den nächsten Tag ausgeruht zu sein. Und um die beiden noch ein wenig alleine feiern zu lassen.

Antilius und Gilbert verließen die Taverne und torkelten im Freien ziellos umher. Die Frau hatte wohl vergessen, ihnen zu sagen, wo sie schlafen konnten. Oder hatte sie es gesagt? Bestimmt! Es fiel ihnen aber nicht mehr ein.

»Egal, wir schlafen in der unberührten Natur, nich' wah?«, nölte Gilbert. Das Bier machte ihm ganz schön zu schaffen. Er war daran nicht mehr gewöhnt. Dabei vertrug er doch mehr, glaubte er.

Sie erreichten die Klippe, an der Antilius zum ersten Mal die Frau gesehen hatte, deren Name ihm nicht mehr einfallen wollte.

Auch er war entsetzlich müde. Er hätte im Stehen einschlafen können. Dieses Mal fürchtete er sich nicht, im Freien zu übernachten. Dieser Ort war anders. Er kam sich zwar vor wie ein Fremdkörper, doch wirkte diese Welt auf ihn nicht bedrohlich.

Gilbert legte sich auf den grasbewachsenen Untergrund und schlief auf der Stelle ein.

Sein Ex-Meister wagte noch einen kurzen Blick über die Klippe. Das teerartige Meer sah noch genauso aus wie bei seinem ersten Eintreffen. Doch was war das neben ihm? Das rote Ding da. Ein kümmerliches rotes Etwas. Er hob es von der Erde auf.

»Schon wieder du?« Es war die wundersame rote Blume. Genau wie die andere, die er zu neuem Leben erweckt hatte, nur war diese schon halb verwelkt.

»Noch einmal«, sagte er. »Ich versuche es noch einmal.«

Er wollte es noch einmal fertig bringen, der Blüte wieder zu ihrer alten Pracht zu verhelfen. Doch etwas störte ihn: »Warum eigentlich? Wieso muss ich dir helfen? Sag mir, kleine Blume, warum verwelkst du? Bekommst du nicht genug Licht? Warum stirbst du, wenn die Zeit hier doch nicht vergeht und dir nichts anhaben kann? Wieso welkst du, obwohl die Zeit hier doch nicht existiert? Warum antwortest du mir nicht, kleine Blume?«

Sie antwortete nicht.

»Sprich mit mir!«, lallte er.

Er bat sie noch ein paar Mal, mit ihm zu reden. Dann wurde ihm klar, wie idiotisch das war, was er gerade tat.

Er legte sich neben Gilbert hin.

Dann versank er in einen tiefen Schlaf.

Er ahnte nicht, dass seine Verwunderung über die welke Blume absolut berechtigt war. Tahera hatte ihm nämlich über die Zeit in Verlorenend nicht die Wahrheit gesagt. Die Zeit verging, und damit rückte die Bedrohung für Thalantia und für Verlorenend immer näher.

DER ALTE PFAD

Es fiel Haif schwer, sich nicht einfach umzudrehen und nach Hause zu gehen.

Was mache ich hier eigentlich? Ich sollte gewinnbringende Geschäfte abschließen und nicht nach einem Menschen suchen, dem sowieso nicht mehr zu helfen ist!

Doch der kleine Sortaner war sich auch bewusst, was geschehen würde, wenn Koros sein Portal öffnete und dieses ihm die Macht des Transzendenten verleihen würde. Er hatte zwar keine Vorstellung davon, was die Macht der Transzendenz alles bewirken konnte, doch Gutes fand sich mit Sicherheit nicht darunter.

Haif kam recht zügig voran. Er entschied sich, nicht den direkten Weg von Fara-Tindu zur Barriere im Nordwesten zu nehmen. Stattdessen wollte er zum Alten Pfad, der vermutlich auch von der Armee von Koros Cusuar gewählt wurde. Der Alte Pfad führte von Fara-Tindu durch Wälder zunächst etwas weiter nach Norden in die Nähe des Palastes von Koros Cusuar und dann, in Küstennähe, weiter nach Westen zur Barriere von Valheel. Früher einmal eine belebte Straße, wurde sie mit einem Wimpernschlag nutzlos, als die Ahnenländer von Truchten abgetrennt wurden. Koros würde nur ungefähr die zweite Hälfte des Pfades in Anspruch nehmen, denn sein Ausgangspunkt war weiter nördlich von Fara-Tindu. Dort wo sich sein kleines, korruptes Reich befand. Und genau diese Stelle wollte Haif kreuzen. Er hatte vergessen, eine Karte mitzunehmen. Aber auch ohne diese orientierte er sich problemlos. Er würde den Pfad schon finden.

Haif versuchte sich die Zeit mit Selbstgesprächen zu vertreiben. Doch ihm fiel kein passendes Gesprächsthema ein, das er mit sich selbst erörtern könnte. Also probierte er es mit Singen. Leider musste er auch das aufgeben, weil sämtliche Vogelarten in einem breiten Umkreis vor seinem Gejaule geflohen waren.

»Was kann ich noch tun?«, fragte er in den Wald.

»Ich sollte eine gruselige Geschichte erzählen. Ja, darin bin ich ziemlich gut!« Es war kein schlechter Einfall. Er erfand einfach eine langweilige Schauergeschichte, die er selbst ziemlich einschläfernd fand. Er musste sich irgendwie ablenken.

Er wollte dem Wald schon mit einer neuen Idee drohen, als sich jäh sein Wunsch nach Abwechslung ganz von selbst erfüllte.

Zuerst dachte er, es wären seine gefiederten Freunde, die so einen Lärm in der Wildnis verursachten. Doch nach genauerem Hinhören vernahm er nicht mehr ein einziges Zwitschern. Es war etwas anderes. Etwas, das eine Art Grollen erzeugte.

Ein Gewitter machte keine derartigen Geräusche. Haif konnte trotz seines exzellenten Gehörs nicht den Ursprung der Lärmquelle ausmachen, die definitiv auf ihn zu schwappte.

Er befand sich gerade auf einer Lichtung. Das Grollen kam näher. Es klang nicht gerade harmlos, sondern irgendwie aggressiv. Deswegen entschloss er sich, im Dickicht Schutz zu suchen, um nicht wie dummes Freiwild auf sein mögliches Ableben zu warten.

Die brüllende Welle rollte unaufhaltsam auf ihn zu. Er warf sich auf den Erdboden und hüllte sich mit Laubwerk ein. Dann wartete er.

Die tosende Etwas konnte nicht mehr weit sein. Immer lauter wurde es.

Auf einmal verdunkelte sich der Himmel schlagartig. Haif blickte nach oben. Zuerst schaute er in die falsche Richtung, aber dann sah er sie. Eine schwarze Wolke sauste hoch über ihm hinweg. Sie verhinderte, dass die Sonnenstrahlen die Erde berührten, auf der Haif zusammengekauert lag.

Es war so dunkel geworden, dass Haifs Augen erst einen Moment benötigten, um sich an das veränderte Lichtverhältnis zu gewöhnen.

Ängstlich aber neugierig lugte er noch einmal durch seine Laubdecke.

Das war keine Wolke. Es war ein Heuschreckenschwarm. Ein gigantischer schwarzer Heuschreckenschwarm. Doch Haif wusste genau, dass es keine schwarzen Heuschrecken gab. Und keine so großen. Und dann, nachdem er seine Aufmerksamkeit auf die dunkle Wolke, die über seinem Kopf hinwegfegte, konzentriert hatte, lüftete sich das Geheimnis. Er ärgerte sich, weil er es gleich hätte erkennen müssen.

Es waren Gorgens. Nicht Hunderte. Nein.

Es waren Tausende.

Sie flogen ungewöhnlich hoch, deshalb hatte Haif das Geräusch und den Anblick der schwarzen Wolke fehlinterpretiert.

»Das muss ja halb Gorgonia sein, das sich auf den Weg zur Barriere gemacht hat«, murmelte er erschrocken.

Wie ein Schwarm Fledermäuse flogen die Gorgens Richtung Norden. Sie wollten sich vermutlich mit dem Rest von Koros' Gefolgschaft treffen.

Es dauerte eine ganze Weile, bis der Schwarm vorübergezogen war. Haif musste nicht fürchten, entdeckt zu werden. Gorgens waren mit schlechter Weitsichtigkeit ausgestattet. Außerdem war aus der enormen Höhe der kleine Sortaner in dem goldbraunen Teppich aus Laub so gut wie unsichtbar.

Geschwind rappelte er sich hoch und streifte sich die Blätter vom Fell. »So ein Mist! Das dauert ewig, bis ich den Dreck wieder aus dem Fell kriege«, fluchte er. Seine Fellpflege war ihm sehr wichtig.

Er verbrachte noch einige Minuten damit, sein Naturgewand zu reinigen, bis ihm wieder einfiel, dass er sich sputen musste, um nicht den Anschluss zu verlieren.

Mit den Blättern im Fell sah er einem gerupften Huhn nicht unähnlich. Nein, er war mit Sicherheit nicht die Art von Held, wie man sie in Geschichten vorfand. Er war klein, ängstlich und etwas zu dick.

Mit einem flauen Gefühl in der Magengegend nahm er die Verfolgung auf.

Wenige Stunden später erreichte er auch schon den Treffpunkt von Koros Cusuar und den Gorgens. Hinter einem Hügel versteckt und aus sicherer Entfernung legte sich Haif auf die Lauer. Und was er auf dem Alten Pfad sah, ließ ihm seine Fellhaare zu Berge stehen. Wie eine riesige Giftschlange schlängelten sich zahllose finstere Figuren durch den Wald. Koros' Armee zog von Haif aus gesehen von rechts nach links, Richtung Westen.

Die Gorgens waren gerade dabei, vor dem Kopf dieser Schlange zu landen.

Borus waren auch dabei. Es waren anspruchslose, plumpe Reit- und Lasttiere, die vom äußeren Erscheinungsbild mit keiner anderen Tierart vergleichbar waren. Die meisten von ihnen waren beschultert mit Säcken und Kisten. Andere waren vor zwei seltsame haushohe Geräte gespannt. Sie sahen aus wie Gerüste. Eine kleine Gruppe Menschen schritt hinter einer Horde Piktins her. Die Menschen sahen selbst aus der großen Entfernung, aus der Haif schaute, extrem verwahrlost aus. Er glaubte zwar nicht, dass der Gefangene dabei sein würde, aber ein genauerer Blick würde sicherlich nicht schaden. Haif zog sein Fernrohr aus seinem Rucksack.

Schon beim ersten Blick durch die Linse war ihm klar, dass es sich um Gedankenwandler handelte. Mit Menschen hatten diese Typen nicht mehr viel gemein. Sie verfügten über die Fähigkeit, die Gedanken anderer Lebewesen zu beeinflussen. Allerdings beschränkte sich diese Begabung nur auf Tiere. Die Piktins, die ungewohnt friedlich vor ihnen her trotteten, standen unter ihrer telepathischen Kontrolle.

Antilius oder Pais waren glücklicherweise nicht unter ihnen.

Haif schwenkte seinen Feldstecher weiter nach rechts.

Noch mehr Borus. Teilweise beritten, teilweise als Zugtiere eingesetzt. Diejenigen, die weiter hinten waren, zogen beräderte Katapulte hinter sich her. Haif zählte ein Dutzend jener Distanzwaffen. Er war sich nicht ganz schlüssig, ob es wirklich Katapulte waren. Diese fast zwanzig Meter hohen Geräte waren modifiziert worden. Auf jeden Fall konnte man damit Gegenstände über große Entfernungen schleudern.

Er erspähte noch weitere Gruppen von Tieren oder menschenähnlichen Geschöpfen.

Nachdem ihm die Horde von Gorgens schon einen gehörigen Schrecken eingejagt hatte, glaubte er zu erahnen, was noch auf seine Entdeckung warten würde. Aber mit einem derart gewaltigen Aufgebot hätte er nie gerechnet. Es schien so, als ob sämtliche Bewohner der Finsteren Ebenen gemeinsam in den Kampf ziehen würden.

Ein sumpfiger Gestank stieg ihm in die Nase. Eine Mischung aus Moder und Fäulnis. Es waren die Ausdünstungen der Schergen des Herrschers. Koros brachte nicht nur sämtliche Kreaturen der Finsteren Ebenen mit, sondern auch noch ihr Aroma. Ein Duft von Tod haftete ihnen an. Und jetzt klebte er auch an Haif. Er drang in sein Fell ein. Er hätte es sich am liebsten ausgerissen.

»Verdammt! Wo bist du?«, sagte er gereizt. Es gelang ihm nicht, den Anführer dieser Armee des Schreckens ausfindig zu machen.

Routiniert justierten seine pummeligen Finger die Linse des Fernrohrs nach.

Nach einer Weile richtete sich seine Aufmerksamkeit auf die Mitte der Schlange. Dort sichtete er ein paar schlankere Borus, die auf den ersten Blick herrenlos waren.

Plötzlich ertönte in kurzen Intervallen ein tierisches Geschrei und kurz darauf machte die gesamte Masse Halt.

Haif machte sich auf seinem Beobachtungsposten so flach wie möglich, weil er für einen kurzen Moment glaubte, entdeckt worden zu sein.

Wie zu Stein erstarrt wartete er ab. Dann bemühte er wieder vorsichtig seine Sehhilfe. Erleichtert stellte er fest, dass die Horde nur dabei war, eine Pause einzulegen. Dort wo eben noch die dicken Borus gestanden hatten, waren jetzt drei Menschen zu sehen. Einer gestikulierte wild mit den Händen und schrie einen anderen an. Der Dritte war nur von hinten zu sehen.

Danach sagte der Schreiende noch irgendetwas zum Dritten, das Haif nicht verstehen konnte. Dann stampfte er davon. Der ominöse Dritte drehte sich schleppend um und schaute ganz unvermittelt direkt in Haifs Linse. Dieser erschrak so sehr, dass er das Glas fallen ließ und sich reflexartig auf den Boden kauerte.

Der Sortaner war sich sicher, dass Pais Ismendahl ihn gesehen hatte. Das war aber nicht der Fall. Das Fernrohr täuschte nur eine unmittelbare Nähe des Menschen vor.

Der ältere von den beiden Menschen war es also, der gefangen genommen worden war. Nur, wieso war Pais nicht gefesselt oder sonstwie an eventuellen Fluchtversuchen gehindert worden? Er schien sich frei bewegen zu dürfen.

Der Sortaner riskierte einen weiteren Blick. Der alte Pais schwang sich gerade agil auf eines der Borus und wartete offenbar die Fortsetzung des Marsches ab. Er machte nicht den Eindruck, gezwungen oder kontrolliert zu werden. Keiner achtete auf ihn.

»Das gefällt mir nicht. Das gefällt mir überhaupt nicht«, flüsterte Haif kritisch.

Erneut gab es ein hässliches Tiergeschrei, das sogar noch schlimmer war als Haifs Gesang. Die Armee setzte sich daraufhin schwerfällig wieder in Bewegung. Die Schlange kroch weiter. Nur die Gorgens mussten sich ans hintere Ende der Schlange einreihen.

Und Haif folgte ihr abseits des Pfades, wo er nicht aufgespürt werden konnte.

FRÜHER HERBST

»Ich erinnere mich nicht, dir befohlen zu haben, dass diese elenden Schmeißfliegen die Vorhut bilden dürfen!«, brüllte Koros seinen engsten Berater an. Mit den ‚Schmeißfliegen‘ meinte er die Gorgens, die dazu gestoßen waren.

Wrax war mittlerweile an die Wutausbrüche seines Ersten gewöhnt. Er blieb ruhig, ließ Blitz und Donner geduldig über sich ergehen.

Auch der Umstand, dass Koros ihn kurzzeitig geduzt hatte, ließ ihn kalt.

»Wrax, nach all den Jahren guter Zusammenarbeit, hätte ich von Euch nicht mehr solche Inkompetenz erwartet. Ihr solltet die einzelnen Gruppen koordinieren. *Koordinieren*, Wrax! Wir können uns keine Fehler mehr leisten. Nicht jetzt. Das kann doch nicht so schwer sein! Ich brauche Euch jetzt, Wrax. Ich schaffe es nicht, mich um alles allein zu kümmern.«

Dann geh' doch nach Hause, hörte Wrax sich denken. Das war das erste Mal, dass er innerlich gegen seinen Ersten rebellierte.

»Ich werde mich sofort darum kümmern, Erster« sagte Wrax. Allerdings war sehr deutlich ein gelangweilter Unterton mitgeschwungen. Und wenn einer diesen Ton bemerkte, dann war es Koros Cusuar.

»Wrax! Habt Ihr mir etwas zu sagen?«

»Ich verstehe nicht, Erster. Was meint Ihr?«

Die Augen des Herrschers wurden eiskalt. »Wagt es nie wieder, mich für dumm zu verkaufen, Wrax, oder ich bringe Euch um. Das schwöre ich Euch! Ich bringe Euch um.«

Wrax wurde bleich. Koros hatte ihm schon in den letzten Jahren mit vielem gedroht. Aber noch nie mit dem Tod.

Er wollte etwas erwidern. Sich wehren. Stattdessen machte er sich an die Arbeit und eilte zu den Gorgens, um sie an ihre Position zu beordern - zum Ende des Zuges.

Er wollte nicht glauben, dass sein Erster es ernst meinte. Aber Koros war, seit sie sein Reich verlassen hatten, nicht mehr er selbst. Seine Stimme war hölzern geworden. Kalter Schweiß troff ihm ständig von seinem teigig gewordenen Gesicht. Sein schmieriges Haar krümmte sich krank auf seinem überhitzen Kopf. Sein Mantel klebte an ihm wie ein Leichentuch.

Fast hätte Wrax Mitleid mit seinem Ersten empfunden. Aber auch nur fast. Die emotionale Überreaktion seines Ersten war doch mehr, als er ertragen konnte. Abscheu und Hass sprudelten unerwartet in dem Berater hoch. Und dieses Mal bemühte er sich nicht, jene Gefühle zu unterdrücken oder zu vergessen. Wrax stand zwar in der Schuld des Herrschers. Aber nach diesem Vorfall war der Preis zu hoch geworden. Längst hatte er seine Schuld abbezahlt.

Verschwinden wollte er. Am liebsten einfach in das Dickicht des Waldes rennen und auf Nimmerwiedersehen verschwinden.

Auch wenn das ein utopischer Gedanke war, nahm Wrax ihn sehr ernst. Denn er gefiel ihm sehr.

»Wenn es Schwierigkeiten gibt, dann lauf, so schnell du kannst!«, flüsterte er unhörbar sich selbst zu, als er die Tausendschaft der Gorgens erreichte. Sie stanken. Das war ihm vorher gar nicht aufgefallen. Ihm wurde übel. In dem Punkt gab er seinem Ersten recht: Es waren abscheuliche Wesen. Nicht alle Gorgens waren so verwahrlost. Es gab auch zivilisierte unter ihnen, aber das ist eine andere Geschichte.

Bevor Wrax Befehle erteilte, ließ er seinen Blick über die Armee streifen, die er selbst aufgestellt und zu verantworten hatte.

Das dritte Quartal Aeros dieses Jahres war noch nicht vorüber und die Bäume verloren schon mehr als zu dieser Jahreszeit üblich ihr Blattwerk. Es fiel auf die Horde von Bestien und Biestern herab, als wollten die Bäume sie damit vertreiben. Oder es lag an der verpesteten Luft.

Verpestet, dachte Wrax

Das alles hier, das ganze wahnsinnige Vorhaben ist verpestet. Und du bist es auch! Du gehörst dazu, zu all diesem Schmutz.

Koros war sichtlich bemüht, sich unter Kontrolle zu bringen. Allerdings mit nur mäßigem Erfolg. Reue für seine Morddrohung gegen seinen engsten Berater empfand er nicht. Dafür war kein Platz. Nicht jetzt. Und später auch nicht.

»Na, alter Mann. Wie fühlst du dich?«, fragte er Pais bissig.

Pais besaß nach wie vor keine Kontrolle über sich. Er stand vollständig unter fremdem Einfluss. Nur ein Ziel hielt ihn in seinem Würgegriff: Rache. Rache dafür, dass sein eigener Bruder nicht für ihn da gewesen war, als er ihn gebraucht hatte. Damals vor vielen Jahren. Als sein Bruder sich von ihm abgewendet hatte, zu dem Zeitpunkt, an dem es niemanden mehr gegeben hatte, der ihm geglaubt hatte. Als Pais seiner Heimat den Rücken kehren musste und alles verloren hatte, das er geliebt hatte. Die Rache war von nun an seine Triebfeder. Sie war das Einzige, an das er denken konnte. Deswegen hörte er auch dem Herrscher nicht zu und antwortete nicht auf dessen Frage. Er war geistig nicht anwesend.

Koros wischte sich mit der Handinnenfläche den Schweiß von der Stirn. »Ich denke, es war wohl doch keine gute Idee, dich mitzunehmen. Aber ich werde gnädig zu dir sein. Ich kann jeden Mann gebrauchen, wenn wir die Barriere erreicht haben. Selbst wenn er so alt und so leicht zu beeinflussen ist wie du. Aber du könntest noch für mich nützlich sein, falls Antilius es tatsächlich schaffen sollte, auch noch an der Barriere von Valheel aufzukreuzen«, sagte Koros.

Es würde bald so weit sein. Nur noch wenige Tage, und Koros und seine Armee würden auf die Gegenmacht der Dreizehn Häuser der Ahnenländer treffen. Und mit einer Gegenwehr war mit absoluter Sicherheit zu rechnen. Überall hatte sich herumgesprochen, dass er die Ahnenländer überfallen wollte. Schließlich hatte er fast auf ganz Truchten nach Söldnern für seine Armee suchen lassen, auch wenn er diese letztlich hauptsächlich nur aus den Finsteren Ebenen anwerben konnte.

Die Ahnen-Ländler würden an der Barriere schon auf ihn warten. Und nur die Schlucht würde sie trennen. Ein Umstand, den Koros zu seinem Vorteil nutzen wollte. Er machte sich keine Sorgen darüber, ob er die Häuser würde besiegen können. Vom Sieg war er überzeugt. Vielmehr sorgte er sich um den Aufbau des Portals. Und um das, was es in sich barg. War er imstande, die im Portal ruhende Macht in sich aufzunehmen? Würde er zurückgewiesen werden?

Und dann gab es noch Antilius. Er war die wohl größte Variable in seinem Kalkül. Antilius war für ihn ein Mysterium. Seine Verbindung zu ihm wurde stärker. Koros war sich selbst nicht völlig im Klaren, was ihn an Antilius so faszinierte. Es lag wahrscheinlich an den Fähigkeiten, über die Antilius verfügte aber selbst nichts ahnte. Und an dem, was das Flüsternde Buch Koros über Antilius erzählt hat. Sollte es wirklich wahr sein (und Koros war absolut überzeugt davon, dass das Flüsternde Buch die Wahrheit sagte), dann würde sein Sieg als Transzendenter über Antilius das Glorreichste sein, dass die Siebeninselwelt je erlebt hatte.

Das Aufbruchssignal ertönte.

Immer noch nachdenklich marschierte Koros zu einem der Borus, auf dem ein verwahrlostes rattenähnliches Ding aus den Finsteren Ebenen saß, das Koros keiner ihm bekannten Rasse zuordnen konnte. Aber es war nur einer von vielen Bewohnern der Finsteren Ebenen, die auf seine falschen Belohnungsversprechen hereingefallen waren.

Koros betrachtete abwechselnd das Boru und seinen Reiter. Er empfand, dass dieses Reittier viel besser für ihn selbst geeignet sei als für die stinkende Kreatur, die es ritt.

Kurzerhand packte er das etwa einen halben Meter hohe Ding am Hals und zerrte es vom Lasttier runter. Dann stieg er auf das Boru und ritt zusammen mit den anderen los.

»Ich hasse diese Inselwelt«, sagte er.

DAS LETZTE GESPRÄCH

Das Bier, das Antilius mit Gilbert getrunken hatte, bescherte ihm einen langen Schlaf. Wahrscheinlich das letzte Mal für eine lange Zeit. Irgendwann wachte er kurz auf. Sein Freund und er lagen im Freien. Sein Rücken war an den harten Untergrund noch immer nicht gewöhnt, selbst nach den vielen Übernachtungen im Freien während ihrer langen Wanderung zur Largonen-Festung.

Nur kurz erwachte er. Er wollte sich eigentlich nur umdrehen und weiterschlafen. Während er sich eine bequemere Haltung suchte, nahm er eine dunkle Silhouette am Rand der Klippe zum Meer wahr. Noch im Halbschlaf dachte er sich nichts dabei. Dann kam ihm der Gedanke, dass es Gilbert gewesen sein könnte.

Er zwang sich, nicht wieder einzuschlafen. Er setzte sich auf und schaute neben sich. Nicht unweit von ihm lag sein Freund tief schlummernd in der gleichen Haltung, in der er sich hingelegt hatte. Dann schaute er wieder zur Klippe. Die Silhouette war immer noch da. Sie rührte sich nicht. Das kam ihm bekannt vor.

Erneut schaute er zu Gilbert. Und dann wieder zur Silhouette.

»O, nein«, murmelte er. »Ich will nicht. Ich will nicht.«

Der Schattenklumpen bewegte sich weiterhin nicht. Er wartete.

Schnell war Antilius hellwach. Sein Körper bereitete sich auf eine drohende Gefahr vor. Sein Geist jedoch nicht. Irgendetwas sagte ihm, dass von dem Schatten an der Klippe heute keine Gefahr ausgehen würde.

Es war Koros Cusuar, der ihn gefunden hatte. Er wandte sich nicht vom Meer ab. Er saß einfach da am Rand der Klippe mit ihrer senkrecht abfallenden schroffen Steilwand. Er wartete.

Antilius stellte sich hinter den Mann im dunklen Gewand und verharrte dort still.

»Ich kann mir gut vorstellen, was dir gerade durch den Kopf geht«, sagte Koros mit einem wissenden Lächeln.

»So? Was denn?«

»Ein einziger Stoß, ein kräftiger Schubs würde genügen, und ich wäre dahin. Noch nie war die Gelegenheit so verlockend wie jetzt. Du musst zittern vor Herzklopfen, Antilius.«

Der Gedanke war in der Tat verlockend. Antilius zitterte tatsächlich ein wenig. Er könnte den Herrscher mit einem Stoß einfach die Klippe herunterschubsen, so wie es Koros mit ihm im Traum getan hatte. Einfach? Nein. So blöd war er nicht. Darauf würde er nicht hereinfallen. Nicht auf seine Tricks. Nicht noch einmal. Das alles hier war nicht echt.

Koros wartete ab, was geschehen würde, ohne sich umzudrehen.

»Würde es nützen, wenn ich dich hinunterstoße? Dies ist doch nur ein weiterer kranker Traum, den du manipulierst«, sagte Antilius.

»Einerseits hast du Recht, andererseits aber auch nicht. Du würdest es nicht schaffen, mich *hier* in den Tod zu schicken. Dann wäre der ganze Spaß doch schon vorbei. Und um deinen Irrtum aufzuklären: Das ist kein Traum. Du bist wirklich hier. Es gibt keine Irrtümer.«

Antilius glaubte dem Herrscher nicht. Mit verschränkten Armen stand er immer noch hinter ihm. »Und du sollst auch wirklich sein? Bisher hatte deine Feigheit dich daran gehindert, mir in der Wirklichkeit zu begegnen. Und wie sollte es dir gelungen sein, diesen Ort zu betreten?«

Koros überlegte sich seine nächsten Worte. »Du bezeichnest es als Feigheit. Ich würde es eher als Respekt bezeichnen. Und ich gebe zu, anfangs war es auch Ehrfurcht. Ja, es ist wahr. Ich habe Ehrfurcht vor dir empfunden, weil ich weiß, wer du bist, und wer du warst. Ich weiß alles, das du vergessen hast.

Sag mir, Antilius, was hat dich, seit du auf der Fünften Inselwelt bist, am meisten gestört? Sei bitte ehrlich, denn ich bin es auch.«

Antilius begann, unsicher zu werden. Koros schien ihm immer einen Schritt voraus zu sein. Er wusste, wo Antilius war. Und er wusste von Verlorenend, und wie man dort hinkommt.

»Fragen, die nur leere Antworten oder neue Fragen aufwerfen. Das ist es, was ich verabscheue, seit ich das neue Land betreten habe.«

»Das kann ich gut nachvollziehen«, sagte Koros kopfnickend und immer noch auf das Meer hinaus schauend. »Hierher zu kommen war so leicht, wie dich aufzuspüren. Ich habe denselben Weg gewählt, den auch du gegangen bist. Allein mit meiner Willenskraft habe ich es vollbracht. Genau wie du. Auch wenn ich nicht wirklich hier bin. Was du siehst, ist nur ein Abbild meiner Gedanken. In der wirklichen Welt konnte ich keinen telepathischen Kontakt zu dir herstellen, wenn du wach warst. Also war ich auf deine Träume angewiesen. Doch seit du in Verlorenend bist, kann ich dich auch im wachen Zustand erreichen, auch wenn ich immer noch nicht deine Gedanken lesen kann. Deshalb werden wir uns ganz normal unterhalten. Von Freund zu Freund.«

Antilius senkte den Kopf. Koros war nicht hier, um ein Schwätzchen zu halten. Vielleicht wollte er es jetzt zu Ende bringen. War es jetzt vorbei? Wollte er ihm die Wahrheit über sich erzählen, um ihn danach umzubringen, damit Antilius sein Wissen mit ins Grab nehmen würde?

»Setz dich!«, forderte Koros ihn auf.

Antilius setzte sich. »Was ist es bloß, dass dich zu alldem treibt?«, fragte er.

»Was glaubst du wohl? Das, was jeden Bösewicht treibt. Niedere Instinkte. Die Gier nach Macht«, sagte Koros und grinste, ohne erfreut zu wirken.

»Das ist nicht die Wahrheit, oder?«

Erstmals wandte Koros sich vom Anblick des Meeres ab und durchlöcherte Antilius mit seinen Augen. »Nein, das ist es nicht. Es ist das Wissen, nach dem ich mich sehne. Ich will das Geheimnis von Thalantia lüften. Den Sinn des Lebens will ich erfahren. Den Sinn *meines* Lebens! Ich will wissen, was in euren Köpfen vorgeht. Was ihr denkt. Ich will wissen, was *du* denkst«, fauchte er mit geballten Fäusten.

Für den Bruchteil einer Sekunde vermochte Antilius diese Worte nachzuvollziehen. Verrückt, aber es war so.

»Ich frage mich, was du hier eigentlich treibst, Antilius. Meine Armee wird schon bald die Barriere erreichen. Und dann wird es nicht mehr lange dauern, bis wir das Portal auf der anderen Seite aufstellen werden. Bald werde ich der neue Transzendente werden. Und du? Du liegst hier, betrunken und schläfst. Und dabei merkst du nicht, wie die Zeit unter deinen Fingern verrinnt.« Koros Augen waren starr geworden. Nichts hätte sie von Antilius mehr ablenken können.

»Zeit? Hier gibt es keine Zeit«, sagte Antilius. Aber er ahnte Übles, als er das sagte.

Koros brach nach kurzem Schweigen in maßloses Gekicher aus.

»Das gibt es doch nicht! Du bist tatsächlich auf sie hereingefallen«, rief er amüsiert.

»Auf wen?«

»Auf die Frau ohne Namen, die ständig versucht, dich vom Orakel fernzuhalten. Sie hat dich nach Strich und Faden belogen.«

»Wieso sollte sie das tun? Sie hat keinen Grund, mich zu belügen. Du bist der Lügner!«, wehrte sich Antilius.

»Denke an meine Worte! Ich habe dich nicht, und ich werde dich nicht belügen. Die Wahrheit ist es, die uns verbindet.«

»Wieso sollte sie mich belügen?«

»Weil sie Angst hat, Antilius. Weil sie an etwas festhalten möchte, das schon lange verloren ist. Genau wie du.«

»Aber sie hat mir versprochen zu helfen«, insistierte er.

Koros schüttelte verneinend den Kopf: »Sie glaubt nicht, dass du die Fähigkeit besitzt, mich zu besiegen. Sie denkt, alles wäre verloren. Sie will dich hier behalten, um dich zu beschützen. Sie glaubt, hier wärst du sicher. Sie hofft, ich würde diesen Ort und euch niemals finden, auch wenn sie in ihrem Inneren weiß, dass es nicht so kommen wird. Sie gaukelte dir vor, dass Zeit an diesem Ort nicht existieren würde. Vielleicht ist sie sogar davon selbst überzeugt, wenn man das zu ihrer Verteidigung anbringen möchte. Doch das Gegenteil ist der Fall. Früher einmal gab es in Verlorenend tatsächlich keine Zeit. Aber jetzt, da die Dinge in Bewegung geraten sind, fängt die Zeit sogar hier wieder an voranzuschreiten. Mal schneller und mal weniger schnell. Aber im Augenblick schnell genug, um deine Zeit, Antilius, sinnlos verstreichen zu lassen. Du bist noch nicht mal einen Tag hier, aber auf Thalantia sind schon fast zwei Dutzend Tage vergangen. Alles gerät in Bewegung. Und damit meine ich nicht nur meine Pläne, das Portal zur Transzendenz zu öffnen. Nein. Du wirst lachen, wenn ich dir sage, seit wann die Zeit in Verlorenend wieder erwacht ist. Es fing an, als *du* auf dem Felsen der Splitternden aufgetaucht bist. Deine Rückkehr vor sechs Jahren hat das bewirkt. Der Tag, an dem deine Erinnerungen wieder einsetzen. Du bist die Ursache, dass alles wieder in Bewegung gerät. Und deine Ankunft hier in Verlorenend hat die Zeit endgültig in Bewegung versetzt.«

»Woher weißt du von den Splitternden?«, fragte Antilius schockiert.

»Das Flüsternde Buch hat es mir gesagt.«

»Das kann nicht sein. Wie sollte ich die Zeit hier an diesem Ort beeinflussen können?«, flüsterte Antilius gequält.

Koros empfand etwas wie Mitleid für ihn. Nur so eine Art Mitleid. Kein echtes. »Ich weiß, es ist schwer. Die Last, die du zu tragen hast, ist schon groß genug. Aber glaube mir, es ist besser, dass du es weißt.«

»Ach ja?«, schrie Antilius zornig. »Für wen ist es besser? Für dich? In deinem kranken Kopf ist mein Schicksal doch längst beschlossen. Du genießt es, dass ich keine Ahnung von den Geschehnissen um mich herum habe. Worauf wartest du also noch? Bring es endlich zu Ende!«

Koros verweilte einen Moment in Stille. »Also gut. Ich möchte, dass du dabei bist, wenn es geschieht. Wenn ich die Macht des Portals am Fuße der Berge des Avioniums freilasse. Ich will mich an diesem Ort mit dir messen. Dort soll es zu Ende gehen.

Solange du noch Zeit hast, solltest du etwas Sinnvolles damit anfangen. Setzte deine Suche fort! Finde, wonach du suchst, auch wenn es nur ein Bruchteil von dem sein sollte, dass du zu finden erhofft hast. Und dann kehre in die wirkliche Welt zurück. Ich werde dich dort erwarten, an der Barriere von Valheel. Ich gebe dir eine faire Chance, Antilius.

Ich gebe zu, dass ich dich zuerst wirklich loswerden wollte. Aber nun, da ich dich besser kennen gelernt habe und diese sonderbaren Dinge über dich im Flüsternden Buch gelesen und gehört habe, bin ich davon überzeugt, dass du es verdienst hast, dich mir zu widersetzen.«

Das Gefühl, Koros ständig unterlegen zu sein, hatte bei Antilius seinen Höchststand erreicht. Weitere Fragen seinerseits waren überflüssig geworden. Mit gutem Zureden würde Antilius nichts mehr bewirken können. Doch allmählich leuchtete ihm ein, dass der Herrscher einen wunden Punkt besaß. Eine, und mit ziemlicher Sicherheit die einzige Möglichkeit, noch etwas ausrichten zu können, lag in ihm selbst.

Koros war fasziniert von dem Fremden von der Vierten Inselwelt. Sein ständiges Wiederkehren zu Antilius, das Eindringen in seine Träume und der Drang nach der Konfrontation lenkten den Herrscher ab. Sie kosteten Zeit und Energie. Es war wirklich eine Chance. Eine Chance für Antilius, selber über Macht zu verfügen. Nämlich die Energie seines Widersachers im richtigen Moment und am richtigen Ort gegen ihn zu verwenden.

Schlagartig wandelte sich Antilius' Gefühl der Unterlegenheit in Zuversicht.

Der wunde Punkt. Das musste er sein. Koros glaubte, ihn richtig einschätzen zu können und seine Zukunft vorhersagen zu können. Seinen Charakter und seine Vergangenheit durchleuchtet und seine Ängste reflektiert zu haben. Doch gab es noch tausend andere Dinge, die er nicht wusste.

Koros war wie betrunken ob der Macht, die er für sich reserviert glaubte. Er dachte nicht im Entferntesten daran, dass Antilius irgendetwas gegen ihn ausrichten könnte, auch wenn dieser mehr über sich erfahren würde. Denn Koros wusste, dass es zu spät sein würde. Viel zu spät. Dennoch wollte er, dass Antilius es wenigstens versuchen würde. Er beneidete ihn um seine Vergangenheit. Deshalb konnte er ihn nicht einfach umbringen. Deshalb und weil das Flüsternde Buch ihn davor gewarnt hatte. Antilius zu töten, bevor Koros zum Transzendenten geworden war, könnte unvorhersehbare Konsequenzen haben. Das hatte das Buch gesagt, denn es kannte Antilius. Koros glaubte dem Buch ohne Zweifel.

Bei Antilius wuchs die Zuversicht. Wenn er auch nur einen Bruchteil von dem erfahren würde, das helfen könnte, Koros zu besiegen, dann könnte dieser Bruchteil schon ausreichend sein, so glaubte er.

Er konnte es sich selbst nicht erklären, wie er zu dieser Zuversicht gelangen konnte. Doch er erinnerte sich an die Festung der Largonen. Er erinnerte sich an die Tür, die plötzlich aufsprang, als Antilius daran dachte, dass sie sich öffnen solle. Er erinnerte sich auch daran, wie er den Kopf in das Wasserbecken instinktiv getaucht hatte, um das Rätsel gestellt zu bekommen, dessen Lösung den Weg zum Dunklen Tunnel freigab. Ja, es gab Dinge, von denen weder Koros noch er selbst wussten. Dinge, die Antilius geholfen hatten, bis hierher nach Verlorenend zu kommen. Und das alles, ohne auch nur den Hauch einer Ahnung zu haben, wie und ob seine vergessene Vergangenheit damit in Verbindung stand.

Ein Bruchteil könnte genügen. Wenn Antilius schon so weit gekommen war, wie weit könnte er noch kommen, wenn er nur einen Bruchteil erfahren könnte?

Er erschauerte bei diesem Gedanken.

»Also? Bist du bereit, deine Suche wieder aufzunehmen?«, fragte der Herrscher ruhig.

Antilius nickte bloß wie in Zeitlupe.

Das machte den Herrscher anscheinend stutzig. Er sagte jedoch nichts.

Zweifel, Antilius zu viel verraten zu haben und damit unter Umständen seine eigenen Pläne in Gefahr gebracht zu haben, wischte er trotzig beiseite. Bald würde er ein Gott sein, und dann würde er keine Fragen mehr stellen und keine Zweifel mehr hegen müssen.

»Ich werde dich mit aller Macht bekämpfen«, sagte Antilius kalt.

»Nichts anderes erwarte ich von dir, mein Freund«, erwiderte Koros stolz über Antilius' Entscheidung.

»Ich werde da sein. Wenn das Ende gekommen ist.«

Koros strahlte sein Gegenüber an: »Ich bin begierig darauf.«

DIE BARRIERE VON VALHEEL

Viele Ausdrücke kamen Haif in den Sinn, wie er die Armee, der er folgte, am treffendsten beschreiben könnte.

Monster, Bestien, Todbringer. Doch alle die Bezeichnungen trafen nicht den Kern. Keine erfasste vollständig die merkwürdig düstere Stimmung und die ausufernde Größe der Gefahr.

Immerhin, das Nachdenken half dem kleinen Sortaner, seinen immer wieder auftauchenden Wunsch nach Heimkehr zu verdrängen. Der Mut bröckelte zwar, jedoch nicht seine Entschlossenheit. Er war in der Lage, seine Gefühle ganz klar voneinander zu trennen.

Zudem bekam er während seiner Wanderung einige erquickende Motivationsschübe, da er ab und zu in heroischer Weise diverse Stechmücken erlegt hatte - mit seinen bloßen Händen. Nachteilig war allerdings, dass die toten Insekten nun in seinem Fell klebten und dort festtrockneten. Das machte ihm aber so gut wie nichts mehr aus. Sein Fell war ohnehin schon halb ruiniert, da kam es auf ein paar zermatschte Mücken auch nicht mehr an.

Es war ziemlich genau drei Tage her, als der dunkle Schwarm tausender Gorgens über ihn hinwegbraust war und er den Rest der Lakaien aufgespürt hatte, während sie einen Stopp eingelegt hatten. Seither hatte Koros seiner Gefolgschaft nur wenige Pausen gegönnt. Wie es schien, wollte er keine Zeit mehr verlieren.

Haif fiel niemand ein, der es überhaupt gewagt hätte, der Barriere von Valheel einen Besuch abzustatten. Der Ort war verflucht, hieß es. Davon war er fest überzeugt. Und sein Glaube sollte sich bestätigen, als er im Schutze des dichten Waldes die Barriere zum ersten Mal mit eigenen Augen sah.

Sie war viel größer, als er es sich in seiner Fantasie ausgemalt hatte. Und abstoßender.

Kein Gras, kein Baum, und kein Lebewesen waren dort. Nur graues, totes Gestein unterstrich die elende Tristesse.

Es war nicht nur eine einfache Schlucht, es war, als hätte sich die Erde an dieser Stelle aufgetan. Und wenn man hinuntersehen würde, könnte man ihr brodelndes Inneres erblicken.

Die Legende musste wahr sein. Ein derart gewaltiger Graben konnte unmöglich natürlichen Ursprungs sein.

Valheel war es, der diesen Spalt in den Fels getrieben hatte und die Ahnenländer vom Rest der Inselwelt Truchten getrennt hatte.

An diesem Platz war der Transzendente in das Portal gesperrt worden. Für ewig hatte er verbannt sein sollen.

In einem Halbkreis zur Schlucht auf der Seite von Truchten ragten sechs Statuen aus Stein in den Himmel. Sie stellten gesichtslose Mönche dar, welche die Arme zu beiden Seiten ausgestreckt hielten, so als wollten sie sich an Händen halten. Die Figuren waren für Haif unfassbar hoch. Er schätze ihre Höhe auf vierzig oder gar fünfzig Meter. Ursprünglich bildeten zwölf dieser Steinskulpturen einen geschlossenen Kreis. Das musste zu der Zeit gewesen sein, als die Erdspalte, die sich mit Meerwasser gefüllt hatte, noch nicht existiert hatte. Die anderen sechs Monumente fußten auf der anderen Seite der Schlucht, in den Ahnenländern. Nie wieder würden sie eine geschlossene Einheit bilden können. Der aufgebrochene Kreis war das Symbol für die Unwiderruflichkeit des Sieges der Ahnen über den Transzendenten vor über sechshundert Jahren.

Der Triumph der Ahnen über das allmächtige Böse würde nach hunderten von Jahren ein jähes Ende finden, und der Transzendente würde erneut über die Länder herfallen und sie verwüsten.

Erst jetzt erfasste der kleine Sortaner, für den sonst nur der Gewinn die oberste Maxime war, die Tragweite der gegenwärtigen Ereignisse.

Er fühlte sich klein und unbedeutend, als er nach Nordwesten zur anderen Seite der Schlucht blickte. Links und rechts der Steinstatuen auf der Ahnen-Seite berührten hinter einer schmalen Hügelkette die Gipfel des Adler-Gebirges die Wolken. Das Adler-Gebirge war nicht, wie Haif es vermutet hatte, eine geschlossene Gebirgsformation, sondern rahmte die Barriere von Valheel nur von den beiden Seiten her ein, wobei in der Mitte ein Tal den Weg ins Innere der Ahnenländer ebnete.

Auf einmal bekam es Haif doch mit der Angst zu tun. Was wollte er hier? Er konnte doch nichts ausrichten!

Nein. Er war gekommen, um dem Menschen zu helfen. Ihn zu befreien, falls sich eine Möglichkeit dazu ergeben sollte. Wenn er schon nicht die Welt retten konnte, dann vielleicht wenigstens *ein* Leben.

Allerdings begann Haif, auch daran zu zweifeln. Irgendetwas war mit Pais geschehen. Er war anders. Während der letzten drei Tage hatte sich Haif mehrmals die Möglichkeit geboten, den vermeintlich gefangenen Menschen zu beobachten. Und sein Verhalten stimmte absolut nicht mit seinen Vorstellungen einer Gefangenschaft überein. Pais schien fast aus eigenem Willen dem Herrscher zu folgen. Bestimmt wurde er irgendwie manipuliert. Jedenfalls war das nicht der Pais, den Haif das letzte Mal gesehen hatte.

Beobachten. Das würde das Einzige sein, was der Sortaner in den nächsten Mondstunden tun konnte. Und nichts Unüberlegtes tun.

Ein kleiner Vorsprung vor dem Herrscher ermöglichte es ihm, sich ein kleines Versteck am Waldesrand etwa zweihundert Meter entfernt vom Abgrund einzurichten.

Es dauerte nicht lange, bis die Armee aus den Finsteren Ebenen von Koros zur Schlucht angekommen war.

Und sie wurde schon erwartet.

Von der vereinten Gegenmacht der Dreizehn Häuser der Ahnenländer auf der anderen Seite der Barriere von Valheel.

SO SOLL ES NICHT ENDEN

Lange Zeit hatte Koros auf diesen Moment gewartet.

Das Flüsternde Buch verschlimmerte von Tag zu Tag seine kranke Sehnsucht nach der Macht der Transzendenz. Darin war das Buch wirklich gut. Mit unzählbar vielen Möglichkeiten, Schaden in der ihm verhassten Welt anzurichten, vergiftete es seine Gedanken. Koros lebte regelrecht in seinen Fantasien. Eigentlich war er ein bedachter und vorsichtiger Mensch. Und fast hätte er erkannt, dass alles zu perfekt zu laufen schien. Aber ehe die Saat des Zweifels bei ihm keimen konnte, überflutete das Flüsternde Buch Koros mit seinen Wahnvorstellungen. Es waren Fantasien über seine Zukunft. Eine Zukunft, die er ohne Hürden gestalten und jederzeit verändern würde, ganz nach seinem Belieben und seinen Launen. Als Transzendenter, so glaubte er, würde er über Macht verfügen, die ihn zum Gebieter über Raum und Zeit machen würde. Das Jetzt hatte für ihn keine Bedeutung mehr. Seine Gefährten hatten für ihn keine Bedeutung mehr. Sogar Wrax war ihm egal. Er war für ihn nur noch ein einfaches Werkzeug, das man wegwirft, wenn man es nicht mehr braucht.

Das Buch wusste ganz genau, was Koros hören wollte. Das Buch sprach zu ihm, obwohl Koros es nicht zur Barriere von Valheel mitgenommen hatte. Er hatte es in der kleinen Kammer in seinem Palast gelassen, weil es dort sicherer war. Das Flüsternde Buch hatte ihm gesagt, dass er es nicht mitnehmen dürfe, weil es zu gefährlich sein könnte. Aber er solle sich nicht sorgen, denn das Buch würde trotzdem immer zu ihm sprechen und ihm sagen, was zu tun sei. Ihn lenken, wie es sich ausdrückte. Und ihn nicht allein lassen.

Ja, das Buch war äußerst listig. Die Macht der Transzendenz war in der Tat gewaltig. Aber das Buch würde es niemals zulassen, sie Koros allein zu überlassen. Koros war in Wahrheit nur ein williges Opfer. Davon durfte er nichts erfahren. Denn hier waren höhere Mächte am Werk, von denen niemand etwas ahnte. Mächte, mit denen es Antilius noch zu tun bekommen würde.

Die Stimme des Buches füllte fast die gesamte Gedankenwelt von Koros Cusuar aus. Lediglich Antilius spielte in seinem Denken noch eine Rolle. Koros wollte ihm beweisen, dass er selbst derjenige sein würde, der als Sieger vom Schlachtfeld ging. Antilius, der von der Veränderbarkeit der Welt zum Guten glaubte, der für Werte stand, die Koros niemals erfahren hatte, sollte eines Besseren belehrt werden. Es würde - vor dem Hintergrund seiner Vergangenheit, die ihm ein Rätsel war - die Lektion seines Lebens sein. Doch Antilius würde nur der Anfang sein.

Nur der Anfang, dachte Koros überhitzt.

All jene, die jemals über Koros gelacht, ihn verspottet oder nur missachtet oder übersehen hatten, würden eine Lektion erteilt bekommen. Sein Blick war der Welt entrückt. Sein Wille war eisern. Sein Denken vernarrt.

Mit dem Lächeln eines Wahnsinnigen verfolgte er das Geschehen auf der gegenüberliegenden Seite der Schlucht, die seine Armee am Vormittag erreicht hatte.

Wie genau die Dreizehn Häuser der Ahnenländer von seinem Einmarsch erfahren hatten, war ihm unbekannt. Koros wusste, dass die Bewohner der Ahnenländer großen Wert auf traditionelle Riten und Bräuche legten. Wahrscheinlich besaßen sie Wahrsager, Orakel oder etwas Ähnliches, die sie beratend unterstützen sollten. Es war ihm aber ohnehin, wie alles andere, mittlerweile gleich.

Der Nebel vom Morgen hatte sich weitestgehend verzogen, trotzdem war es ein mit Wolken verhangener und trüber Tag.

Die Entfernung war zu groß, um mit bloßem Auge Details zu erkennen. Sicherlich würden sämtliche Geschütze auf der anderen Seite aufgefahren, um dem Aggressor zu widerstehen. Koros sah ein paar größere hölzerne Geräte, die am gegenüberliegenden Rand aufgestellt worden waren. Er hielt sie für Katapulte.

Die Dreizehn Häuser waren jedoch schlecht vorbereitet. Dafür hatten sie einfach nicht genügend Zeit gehabt. Wer immer sie gewarnt hatte, wie immer sie es erfahren hatten, dass ihre Ruhe gestört werden würde, sie würden nicht vorbereitet sein. Nicht auf das, was Koros über Jahre hinweg in vielen einsamen Nächten ausgetüftelt hatte. Ein paar kleine Spielzeuge hatte er erfunden, wie die Druckluftbomben. Es waren keine gewöhnlichen Bomben. Schießpulver war extrem teuer und selten. Nein, die Bomben, die Koros entwickelt hatte, verursachten keine Explosion mit Feuer. Sie erzeugten eine gewaltige Druckwelle, die sich kreisförmig ausbreitete und ihre Ziele einfach weg pustete. Sie würden im bevorstehenden Kampf eine entscheidende Rolle spielen. Das Flüsternde Buch hatte ihm die Baupläne verraten.

Zu diesen kleinen Spielereien gesellte sich noch die Tatsache, dass er mit seiner Armee in der Überzahl war. Die Finsteren Ebenen waren für den Herrscher wie ein gedeckter Tisch, bei dem man nur zugreifen musste. Es gab also keinen Grund für ihn, beunruhigt zu sein. Das Einzige, das ihn nervös machte, war das Portal, das er auf der anderen Seite errichten wollte. Würde es nach so langer Zeit funktionieren?

Besaßen die Avioniumvorkommen in den Bergen noch genügend Energie, um das Portal zu öffnen?

Koros verharrte am Rand der Schlucht und blickte zur anderen Seite, während Wrax die Aufstellung der Armee koordinierte. Mit versteinerter Miene gab der Berater Anweisungen und drohte mit Bestrafungen, wenn sich die Gedankenwandler mit sich selbst beschäftigten, anstatt sich auf den bevorstehenden Kampf zu konzentrieren.

Er ließ die Katapulte in zweiter und dritter Reihe ausrichten und auf die richtige Entfernung eichen. Dreizehn waren es insgesamt »Für jedes der Dreizehn Häuser eines«, hatte Koros gesagt.

Die Gorgens sollten in letzter Reihe stehen.

Über den weiteren Verlauf und das Vorgehen während der Schlacht war Wrax bisher nicht informiert worden. Und das setzte ihm gehörig zu. Nicht genug damit, dass er in diesen Stunden gegen seinen eigenen inneren Widerstand ankämpfen musste, so war er jetzt auch noch gezwungen, blind Befehle seines Ersten entgegenzunehmen, ohne zu wissen, was dieser als Nächstes vorhatte.

Es war noch Zeit, erneut die Konfrontation zu suchen. Grimmig näherte sich Wrax seinem Ersten, der immer noch reglos an der Klippe stand und das Treiben auf der gegenüberliegenden Seite beobachtete.

»Wie gedenkt Ihr weiter vorzugehen, Erster?«

»Holt mir den Alten!«

»Was?«

»Holt mir den alten Mann. Er soll her kommen. Ich möchte ihm etwas zeigen.«

Wütend leistete Wrax dem Befehl folge.

Dann frage ich eben nicht mehr! Soll er doch machen, was er will! Was kümmert es mich? Wenn er meint, alles zu wissen und mich dabei zu übergehen, dann soll er auch die Konsequenzen tragen, wenn es schief läuft, schimpfte er lautlos.

Aber die Konsequenzen, die er würde tragen müssen, müsstest du auch tragen.

Pais Ismendahl, immer noch unter der geistigen Kontrolle von Koros stehend, erschien bei ihm.

»Sieh! Da drüben, alter Mann. Was siehst du?«

Pais' Augen waren bei Weitem nicht so gut wie die von Koros. Viele Menschentrauben sah er auf der anderen Seite. Gesichter blieben auf diese Entfernung verborgen. Doch Eines konnte er sehen. Nicht mit seinen Augen, sondern mit den Augen des anderen Ichs, das von ihm Besitz ergriffen hatte.

Für viele Jahre hatte er dieses Gesicht nicht mehr gesehen. Und der echte Pais, der von dem fremden Ich kontrolliert wurde, hatte sich stets danach gesehnt, dieses Gesicht eines Tages wiederzusehen. In Frieden wiederzusehen. Die abgerissenen Brücken neu aufzubauen. Das war es, wonach sich der echte Pais sehnte.

Mit normalen menschlichen Augen war es unmöglich, das Gesicht aus der großen Entfernung zu erkennen, das Pais nun fixierte. Das fremde Ich in ihm ermöglichte es ihm dennoch, seinen Blick auf nur dieses eine Gesicht zu konzentrieren. Es ganz detailliert wahrzunehmen. Nichts anderes fokussierte das fremde Ich mehr. Nur noch dieses eine Gesicht. Es gehörte zu Pais' älterem Bruder. Er war der Sprecher des Vierten Hauses Kellron. Lois war sein Name.

Anstatt sich an die schönen Augenblicke, die er mit Lois in seiner Jugend erleben durfte, zu entsinnen, listete der unsichtbare Besatzer in seinem Kopf all jene Begebenheiten auf, die den Hass auf seinen Bruder noch weiter anheizten.

Seine negativen Erinnerungen wurden zum Brennmaterial für seine lodernde Abscheu.

Pais nahm seine Armbrust, die an einem Lederband locker um seine Schulter geschlungen war, in Anschlag. Er zielte jedoch nicht auf Koros, so wie es sich der unterdrückte Teil in Pais wünschte. Pais zielte auf die andere Seite der Schlucht. Er zielte auf Lois. Und drückte ab. Der Herrscher schaute seiner Marionette gelassen und amüsiert zu.

Natürlich schaffte es der Bolzen nicht, die knapp hundert Meter über die Schlucht zu meistern. Dazu war die Armbrust zu klein. Der Bolzen versank auf halber Strecke in der Tiefe. Doch allein der Versuch machte die Absichten des *anderen* Pais deutlich. Rache und Tod.

Tief, ganz tief in einer winzigen dunklen Ecke in Pais war sein unterdrücktes Ich dazu verdammt, tatenlos alles mitanzusehen. Es war hilflos und allein.

Koros schaute dem Bolzen hinterher. »Fühlst du dich jetzt besser, alter Mann?«

»Nein«, sagte das fremde Ich scharf.

»Du wirst noch deine Gelegenheit bekommen. Übe dich in Geduld. Dann wird die Rache dein sein.«

Wrax kam schon wieder angeschlichen. Er wurde dem Herrscher immer lästiger. Seine bloße Anwesenheit machte ihn rasend.

»Was willst du?« Wieder das ‚du‘.

Wrax schluckte seine Verbitterung runter. »Es ist alles bereit, Erster. Die Katapulte sind ausgerichtet, die Gorgens sind bereit, und die Borus sind an die Brückenkonstruktionen angespannt worden.«

»Gut.« Koros erklärte seinem Berater die nächsten Schritte, die er plante. Es war eigentlich ganz einfach. Nur fiel Wrax auf, dass sein Erster anscheinend überhaupt keine Vorkehrungen getroffen hatte für den Fall, dass etwas nicht nach seinem Plan laufen würde. Wrax runzelte die Stirn, entschloss sich aber dann, dieses Problem nicht anzusprechen. »Ich empfehle, dass wir sofort mit dem Angriff beginnen, Erster, bevor unser Gegner noch mehr Zeit hat, weitere Verstärkung zu sammeln. Nennenswerter Widerstand ist zwar nicht zu erwarten, dennoch sollten wir jetzt beginnen«, sagte er stattdessen.

Du wirst noch bereuen, dass du das gesagt hast, dachte Wrax erschrocken. *Kannst es wohl gar nicht mehr abwarten, in die Schlacht zu ziehen? Kannst gar nicht schnell genug in dein eigenes Verderben rennen, wie?*

Koros schaute seinem Berater in die Augen, doch in Wirklichkeit sah er ihn nicht an, sondern er blickte durch ihn hindurch wie durch Glas. »Du empfiehlst *mir*?«

»Ja, Erster, dafür bin ich doch da.«

Der Herrscher hielt es trotz seiner Spannung für besser, seinem Berater jetzt nicht eine Lektion zu erteilen. Wrax hatte ja recht. Und er brauchte ihn - noch.

»Danke«, würgte Koros hervor. »Begebt Euch zu den Gorgens und gebt das Signal, wenn ich es befehle.«

Besorgt schaute Wrax seinen Ersten an. Der Herrscher zitterte. Schweiß floss ihm in Strömen vom Kopf. Seine Haut hatte jegliche Farbpigmente verloren. Er sah aus wie ein Untoter. Das Flüsternde Buch hatte ihn regelrecht ausgesaugt und nur noch das von ihm übrig gelassen, das es benötigte, um seine Mission zu vollenden.

Wrax bekam Angst und entfernte sich zügig, um Koros nicht merken zu lassen, dass er immer mehr zweifelte.

Koros schloss seine glasigen Augen und konzentrierte sich. Es war schwierig, aber schließlich fand er denjenigen, in dessen Kopf er eindringen wollte. Wie ein Parasit nistete er sich dort ein und konnte nun mit seinem Feind sprechen.

Lois auf der anderen Seite der Schlucht fühlte lediglich, dass seine Gedanken nicht mehr ihm alleine gehörten, als Koros sich bei ihm einschlich.

»Ist das alles, was ihr Leute zu bieten habt?«, fragte Koros im Gedanken den Bruder von Pais.

Lois ahnte, wer zu ihm sprach. Er wagte einen vorsichtigen Blick zu dem Mann im dunklen Gewand, der so regungslos am Rand der Schlucht auf der anderen Seite stand, dass man meinen könnte, er wäre zu einer der Steinfiguren geworden, die mit dem Hintergrund verschmolzen.

Angriffslustig erwiderte er ohne Worte: *»Wir werden dich besiegen. Wir werden nicht zulassen, dass du das zerstörst, wofür unsere Vorfahren sterben mussten. Es wäre besser, du gibst gleich auf und ziehst dich mit deinen niederen Kreaturen in die schwarzen Höhlen zurück, aus denen ihr gekommen seid!«*

Koros unbeeindruckt: *»Merkwürdig! Wie viel ihr doch gemeinsam habt. Ihr beide seid miserable Spötter.*

Was? Verunsichert? Wen ich meine, willst du wissen? Lass mich darauf beschränken, dass ich eine kleine Überraschung für dich mitgebracht habe. Eine ganz persönliche Überraschung.«

Koros ließ sich es nicht nehmen, dem schockierten Lois ein Bild von seiner 'Überraschung' in seinen Kopf zu projizieren. Ein Bild von Pais.

»Er freut sich schon wahnsinnig, dich wiederzusehen, Lois! Und das nach so langer Zeit. Man könnte sagen, er ist verrückt danach, seinen geliebten Bruder wiederzusehen. So verrückt, dass er

dich glatt umbringen könnte!«, schallte Koros dem Anführer des Vierten Hauses ins Gehirn.

Lois versuchte, sein Entsetzen zu verbergen, aber Koros hörte alle seine Gedanken und fühlte alle seine Gefühle, als wären es seine eigenen.

»Ja, ich weiß. Es ist schlimm«, sagte Koros gehässig. *»Aber jetzt ist die Zeit der Vergeltung gekommen. Hättest du ihn nicht gehen lassen, wäre er mir vielleicht nicht in die Arme gelaufen. Seine Seele flehte mich an, ihm zu seiner Rache zu verhelfen. Was hast du ihm nur angetan, du Unmensch?«*

Der Herrscher traf Lois bis ins Mark. Auf einen Angriff der feindlichen Macht war er vorbereitet gewesen, nicht jedoch auf die psychische Gewalt, die Koros meisterhaft beherrschte.

»Verschwinde aus meinem Kopf! Dann werden wir sehen, wie mächtig du wirklich bist«, sprach Lois in Gedanken.

Der Eindringling durfte nicht noch mehr über ihn in Erfahrung bringen. Er durfte nicht noch mehr Schwächen erspüren.

Trotzdem war es dem Herrscher gelungen, Schuldgefühle im Bruder von Pais aufkeimen zu lassen. Immer wieder in der Vergangenheit hatte Lois sich Vorwürfe gemacht. Er bereute es, nicht das Gespräch mit Pais gesucht zu haben.

Sein kleiner Bruder war schon von kleinauf ein Außenseiter gewesen. Er hatte ständig alles und jeden in Frage gestellt. Er hatte nicht dieselben Spiele wie die anderen Kinder in seinem Alter gespielt. Und als er zu einem Mann herangewachsen war, ertrug er das Leben in den Ahnenländern nicht mehr. Er versuchte es mit Verständnis. Mit Bitten, die steifen Verhaltenskodexe aufzuweichen. Er wollte in die Welt hinausziehen. Wollte Abenteuer erleben. Die Freiheit spüren.

Lois war einer der härtesten Verfechter der Einhaltung von Regeln, Normen und vor allem Tradition gewesen. Er wäre sogar bereit gewesen, seinen eigenen Bruder aus dem Haus Kellron zu verstoßen, wenn er nicht seine »den Frieden gefährdenden« Hetzereien gegen die Ahnenländer aufgeben würde. Wenn er sich nicht fügen würde.

Er wäre bereit gewesen. Damals.

Aber Pais hatte sich nicht gefügt. Er war geflohen. Über Nacht. Ohne einen Abschiedsbrief.

Lois war einige Monate der festen Überzeugung gewesen, Pais hätte die Flucht nicht überlebt. Niemand zuvor hatte einen Versuch unternommen, von der Klippen-Insel zu türmen.

Aber Lois wusste auch, dass sein Bruder anders war. Er würde es überlebt haben. Er würde sich eine neue Existenz aufgebaut haben, und er würde glücklich geworden sein. Dieser Gedanke war für ihn die einzige Möglichkeit, über den Verlust von Pais hinwegzukommen. Den Mut aufzubringen, nach ihm zu suchen oder in Erfahrung zu bringen, ob Pais noch lebte, brachte er zunächst nicht auf. Er konnte nicht aus seiner eigenen Haut heraus. Er lebte gerne hier und wollte seine Familie nicht verlassen oder gar in Gefahr bringen. Kontakt nach außen war strikt untersagt. Alleine der Versuch wurde hoch bestraft. Dennoch hatte man auf den Ahnenländern die Möglichkeit, sich über das Geschehen außerhalb des kleinen Eilandes zu informieren, wodurch er letztlich Pais aufspüren und seinen weiteren Lebensweg im Geheimen verfolgen konnte, wenn auch nur sporadisch.

Was Lois in diesen schrecklichen Minuten von dem verrückt gewordenen Herrscher erfahren und zu sehen bekommen hatte, ließ ihn innerlich zerbrechen.

Schuldgefühle erwuchsen in ihm. Sein Bruder würde kommen und sich bei ihm rächen. Lois konnte ja nicht ahnen, dass Pais manipuliert wurde, und dass er kein gewalttätiger Mensch war.

Er wollte es nicht auf diese Weise enden lassen.

Nicht auf diese Weise.

»Geh aus meinem Kopf, du Irrer!«, stammelte Lois in Gedanken zu Koros.

Koros verlor allmählich die Lust, seinen Gegner noch weiter zu quälen. Fürs Erste sollte es reichen. Mit dem, was er bisher erreicht hatte, war er ganz zufrieden. Psychologische Kriegsführung war eine nicht zu unterschätzende Methode, seinen Gegner zu schwächen, das wusste er.

»Sieh, was ich vollbringen werde, und dann urteile über mich. Pais wird ganz sicher über dich urteilen und richten«, blies er Lois ins Gehirn und verließ danach dessen Gedankenwelt und kehrte zurück in seine eigene.

Einsam wiegte Koros Cusuar sich mit halb geöffneten Augen am Abgrund. Er spürte die Unruhe der Gorgens hinter seinem Rücken. Er spürte das unbändige Verlangen zuzuschlagen und zu siegen. Er hörte sie atmen. Jeden einzelnen seiner und der gegnerischen Armee konnte er atmen hören. Er konnte sie *alle* hören. Jeden einzelnen.

Die Zeit war gekommen. Koros kniete sich auf das schroffe Gestein und las ein paar Steine auf. Er umschloss sie mit seiner Faust, wobei er den Arm ausgestreckt hielt. Mit leisem Knirschen zermalmte er sie mit seiner bloßen Hand.

Seine Stärke, sein Wille und sein Wahnsinn erreichten in diesem Augenblick ihren Höhepunkt. Das Flüsternde Buch hatte ganze Arbeit bei ihm geleistet.

»Lasst die Erde erzittern«, hauchte er nur für sich selbst.

Er hob den Arm nach oben und ließ ihn dann wie ein Fallbeil fallen. Das Signal.

»VALHEEL!«, schrie Wrax mit brechender Stimme.

Es war der Schlachtruf, der die Armee der Finsteren Ebenen zur einer Einheit formen und auf das eine Ziel einschwören sollte.

Der Herrscher Koros Cusuar verharrte apathisch auf den Knien.

Hinter ihm erhob sich eine dunkle Wolke aus lederartigen Leibern in die Luft. Eine Welle von über sechstausend Gorgens baute sich vor den Verteidigern der Ahnenländer auf und brach wie eine Sintflut über sie herein.

DIE ZEIT LÄUFT AB

»Wo bist du?«, brüllte Antilius in das weite Land von Verlorenend.

Gilbert wurde durch den Lärm grob aus seinen Träumen gerissen. Und das war wirklich bedauerlich. Es waren Träume, die er seit sehr langer Zeit nicht mehr geträumt hatte.

»Was brüllst du so?«, fragte er verschlafen.

»Wo bist du?«, schrie Antilius wieder.

»Mit wem redest du? Antilius! Was ist denn los?«

»Sie hat uns belogen«, schnaufte Antilius. »Sie hat uns die ganze Zeit nur Lügen aufgetischt.«

Gilbert war verwirrt. »Wer?«

»Tahera!«

»Wieso hat sie gelogen? Und wobei?«

»Dieser Ort hier. Er ist nicht das, für den wir ihn halten sollen.«

»So? Was ist er dann?«

Antilius raufte sich niedergeschmettert die Haare. »Ich weiß nicht. Ich weiß es einfach nicht. Wir dürfen aber nicht hier bleiben - das weiß ich. Uns läuft die Zeit davon!«

»Du sprichst in Rätseln, Meister.«

»Ja, in Rätseln zu sprechen, das scheint hier eine Krankheit zu sein«, sagte Antilius verbittert.

»Es ist keine Krankheit«, sagte Tahera, die plötzlich wie aus dem Nichts hinter Gilbert und Antilius aufgetaucht war.

»Ich wollte euch nur beschützen.«

»Da bist du ja endlich! Sag mir jetzt die Wahrheit! Wehe, du belügst mich ein weiteres Mal.«

»Nur hier seid ihr sicher!«, wehrte sich Tahera mit ängstlicher Stimme.

»Unsinn! Durch dein Verhalten hast du alles nur noch schlimmer gemacht.«

»Wovon redest du?«, fragte sie verwirrt.

»Koros war hier. Er wusste von diesem Ort. Er kennt Verlorenend, verstehst du?«, sagte Antilius zornig.

»Das kann nicht sein. Ich wollte euch doch nur beschützen.«

»Du hättest dich nicht einmischen dürfen! Du hast alles nur noch viel schlimmer gemacht, indem du mich hingehalten hast«, schrie Antilius. Er war außer sich.

»Ich wollte dir helfen!«, stieß Tahera mit zitternder Stimme hervor. Gilbert befürchtete, dass sie jeden Moment in Tränen ausbrechen würde.

»Du hast mich hingehalten! Das ist alles, was du gemacht hast! Du hast mich vom Orakel ferngehalten, obwohl du genau wusstest, dass uns die Zeit davonläuft.«

»Nun lass sie doch ausreden«, fuhr Gilbert dazwischen.

»Ja, sicher. Noch mehr Zeit für ihre Lügen verschwenden.«

Tahera bemühte sich, die Tränen hinunterzuschlucken.

»Was hast du uns verschwiegen?«, fragte Gilbert ruhig.

»Ich … ich habe gespürt, dass die Zeit in Verlorenend wieder vorwärts schreitet. Jeder hier hat es gespürt. Nur wollte ich es aber nicht wahrhaben. Ich habe euch beide in meinen Visionen gesehen. Ich habe eure Zukunft gesehen. Viele Versionen eurer Zukunft. Aber eine Vision hatte ich so schrecklich oft, dass ich angefangen habe, mich vor dem Tag, an dem ihr hier eintreffen würdet, zu fürchten.« Tahera machte eine Pause und schluckte trocken. »Diese eine Vision hat mir deinen Tod gezeigt, Antilius. Und seitdem war mir klar, dass ich euch beide beschützen muss. Ich glaubte, es wäre das Richtige.

Als du, Antilius, hier ankamst, war ich davon überzeugt, dass die Zeit stillstehen würde, und wir uns nicht beeilen müssten, Koros aufzuhalten. Mein Verstand wusste es zwar besser, aber ich täuschte mir selbst vor, dass wir hier in Verlorenend sicher sein würden und Koros uns hier nie finden würde.«

Tahera prüfte zuerst Gilberts und dann, etwas länger Antilius’ Gesichtsausdruck. Dann sagte sie: »Ja, ich weiß. Das war naiv und selbstsüchtig. Das braucht ihr mir nicht zu sagen, ich kann es an euren Gesichtern ablesen.«

Tahera tat Gilbert Leid. Er glaubte an ihre Aufrichtigkeit. Antilius aber spürte, dass Tahera ihm noch etwas verschwieg.

»Meine Zukunft ist noch nicht festgeschrieben. Ich glaube nicht an Vorhersehungen. Deine Visionen haben dir nur eine Möglichkeit gezeigt. *Eine* Version der zukünftigen Ereignisse.

Ich dachte, du würdest an mich glauben? Ich vertraute dir«, sagte Antilius enttäuscht, aber trotzdem verträglich.

»Es tut mir so Leid.« Mehr konnte sie nicht sagen. Und Antilius konnte es nachvollziehen.

»Nein, es muss dir nicht Leid tun. Es würde mich nicht überraschen, wenn Koros dir bei deinen Visionen über meinen Tod ein wenig nachgeholfen hat, um mich zu behindern. Das traue ich ihm zu. Koros will zwar, dass ich etwas über mich selbst erfahre, aber er möchte nicht, dass ich genügend Zeit habe, soviel zu erfahren, dass es ausreichen könnte, ihn sogar zu besiegen. Er will sich mir im Kampf stellen, was immer er sich darunter auch vorstellen mag. Er will aber nicht, dass ich für ihn zu stark werde. Er möchte einen leichten Sieg davontragen.

Noch ist also nichts verloren. Führe mich zum Orakel, Tahera! Jetzt!«

»Du weißt ja nicht, worauf du dich einlässt. Du bist noch nicht bereit. Du fängst gerade erst an, zu verstehen«, sprach Tahera verzweifelt.

»Das ist meine Entscheidung. Ich mag vielleicht nicht verstehen, was mit mir und um mich herum geschieht, aber ich habe einen eigenen Willen. Ich treffe meine eigenen Entscheidungen, auch wenn sie falsch sind.«

»Und wenn sie tödlich sind?«

»Dann auch.«

Tahera schwieg und senkte resigniert den Blick.

»Das Orakel!«, bohrte Antilius.

»Ich werde dich hinführen«, sagte Tahera enttäuscht, obwohl sie wusste, dass es keine andere Möglichkeit gab.

»Komm, Gilbert«, sagte Antilius.

»Nein. Es ist besser, wenn dein Freund hier bleibt. Das Orakel soll sich nur auf deinen Verstand konzentrieren können.«

»Gilbert wird mich begleiten. Das Orakel wird sich damit zufrieden geben müssen.«

»Wie du meinst«, sagte Tahera. »Folgt mir!«

DIE BRÜCKE UND DIE SCHLUCHT

Als Wrax den Befehl zum Angriff gab, zitterten ihm die Knie dermaßen heftig, dass er befürchtete, jeden Moment zusammenzubrechen. Wäre es doch nur geschehen. Dann hätte sein Erster den Befehl geben müssen. Aber nein. Wrax musste ihn geben. Und dadurch fühlte er sich noch schuldiger als zuvor.

Lass es schnell vorübergehen. Lass es schnell vorübergehen!
Oh, bitte! Wehrt euch nicht! Wehrt euch nicht! Macht es nicht noch schlimmer, als es schon ist.

Seine Bitte wurde aber nicht erhört.

Wrax war nicht in den ganzen Plan eingeweiht, mit dem Koros diese Schlacht gewinnen wollte. So konnte er auch nicht nachvollziehen, warum die Gorgens ohne Bewaffnung auf ihre Gegner losstürmten.

Das Vertrauen in seinen Ersten hatte Wrax schon lange verloren. Erst jetzt wurde es ihm richtig bewusst.

»Haltet euch bereit!«, rief Koros zu seinen verbleibenden Kämpfern.

Unaufhaltsam rollte die erste Angriffswelle auf die Verteidiger auf der anderen Seite der Schlucht zu.

Die Sonne verbarg sich weiterhin hinter dem Mantel des Hochnebels. Sie schien nicht zuschauen zu wollen.

Wrax wünschte sich, dass er auch nicht hinsehen musste. Doch er sah hin. Er musste hinsehen. Sehen, woran er Mitschuld trug. Er war schuldig von dem Moment an, an dem er in die Dienste des Herrschers getreten war.

Obwohl er sich selbst dazu verdammte, hinzusehen, war es ihm nicht möglich zu erkennen, ob die Gegner Abwehrmaßnamen einleiteten.

Die Welle von Gorgens war kurz davor, die Insel zu erreichen. Hunderte Gorgens würden allein schon ausreichen, um die Verteidiger zu überrollen. Aber das sollten sie nicht. Ihre Aufgabe war eine ganz andere.

Wenige Meter vor der gegenüberliegenden Schlucht wurde die Welle langsamer und kam dann vollends zum Stillstand. Als ob die Zeit angehalten wurde, verharrte die schwarze Gorgen-Masse über dem gähnenden Abgrund. Die über sechstausend Gorgens bildeten eine riesige, fliegende Mauer.

Wrax hielt die Luft an. Er konnte die andere Seite nicht mehr sehen. Die gesamte Gegenmacht wurde durch die Gorgens verdeckt. Sie bildeten einen undurchsichtigen, schwarzen Vorhang.

Das war er also, der Plan. Jetzt durchschaute Wrax ihn. Die Brücke sollte über die Schlucht abgesenkt werden, ohne dass die Ahnen-Verteidiger gegenüber etwas davon mitbekommen würden. Zumindest für eine Weile. Die Gorgens sollten nicht kämpfen, denn dafür waren sie in Koros' Augen zu feige. Sie sollten den Gegner ablenken.

»Baut die Brücke auf!«, befahl Koros.

Die Brücke: Eine Konstruktion, die mit Hilfe der Pläne des Herrschers eilig gebaut worden war. Eigentlich waren es nur grobe Skizzen, die erst durch Wrax detailliert ausgearbeitet werden mussten, um in die Realität übertragen werden zu können.

Jetzt würde sich zeigen, ob die Konstruktion auch halten würde. Zuerst wurde ein ungefähr fünfzig Meter hoher Turm aus Amedium-Verstrebungen in die Vertikale von über fünfundvierzig mit Seilen verbundenen Borus in Stellung gebracht. Für jedes Lasttier gab es einen Bändiger, der mit einer Peitsche ausgerüstet war. Die Peitsche war eine der wenigen Möglichkeiten, diese Kolosse zum Bewegen zu animieren. Der untere Teil des noch senkrecht stehenden Turms wurde dann mit schweren Pflöcken aus Immerfestholz in der Erde befestigt. Das alles ging zu Wrax' Überraschung sehr schnell. Jeder Handgriff war mehrmals geprobt worden, was sich jetzt auszahlte.

Die Borus wurden daraufhin links und rechts des senkrecht stehenden Turms an weiteren schweren Seilen neu positioniert. Jedes der feisten Tiere war nun mit einem Seil an der Konstruktion verbunden.

Wrax wedelte mit den Händen, um die Bändiger zur Eile anzutreiben.

Erste Peitschenhiebe knallten auf die mächtigen Rücken der Borus. Weitere gesellten sich dazu und bildeten einen disharmonischen Peitschenchor. Was sich schmerzhaft anhörte, war für die Lasttiere nicht mehr als ein lästiges Kitzeln.

Betulich spannten sich die Zugseile. Ziel war es, ein schmaleres Turmsegment, das in das äußere Skelett eingelassen war, durch einen ausgefeilten Zugmechanismus in die Höhe zu ziehen. Am Ende dieses Prozesses sollte der Turm so weit in die Höhe ragen, wie die Schlucht breit war, um ihn anschließend wie eine Zugbrücke hinunter zu lassen.

Wrax hatte keine Zeit mehr gefunden, den letzten Schritt dieses gefährlichen Vorhabens zu testen. Er zweifelte, dass es funktionieren würde. Eine einhundert Meter lange Brücke aus der Senkrechten so abzulassen, dass sie unbeschädigt blieb, war fast unmöglich.

Innerlich hoffte er, dass dieses Vorhaben scheitern würde. Er glaubte nicht, dass die Brücke stabil genug sein würde. Doch für den Fall der Fälle war eine zweite Ausziehbrücke konstruiert worden, die als Ersatz fungieren sollte.

Auf der anderen Seite des Abgrunds machte sich Besorgnis breit. Man wollte nicht den ersten Schritt machen. Man wollte nicht den ersten Schuss auf die Gorgens abgegeben. Keiner ahnte, dass es sich um ein Ablenkungsmanöver handelte.

Lois glaubte eine Sekunde sogar, dass die Gorgens es sich anders überlegen würden. Vielleicht sogar überlaufen würden.

Hektisch wurde versucht, zu erspähen, was sich auf der gegenüberliegenden Seite der Barriere von Valheel ereignete. Ohne Erfolg. Die Gorgens bildeten direkt über dem Abhang eine über vierzig Meter hohe Mauer, die den Blick zur anderen Seite versperrte und hoch genug war, um die dort noch senkrecht stehende Brücke zu verbergen.

Lois verlor die Geduld und gab den Befehl, unauffällig auf eines der geflügelten Wesen mit einer Armbrust zu schießen, um einen kurzen Blick zur anderen Seite zu erhaschen. Es wurde ein Opfer ausgewählt, und Lois richtete seinen Feldstecher auf den glücklosen Gorgen.

Lautlos bohrte sich der Bolzen in den Leib seines Opfers, welches ohne Verzögerung in die Tiefe stürzte und so ein Loch in die Wand aus Gorgens riss. Es dauerte zwar nur Sekunden, bis die übrigen Gorgens die Lücke entdeckten und hastig schlossen, aber die Zeit reichte für Lois aus, um einen Teil des mittlerweile fast vollständig ausgefahrenen Amedium-Turms zu sehen.

»Eine Zugbrücke! Sie wollen eine Brücke aufbauen!

Durchbrecht die Formation und schickt die Orlocks los!

Lasst sie die Seile durchbeißen!«

Vier kanonenartige Röhren auf riesigen hölzernen Fahrgestellen wurden vorgefahren. Am hinteren Teil jedes Gefährts lagerte ein wuchtiges Fass, welches randvoll mit einer bläulichen Flüssigkeit gefüllt war.

Einige Gorgens erahnten das Unheil und machten sich geschwind aus dem Staub, in der Hoffnung, ihr Auftraggeber würde es nicht mitbekommen. Die große Mehrheit aber blieb standhaft.

Zwei Hebel pro Kanone wurden von kräftigen Armen in kurzen Intervallen auf und ab bewegt. Nach ein paar Hebelbewegungen schossen riesige blaue Fontänen aus den Kanonen und ergossen sich über die an vorderster Front fliegenden Gorgens. Fackelträger entzündeten die ausgespuckte Flüssigkeit an den Kanonenenden, und eine Flammenhölle brach los.

Blau leuchtende Feuerwalzen brachen über die Gorgenarmee herein und steckten unzählige von ihnen in Brand. Die Schlucht wurde von markerschütternden Schreien erfüllt, welche an den Felswänden widerhallten.

Nackte Panik breitete sich aus, und die Formation löste sich rasch auf.

Ein Großteil der Gorgens floh in alle Himmelsrichtungen. In Flammen stehende Gorgens versuchten noch, sich in ihrer Verzweiflung an den Klippenrand zu retten, doch die meisten von ihnen trudelten in den Abgrund. Durch den Schock war für viele oben und unten nicht mehr zu unterscheiden.

Unter Ihnen war auch Feuerwind. Sein Entgelt für seine Suche nach dem Zeittor würde er nie erhalten. So war er gezwungen gewesen, zusammen mit den anderen an der Barriere von Valheel an vorderster Front Stellung zu beziehen.

Nun machte er seinem Namen auf tragische Weise alle Ehre. Vom Feuer verschlungen führte ihn sein letzter Flug in den Tod, der ihn in dreihundert Metern Tiefe erwarten würde.

»Verflucht! Sie haben den Trick durchschaut«, bemerkte Koros auf der anderen Seite der Schlucht abgestumpft.

»Los! Beeilt euch gefälligst! Lasst die Brücke endlich runter!«

Fassungslosigkeit und Entsetzen beherrschten den Berater Wrax, als er mitansehen musste, wie ein Gorgen nach dem anderen brennend und schreiend in den Abgrund stürzte. Seinen Ersten ließ das Sterben kalt.

»Ihr müsst sie da rausholen, Erster. Seht Ihr denn nicht, dass sie keine Chance haben?«

»Schweig! Sie werden so lange die Stellung halten, bis die Brücke unten ist! Die meisten dieser erbärmlichen Feiglinge sind eh schon geflohen.«

»Das dauert viel zu lange! Bis dahin sind sie entweder verbrannt oder entkommen. Es hat keinen Sinn! Ich flehe Euch an, Erster! Holt sie zurück!«, bettelte Wrax mit Tränen in den roten Augen.

»Wie klein du doch geworden bist, Wrax! Gerade von dir hätte ich mehr Standfestigkeit erwartet. Du bist eine einzige Enttäuschung. Geh mir aus den Augen und hör auf rumzuwinseln.«

»Mitgefühl zu zeigen, ist kein Zeichen von Schwäche!«

»Ich sagte: Geh mir aus den Augen!«, schrie Koros so laut, dass es sogar die Schreie von der anderen Seite der Schlucht übertönte.

Wrax ging.

DIE WÄCHTER VON VALHEEL

Lois wollte kein Gemetzel veranstalten. Er wollte nur ein paar ausreichend große Lücken in die Gorgenblockade schießen, um die Gorgens in die Flucht zu schlagen und um seine Orlocks durchschlüpfen zu lassen.

Orlocks waren schlanke flugfähige Nagetiere mit einem pfeilförmigen Körperbau. Diese Tiere waren Tarnungskünstler. Wenn sie an Bäumen nach Nahrung suchten, verstanden sie es hervorragend, sich der Farbe der Borke anzupassen. Sie sollten sich nun an die Zugtaue der Borus haften und diese Seile dann durchbeißen, damit die Brücke unkontrolliert herabfallen und zerstört werden würde.

Sie zu züchten und zu dressieren war eine Lebensaufgabe. Deshalb schätze Lois sie besonders. Sie waren seine Geheimwaffe. »Schickt sie rüber!«

Ein kleiner Schwarm der fliegenden Nager nutzte das Chaos in der Gorgenarmee und passierte sie unbemerkt.

Auch die anderen Anführer der übrigen Häuser der Ahnenländer schickten die Geheimwaffe los.

»Stellt das Feuer ein!«, befahl Lois.

Es waren nur noch wenige Gorgens übrig geblieben. Die meisten waren geflohen. Einige hatte der Tod ereilt.

Lois überprüfte seinen Geist. Er wollte feststellen, ob seine Gedanken von Koros abgehört wurden. Zu seiner Erleichterung stellte er fest, dass seine Gedanken ihm alleine gehörten. Der Herrscher war anscheinend anderweitig beschäftigt.

Und das war tatsächlich der Fall. Koros schrie wie von Sinnen auf die Bändiger der Borus ein. Sämtliche knapp einhundert Borus waren mittlerweile allesamt vor die gänzlich ausgezogene Brückenkonstruktion, welche bereits in einen spitzen Winkel gesenkt worden war, an insgesamt zehn Seilen gespannt. Je weiter die Brücke herabgelassen wurde, desto größer wurde das Zuggewicht, dem die Lasttiere standhalten mussten.

Obwohl Koros am liebsten die Peitschen bei den Bändigern selbst verwandt hätte, ließen sich diese nicht aus der Ruhe bringen, da sie genau wussten, dass ein zu rasantes Vorgehen die Brücke zerstören würde.

Während der Herrscher noch seine Stimmbänder bis zum Äußersten reizte und die Brücke Zentimeter für Zentimeter unter Ächzen und Knarzen gesenkt wurde, landeten die Orlocks unbehelligt auf den dicken Seilen aus Hanf und begannen sogleich mit der Arbeit. Ihre scharfen Zähne schnitten sich mühelos durch die Fasern.

Schnell schrumpfte das erste Seil an der Bissstelle auf ein Zehntel seiner Ursprungsdicke. Erst als es der Spannung nicht mehr widerstehen konnte und es nach dem Reißen peitschend zurückschnallte, wurden die Orlocks entdeckt. Koros entdeckte sie und war außer sich, dass niemand sie bemerkt hatte.

»Kümmert euch um diese Viecher! Aber schießt nicht auf sie, sonst beschädigt ihr die Seile!«

Koros war rasend vor Wut, weil er diesen Zug nicht vorhergesehen hatte.

Die Brücke befand sich gerade in einem gefährlichen fünfundvierzig Grad Winkel. Wenn noch weitere Seile reißen würden, dann wäre die Konstruktion verloren.

Eine Hand voll Gorgens, die der Feuersbrunst entkommen waren, eilte herbei und stürzte sich auf die Orlocks.

Die Nager erwiesen sich dabei als äußerst hartnäckig. Sie ließen sich nicht ohne weiteres vertreiben. Die Attacken der Gorgens beantworteten sie mit schmerzhaften Bissen.

Das zweite Seil riss und die Borus, die daran hingen, stolperten schlagartig vornüber. Dabei begruben sie zwei der Bändiger unter sich, denen die Atemluft aus den Lungen gepresst wurde.

»Beeilt euch! Vertreibt sie!«, kreischte Koros. Er machte Anstalten, an einem der Seile hochzuklettern, um sich persönlich der Störenfriede anzunehmen.

Einen Herzschlag später verabschiedete sich das dritte Tau. Und dann sogleich das vierte.

Die verbliebenen Borus, bei denen die Seile noch nicht angenagt waren, wurden unfreiwillig von der schweren Brücke nach hinten gezogen. Die Kräfteverhältnisse wurden umgekehrt: Nicht mehr die Borus kontrollierten die Neigung der Brücke, sondern die Brücke zog jetzt an den Borus. Kaum wahrnehmbar senkte sich das Konstrukt trotz Gegenhalten der übrigen Tiere. Die Lasttiere stemmten sich mit aller Macht gegen das Übergewicht. Ihre Hufe rammten sich in den sandigen Boden. Die Bändiger ließen die Peitschen im Sekundentakt knallen.

Aber alles half nichts. Die Brücke war bereits zu tief abgesunken und ihr Gewicht war nicht mehr zu halten. Die letzten Meter senkte sie sich unaufhaltsam und immer schneller.

Koros ergriff ein durchtrenntes Seil und zerrte wild daran, um das Unvermeidliche zu verhindern. Seine Scheu, sich in diesem Augenblick vor seine Untergebenen zu blamieren, war verpufft. Sein Plan war bis ins Detail durchdacht worden. Bis auf die Orlocks. Wahrlich eine Geheimwaffe.

Die schwere Konstruktion prallte darauffolgend erdbebengleich mit dem anderen Ende auf das Klippengestein der Ahnenländer und löste dabei keilförmige Brocken vom Rand der Schlucht.

Fast sämtliche Querverstrebungen der Konstruktion barsten gleichzeitig wie Streichhölzer und splitterten in alle Richtungen.

Die Bodenpartie des Bauwerks, mit Hilfe derer Koros die gegenüberliegende Seite ruhmreich erobern wollte, knickte an drei Stellen zusammen. Der klägliche Rest der Brücke machte sich daran, den Flug in die Tiefe anzutreten.

Siebzehn Borus wurden mitgerissen. Die anderen konnten von ihren Bändigern vom Zuggeschirr noch rechtzeitig befreit werden. Mit einem nachhallenden Rumoren und begleitet von den panischen Hilfeschreien der Lasttiere donnerten die Trümmer durch den Felsspalt.

Der danach folgende Aufprall war die Einleitung für eine unerträgliche Totenstille, die sich über der Barriere ausbreitete.

Für Jubelschreie auf der Ahnen-Seite über einen vorzeitigen Sieg über das Böse war es noch zu früh. Man hatte die zweite Brückenkonstruktion entdeckt, die auf ihren Einsatz wartete.

Doch das würde noch einige Zeit in Anspruch nehmen, denn Koros musste Ersatz für die verloren gegangenen Borus finden.

Und genau diese Verzögerung seines Feldzuges könnte für ihn zum Verhängnis werden.

Als nämlich die Brückenteile an den Steilwänden vorbei in die Tiefe gerauscht waren, hatten sie auch mehrere Höhlen passiert, die im Fels dunkle Schatten bildeten. Hinter diesen Schatten verbarg sich etwas, das durch den Lärm geweckt wurde. Und darüber nicht sonderlich glücklich war. Feuerrote Reptilienaugen blitzen in der Dunkelheit der feuchten Grotten auf.

Lois konnte ihr Erwachen fühlen. Es waren die Wächter. Ein Vermächtnis desjenigen, der diese große Felsspalte geschaffen hatte:

Es waren die Wächter von Valheel.

WER IST ILBÉTHA?

Ein Orakel hatte sich Antilius ganz anders vorgestellt. Möglicherweise war es ein steinerner Podest, auf dem ein altes Geschöpf saß und mystische, vage Prophezeiungen machte, dachte er. Aber nichts dergleichen bekam er zu sehen.

Eine glatte dunkle Felswand von höchstens vier Metern Höhe ragte vor ihm auf. Mitten in einer grau-silbrigen Einöde von Grasland lag sie.

Antilius glaubte, dass es sich um einen Fels gehandelt haben muss, der vor Urzeiten in zwei Teile gebrochen war. Er schaute sich um. Eine andere Hälfte gab es nicht.

Die Wand sah aber nicht so aus, als ob sie aus normalem Gestein bestünde. Dieser Fels war dunkler und härter. Eine Ahnung von einem metallischen Glanz verbreitete er.

Vielleicht war es kein Fels. Vielleicht stammte er nicht von hier.

Ein Meteorit, schoss es ihm durch den Kopf.

»Hier ist es. Ich werde mich entfernen. Zu mir wird es nicht sprechen. Es erwartet dich«, sagte Tahera und verließ Antilius und seinen Freund Gilbert.

»Na dann, probiere dein Glück, Meister«, sagte Gilbert.

»Was soll ich denn jetzt tun?«

»Keine Ahnung. Sprich mit dem Orakel.«

»Ich soll mit dem Stein sprechen?«

Gilbert zuckte mit den Achseln. »Mach es einfach.«

Antilius zögerte einen Moment und schritt dann bedächtig dicht an die Felswand heran. »Ich bin Antilius«, begann er. »Ich frage mich, ob du mir helfen kannst, Orakel.«

Es gab keine Reaktion. Antilius untersuchte die Beschaffenheit der Oberfläche des Felsens mit seinen geschulten Augen. Dieses Ding gehörte nicht zu diesem Ort und nicht in diese Welt. Es war irgendwie anders.

»Hörst du mich, Orakel?«, rief er. Er drehte der Felswand den Rücken zu, sah sich um und wartete. Der Weg hierher war lang und gefährlich gewesen. Wenn das Orakel jetzt nicht antworten würde, dann wäre alles umsonst gewesen.

»Orakel! Sprich bitte zu mir!«

Ein Stöhnen erschallte hinter ihm aus dem Felsen, und ehe er sich umblicken konnte, packte ihn etwas, das aus der Felswand hervorkam, am linken Handgelenk. Gleich darauf auch am rechten. Es waren Hände. Hände aus Stein. Und dann, fast zeitgleich, packten ihn weitere Hände aus dem Stein an seinen Fußknöcheln und zogen ihn zusammen mit den anderen Händen an die Felswand heran.

Gilbert wollte seinem Meister zu Hilfe eilen.

»Nein! Warte. Ich darf mich nicht dagegen wehren«, sagte Antilius und vertraute dabei wieder auf seinen Instinkt.

Die Hände pressten Antilius nun vollends gegen die kalte, steinerne Wand. Er konnte sich nicht mehr bewegen. Weitere Hände fuhren aus dem Fels und strichen ihm übers Gesicht, tasteten ihn ab und durchwühlten sein Haar. Er ließ alles über sich ergehen. Er wehrte sich nicht. Die kalten Hände zogen ihn ein Stück nach oben, sodass seine Füße keinen Bodenkontakt mehr hatten.

Dann fühlte er ein Stechen in der Brust. Gleichmäßig nahm der Schmerz an Intensität zu. Er schaute an sich herab und sah mit Fassungslosigkeit, dass sein Brustkorb von innen zu leuchten begann. Das Stechen war kaum noch zu ertragen.

Es war, als ob die Sonne ihn von innen verbrennen würde.

»Aufhören!« Gilbert rannte zu seinem Meister, doch auf halbem Weg schlug ihn etwas Unsichtbares beiseite und ließ seine Sinne schwinden. Er fiel zu Boden.

»Nein!«, schrie Antilius.

Sein Brustkorb schien heller zu strahlen als jede Sonne in diesem Universum. Er war kurz davor, in Ohnmacht zu fallen.

Dann bewegte sich der leuchtende Ball in ihm. Er wollte nach draußen. Ein paarmal noch zuckte die strahlende Kugel in seinem Brustkorb hin und her, bis sie aus ihm herausschwebte, ohne ihn dabei zu verletzen.

Der Schmerz ließ aber nicht nach. Da war noch immer leuchtende Materie in ihm. Eine weitere Kugel verließ seinen Körper und mit einem letzten wimmernden Schmerzschrei stieß noch eine dritte aus seinem Leib.

Drei Feuerbälle schwebten nun vor seinen Augen. Stumm. Als wären sie schon immer da gewesen.

So rasch, wie der Schmerz gekommen war, so rasch verschwand er auch wieder.

Antilius schaute in die drei glühende Sonnen hinein. Ihre lodernde Glut spiegelte sich in seinen Augen wider.

Die glühenden Massen drehten sich um sich selbst und brannten sich in seinen Verstand. Sie paralysierten ihn. Nach einer Weile verformten sie sich. Sie waren von nun an keine Feuerbälle, keine Sonnen mehr. Sie wurden zu Gesichtern. Drei Gesichter. Alle ein Ebenbild von Antilius. Neugierig sahen sie ihn an.

»Du hast viele Fragen«, sagte das mittlere Gesicht mit einer Stimme, die von weit, weit her zu kommen schien, und die der von Antilius in keinster Weise ähnelte.

»Er hat aber große Furcht. Und er hat alles vergessen«, sprach das linke Gesicht.

»Er will endlich Antworten«, betonte das rechte.

»Wer seid ihr?«, fragte Antilius fast automatisch.

»Wir sind du. Wir kommen aus dir«, erklärte wieder das Gesicht in der Mitte.

»Er versteht nicht«, sagte das linke Gesicht.

»Er wird es verstehen«, erwiderte das rechte Gesicht.

»Wir sind du«, wiederholte das mittlere Antilius-Abbild.

»Ihr seid nicht wie ich«, murmelte Antilius furchtsam.

»Wir sind Teile deiner Selbst. Verstehst du?«

»Nein.«

»Seine Furcht hindert ihn am Denken«, bemerkte die linke Antilius-Kopie.

Das rechte Gesicht: »Er braucht Zeit.«

Das mittlere Gesicht: »Die Zeit ist aber knapp.«

»Wer seid ihr?«

»Wir haben zwar keinen Namen, doch werden wir versuchen, es dir verständlicher zu machen: Ich, ich bin dein Wissen. Ich repräsentiere deine Fähigkeiten und deine Talente«, sprach das mittlere Gesicht und deutete dann von Antilius aus gesehen nach links. »Das ist Furcht. Er spiegelt deine Ängste und Zweifel wider. Und auf der anderen Seite ist Hoffnung. Er zeigt dir deinen Glauben und deine Zuversicht. Nur so können wir mit dir kommunizieren.«

Antilius fasste sich ein wenig. Die Hände aus Stein hielten ihn nach wie vor an der Felswand gefangen.

Seine bizarr funkelten Ebenbilder schauten ihn zeitlos an.

»Jemand sagte mir, nur ihr seid in der Lage, mir zu helfen«, sagte Antilius.

»Das werden wir. Deine Suche nach deinen Fähigkeiten wird hier noch lange nicht beendet sein. Die Tage aus der Vergangenheit, die für dich im Dunkeln liegen, sind so viele. Du hast alles vergessen, Antilius«, erklärte Wissen.

»Was habe ich vergessen? Sagt es mir, bitte!«

Das mittlere Gesicht zeigte sich enttäuscht. »Das können wir nicht. Das Einzige, was wir dir mit Sicherheit sagen können, ist, dass deine Erinnerungen an die Geschehnisse, an die du dich nicht mehr erinnern kannst, dir entzogen wurden. Sie sind fort. Wir vermögen deine fehlenden Erinnerungen nicht aufzuspüren. Wir glauben, dass sie sich irgendwo auf Thalantia befinden.

Es gibt noch einige Artefakte von Erinnerungen, die noch in dir verborgen sind. Aber sie sind so tief in dir, dass es uns nicht möglich ist, sie hervorzuholen.«

Die Stimme, dachte Antilius, *die Stimme, die ich bei der Blume an dem kleinen Bahnhof im Wald bei dem alten ständig lachenden Mann gehört habe. ,Wie konntest du nur?', hatte sie gesagt. Das war eines dieser Artefakte, das in mir verborgen sind. Ja, da bin ich mir ganz sicher.*

»Sei aber nicht enttäuscht, Antilius. Wir haben deinen Weg verfolgt, seit du auf Truchten in der wirklichen Welt aufgetaucht bist. Du besitzt Fähigkeiten, die es dir ermöglicht haben, uns zu finden.«

Antilius nickte. »Ihr meint, dass ich manchmal intuitiv das Richtige getan habe, wie bei dem Wasserrätsel im Dunklen Tunnel.«

»Ja, genau. Oder erinnere dich an die Tür vom Haus der Largonen, die versperrt war. Du konntest sie aufstoßen, allein mit deinen Gedanken. Und die welke Blume, die du wieder hast erblühen lassen.

In dir steckt noch so viel mehr, von dem du keine Ahnung hast. Die Zeit reicht nicht aus, um abzuwarten, ob du dich an noch mehr erinnern kannst oder um weitere Fähigkeiten zu erforschen. Wenn du Koros gegenübertrittst, wirst du dich auf deinen Instinkt verlassen müssen. Den gleichen Instinkt, der dich hierher geführt hat. Du musst den Herrscher besiegen, ansonsten werden alle Welten, sowohl Thalantia als auch Verlorenend sterben. Und ihre Bewohner mit ihnen«, sagte Hoffnung.

»Was ist diese Macht, die Koros an sich reißen will?«

»Es ist die Macht der Transzendenz. Mit ihr wird er zu einem Wesen, für das Grenzen bedeutungslos sein werden. Er wird die Zeit manipulieren können. Er kann Zeit und Raum verbiegen. Er wird diese Welt mit Schrecken überziehen, denn der Transzendente wird ohne Verstand sein.

Doch Koros ist nicht die größte Gefahr, die deiner und unserer Welt droht«, erklärte Wissen.

Antilius Augen wurden groß, und er spürte, wie die Hände, die ihn an der Wand festhielten, kurz ihren Griff lockerten, sodass er glaubte, gleich herunterzufallen. Es war fast so, als hätten diese Hände Angst vor dem, was das Orakel jetzt Antilius offenbaren würde. Aber dann packten sie ihn wieder fester.

»Was sollte denn noch gefährlicher sein?«, fragte er.

»Das, was Koros mit dem Portal aufweckt. Nicht die Macht der Transzendenz. Sie ist nur ein Hilfsmittel.

Etwas sehr Altes wird mit dem Öffnen des Portals erwachen. Vor beinahe tausend Jahren lebte es einst auf deiner Welt. Und es ist viel mächtiger, als der Transzendente es je sein könnte. Es wurde einst der Dunkelträumer genannt. Ein Name, der längst in Vergessenheit geraten ist. Der Dunkelträumer ist sogar älter, als wir es sind.«

»Woher weißt du dann von ihm, Orakel?«, fragte Antilius skeptisch.

»Aus Überlieferungen unseres Vorgängers. Wir sind nicht unsterblich, musst du wissen. Deshalb sind wir hier in Verlorenend. Dem Ort, an dem vor kurzem noch die Zeit stillstand. Wir sind hier, damit wir länger leben und beobachten können.«

»Verstehe. Erzählt mir mehr über den Dunkelträumer«, sprach Antilius konzentriert.

»Er gehörte nicht in diese Welt, und doch wollte der Dunkelträumer sie für sich beanspruchen. Wir wissen nicht sehr viel über ihn, denn über die Vergangenheit wurde geschwiegen. Er ist auf Rache aus. Rache für einen Verrat. Nach der Überlieferung wurde er deshalb verbannt. Es wurde ihm nicht gestattet, wieder zurückzukehren. Und so lebte er seitdem einsam in seiner Verbannung am entferntesten Ort, den es gibt - am Ende des Universums.«

Antilius sträubten sich die Nackenhaare.

»Doch das Wesen versuchte, wieder nach Thalantia zurückzukehren. Es sehnte sich nach nichts anderem, als an den Ort zurückzukehren, von dem er vertrieben worden war. Nur einmal, vor über sechshundert Jahren, wäre es ihm beinahe gelungen. Nämlich als der erste Transzendente das Licht der Welt erblickte. Jener Transzendente war ein Werk des Dunkelträumers. Und er war das einzige Lebewesen, das dazu fähig war, dem Dunkelträumer eine Tür zurück nach Thalantia zu öffnen. Nur durch den Transzendenten wäre der Dunkelträumer in der Lage gewesen, heimzukehren und sich an jenen zu rächen, die ihn verbannt hatten.

Aber der Plan scheiterte. Der Transzendente, der dem Dunkelträumer ergeben dienen und ihn in seine Heimat zurückholen sollte, verfolgte seine eigenen Ziele. Er zerstörte. Er mordete. Der Dunkelträumer verlor die Kontrolle über den Transzendenten. Die Menschen bauten unter seiner Bedrohung ein Portal, um die Macht des Transzendenten darin gefangen zu nehmen. Dasjenige Portal, das auch Koros wieder errichten will.

Die Macht der Transzendenz konnte nicht vernichtet werden, aber sie sollte auf ewig im Portal eingesperrt werden.

Das Portal wurde in zwei Fragmente aufgeteilt. Diese wurden dann versteckt. Eines später bei den Largonen. Das andere wurde dort vergraben, wo Koros später seinen Palast erwarb und dort schließlich fand.

Nach der Vernichtung des Transzendenten vergingen die Jahrhunderte. Das Wissen um die Bedeutung der beiden Fragmente, des Dunkelträumers und der Macht der Transzendenz verblasste.«

Endlich begannen sich bei Antilius die Nebel zu lichten. »Das heißt, wenn Koros das Portal wieder zusammenbaut und zum Transzendenten wird, dann wird der Dunkelträumer erneut versuchen, in diese Welt einzudringen«, fasste er bewegt zusammen.

»Ja. Aber Koros weiß *nichts* davon. Er hat nicht die leiseste Ahnung von dem Dunkelträumer. Er, der immer nur über andere herrschen wollte, wird selbst zu einem Sklaven werden, wenn er das Portal öffnet«, sagte Wissen.

»Aber ich habe mit ihm gesprochen. Er ist doch nicht dumm. Ich glaube nicht, dass er sich dessen nicht bewusst ist«, bemerkte Antilius.

»Das Flüsternde Buch«, sagte Furcht.

»Was?«

»Das Buch, das Koros dir gezeigt hat. Das Buch mit den leeren Seiten. Du hast es doch gesehen.«

Antilius hatte es gesehen und in Händen gehalten.

»Das Buch hat seinen Verstand vernebelt. Es flüstert ihm Lügen ins Ohr. Es erzählt ihm von seiner glorreichen Zukunft als allmächtiges Wesen, das über die Welten gebietet. Es hat verhindert, dass er klar denken kann. Sonst wäre er dem Betrug längst auf die Schliche gekommen«, erklärte Furcht schnell.

Das Flüsternde Buch will den Dunkelträumer nach Thalantia zurückholen, das ist sein einziges Ziel. Aber dazu braucht es einen Transzendenten, der mit seinen besonderen Fähigkeiten den Dunkelträumer zurückholt.

Antilius musste daran denken, dass Koros ihm gesagt hatte, im Buch stünde alles über Antilius' Vergangenheit geschrieben. Waren dies auch Lügen gewesen?

»Wer hat das Flüsternde Buch geschrieben?«, fragte er.

»Es heißt, der Dunkelträumer habe es geschrieben, kurz bevor er verbannt worden ist. Aber das ist nicht die Wahrheit. Das Buch tauchte einige Zeit nach seiner Verbannung auf Thalantia auf und sucht nun seit wahrscheinlich mehr als neunhundert Jahren nach einem Weg, dem Dunkelträumer seine Rückkehr zu ermöglichen. Genauso wie für die Späher ist das einzige Ziel des Flüsternden Buches die Rückkehr des Dunkelträumers.«

»Die Späher. Wer sind die Späher?«, fragte Antilius mit bis zum Zerreißen gespannten Nerven.

»Sie sind seine Verbündeten. Sie waren einst wie er. Es sind arme vereinsamte Seelen. Helfer des Dunkelträumers. Es gibt sie schon genauso lange, wie es den Dunkelträumer gibt. Sie bereiten seine Heimkehr vor. Sie sind ihm treu ergeben«, sagte das mittlere Gesicht, das sich selbst Wissen nannte.

»Ich bin ihnen begegnet. Sie gaben vor, über die Zeit zu wachen.«

»In gewisser Weise wachen sie über die Zeit. Ihre eigentliche Aufgabe in den letzten Jahrhunderten war es, zu verhindern, dass jemand, der als Transzendenter ungeeignet wäre, den Zeitstrom beeinflusst, oder gar das Zeittor benutzt, weil damit dem Dunkelträumer geschadet werden könnte. Anders dagegen die Largonen: Sie wollten verhindern, dass die Macht der Transzendenz jemals wieder entfesselt werden kann.

Der Stein der Zeit, in dem du gewesen bist, ist eine Illusion, mit Hilfe derer die Späher vor der Störung der Zeit warnen. Seit das Zeittor der Largonen durch Brelius wieder aktiviert worden ist, was auch wir nicht verhindern konnten, ist der Stein der Zeit wieder erschienen, und die Späher sind wieder aktiv«, sagte Wissen.

»Du hattest Glück«, sagte Hoffnung. »Sie hätten dich sofort töten können. Offenbar waren sie dazu nicht in der Lage, oder sie haben verkannt, wer du bist. Zum Glück entschieden sie, dich und die Largonen zusammen einzusperren. Sie dachten, dass dir ein Entkommen unmöglich wäre. Sie haben sich geirrt. Denn *wir* haben dir und Brelius die Flucht ermöglichen können, indem wir einen Spiegel in das Zeitgefängnis projizierten, der euch nach Verlorenend geführt hat. Obwohl wir nicht die Erfinder jener Spiegel sind, ist es uns gelungen einen zu beschaffen, der dich letztlich hierher geführt hat.«

»Wieso habt ihr die Largonen, die von den Spähern gefangen genommen wurden, nicht auch befreit?«

»Weil wir nicht auf die Largonen, sondern auf dich, Antilius, gewartet haben. Deinen Freund Gilbert aber haben wir aus seinem Spiegelgefängnis geholt, weil wir überzeugt sind, dass er dir eine Hilfe sein kann«, sagte Hoffnung.

»Und die Späher handeln genau wie das Flüsternde Buch auch hinter Koros' Rücken?«, fragte Antilius.

»Ja. Sie haben dich und die Largonen weggesperrt, damit Koros ungehindert das Zeittor stehlen konnte. Sie haben ihm auf diese Weise geholfen, sodass er möglichst bald das Portal aufbauen konnte. Alles nur für den Dunkelträumer. Sie haben alles pedantisch geplant, denn der erste Transzendente, den sie einst geschaffen hatten, ist ihnen entglitten und fing an zu morden. Diesen Fehler werden sie nicht noch einmal begehen.«

»Deshalb waren die Largonen schon verschwunden, bevor Brelius das Zeittor aktiviert hatte«, sagte Antilius geistesgegenwärtig.

»Richtig. Koros soll das Portal wiedererrichten und zum Transzendenten werden, weil Koros den Spähern am geeignetsten für die Aufgabe des Transzendenten erscheint. Nur dann kann der Dunkelträumer erneut versuchen, zurückzukehren«, sagte das linke Antilius-Gesicht und schien sich zu freuen.

»Jetzt verstehe ich.«

»Ich habe dir doch gesagt, er würde es begreifen«, sagte das rechte Antilius-Gesicht zum linken.

Antilius selbst durchdachte das Gesagte. »Orakel, woher nimmst du eigentlich die Gewissheit, dass das verbannte Wesen Rache üben will? Diejenigen, die für seine Verbannung verantwortlich waren, sind schon lange tot. Niemand weiß mehr, was damals geschehen ist. Selbst du, Orakel, kennst den Dunkelträumer nur aus einer Überlieferung. Keiner ist sich der Existenz dieses Wesens überhaupt bewusst. Wieso sollte es demnach die Welt, nach der es sich zurücksehnt, zerstören wollen?«

»Das Wesen ist in der langen Zeit der Isolation wahnsinnig geworden. Es weiß nicht, dass die Welt sich verändert hat und dass die Bewohner, die darauf leben, andere sind. Es ist nur von blinder Rachsucht getrieben. Vergiss nicht, Antilius: Der Dunkelträumer hat fast tausend Jahre in der Einsamkeit verbracht, weit außerhalb allen Lebens«, sagte Furcht und schwebte ein Stück näher an Antilius heran. »Es ist unvorhersehbar, was geschehen wird, wenn dem Dunkelträumer die Rückkehr gelingt und er Ilbétha findet. Seine Macht ist dann so gewaltig, dass er, selbst wenn er es nicht will, mit einem einzigen Gedanken den gesamten Planeten zerstören, vielleicht sogar das ganze Universum vernichten könnte.«

Antilius horchte verwirrt auf. »Moment! Ilbétha? Wer ist das?«

Die drei Antilius-Gesichter, die das Orakel repräsentierten, schauten einen Moment einander an. Sie schienen telepathisch miteinander zu reden. Sie überlegten, ob sie ihr Wissen mit dem echten Antilius teilen wollten.

Schließlich sagte Furcht: »Ilbétha ist der wahre Grund, warum der Dunkelträumer zurückkehren will. Sie ist der Grund, warum der Dunkelträumer zu einem gefährlichen Monstrum werden kann. Ilbétha ist älter als das Universum selbst. Sie ist irgendwo auf Thalantia gefangen und doch weiß niemand mehr, dass es sie gibt, geschweige denn, wo sie sich befindet. Kein sterbliches Wesen hat jemals Ilbéthas wahres Antlitz erblickt. Und so soll es auch bleiben, Antilius. Wir selbst wissen von Ilbétha auch nur aus einer Überlieferung unseres Vorgängers.

Der Dunkelträumer darf Ilbétha nicht finden. Du darfst niemandem erzählen, was wir dir hiermit anvertraut haben. Niemandem! Hast du das verstanden?«

Es fiel Antilius schwer zu begreifen, worum es ging, und er hätte gerne mehr erfahren über Ilbétha und über den Dunkelträumer. Aber er versprach, die spärlichen Informationen für sich zu behalten.

Antilius schloss die Augen und atmete tief durch. »Und warum soll ich der Einzige sein, der Koros aufhalten kann?«

»Du bist der Letzte, der die *Augen* besitzt. Wir haben es jedenfalls nicht vermocht, jemand anderen aufzuspüren, der die *Augen* hat.«

»Was ist mit meinen Augen?«

»Die Überlieferung besagt, dass derjenige, der die *Augen* hat, die Fähigkeit besitzt, den Transzendenten und den Dunkelträumer zurückzuweisen. Die Augen des Auserwählten, die im Mondlicht des Mondes Quathan silbern leuchten. Dieses Wesen bist du, Antilius. Wir spüren es. Der Sandling hat es gespürt. Und auch Koros weiß von deinen Augen«, sagte Wissen.

Antilius schüttelte verwirrt den Kopf. »Tut mir Leid, aber meine Augen leuchten nicht im Mondlicht. Das wäre bestimmt mir oder jemand anderem aufgefallen.«

»Weil du noch zu wenig über dich selbst weißt, leuchten sie nicht. Weil du nicht *glaubst*«, sagte Hoffnung und wechselte dann mit seinen Artgenossen ein paar fragende Blicke.

Hoffnung war selbstverständlich von Antilius' Fähigkeiten überzeugt. Wissen nahm bezüglich der Erfolgsaussichten keine Stellung.

Furcht tat das, wozu er bestimmt war: » Er wird es nie schaffen. Unmöglich! Er glaubt nicht. Er ist hin und hergerissen. Seine Zweifel blockieren seine Fähigkeiten. Er wird scheitern. Ganz bestimmt«, hechelte Furcht panisch.

»Sei still! Du entscheidest nicht für ihn. Er weiß ganz genau, worauf er sich einlässt. Er lässt sich nicht von seiner Furcht, nicht von dir leiten«, erwiderte Hoffnung.

Antilius verfolgte den Streit seiner beiden Ebenbilder mit Argwohn. Er hing an einer Felswand und wurde Zeuge eines Konfliktes zweier Motive seiner Selbst. Das war mehr als surreal.

»Hört auf!«, fuhr er schließlich dazwischen. »Wenn ich Koros besiegen soll, muss ich ihn verstehen. Warum besitzt er diese Fähigkeiten wie die Telepathie und die Macht, in die Träume anderer einzudringen?«

»Koros hat diese Fähigkeiten geerbt. Sie stammen noch aus jener Zeit, in welcher der Dunkelträumer auf Thalantia gelebt hat. Allerdings schwinden diese Fähigkeiten mit jeder neuen Generation immer mehr. Es gibt heute nur noch sehr wenige, die derartige Fähigkeiten besitzen und viele, die sie in sich tragen, sind sich ihrer gar nicht bewusst. Koros jedoch hat seine Fähigkeit früh erkannt und kultiviert. Deshalb glaubt er, er sei auserwählt, zum Transzendenten zu werden.«

Antilius nickte nachdenklich. »Wie kann ich Koros vernichten? Und bitte: Einen klar verständlichen Vorschlag will ich hören und keine vagen Andeutungen.«

»Niemand wird dir sagen können, wie man ihn besiegen kann. Du bist auf dich allein gestellt. Das Einzige, was wir vorhergesehen haben, ist, dass du eine Entscheidung treffen musst«, sagte Wissen ausdruckslos.

»Was für eine Entscheidung?«

»Das Bild aus der Zukunft war zu vage. Zu ungenau.«

»Na toll! Dann hat es sich ja gelohnt, herzukommen,« sagte Antilius missmutig.

»Siehst du! Ich habe ja gesagt, dass er aufgeben würde«, ereiferte sich Furcht.

»Schweig! Ich werde nicht aufgeben«, fuhr Antilius Furcht an.

»Antilius, du hast deinen Feind kennen gelernt. Dreimal hast du mit ihm gesprochen. Nutze seine Schwächen, die du erspürt hast. Überrasche ihn mit dem, das er am wenigsten erwartet«, sagte Wissen eindringlich.

Antilius war zwar ziemlich sauer, weil er wieder einmal im Dunkeln tappte. Doch Wissens Hinweis war für ihn mehr als nur eine vage Formulierung.

Koros mit demjenigen überraschen, das er am wenigsten erwartete? Das ergab einen Sinn. Endlich!

»Wie kann ich zurückkehren?«, fragte er.

»Wenn du bereit bist, dann werden wir dich zurück in deine Welt bringen. Doch zögere nicht mehr allzu lange. Es wird bald soweit sein. Das Portal steht kurz davor, geöffnet zu werden.«

Antilius hing eine ganze Weile schweigend an der Felswand und dachte nach. Seine drei Ebenbilder schauten ihn dabei hoffnungsvoll an. Dann ganz langsam entwickelte sich ein Plan in seinem Kopf.

Ja. Ja, so könnte es gehen.

»Ich habe nicht vor, noch länger zu zögern. Ich weiß jetzt, was ich tun muss. Doch ich muss euch noch um einen Gefallen bitten«, sagte er hellwach.

»Sprich!«, forderte ihn Wissen bereitwillig auf.

»Koros ist nicht allein. Seine Leute werden mich nicht an ihn heranlassen. Aber ich *muss* an ihn heran.«

»Sie werden dich töten, bevor du auch nur seinen Namen rufen kannst«, jammerte Furcht.

»Da stimme ich Furcht ausnahmsweise zu. Deshalb werde ich Unterstützung brauchen.«

»Was hast du dir vorgestellt?«

»Es gibt da jemanden, der mir helfen könnte.« Antilius erklärte, wie er vorgehen wollte. Furcht wendete ein, dass dieser Plan viel zu gefährlich sei. Nicht nur gefährlich für Antilius, sondern gefährlich für das Orakel. Doch da Furcht in diesem Moment ein Teil von Antilius war, spürte Furcht, dass er seinem Original vertrauen musste. Antilius war sich nicht sicher, ob das Orakel das fertig bringen konnte, was er verlangte. Doch alle Stimmen des Orakels versicherten ihm, dass es möglich wäre, seinen Wunsch zu erfüllen, auch wenn es dem Orakel sehr viel Lebensenergie entziehen würde. Aber es wäre bereit, es zu tun.

Auch wenn es dabei selbst sterben könnte.

DER GEGENSCHLAG

Kaum war das donnernde Echo der herabgestürzten Brücke in der Barriere von Valheel verklungen, kletterten lautlos grünbraune echsengleiche Kreaturen die Felswände empor. Sie wollten nachsehen, wer sie gestört hatte. Wer sie aus ihrem endlos scheinenden Schlaf gerissen hatte. Und sie wollten sich für diese Frechheit rächen.

Es waren vier Echsen. Jede von ihnen war aufgerichtet über fünfzehn Meter groß.

Sie sahen nicht unbedingt aus, wie man sich Echsen als Überbleibsel aus der Urzeit vorstellt. Sie waren gereifter und intelligenter. Sie konnten miteinander kommunizieren. Ihr Kopf schimmerte dabei in einem leichten Rot.

Mit geübten und nahezu lautlosen Bewegungen kletterten die Wesen entlang der senkrechten Felswand hoch bis zur obersten Kante. Koros' Truppen befanden sich indes in einem heillosen Durcheinander. Hastig wurden neue Seile für die Ersatzbrücke geknotet. Es wurde viel geschrien und kommandiert. Keiner verschwendete einen Blick auf die Schlucht.

Der perfekte Moment für einen Überraschungsangriff.

Vorsichtig lugten die Echsenköpfe über den Hang. Ihre großen Krallen boten ihnen sicheren Halt an der zerklüfteten Steilwand.

Auf der anderen Seite der Schlucht, der Ahnen-Seite, nahm man das Auftauchen der Wächter von Valheel mit einer Mischung aus Ehrfurcht und freudiger Überraschung zur Kenntnis.

Eines der Reptilien öffnete sein schleimiges Maul, das eine spitze, rosarote Zunge enthüllte. Das Riesenvieh rollte den Zungen-Fleischberg nach hinten ein. Eine kleine Öffnung kam zum Vorschein. Die Echse atmete zischend ein, hielt kurz inne und presste dann mit der eingezogenen Luft einen halben Meter langen Dornenpfeil aus der Öffnung in ihrem Unterkiefer.

Der Pfeil rauschte durch die Luft und durchbohrte eines der Borus. Das Gift, das der Dorn an seiner Spitze mit sich führte, ließ das Boru auf der Stelle umfallen und sterben.

Koros war der Erste, der übermenschlich schnell herumfuhr und dem ungebetenen Besucher in die riesigen, kalten Augen starrte.

»An die Waffen! Wir haben ungebetene Gäste«, brüllte er.

Sogleich kletterten die restlichen Echsen aus ihrer Deckung und machten eine Drohgebärde, indem sie sich auf die Hinterbeine stellten und ihre Vorderkrallen ausfuhren.

Die Echsen rollten ebenfalls ihre Zungen nach hinten und ließen einen wahren Dornenhagel über ihre Opfer prasseln. Keiner der Dornenspeere verfehlte sein Ziel. Einer nach dem anderen fielen Koros' Kämpfer den Giftpfeilen zum Opfer. Manche von den kleineren Geschöpfen der Finsteren Ebenen und einige Greifer wurden durch die Wucht des Aufpralls mehrere Meter durch die Luft geschleudert.

Nur mit Mühe gelang es dem Herrscher in dem Chaos, hinter einem der Katapulte, die weiter im Landesinneren standen, Schutz zu suchen.

Einer der Gedankenwandler hetzte per Telepathie seine ganze Rotte von Piktins auf eine der Echsen. Kampfeslustig stürzten sich die Fleischfresser auf das Reptil und verbissen sich in ihm wie im Rausch.

Überrascht verlor die Echse ihr Gleichgewicht, taumelte und fiel rückwärts in die Schlucht, so als ob ein Baum gefällt worden wäre. Sämtliche Piktins, die sich festgebissen hatten, teilten das Schicksal des Wächters.

Zur Strafe wurde der Gedankenwandler von einem besonders langen Dorn eines anderen Wächters getroffen und machte daraufhin seinen letzten Atemzug.

Einige Gorgens versuchten durch einen Angriff aus dem Hinterhalt, bei den verbliebenen Echsen Schaden anzurichten, allerdings mit wenig Erfolg.

»Richtet das Katapult auf sie! Beeilung!«, schrie Koros, dessen Stimme sich überschlug.

»Aber dann würden wir auf unsere Leute schießen!«, erwiderte der Katapultführer, neben dem Koros Deckung suchte.

»Das interessiert mich doch nicht! SCHIESST!«, brüllte Koros panisch.

Das Katapult, hinter dem er kauerte, wurde von zwei Kreaturen bedient. Einem Tabis und einem Toba.

Es waren Wesen, die nur gemeinsam agierten. Zu jedem Tabis, der in den Finsteren Ebenen lebte, gehörte ein Toba. Und zu jedem Toba gehörte ein Tabis. Das war so etwas wie ein Naturgesetz. Tabis ähnelten Füchsen, nur, dass sie auf zwei Beinen laufen konnten und fast so groß wie Menschen waren.

Toba waren etwa dreimal so groß wie Tabis. Und dreimal so hässlich.

Und noch etwas zeichnete das ungleiche Paar aus: Sie konnten sich gegenseitig nicht ausstehen.

»Na los! Du hast gehört, was der Herrscher gesagt hat«, rief der Tabis zu seinem größeren Gegenstück.

Widerwillig drehte der Toba an einer quietschenden Kurbel, sodass sich der Katapultaufbau in Richtung der tödlichen Reptilien bewegte.

»Schießt doch endlich!«, schrie Koros. »FEUER!«

Der Tabis betätigte den Auskopplungshebel der Schleuder.

In einem steilen Winkel wurde daraufhin eine kleine Kugel in die Höhe getrieben.

Tabis waren Profis in Sachen Katapulte. Die Kugel schlug vor den Echsen ein. Sie schauten irritiert auf das unscheinbare kleine Geschoss herab.

Ein kurzer Augenblick der stillen Verwirrung folgte. Dann explodierte die Kugel. Es gab aber kein Feuer und keinen Rauch. Eine Druckwelle, die einen Fels mit einem Schlag hätte wegsprengen können, erfasste die restlichen drei Reptilien mit einem dumpfen Donner und schmetterte sie wie Spielzeug durch die Luft. Bewusstlos von dem gewaltigen Schlag flogen sie weit über die Schlucht.

Fast genau in der Mitte übernahm die Schwerkraft den Rest und sog die Echsen wie Steine in den Abgrund.

Einige der Gorgens hatte es ebenfalls erwischt. Alle anderen, die weiter entfernt von der Explosion gewesen waren, wurden von den Füßen gerissen.

Danach folgte Stille.

Todesstille.

Nachdem sich die Benommenheit bei ihm gelegt hatte, galt Koros' einzige Sorge seiner Ersatzbrücke. Sie war nur leicht beschädigt worden. Nichts was man nicht reparieren konnte.

Auf der anderen Seite waren Lois und seine Mitstreiter gezwungen gewesen, alles mit anzusehen. Für die Bewohner der Ahnenländer waren die Wächter heilig. Es waren gottgleiche Wesen. Und nun waren sie mit einem Augenschlag vernichtet.

Das Entsetzen war grenzenlos.

Plötzlich spürte Lois, wie der Herrscher wieder in seinen Kopf eindrang.

»Sieh, was ich vollbracht habe! Deine Götter sind tot. Alle tot! Sie werden dir nicht mehr helfen. Alle Hoffnung ist verloren. Begreifst du jetzt, dass mich niemand aufhalten kann? Wer wird dich jetzt noch retten?

Sag mir, wer?«

GEDULD

Nach der Attacke der Echsen mit den Lanzen, die aus ihren Mäulern geschossen waren, musste Haif sich verbieten, diesen unheilvollen Ort fluchtartig zu verlassen. Seit dem Eintreffen des Herrschers hatte er sich nicht einen Millimeter von seinem Versteck weg bewegt.

Er wünschte sich, er hätte nicht alles sehen müssen, was sich in den letzten Mondstunden vor seinen entsetzten Augen abgespielt hatte. Die Schreie, die sich in sein Gedächtnis einbrannten und fortan von seinem Unterbewusstsein immer wieder hoch gespült wurden. Es war wohl das Grausamste, das er je erlebt hatte. Und Koros war das grausamste Wesen, dem er je begegnet war.

Den einzigen Trost, den Haif fand, war, dass er durch seine akribischen Beobachtungen wertvolle Informationen sammeln konnte. Das betraf vor allen Dingen Pais. Der Herrscher hatte dessen Verstand irgendwie manipuliert. Er hatte sein Denken verändert. Daran bestand für den kleinen Sortaner mit dem schmutzigen Fell kein Zweifel mehr.

Als sämtliche Augen auf die Echsen gerichtet waren, hätte er die Gelegenheit beim Schopfe packen und Pais da raus holen können. Aber nachdem dieser mit seiner Armbrust auf die gegenüberliegende Seite geschossen hatte, entschied sich Haif dagegen. Er selbst wäre wahrscheinlich das nächste Ziel der Schusswaffe des Menschen geworden.

Es musste eine andere Lösung her. Doch je länger Haif zögerte, desto unwahrscheinlicher wurde eine weitere Gelegenheit, Pais zu befreien.

Wenn Haif seine Situation einigermaßen realistisch betrachtete, dann gab es im Grunde nichts, was er ausrichten konnte, ohne dabei sein Leben zu verlieren oder das Leben des Menschen zu gefährden.

Was mochte nur im Kopf von Pais vorgehen? Wie war es möglich, ihn wieder zu Verstand zu bringen? Aber die nahe liegendste Frage war: Was machte Haif eigentlich noch hier? Es war doch völlig sinnlos! Gegen diese unsichtbaren Mächte, über die Koros verfügte, war er, der kleine, ängstliche Hasenfuß Haif Haven doch machtlos.

Trotz aller Zweifel, aus irgendeinem Grund entschied er sich zu bleiben. Er wollte nicht akzeptieren, dass es keine Alternativen mehr gab. Tief in Gedanken versunken vernahm er einen dumpfen Donnerschlag. Erschrocken presste er sich sein Fernrohr vors linke Auge. Alle zwölf Katapulte waren auf die gegenüberliegende Felsspalte gerichtet. Tabis und Toba ließen im Akkord die Druckbomben auf die Ahnen-Seite feuern. Eine Salve von Detonationen erschütterte die Erde.

Ameisengroße Figuren rannten im Fernrohr des Sortaners um ihr Leben. Und überall dort, wo eine der Druckwellen ausbrach, entstanden innerhalb von Sekundenbruchteilen leere Flächen. Wie aufgewirbelter Staub flogen massenweise Gestalten durch die Luft. Viele von ihnen verschwanden in der Schlucht. Nichts hielt den unsichtbaren Explosionen stand. Die provisorischen Abwehrtürme, Munition, ja sogar Geröll und tief wurzelnde Bäume wurden weggerissen. Nur die großen Steinstatuen hielten stand und beschrieben weiterhin ihren Halbkreis.

Offenbar verlor Koros die Geduld und machte nun kurzen Prozess.

Haif sah, wie er während des Bombardements zu seinem Berater hinüberlief.

»Na? Was sagst du nun, Wrax? Das wolltest du doch, oder? Du wolltest doch, dass es schnell vorübergeht. Hier! Da hast du es. Sieh es dir an! Schneller kann es nicht gehen«, sprach der Herrscher boshaft.

Wrax war zu einem Eisklumpen erstarrt und reagierte nicht mehr auf seinen Ersten.

Vielleicht war es der beste Abwehrmechanismus, der ihm zur Verfügung stand, dachte Haif traurig.

Das Beben der Druckbomben erstarb schließlich nach ein paar unerträglichen Minuten.

Zitternd blickte Haif mit seinem Vergrößerungsglas auf eine menschenleere Klippe der Ahnenländer. Nichts als Leere. Ein paar Nachzügler auf dem Rückzug huschten durchs Bild.

Und dann: Nichts.

Nichts, was Koros Cusuar noch aufhalten würde.

DAS UNVORHERSEHBARE

Nach dem Sieg über die Verteidiger der Ahnenländer ging alles sehr schnell. Jeder musste anpacken, um die verlorenen Borus zu ersetzen.

Die Ersatzbrücke wurde ächzend herabgelassen. Diesmal mit Erfolg. Als sie auf der anderen Seite aufschlug, hielt sie der Belastung stand.

Wrax' Wunsch, dass auch diese Brücke abstürzen würde, erfüllte sich nicht.

In kleinen Grüppchen marschierten die Kämpfer des verrückten Herrschers über das zerbrechliche Konstrukt.

Sie hält. Verdammt sie hält!, dachte Wrax niedergeschlagen.

Fast die gesamte Ausrüstung wurde über die Schlucht getragen, darunter auch die beiden verhüllten Fragmente, die schon sehr bald das Portal bilden sollten. Sogar die Katapulte ließ Koros hinüberschaffen. Da diese jedoch zu schwer für die Brücke waren, mussten die übrig gebliebenen Gorgens die Katapulte einzeln über die Schlucht im Fliegen transportieren.

Auch Wrax musste die Schlucht überqueren. Er erwog, sich zu weigern, doch dies hätte seinen sofortigen Tod bedeutet.

Nachdem er die andere Seite erreicht hatte, bedauerte er auch schon seinen Entschluss. Sein Erster trällerte ihm Lobtiraden ins Ohr. Es sei alles wunderbar verlaufen. Besser als er es sich vorgestellt hätte. Wrax drehte sich derweil der Magen um.

»Wrax, ich weiß, Ihr verabscheut mich. Ich kann es fühlen. Doch wartet ab. Ihr werdet sehen, dass es sich gelohnt hat. Ihr werdet erkennen, dass ich recht habe.«

Der Berater schwieg.

Koros schaute zu den Bergen der Ahnenländer, die das ersehnte Gestein, das Avionium, in sich bargen. »Ah! Ich kann seine Energie förmlich in der Luft fühlen. Ich fühle sie am ganzen Körper. Es ist äußerst stimulierend. Fühlt Ihr es nicht auch, Wrax?«

»Ich vermag diese Stimulans nicht zu verspüren«, entgegnete Wrax emotionslos.

Koros war von der Kälte, die sein Berater plötzlich ausstrahlte, überrascht. Längst waren die Erinnerungen aus seinem Kurzzeitgedächtnis gestrichen, in denen er ihm den Tod angedroht hatte.

»Wrax?«

»Ja, Erster?«

»Helft mir, das Portal aufzubauen. Helft mir, mein Werk zu vollenden! Ich verspreche Euch, dass es das Letzte sein wird, das ich von Euch verlange.«

»Das glaube ich Euch gern. Ihr werdet mich anschließend töten. Ist es nicht so?«

Koros machte einen beschämten Gesichtsausdruck. Fast hätte er Wrax damit überzeugt.

»Nein. Ich habe Euch so viel zu verdanken. Ich habe wohl vorhin die Kontrolle über mich selbst verloren.

Wenn Ihr mir helft, Wrax, und wenn ich zu dem geworden bin, wozu ich bestimmt bin, dann werde ich Euch ziehen lassen. Als freier Mann. Ihr könnt dann tun und lassen, was immer Ihr wollt.«

Wrax musterte seinen Ersten ganz genau. Er glaubte ihm nicht. So wundervoll das Angebot auch klingen mochte. Er glaubte ihm nicht. Doch, er war sich nicht mehr sicher, was er noch glauben sollte. »Und was ist, wenn ich mich weigere, das Portal aufzustellen?«

Koros lächelte schwach. »Das werdet Ihr nicht.«

Und er sollte recht behalten. Wrax übernahm die Leitung des Aufbaus. Nicht aus Überzeugung, sondern aus einer aberwitzigen Ahnung, dass noch etwas geschehen würde. Etwas, das selbst sein Erster nicht vorhersehen konnte.

Etwas Unvorhersehbares, das alles noch zum Guten wenden könnte.

Während die Arbeiten zum Aufbau des Portals begannen, bemerkte Wrax, dass Koros sich mehrmals umsah. Er schien nach etwas Ausschau zu halten.

Womöglich nach dem Unvorhersehbaren?

Wrax war aber auch wachsam. Nur galt seine Aufmerksamkeit nicht dem Unvorhersehbaren, sondern dem Vorhersehbaren: Nicht alle Teile der gegnerischen Armee war von den Druckluftbomben erfasst worden. Ein kleiner Rest hatte sich hinter der Hügelkette, die dem Adler-Gebirge vorgelagert war, verschanzt und blieb in Lauerstellung. Sie würden zwar nicht angreifen, weil sie das mit Sicherheit nicht überleben würden, aber man konnte nie wissen.

Unterdessen war Haif über seinen eigenen Schatten gesprungen.

Auf seiner Seite der Schlucht waren fast alle Angehörigen von Koros' Armee verschwunden und zur Ahnen-Seite gegangen. Die Luft war also rein für Haif: Er wartete ab, bis die letzte Transportkarre sich anschickte, über die Brücke zu rollen, und dann sprang er beherzt hinten auf.

Zwischen den mit weiteren Druckluftbomben beladenen Fässern versteckt, überquerte er unbemerkt die tödliche Schlucht.

DAS PORTAL DES TRANSZENDENTEN

Das Zeittor, das die Gorgens aus dem Erdinneren vor der Largonen-Festung regelrecht heraus gesprengt hatten, wurde rasch vor der trüben Silhouette des Adler-Gebirges errichtet.

Der Tag neigte sich dem Ende zu.

Das Buch mit den für Antilius leeren Seiten hatte Koros zugeflüstert, wo genau das erste Teil des Portals errichtet werden musste. Nahe der Schlucht sollte es stehen. Denn dort befand sich der Brennpunkt, an dem die Energie des Avioniums aus dem Adler-Gebirge auf das Portal fokussiert werden würde.

Nachdem das erste Fragment, das würfelförmige Gerüst der Largonen, aufgestellt worden war, überzeugte sich Koros zunächst von dessen einwandfreier Beschaffenheit.

Behutsam strich er mit seinen Fingerspitzen über die fremdartigen Einkerbungen der Verstrebungen des Zeittores. Jene Einkerbungen waren nicht zur Verzierung vorgesehen. Sie waren eine Botschaft. Eine Botschaft, geschrieben in einer vergessenen Sprache. Sie erzählte von der Vernichtung des Transzendenten. Von seinen letzten Schandtaten. Und sie erzählte von der Macht des Transzendenten. Die Macht, die sich nach seinem Tode von seinem Körper getrennt hatte und seither im Portal eingeschlossen war und darauf wartete, befreit zu werden.

Zum ersten Mal sah Wrax das erste Fragment in voller Größe und Erhabenheit. Es schaute überhaupt nicht bedrohlich aus.

»Jetzt dürft Ihr das zweite Fragment holen. Ich mahne Euch noch einmal zu absoluter Vorsicht!«, ordnete Koros ungewöhnlich ruhig an.

Das zweite Fragment hatte Wrax noch nie gesehen. Er wusste nur, dass es in das Würfelgerüst irgendwie eingebaut werden sollte. Der Berater vermutete, es handele sich ebenfalls um eine Konstruktion, da es schließlich auch ein Zeittor sein sollte. Aber das, was Koros vor einigen Jahren tief vergraben in der Erde fand, war keine Konstruktion.

Vier Männer hoben ein etwa zwei Meter langes und ebenso breites Ding, das in Leinen eingehüllt war, von einer Transportkarre. Sie trugen es anscheinend ohne großen Kraftaufwand zum Zeittor der Largonen, das nur wenige Meter vom Abgrund entfernt stand.

Dann legten sie das Ding in die Mitte des Gerüstes hinein und enthüllten es.

Zum Vorschein kam ein gigantischer Kristall. Das war jedenfalls die erste Assoziation, die Wrax machte. Er war so klar, wie es nur ein Kristall sein konnte. Doch es konnte unmöglich einer sein. Einen Kristall, der die Größe eines ausgewachsenen Menschen hatte, konnte es nicht geben.

Wie auch immer, der weiße Kristall verbreitete eine erbarmungslos lähmende Schönheit.

Koros nickte stolz. Der Kristall, der die Form eines Oktaeders besaß, war wohl sein bestgehütetes Geheimnis. Der Herrscher musste schmunzeln, als er sich erinnerte, dass er damals den Kristall mit bloßen Händen ausgegraben hatte. Er erinnerte sich, wie der Kristall zu leuchten begann, als er ihn das erste Mal berührte.

Die vier Träger des Kristalls gingen beiseite und überließen von nun an dem Herrscher das Terrain.

»Wrax!«

Wrax kam.

»Geh nach dort«, sagte Koros und zeigte zu der Hügelkette, hinter der sich die Reste der Ahnen-Armee versteckt hielt.

Territoriumsmarkierer, wie Wrax sie selbst betitelt und beordert hatte, liefen Patrouille, um sicher zu stellen, dass die Gegner auch dort blieben.

»Wie bitte?«

»Keine Angst, Wrax. Ihr werdet unbewaffnet gehen. Ihr werdet ihnen nichts tun. Ich möchte, dass Ihr zu ihnen geht und sagt, dass der Anführer des Vierten Hauses zu mir kommen soll. Sein Name ist Lois. Und bitte, Wrax, fragt nicht nach dem Warum. Tut es einfach.«

Koros hatte den telepathischen Kontakt zu Lois nicht vollständig abgebrochen. Die ganze Zeit hielt er einen Schimmer von geistiger Verbindung aufrecht. So schwach, dass Lois es nicht bemerkte.

Wrax zögerte. Aber nicht lange. So marschierte er widerstrebend und wortlos zu den Hügeln. Sein eigenes Leben war ihm nichts mehr wert. Er war ohnehin verdammt.

»Gleich wird dein Warten belohnt, Alter Mann«, sagte Koros zu Pais, der etwas abseits des Geschehens stand.

Haif beobachtete alles aus sicherer aber nicht allzu großer Entfernung in seinem Versteck auf dem Karren. Er sah, wie Pais, so er es denn wirklich war, sich neben den Herrscher stellte und etwas zu ihm sagte. Wenig später kehrte Wrax zurück. Und er hatte jemanden mitgebracht. Es war Lois.

Der Herrscher ließ seine Armee einen weitläufigen Halbkreis entlang der Steinstatuen um sich und das Portal bilden. Nur er, Wrax, Lois und sein Bruder Pais waren noch da.

Lois würdigte Koros keines Blickes. Er sah nur seinen Bruder. »Wir haben dich alle so vermisst«, sagte er. »Jarnah hat mich jahrelang jeden Tag gefragt, wo du bist. Wohin du gegangen bist. Ob du wütend auf sie gewesen bist. Wann du wieder nach Hause kommst. Sie fragte mich, ob sie dich je wieder sehen würde. Sie war noch zu klein. Sie verstand es nicht. Ich konnte es ihr nicht erklären. Ich konnte es niemandem erklären. Jarnahs Leben, unser Leben war nicht mehr dasselbe, seit du fortgegangen bist, Pais.«

Irgendwie gelang es in diesem Moment dem unterdrückten Pais, die Selbstkontrolle wiederzuerlangen. Lois' Worte verliehen ihm plötzlich eine unerklärliche Stärke, die den Bann, der über ihm lag, kurz aufbrach.

»Jarnah? Unsere Schwester? Wie geht es ihr?«

Lois senkte den Kopf. »Sie ist vor sechs Jahren von uns gegangen. Sie hätte dich so gerne noch einmal gesehen.«

Koros fühlte, dass ihm Pais entglitt. Er konzentrierte sich auf ihn und versuchte, ihm seinen Willen wieder aufzuzwingen. »Höre nur auf meine Stimme, Pais! Dein Bruder hat dich nicht vermisst. Er hasst dich. Genauso wie du ihn!«

Pais wurde innerlich zurückgedrängt und das fremde Ich übernahm wieder die Kontrolle. Doch er wehrte sich. Er kämpfte sich immer wieder nach vorn, wurde aber immer wieder zurückgeschlagen. Koros Widerstandskraft war unglaublich stark.

»Von wem sprichst du?«, fragte der falsche Pais.

»Jarnah. Unsere Schwester. Was ist nur mit dir geschehen, Bruder?«

»Schweig! Ihr habt mich einfach gehen lassen. Es hat euch nicht gekümmert, was aus mir werden würde, als ich gegangen bin!«

»Das ist nicht wahr!«

»Doch! Das ist es«, hetzte Koros, erfreut darüber, dass Pais nun wieder ihm gehorchte. »Glaub ihm kein Wort, Pais. Höre nicht auf seine feigen Lügen. Bereite deinem Schmerz ein Ende. Erlöse dich von deinen Qualen!«, sagte Koros, ohne Lois aus den Augen zu lassen.

Das andere Ich in Pais, jenes, welches nur auf Vergeltung aus war, ließ ihn seine Armbrust in Anschlag nehmen und auf Lois richten.

»Das kannst du nicht ernst meinen, Pais. Du bist kein böser Mensch. Du warst es noch nie. Zu einem Mord bist du nicht fähig.«

»Unsinn! Er hat Angst. Panische Angst. Lass ihn um sein Leben betteln, Pais. Lass ihn betteln und genieße es! Lass ihn auf den Knien um sein Leben winseln und genieße es!«

In Pais tobte ein grausamer Kampf. Koros prügelte seinen Verstand regelrecht davon. Pais bekämpfte ihn mit aller Macht.

»Lass ihn um sein Leben betteln!«

Wrax drehte sich weg und kniff die Augen zusammen.

»Pais, ich weiß, dass du mich hören kannst. Tu es nicht! Höre auf meine Stimme!«, bat Lois, ohne in Panik zu geraten.

»Erschieß ihn!«, brüllte Koros.

Lois, der fast überzeugt war, dass sein Bruder jeden Moment den Abzug betätigen würde, unternahm einen letzten Versuch, den wahren Pais hervorzuholen. »Pais, erinnerst du dich noch? Kurz bevor du fortgingst. Da hast du Jarnah ein Geschenk gemacht. Eine Medaille, auf der unsere Namen eingraviert waren. Sie sollte ihr als Talisman Glück bringen. Sie hat ihn immer bei sich getragen. Der Talisman war ihr ständiger Begleiter. Bis zu ihrem Tod.«

Pais begann zunächst kaum merklich und dann schnell heftig zu zittern.

»Töte ihn! Er hat es nicht besser verdient«, befahl Koros.

»Du bist kein Mörder.«

»Töte ihn!«

Der Finger am Abzug. Pais verlor jeglichen Einfluss. Er konnte es nicht mehr aufhalten. Er würde jeden Moment abdrücken.

»Töte ihn!«, schrie Koros, wobei ihm Speichel aus dem Mund spritzte.

»Das wird er nicht tun!«, rief eine andere Stimme dazwischen.

Sie kam von weiter entfernt. Von einer Gestalt, die im Schein der Abenddämmerung einen langen Schatten zog.

Antilius war gekommen. Das Orakel hatte ihn, ohne dass es irgendjemand gemerkt hat, wieder zurück in die wirkliche Welt geschickt.

Koros war so überrascht, dass er die telepathische Kontrolle über Pais fast verloren hätte. Rechtzeitig zwang er sich wieder, sich auf ihn zu konzentrieren, um Lois endlich zu erledigen.

Der Finger von Pais löste den Bolzen aus seiner Bewegungslosigkeit in der Armbrust und im selben Augenblick stieß ihn etwas von hinten zur Seite.

Pais stolperte und verlor seine Waffe. Der abgeschossene Bolzen schoss blind in den Himmel. Koros' telepathischer Kontakt zu Pais brach ab. Verdutzt schnellte er herum und erblickte einen kleinen, mit schmutzigem Fell überzogenen Sortaner, der blitzschnell die Armbrust ergriff, lud und auf den Herrscher richtete. Haif Haven erkannte sich selbst nicht mehr wieder. Nach einem sehr kurzen Augenblick der Fassungslosigkeit über seinen eigenen Mut sagte er: »Unterschätze niemals einen Sortaner.«

»Wie konnte dieses Mistvieh sich unbemerkt an uns heranschleichen?« Die Frage war vorwurfsvoll an den Berater Wrax gerichtet. Und auch Wrax war völlig perplex. Tatsächlich war es Haif gelungen, aus dem in der Nähe stehenden Karren zu springen und sich geschwind an Pais, Wrax und Koros heranzuschleichen, die mit dem Rücken zu ihm gestanden hatten.

Einige der wenigen von Koros' Armee, die Haifs Aktion bemerkt hatten, wollten zu ihrem Herrscher eilen, doch Koros bedeutete ihnen, dort zu bleiben, wo sie waren.

Koros' kurzzeitiges Erstaunen schlug in irres Gelächter um. Zuerst leise und dann so laut, dass es die ganze Schlucht erfüllte.

»Kleiner Mann ganz groß! Meinst du, du könntest mir *damit* gefährlich werden. Ich weiß nicht, aber ich könnte mich glatt darüber totlachen!«

»Dann lass doch deinen Worten Taten folgen!«, sagte Haif böse.

Antilius, der bislang abseits des Geschehens nur zugesehen hatte, eilte dazu. »Danke Haif. Bring bitte Pais und seinen Bruder in sichere Entfernung. Es wird euch kein Leid zugefügt werden, habe ich recht, Koros?«, sagte er und atmete dabei ganz ruhig und gleichmäßig.

Koros sah Antilius nur lange fasziniert an und nickte dann nur.

Pais bekam allmählich wieder einen klaren Kopf. Das andere Ich in ihm war verschwunden. Lois stützte seinen Bruder, der gar nicht mehr wusste, wie ihm geschah, beim Gehen. Mit gezückter Armbrust schritt Haif rückwärts. Er wollte Koros auf keinen Fall den Rücken zukehren.

»Ich habe gewusst, dass du kommen würdest, bevor Pais seinen Bruder erschießen wird. Ich habe gewusst, dass du das nicht zulassen würdest. Das Schicksal hat uns zusammengeführt, so wie es sein soll«, sagte Koros.

Der Herrscher ließ auch seinen Berater gehen.

Jetzt waren nur noch Antilius und Koros auf der freien Fläche mit dem Portal und den großen Statuen am Rande der Schlucht.

Endlich standen sie sich Auge in Auge gegenüber und nicht mehr in einer Fiktion eines Traumes oder der Verschwommenheit einer surrealen Welt wie die in Verlorenend, sondern in der realen Welt.

Endspiel, dachte Antilius.

DAS PORTAL WIRD GEÖFFNET

»Du kommst spät«, sagte Koros und betrachtete sein Gegenüber mit Herzensruhe.

»Spät vielleicht. Aber nicht alleine«, erwiderte Antilius.

Er wies hinter sich. Koros Augen folgten seinem Fingerzeig. Weil er zunächst nichts, außer seiner eigenen Armee in gebührendem Abstand im Halbkreis um sich und Antilius herum warten sehen konnte, wollte er schon selbstgefällig auflachen. Doch dann veränderte sich hinter Antilius etwas.

Ein leuchtender bronzefarbener Lichtspalt tat sich dort auf. Er schwebte über dem Erdboden. Der Spalt gewann an Länge. Ein gläsernes Klirren erschallte. Und dann sah Koros, wie jemand aus dem grellen Spalt trat, genauso wie zuvor Antilius. Es war ein Mensch. Es war der Begleiter von Antilius. Mit ihm hatte Koros sich nicht beschäftigt. Für ihn war er eine einflusslose Variable in seiner Gleichung der Macht.

Gilbert gesellte sich zu seinem Freund. »Wie war mein Auftritt?«, erkundigte er sich gut gelaunt.

Koros machte einen grimmigen Gesichtsausdruck. »Ist *das* deine Armee? Ist *das* deine Geheimwaffe, um mich zu besiegen? Ich fasse es nicht! Wie es scheint, habe ich dich völlig überschätzt, Antilius. Ich nahm an, du wärst ein ebenbürtiger Gegner. Ich glaubte, du würdest mich verstehen. Aber jetzt erkenne ich, dass du genauso klein und unbedeutend bist wie alle anderen.«

»Äh, wenn ich was sagen darf«, unterbrach ihn Gilbert. »Wir sind nicht die Einzigen. Sieh genau hin! Da kommt noch jemand, der sich schon tierisch darauf freut, dich kennen zu lernen.«

Gilbert war es gelungen, echte Verwunderung auf das Gesicht des Herrschers zu zaubern. Wieder fiel dessen Blick auf einen Lichtspalt, der sich öffnete und größer wurde. Ein zweiter Spalt kam hinzu. Und ein dritter. Ein vierter. Es wurden immer mehr. Dreißig oder vierzig. Alle Spalte leuchteten innerhalb der gedachten halbkreisförmigen Linie, die durch die Statuen gebildet wurden, auf.

Der Unterschied zu jenem Spalt, aus dem Gilbert gekommen war, lag in der Größe. Die Spalte waren riesig. Und es dauerte nicht lange, bis auch schon der erste Riese aus einem der blendenden

Lichter heraustrat und seine gewaltige Keule schwang. Eine Keule, die nur von Largonen verwendet wurde.

Aus jedem Spalt kam einer der Riesen mit den gekrümmten Hörnern, die ihnen aus ihren klumpigen Nasen wuchsen. Linkshorn und Rechtshorn waren auch dabei.

»Immer noch enttäuscht?«, fragte Gilbert schadenfroh.

»Ich habe mich schon wieder geirrt. Äußerst clever. Ich vermute mal, dass diese Ungetüme mein schönes Portal in die Schlucht werfen wollen«, zischelte der Herrscher sichtlich nervös.

»Erwartest du jetzt ernsthaft eine Antwort?«, fragte Antilius.

»Nein. Aber du hast Eines nicht bedacht. Meine Männer haben sämtliche Katapulte auf diesen Platz gerichtet. Nur eine winzige Handbewegung ist notwendig, um alles hier dem Erdboden gleichzumachen. Und dann würden wir alle sterben. Die Largonen, dein Freund Gilbert und du auch. Willst du das, Antilius, du Narr?«

»Du würdest nicht zerstören, wofür du dein halbes Leben geopfert hast«, sagte Antilius ruhig.

»Das Portal kann nicht zerstört werden, und das weißt du. Woher nimmst du also die Gewissheit, dass ich es nicht mache?«

»Die Wahrheit. Weißt du nicht mehr? Das Einzige, was uns verbindet. Du kannst die Wahrheit nicht vor mir verbergen.«

Koros musterte Antilius sichtlich beunruhigt. »Du hast recht, das kann ich nicht. Was hast du jetzt vor?«

»Das wirst du schon sehen.« Antilius hob den Arm, um den Largonen zu bedeuten, dass sie beginnen sollten.

Die Riesen bildeten eine geschlossene Formation und stampften los. Aber nicht zum Portal. Sie wussten, dass es sinnlos gewesen wäre, auf das Portal mit Keulen einzudreschen. Ihr Ziel war die Armee des Herrschers.

»Lasst uns ein wenig Kleinholz machen!«, rief Linkshorn.

»Was soll das bezwecken?« Koros wirkte ziemlich verunsichert.

»Eine Vorsichtsmaßnahme. Es könnte ja sein, dass du auf dumme Gedanken kommst und mich hinterrücks erschießen lässt«, gab Antilius trocken zurück.

Die Largonen rollten wie eine Walze auf die Horden der Finsteren Ebenen zu.

Kurz darauf schlug auch schon die erste menschengroße Keule in einem der Katapulte ein, welches durch den wuchtigen Aufprall des Immerfest-Holzes regelrecht explodierte.

Die Toba, die den Largonen in Sachen Größe in fast nichts nachstanden, traten schreiend die Flucht an.

Ein Tabis, der auf einem anderen Katapult saß, versuchte eine Druckbombe auf die Largonen abzufeuern. Die Largonen waren jedoch schneller. Zwei von ihnen stemmten das Kriegsgerät hoch und trugen es samt quiekenden Tabis zur Schlucht und stießen es über den Rand.

Systematisch wurde jedes der Katapulte vernichtet, indem sie entweder zerstört oder in die Schlucht geworfen wurden.

Ermutigt durch das Auftauchen der unverhofften Verbündeten, krochen jetzt auch die verbliebenen Krieger der Ahnenländer aus ihren Verstecken und griffen die Feinde von hinten an, die fassungslos zur Schlucht starrten.

Die restlichen Gorgens flohen.

Chaos brach aus. Es war hoffnungslos für die Kreaturen der Finsteren Ebenen. Sie waren eingekesselt.

Koros Kehle wurde trocken. Seine Schweißporen verschlossen sich. Sein Haar wurde zu Stroh. Seine Wut stieg. Sie stieg ins Unermessliche. »Ein guter Zug«, röchelte er.

Antilius sagte nichts. Die Sonne war fast untergegangen.

»Ein wirklich guter Zug. Aber das, was ich mit nur einem Finger bewirken kann, das können nicht mal tausend Largonen!«

Er streckte seinen linken Zeigefinger aus und hielt ihn senkrecht, so als ob Antilius sich ihn genau ansehen sollte. Dann fuhr er mit diesem Finger langsam herum, bis dessen Spitze auf den großen Kristall im Würfeltor zeigte, der dort immer noch auf dem Boden lag. Der Kristall begann unmittelbar darauf zu beben. Die Vibration übertrug sich in den Boden und Antilius konnte seine Beine zittern spüren.

Schlagartig richtete sich der Kristall auf und erhob sich in die Luft, bis er exakt im Zentrum des Würfels schwebte.

»Sieh zu, Antilius. Und fürchte dich«, sagte Koros heiser.

Im Kristall flackerte ein weißes Licht auf. Es pulsierte in der gleichen Frequenz wie das erregte Herz des Herrschers.

Dann fing der Kristall an, sich zu drehen. Und zwar um zwei Achsen, eine horizontale und eine vertikale. Das weiße Licht wurde immer greller.

Die Kampfhandlungen der Largonen und der Armee der Ahnenländer wurden unterbrochen. Ein jeder blickte zu dem blendenden Ding nahe der Schlucht.

Antilius musste sich abwenden, um nicht zu erblinden. So auch Pais, Haif und Gilbert, die in einiger Entfernung zu ihm standen. Nur Koros starrte weiter in das entsetzliche Licht.

Ein Blitzschlag stieß aus dem Kristall in den Himmel empor, und das Licht veränderte seine Farbe ins Schwarze. Das Pulsieren blieb gleich.

Die Energie des Avioniums aus den Bergen der Ahnenländer und der aufgehende Vollmond Quathan verliehen dem Portal die Energie, um die darin eingeschlossene Macht der Transzendenz zu befreien.

Antilius konnte an der Haut die aufgeladene Luft fühlen.

»Da hast du es! Das Portal ist geöffnet. Ich habe es geschafft! Genau wie das Flüsternde Buch es mir gesagt hat. Siehst du es, Antilius? Siehst du es?«

Antilius sah es. Das Schwarze Licht. Das dunkle Pulsieren.

Vom Wahnsinn besessen näherte der Herrscher sich dem schwarzen Kristall, dem Portal. Die Stimme aus dem Flüsternden Buch leitete ihn erbarmungslos: *»Geh! Hol dir, was dir zusteht. Du hast es verdient. Die Belohnung wartet auf der anderen Seite des Lichts auf dich. Die Macht heißt dich willkommen«,* sagte es.

Antilius machte keine Anstalten, Koros aufzuhalten. Gebannt schaute er in das dunkle Licht.

Das Portal, das ein Zugang in eine fremde Welt war, paralysierte jeden, der es ansah.

Mit gleichmäßigen Schritten näherte sich der Herrscher seinem Ziel. Unmittelbar vor dem Kristall machte er Halt und streckte eine Hand nach ihm aus. Sie versank in der undurchsichtigen Schwärze. Koros stöhnte auf. Tränen rannen ihm übers Gesicht. Seine Lippen zitterten.

Dann machte er den letzten Schritt und wurde vom Kristall verschluckt.

Das Schwarze Licht pulsierte weiter. Immer weiter.

Alle, Antilius, Haif, Pais, Gilbert, Lois, Wrax, die Largonen und die Armee von Koros und die der Dreizehn Häuser der Ahnenländer starrten in das schwarze Pulsieren. Jeder, auch Antilius, obwohl er es besser wusste, malte sich in diesem Augenblick den Untergang der Welt aus, so wie jeder für sich ihn sich vorstellte.

Noch war das Pulsieren schnell. Dann langsamer. Immer langsamer.

Und dann erlosch das Schwarze Licht. Der Kristall schwebte lichtlos weiter im Zentrum des Würfels und drehte sich um seine zwei Achsen.

Die Nacht war hereingebrochen, sodass die plötzlich versiegende Lichtquelle Finsternis hinterließ.

Antilius hoffte, dass sich seine Augen rasch daran gewöhnen würden. So warteten er und seine Freunde und alle anderen still auf das Sichtbare.

Doch Antilius merkte schnell, dass diese Finsternis nicht natürlichen Ursprungs war. Diese Dunkelheit war schwärzer, als jede Nacht ohne Sterne und ohne Mondlicht es je hätte sein können. Es war die Finsternis des Transzendenten.

»Kannst du etwas erkennen?«, flüsterte Gilbert, der jetzt neben Antilius stand.

»Bis jetzt noch nicht.«

Keiner war im Stande, durch die Finsternis zu sehen. Nicht einmal die übrig gebliebenen Tabis, die Dunkelheit von Ihrer Heimat gewöhnt waren.

Finsternis.

Und Schweigen.

Kein Pulsieren. Kein Geräusch.

»Was hat das zu bedeuten, Meister?«

Antilius wusste, was vor sich ging. Er konnte das Unhörbare hören und das Unsichtbare sehen.

»Der Transzendente kehrt zurück«, sagte er.

DER BRUCHTEIL

Die Stille und die Dunkelheit dauerten an.

Wrax war kurz davor, in Panik zu verfallen.

Jetzt wird er sich an dir rächen! Jetzt bist du dran! Lebewohl, Wrax. War eine schöne Zeit mit dir.

Heute Nacht hätte Vollmond herrschen müssen. Der Transzendente ließ ihn nicht scheinen, obwohl die Wolken und der Nebel verschwunden waren

Gilbert hörte im Dunkeln, dass sich Antilius von ihm entfernte.

»Wo willst du hin?«

»Vertraue mir.«

Antilius wusste ganz genau, dass Koros hinter dieser Täuschung steckte. Er musste versuchen, ihn zu provozieren, um ihn aus seinem Versteck in der Finsternis zu locken.

»Wie beschämend! Du verhältst dich wie ein kleines Kind«, sprach Antilius in die Dunkelheit. »Hast du solche Angst vor mir, dass du dich verkriechen musst, wie eine Ratte in ihrem Loch?«

»Du irrst dich«, sagte Koros. Seine Stimme war überall. Ob transzendent oder nicht. Koros war noch immer leicht zu provozieren.

»Ich muss mich nicht in der Dunkelheit verstecken. Ich bin die Dunkelheit!«

»Tut mir Leid, aber ich bin nicht beeindruckt«, erwiderte Antilius.

»Ich vergebe dir deine Respektlosigkeit. Dein beschränkter Verstand kann die Macht, die ich nun besitze, nicht ansatzweise erfassen. Aber ich will gerecht zu dir sein.« Daraufhin erhellte sich der Himmel in einem triefenden Rot.

Blitze zuckten aus fetten, blutigen Wolken.

Das ist wie in einem Albtraum! Der Himmel brennt und blutet, dachte Gilbert.

»So ist es schon viel besser. Gefällt es dir?«, spottete die Stimme des Transzendenten.

»Ich kann dich immer noch nicht sehen, Feigling!«, sagte Antilius laut, aber ohne brüllen zu müssen.

»Willst du mich verärgern? Hast du überhaupt eine Vorstellung davon, was geschehen wird, wenn ich ärgerlich werde?«

»Nein. Schon vergessen? Mein Verstand ist zu begrenzt«, spottete Antilius kämpferisch zurück.

»Ich kann dich verstehen, Antilius. Die Gewissheit, verloren zu haben, kann einen Menschen sehr belasten. Wahrscheinlich bist du deshalb so aggressiv.«

»Zeige dich endlich, anstatt mich zu langweilen!«

Ein staubiger Luftwirbel bildete sich hoch über seinem Kopf. Der Wirbel sank zu Boden und aus dem Staub formte sich eine menschliche Gestalt. Diese Gestalt glich nur entfernt dem Herrscher. Sie war von einer grünlichen Aura umgeben. Das Gesicht war fürchterlich verschwommen.

»Ich habe versucht, mein altes Aussehen nachzubilden, damit es für dich leichter ist«, sagte Koros.

»Ich dachte, du bist jetzt allmächtig. Aber du sprichst von *versucht*. Du bist doch jetzt der Transzendente. Nichts ist für dich mehr unmöglich«, sagte Antilius ganz sachlich. Und genau diese Sachlichkeit hasste Koros.

»Wie schlau du doch bist! Die Verschmelzung ist noch im Gange. Ich kann die ganze Macht der Transzendenz nicht auf einmal in mich aufnehmen. Habe Geduld, mein Freund. Es wird nicht mehr lange dauern, bis der Prozess abgeschlossen ist«, sagte die verzerrte Gestalt von Koros.

Antilius sah aus dem Augenwinkel, wie sich ein Largone von hinten anschlich. Er wollte der bizarren Gestalt mit seiner primitiven Keule eins überbraten.

Antilius wollte den Riesen noch warnen, doch da war es schon zu spät. Koros hatte den Anschleichenden längst bemerkt.

Der schimmernde Kopf des Herrschers guckte in den blutroten Himmel und kurz darauf preschte ein gewaltiger roter Blitz auf den Largonen herab. Die Energieladung durchfuhr dessen ganzen Körper und entlud sich in den Boden. In seiner Angriffshaltung erstarrt, fiel der schwelende Riese nach hinten um. Es war Rechtshorn.

Er würde nie wieder aufstehen. Sein Tod löste bei den anderen Largonen heftiges Rumoren aus, doch keiner traute sich, etwas zu unternehmen. Antilius war froh darüber, sonst hätten noch mehr sterben müssen.

»Bereitet dir das Freude?«, fragte er verbittert.

Die Gestalt überlegte. »Es ist noch alles so neu. Verzeih mir, aber es fällt mir noch schwer, meine Gefühle in Worte zu fassen und deutlich zu artikulieren.«

Antilius wurde klar, dass es jetzt der richtige Zeitpunkt war, seinen Plan auszuführen. Es war höchste Zeit. »Tja, dann solltest du dich beeilen, deine Gefühle zu artikulieren, damit du deine grenzenlose Freude kundtun kannst, wenn die Späher dich aussaugen werden«, sagte er kühl.

Die Aura der Gestalt fluktuierte plötzlich. »Wovon sprichst du?«

»Lies meine Gedanken! Da steht die Wahrheit geschrieben.«

»Du willst eine List anwenden. O, ich kenne dich zu gut, Antilius. Ich kenne dich besser als du ahnst.«

»Du kennst mich nicht. Lies meine Gedanken! Nur dann wirst du die Wahrheit über die Macht der Transzendenz erfahren.«

Der grünliche Schein des Transzendenten veränderte sich. Er wurde blasser. »Du willst mich nur verwirren. Die Späher haben keine Macht über mich. Wenn ich über die ganze Macht verfüge, dann werde ich *sie* als Erstes vernichten. Wenn sie etwas im Schilde führen würden, hätte mich das Flüsternde Buch gewarnt.«

Antilius rollte übertrieben grüblerisch die Augen: »So? Bist du sicher? Ist es nicht ein wenig merkwürdig, dass deine Allmacht noch nicht komplettiert ist? Glaubst du, das wäre ein Zufall?«

»Es wird nicht mehr lange dauern und dann ...«

»Ja, ja ich weiß. Aber könnte es nicht sein, dass jemand nicht wollte, dass du vollständige Kontrolle über die Macht der Transzendenz bekommst? Kann es nicht sein, dass *du* getäuscht worden bist? Kann es nicht sein, dass das Flüsternde Buch dir nur das gesagt hat, was du hören wolltest?«

»Nein, das ist absolut unmöglich. Niemand kann mich aufhalten!«, rief Koros angsterfüllt.

»O, doch! Die Späher. Sie können es. Und sie werden es tun. Sie haben schon auf dich gewartet. In deiner grenzenlosen Gier nach der Macht hast du das Offensichtliche völlig ignoriert.«

»Das Offensichtliche?« Der Transzendente war verstört.

»Die Späher benötigten jemand, der eine endgültige Verbindung von einem fernen Ort im Universum in diese Welt herstellt. Und du bist jetzt genau der Richtige dafür. Du bist diese Verbindung.«

»Verbindung? Wofür?«

»Um jemanden aus dem fernen Ort die Rückkehr nach Thalantia zu ermöglichen. Und dein geliebtes Flüsternde Buch hat alles gewusst. Es hat dich die ganze Zeit belogen.«

»Du lügst! Du bist ein feiger Lügner!«, schrie Koros jetzt der Panik nahe. Seine halb durchsichtige Gestalt flackerte wie eine Fackel.

»Die Wahrheit ist das Einzige, was uns verbindet. Das waren deine Worte. Und ich sage jetzt die Wahrheit.«

»Nein! Du lügst! Du bist ein erbärmlicher Lügner!«

»Dann finde es doch heraus! Lies meine Gedanken! Das kannst du doch, jetzt wo du allmächtig bist. Oder soll ich dir die Wahrheit zeigen? Soll *ich* in *deine* Gedanken eindringen?«, fragte Antilius, ohne darüber nachzudenken, was er gerade sagte. Doch in diesem Moment wusste er, dass er es können würde. Dass er in Koros' Gedanken eindringen konnte, wenn er es nur wollte. Es war dieses Mal aber mehr als nur eine Intuition. Es war absolute Gewissheit. Es war der Bruchteil, den Antilius über sich selbst erfahren hatte, der Koros aus der Fassung bringen konnte.

»LÜGNER!«, kreischte Koros.

»Sieh dir die Wahrheit an!«

»NEIN!«

»DIE WAHRHEIT!«

»NEIN! Ich will nicht!«

»SIEH, WAS ICH GESEHEN HABE!« Mit diesem Satz sprang Antilius auf Koros zu. Er durchbrach seine Aura, die ihn wie ein Schild umgeben hatte, und fasste ihn an seine verschwommene Stirn.

»SIEH, WAS ICH GESEHEN HABE!«

Und Koros musste sehen. Mit einer Brutalität, die Koros noch nie im Leben erfahren hatte, drang Antilius in Koros' Gedanken ein. Es war dem Transzendenten unmöglich, sich zu wehren. Er sah das Portal. Er sah den Sandling, der unter dem Sternenhimmel starb. Und Brelius, wie er seinen Verstand verlor. Er sah das Orakel mit den drei Gesichtern, und was diese Gesichter zu Antilius gesagt hatten. Er erfuhr von der Existenz des Dunkelträumers und von den Lügen des Flüsternden Buches.

Er sah die Wahrheit, und er zweifelte nicht an ihr.

Es gelang ihm irgendwie doch, sich aus Antilius' telepathischem Griff zu lösen (aber nur, weil Antilius es zuließ) und ihn von sich zu stoßen. Seine Aura wurde schwächer. Seine Konturen wurden wieder deutlicher. Er begann wieder mehr und mehr wie ein natürlicher Mensch als ein übernatürliches Wesen auszusehen. Er schien sich wieder in einen normalen Menschen zurückzuverwandeln. Die Attacke hatte ihn erheblich geschwächt.

Er strauchelte. Seine Knie wurden weich.

»Du musst dich irren! Ich habe nichts übersehen. Ich habe keine Fehler gemacht. Und selbst wenn. Jetzt bin ich unfehlbar geworden! Ich bin der Transzendente! Daran wirst du mit deinen Lügenmärchen nichts ändern können! Akzeptiere, dass du verloren hast! Akzeptiere es endlich!«, schrie er, obwohl er doch eingesehen hatte, dass er betrogen wurde. Er zitterte am ganzen Körper. Er musste sich auf seine Knie stützen, sonst wäre er zusammengebrochen.

»Ich irre mich nicht. Zu mir hat das Flüsternde Buch nicht gesprochen. Meinen Verstand hat es nicht vernebelt«, sagte Antilius.

»Unsinn! Was weißt du schon über das Buch? Du hast keine Ahnung, worüber du redest. Du weißt nicht, wie es ist, diese schwere Bürde zu tragen. Du weißt ja nicht einmal, wer du eigentlich bist, du Bastard!«

Während Koros noch mit seinem Gleichgewichtssinn kämpfte und Antilius anbrüllte, flammte ein zartes Licht im rotierenden Kristall des Portals auf. Es war wieder schwarz, nur dieses Mal nicht so intensiv. Eher unscheinbar.

»Ich mag zwar keine Vorstellung von den kranken Fantasien haben, die dir das Buch eingeflößt hat, aber ich kann immerhin noch klar denken. Und klar sehen.

Schau auf den Kristall und beurteile dann, ob ich Lügenmärchen erzählt habe«, sagte Antilius und zeigte zum Portal.

Koros fuhr erschrocken herum. Sein Blick war getrübt. Er sah nur einen undeutlichen düsteren Schein an der Stelle, an der er den Kristall vermutete. Etwas Weißes löste sich aus dem dunklen Leuchten. Ein greller weißer Punkt. Koros rieb sich hilflos die Augen, aber das Bild wurde nicht schärfer. Im Gegenteil, es wurde sogar noch verschwommener. Koros fühlte sich plötzlich einer Ohnmacht nahe.

Die grell leuchtenden Punkte vermehrten sich, und sie wurden größer. Sie kamen auf ihn zu. Ihre Helligkeit bereitete ihm ein mörderisches Stechen hinter den Augen.

Koros schrie vor Schmerzen auf. »Was geschieht hier? Antilius! Was ist das?«

»Es ist das, was du heraufbeschworen hast. Sie kommen, um dich zu holen. Sie haben auf dein Kommen gewartet. Und sie werden nicht ohne dich zurückkehren. Sie haben schon einmal einen Transzendenten aufgeben müssen. Sie werden diesen Fehler nicht noch einmal begehen. Sie wollen die Macht zurück. Du bist nicht der Richtige für die Aufgabe des Transzendenten.« Antilius' Stimme klang in den Ohren des Herrschers wie das Aufeinanderprallen von Stahlklingen.

»Das kann nicht sein!«

Die leuchtenden Sphären schlugen ins Violette um, so wie Antilius es im Stein der Zeit erlebt hatte. Mit einer zerstörerischen Ruhe glitten sie über die kalte Erde, wie Gespenster, die des Nachts durch finstere Korridore schwebten.

Koros taumelte zurück. Seine Aura war nun vollends zerfallen. Er fühlte, dass er die Macht der Transzendenz noch besaß, er konnte sie aber nicht mehr beherrschen. Die Macht war es, die Kontrolle über ihn bekam.

Die violett leuchtenden Sphären der Späher kamen immer näher und begannen Koros langsam einzukreisen.

»Geht weg! Fort mich euch!« Koros schlug wie wild um sich, so als wolle er Stechfliegen verscheuchen. Sinnlos.

Die violetten Lichter umzingelten ihn. Dann sprachen Stimmen zu ihm. Die Lichtpunkte sagten etwas zu ihm. Er konnte sie aber nicht verstehen. Es war eine fremde Sprache. Eine ganze Wolke von Lichtern umgab ihn inzwischen. Alle sprachen sie zu ihm. Sie stellten Fragen. Was war das für eine Sprache?

»Ich verstehe euch nicht! Hört auf! Oh, bitte! Hört auf! Es tut mir in den Ohren weh. Oh bitte! Aufhören!« Koros hatte das Gefühl, sein Schädel würde anschwellen und jeden Moment platzen.

»Aufhören!«

Als ob der Lärm, den die schwebenden Lichter in seinem Kopf machten, nicht schon genug sei, fingen sie auch noch an, ihn mit kleinen Energieblitzen zu quälen. Jeder so schmerzhaft wie eine glühende Nadel, die in seine Haut eindrang.

»Nein ! Aufhören!«

Doch Aufhören war wohl das Letzte, was die Späher im Sinn hatten. Vielleicht nicht mal das Letzte. Den ersten Transzendenten als Übergangsmedium für den Dunkelträumer zu missbrauchen, war misslungen. Dieses Mal wollten sie erfolgreich sein.

»Es tut so weh! Antilius! Mach, dass sie aufhören!« Noch mehr Energieblitze ließen ihn zusammenfahren.

»Bitte, Antilius! Hilf mir! Ich halte das nicht mehr aus!«

Antilius war kein Sadist. Er war gezwungen, so lange zu warten und untätig zuzusehen. Er durfte jetzt keine Fehler machen. Doch nun war es genug mit der Quälerei. Zunächst wunderte sich Antilius, dass die Späher den Transzendenten so lange quälten, doch dann verstand er.

Der geschwächte Koros war damit beschäftigt, sich erfolglos gegen die Späher zu wehren. Und die Späher waren voll auf den Transzendenten konzentriert und nahmen Antilius nicht einmal wahr. Dieses kurze Zeitfenster musste er für sich ausnutzen.

Er gab Gilbert ein Zeichen und rief: »Jetzt!«

Gilbert holte einen Gegenstand aus einem zerfledderten Beutel.

Es war der Spiegel. Sein ehemaliges Gefängnis. Er riskierte noch einen kurzen Blick in das unbewohnte Innere und warf den Spiegel Richtung Portal. Ein paar Meter vor dem Kristall landete er mit der Spiegelseite nach oben. Anscheinend landete das Ding immer mit der Spiegelseite nach oben, dachte Antilius.

Gilbert glaubte nicht, dass es funktionieren würde. Und für wenige Sekunden wurde seine Skepsis erhärtet, weil nichts geschah. Doch dann fuhr ein Strahl aus dem dunkel glühenden Kristall auf den Spiegel herab. Flammen loderten aus dem Glas auf. Und der dunkle Lichtstrahl bohrte mit einem schrillen Geräusch eine Öffnung in den Spiegel. Flächenartige Blitze stießen aus dem Gefängnis hervor. Dann bildete sich ein trichterförmiger Wirbel, der aus dem Spiegel blies.

Gilbert atmete auf. Es schien entgegen seiner Erwartung zu funktionieren. Antilius' Vermutung war richtig gewesen: Das Portal wirkte wie ein Vergrößerungsglas und hatte die Wirkung des Avioniums aus den Bergen gebündelt und auf den Spiegel übertragen, sodass dieser sich öffnen konnte.

Die Lichtpunkte der Späher ließen plötzlich von dem Transzendenten ab und flüchteten zurück ins Portal. Sie schienen große Angst vor dem Spiegelgefängnis zu haben. Sie fürchteten, selbst in die Verbannung zu geraten. Die Späher entzogen Koros die Macht der Transzendenz und nahmen sie wieder mit sich. Wie Antilius es vorhergesagt hatte, war Koros für die Macht ungeeignet. Der Plan der Späher und des Flüsternden Buches war gescheitert, so schien es. Die Macht selbst aber, war befreit.

Koros hockte auf allen Vieren und rang nach Luft. Er hob seinen Kopf. Er wollte Antilius ins Gesicht sehen. Und Antilius erwiderte seinen Blick und hielt ihm stand. Koros spürte etwas Beunruhigendes in Antilius' Miene.

»Ich habe dich unterschätzt«, krächzte er.

Antilius veränderte seinen Gesichtsausdruck nicht. »Falsch. Du unterschätzt mich immer noch«, sagte er und konzentrierte seinen Blick auf den noch offenen Spiegel.

Koros blinzelte gehetzt auf das flammende Gefängnis.

Antilius fixierte es weiter.

Der Spiegel begann zu zittern. Erst ein bisschen und dann heftiger.

»Verdammt seist du!«, rief der Herrscher, als er begriff, was Antilius vorhatte. »Verdammt seist du!«

Kurz danach bewegte Antilius den Spiegel allein mit seinen Gedanken. Der Spiegel kroch langsam auf den Herrscher zu, so als würde eine unsichtbare Hand ihn über den Boden schieben.

Koros war zu geschwächt, um sich zu bewegen, geschweige denn, per Telepathie Antilius bekämpfen zu können.

Schwankend stemmte er sich hoch. Er machte einen lächerlich kurzen Schritt. Und dann umklammerte ihn eine kalte unsichtbare Hand aus dem Spiegel, die ihn von den Füßen riss und über den Boden in den Spiegel zerrte.

Antilius verweilte in abwartender Haltung. Er musste damit rechnen, dass Koros sich noch befreien würde und hielt Abstand.

Zuerst verschwanden die Beine des Nicht-Mehr-Transzendenten hinter der durchlässigen Glasschicht des kleinen Spiegels. Koros krallte seine Finger in die Erde und hinterließ tiefe blutige Furchen.

Der Kraft, die ihn in das Gefängnis zerrte, war aber gegen jedweden Widerstand immun. Koros schrie vor Schmerzen und Wut. Der Energiewirbel sog ihn unerbittlich in den schmalen Eingang des Spiegels. Weil ein Mensch von Koros' Statur nie durch den wenige Zentimeter großen Spiegel passen würde, sorgte der Energiewirbel dafür, dass sich beim Übergang von der realen Welt in die des Spiegelgefängnisses die Dimensionen anpassten.

Jedermann, der sich im Halbkreis um das Portal und den Transzendenten befand, starrte wie gelähmt auf das Geschehen.

Bis zur Hüfte war Koros bereits in den Spiegel eingetaucht, als er anfing zu weinen.

Antilius stand starr da und sah zu. Er sah, wie bei Koros die grausame Erkenntnis der Niederlage die Oberhand gewann. Antilius empfand Mitleid. Aber er blieb stumm stehen und sah zu, wie Koros immer weiter im Spiegel verschwand. Denn es musste sein.

»Du elender Bastard!«, schrie Koros, bevor er gänzlich im Spiegel verschwand.

ANTILIUS TRIFFT EINE ENTSCHEIDUNG

Der tosende Energiewirbel, der aus dem Spiegel gespien worden war, erstickte, als auch die letzte Hand von Koros hinter dem Spiegelglas verschwunden war.

»Du elender Bastard!«, hallte es in der Schlucht wider.

Gilbert lief vorsichtig zu seinem ehemaligen Gefängnis. Er wollte es mit eigenen Augen sehen.

Koros lag offenbar bewusstlos auf dem staubigen Holzparkett des kleinen Raumes, in dem Gilbert viele Jahre verbracht hatte.

Er nickte seinem Meister zu. »Es ist vorbei.«

»Noch nicht. Sieh doch, das Portal! Als sich die Späher zurückgezogen haben, ließen sie es offen stehen. Wir müssen es versiegeln«, sagte Antilius energisch.

»Glaubst du, dass die Späher zurückkommen werden?«

»Sie haben festgestellt, dass Koros der Falsche war.«

»Der Falsche?«

»Koros war nicht geeignet für die Aufgabe, die er als Transzendenter übernehmen sollte. Deshalb entzogen sie ihm wieder seine Macht. Die Späher sind jetzt wieder im Besitz der Macht der Transzendenz. Als der Spiegel sich öffnete, mussten sie in ihre Welt zurück, da sie genauso gut mit hineingezogen hätten werden können. Sie ließen aber das Portal offen, um dem Dunkelträumer noch eine Chance zu geben, in diese Welt überzutreten. Sie hoffen, dass er erwacht ist, als er den Transzendenten gespürt hat, und aus eigener Kraft den Übergang schafft, indem er dafür das Portal benutzt. Wir müssen uns beeilen!

Wo bleibt sie bloß?«

»Wo bleibt wer?«, fragte Gilbert verdutzt.

»Er meint mich«, antwortete Tahera. Sie war, so wie die anderen, durch einen Spalt gekommen, während Koros in den Spiegel eingesperrt wurde.

»Na endlich. Ich hatte schon befürchtet, du würdest nicht mehr kommen«, sagte Antilius erleichtert.

»Das Orakel hat fast keine Kraft mehr gehabt, mich hinüberzuschicken. Es hat sich mit den Largonen völlig verausgabt.«

»Los jetzt!«, rief Antilius und rannte zum Portal. Tahera folgte ihm.

»Geht nur. Lasst euch nicht stören«, sagte Gilbert gönnerhaft. Er konnte ab diesem Zeitpunkt nichts mehr tun. Er war total euphorisch ob des sicher geglaubten Sieges. Den letzten Akt, das Portal zu verschließen, hielt er nur noch für eine Formalität.

Tahera und Antilius positionierten sich an gegenüberliegenden Seiten des rotierenden Kristalls.

»Denk daran, was ich dir gesagt habe, Antilius: Zunächst müssen wir unsere Gedanken aufeinander abstimmen. Dann werden wir die Drehung des Kristalls unterbinden. Und wenn wir das geschafft haben, schließen wir das Portal und löschen für immer das schwarze Licht. Wenn wir einen Fehler machen und uns nicht richtig auf das Portal konzentrieren, könnte der Kristall explodieren. Wenn das geschehen sollte, wird ein Loch in diese Welt gerissen und wird alles zerstören.«

Antilius konzentrierte sich. Zuerst auf Tahera. Sie gab ihm vor, was er zu tun hatte. Alles über die Kraft der Gedanken. Er musste ihre Gedanken hören können, um dann anschließend den Kristall zu beeinflussen.

Konzentriere dich!

Antilius war sehr nervös. Die Gedankenkraft zu beherrschen war für ihn neu und schwierig. Aber Tahera leitete ihn gut.

Gilbert sah dem Geschehen aus einiger Entfernung zu. Er sah, wie der Kristall langsamer kreiselte und schließlich zum Stehen kam. Trotzdem schwebte er noch störrisch vor sich hin, und das dunkle Glühen war ungebrochen.

Antilius und Tahera legten schließlich ihre Hände auf den Kristall und gingen zur zweiten Phase über. Der Schließung.

Siegessicher schaute Gilbert noch einmal abfällig zum Spiegel herab, der auf dem Boden lag.

»Nun denn, großer Herrscher. Euer neues Reich ist zwar ein klitzekleines bisschen kleiner als Euer altes aber ihr werdet Euch an die Klaustrophobie da drin schon gewöhnen. Nach ein paar Jahren lernt man sie sogar richtig zu schätzen. Sie wird dann zu einem richtigen Freund. Ich weiß, wovon ich ...«

Gilbert unterbrach seine Predigt der Schadensfreude, denn Koros war nicht mehr da, wo er sein sollte. Der Raum, in dem er zuvor noch auf dem Boden gelegen hatte, war leer. Oder hatte er sich versteckt? Gilbert wusste, dass es nur eine einzige Ecke neben dem Spiegel gab, in der man von der anderen Seite des Spiegels nicht gesehen werden konnte.

Wachsam beugte er sich nach vorn.

Nichts zu sehen.

Er ging auf die Knie und stütze sich mit den Händen am Boden ab. Anfassen wollte er den Gegenstand nicht.

Immer noch nichts zu sehen.

»O je, ich glaube wir haben ein Problem«, sagte er leise.

»In der Tat, das hast du!«, rief es aus dem Spiegel grimmig. Zeitgleich schoss eine Hand aus der Glasoberfläche hinaus und packte Gilbert am Unterarm. Dieser wollte sich losreißen. Er riss so heftig, bis ihn ein stechender Schmerz in der Schulter aufschreien ließ.

Das Portal war noch nicht verschlossen, sodass der Übergang in das Spiegelgefängnis es ebenfalls nicht war. Koros konnte zwar nicht mehr heraus, aber es konnte immer noch jemand *hinein*.

»Lass mich los!«, schrie Gilbert voller Angst. Er zog mit aller Kraft, aber die Hand von Koros Cusuar war stärker. Ihr Griff war so fest wie Stahl.

»Antilius hilf mir!«

Sein Meister hörte den ersten Hilfeschrei gar nicht. Zu sehr war er auf den Kristall konzentriert. Er sah in sein Inneres. Er war kurz davor zu sehen, was am anderen Ende war. Am anderen Ende des Universums.

»HILF MIR, ANTILIUS!«

Diesmal drang der Schrei bis zu ihm durch. Verschreckt löste er seinen Blick und sah das Unfassbare. Eine Hand, die aus dem Spiegel ragte, zerrte mit grausamer Brutalität an Gilberts Arm. Er würde dieser Gewalt nicht mehr lange standhalten können. Keiner der anderen von den Largonen oder der Ahnenländler wollte Gilbert zur Hilfe eilen, weil sie sich alle so sehr vor dem Portal des Transzendenten fürchteten und ihm nicht näher kommen wollten. Nur Pais wollte Gilbert helfen, doch er war noch zu schwach, um alleine stehen zu können, und sein Bruder hielt ihn zurück.

»Du musst dich weiter konzentrieren, Antilius! Bleib bei mir, sonst war alles umsonst!«, schrie ihn Tahera an.

Antilius schloss die Augen. Das war nun die Entscheidung, die er würde treffen müssen, so wie es das Orakel ihm prophezeit hatte.

Gedankenfetzen stoben durch sein Gehirn.

Das ist es! Die Entscheidung. Gilbert retten. Oder das Portal schließen.

Bleib bei mir!

Hilf mir!

Unbewusst öffnete Antilius wieder die Augen. Es war, als ob sie ihm jemand geöffnet hätte.

Und dann, für den Bruchteil einer Sekunde, konnte er es im Kristall sehen. So unvorstellbar kurz, dass er sich später nicht mehr daran würde erinnern können. Er sah *ihn*.

Er blickte dem Dunkelträumer in die Augen. Und er verstand.

Für einen Sekundenbruchteil verstand er alles, was war und was sein wird. Vergangenheit, Gegenwart und Zukunft. Sie waren alle gleich. Sie waren eins.

Und dann fällte Antilius seine Entscheidung. Ohne sie infrage zu stellen. Ohne sie bewusst gefällt zu haben. Er nahm seine Hände vom Kristall, drehte sich um und hetzte zu seinem Freund Gilbert.

»Nein! Antilius, geh nicht! Ich schaffe es nicht alleine!«, rief Tahera ihm hinterher.

Antilius drehte sich nicht um. Er rechtfertigte sich nicht. Er ließ sie einfach allein. Für ihn war sein Entschluss weder richtig noch falsch. Es gab kein Richtig und kein Falsch. Das hatte er erkannt, als er das Innere des Kristalls erblickt hatte. Viel wichtiger war, *dass* er eine Entscheidung traf. Und das hatte er getan.

Antilius machte sich erst gar nicht die Mühe, die eiserne Umklammerung der Hand aus dem Spiegel von Gilberts Arm zu lockern. Stattdessen trat er beherzt mit dem Fuß auf das Handgelenk von Koros. Normalerweise hätte man ein Knacken der Knochen vernehmen müssen. Die Hand des gestürzten Herrschers war jedoch nicht normal. Es war ein letzter Funken von Macht in Koros verblieben, den er bis zum Äußersten ausreizte. Koros würde alles tun - nur nicht loslassen.

Antilius trat erneut zu. Diesmal fester. Dann noch einmal.

Koros ließ aber nicht locker.

»Tu doch etwas!«, schrie Gilbert seinen Meister an. Trotz seiner Panik glaubte er, schon allein bei dem Gedanken, wieder in den Spiegel gezogen zu werden, sich übergeben zu müssen.

Antilius griff nun nach den starren Fingern, die Gilbert allmählich die Blutzufuhr zur Hand abschnürten.

»Keine Angst, das haben wir gleich«, beruhigte er ihn.

Gilberts Kräfte schwanden viel zu schnell. Wenn Antilius nicht höllisch aufpasste, dann würden sie noch beide hineingezogen. Er trat die Hand, er schlug sie, er ging bis zur Schmerzgrenze und darüber hinaus. Hätte er etwas gehabt, mit dem er die Hand des Herrschers vom Arm hätte abtrennen können, er hätte es getan.

»Du wirst ihn nicht retten können. Nicht in diesem Leben!«, höhnte es aus dem Spiegel.

Dann passierte es. Ein schrilles Klirren betäubte seine Ohren.

Sein Kopf flog herum und auf einmal lief alles in Zeitlupe ab. Er sah, wie Tahera gegen eine der Seitenstreben des Würfelgerüsts, des Zeittores, geworfen wurde und das Bewusstsein verlor. Es war die erste Entladung des Kristalls, die sie erwischt hatte. Ohne die Hilfe von Antilius hatte sie es nicht geschafft, den Kristall zu beruhigen. Er würde jeden Moment zerspringen.

Antilius sah seinem Freund, dem einzigen Menschen, der diese Bezeichnung verdiente, in die Augen.

»Es tut mir Leid!«, rief er, wobei seine Stimme in dem Getöse des wieder irre tanzenden Kristalls unterging.

War das der größte und letzte Fehler, den er begangen hatte?

Gilbert antwortete nicht. Er sah seinen Meister nur mit einem leichten Lächeln an. Er wollte nicht, dass Antilius von ihm eine vorwurfsvolles Gesicht sehen würde.

Sein Lächeln drückte seine tiefe Dankbarkeit aus für die letzten Tage, die sie zusammen verbracht hatten.

Ein lautes Brummen ertönte. Dann explodierte der Kristall.

Eine flache, grelle Energiewalze entlud sich. Sie sollte jedem Lebewesen im Umkreis von fünfhundert Metern die Füße vom Boden reißen. Sie schleuderte Antilius und Gilbert, der an den Spiegel gefesselt war, davon. Noch während sie beide durch die Luft wirbelten, musste Antilius mitansehen, wie Gilbert pfeilschnell in den Spiegel gezerrt wurde und darin verschwand.

DAS NICHTS

Antilius landete nicht unweit vom Spiegel, als die Energiewelle aus dem Kristall vorübergezogen war.

Er wollte gleich wieder aufstehen, aber sein dröhnender Kopf weigerte sich, Befehle an seine Beine weiterzugeben. Er war mehrere Meter weit geflogen und war grob auf den harten Untergrund gestürzt. Ein lähmender Schmerz ergoss sich über seinen gesamten Rücken.

Unterdessen bildete sich an der Stelle, wo zuvor noch der Kristall geschwebt hatte, ein erbsengroßes schwarzes Loch. Es begann, von seiner zerstörerischen Kraft Gebrauch zu machen.

Aufgewirbelter Sandstaub wurde angezogen. Es folgten kleine Kieselsteine. Danach faustgroße Klumpen.

Die Kraft des Schwarzen Lochs wuchs langsam, aber stetig. Je mehr Materie es einsog, desto stärker sollte es werden.

Largonen, Ahnenländler und andere von der Schlacht Gezeichnete waren sich unschlüssig, was sie tun sollten.

»Lass uns hier verschwinden«, schlug Lois seinem Bruder vor.

»Ich kann Antilius nicht im Stich lassen. Ich muss ihm helfen!«

»Pais! Du bist noch zu schwach. Geh nicht! Nicht noch einmal.«

»Ich kann nicht anders.«

»Dann komme ich mit dir.«

»Nein! Kümmere du dich um deine Männer und bringe sie in Sicherheit. Du weißt, dass ich recht habe, also sage nichts und geh!«

»Ich werde mitgehen«, bot Haif an.

Sie waren etwa hundert Meter von Antilius entfernt. Eigentlich ein Witz, aber jeder Schritt näher an das Schwarze Loch bedeutete einen Schritt näher an den Tod.

Antilius kroch wie eine alte Schildkröte zum Spiegel, der mit der Spiegelseite nach oben lag. Er sah hinein.

Gilbert kauerte benommen an der rechten Zimmerwand. Koros stand mit gesenktem Haupt auf der linken Seite.

»Wieso?«, schrie Antilius. »Wieso hast du ihm das angetan?«

Koros schwieg eine Weile, ehe er sich durchrang, etwas zu sagen.

»Weißt du Antilius, du hattest recht.«

»Womit?«

»Ich habe mich tatsächlich geirrt. Ich habe dir gesagt, dass die Wahrheit das Einzige wäre, das uns verbindet. Ich habe dir geschworen, immer die Wahrheit zu sagen. Und ich war davon überzeugt, dass du es auch tun würdest. Aber im entscheidenden Punkt habe ich versagt. Ich habe die Macht der Transzendenz unterschätzt. Ich war nicht bereit für sie. Als du mir die Wahrheit gezeigt hast, als du mir deine ganze schwierige Reise gezeigt hast, habe ich dir zwar geglaubt. Ich wollte mir aber die Wahrheit nicht eingestehen. Ich habe sie ignoriert. Und jetzt ist es zu spät.

Antilius, du bist stärker als ich. Stärker, als ich es jemals hätte sein können.«

Antilius sah sich um und musste mitansehen, wie große Steine, Sand und Trümmerteile von der Schlacht in das Schwarze Loch gezogen wurden. Es würde nicht mehr lange dauern, bis er der Kraft des Sogs nicht mehr standhalten konnte. Hatte er die richtige Entscheidung getroffen? Würde das Schwarze Loch jetzt immer weiter wachsen und dann den gesamten Planeten zerstören können?

Er verdrängte diesen Gedanken. Er selbst würde ohnehin hineingezogen, und dann würde alles vorbei sein. Das war auch ein Teil des Plans, den weder er noch das Orakel, den niemand vorhersehen konnte.

»Für mich ist kein Platz mehr hier. Auch nicht in diesem Gefängnis«, sagte Koros. Er packte den einzigen Stuhl, den es im Raum gab, an der Lehne und drehte ihn mit den Beinen nach oben. Gilbert hielt sich schützend die Arme über den Kopf aus Furcht, damit geschlagen zu werden.

Koros betrachtete den Stuhl, als sei er etwas Besonderes. Dann holte er aus und schlug zu. Der Stuhl flog durch die Fensterscheibe. Scherben fielen klirrend zu Boden. Der Stuhl fiel sanft auf die malerische Grünfläche, die keine war. Mit der warmen Abendsonne am Horizont, die keine war.

Gilbert nahm die Hände wieder runter und schaute Koros verständnislos an, der seinen Blick erwiderte.

»Es tut mir Leid«, sagte Koros und schaute hinaus in die Illusion des Nichts.

Dann drehte er sich noch ein letztes Mal um und sah Antilius auf der anderen Seite des Spiegels an.

»Was steht im Flüsternden Buch über mich, Koros? Sag es mir! Ich muss es wissen. Sag es mir!«, schrie Antilius.

»Nur Lügen. Nur gemeine Lügen, Antilius«, antwortete Koros kummervoll.

»Ich will es aber wissen! Antworte!«

»Keine Fragen mehr«, waren Koros' letzten Worte. Dann stieg er durch das Fenster.

Er ging hinaus zum Horizont, ohne sich umzudrehen.

»Im Nichts kann auch Nichts existieren«, hatte Gilbert einmal gesagt.

Koros lief dem Nichts entgegen. Langsam lösten sich seine Konturen auf. Das Nichts verschlang ihn. Er wurde zu einem Teil von ihm.

Für immer.

Der Sog des Schwarzen Lochs, das mittlerweile tellergroß geworden war, hätte beinahe den Spiegel zu sich gezogen, wenn Antilius ihn nicht festgehalten hätte.

Pais drang mühsam zu Antilius vor. Ein Fehltritt und er würde dem Schwarzen Loch zum Opfer fallen, welches mit einem wütenden Grollen brodelte. Haif war gezwungen umzukehren. Sein rundlicher Körperbau bot dem Luftsog zu viel Angriffsfläche.

»Was machst du hier? Verschwinde, Pais!«, schrie Antilius.

»Ich lasse dich nicht im Stich!«

»Ich kann nicht aufstehen! Ich kann mich nicht bewegen.«

»Ich werde dich tragen.«

»Das schaffst du nicht. Verschwinde, Pais, bevor es zu spät ist!«

Pais ließ sich nicht beirren. Er griff Antilius unter die Arme und kämpfte gegen den Sog und seine eigene Benommenheit an. Doch er kam nicht weg vom Schwarzen Loch.

»Geh, Pais! Hier nimm ihn!«, sagte Antilius, drückte Pais den Spiegel in die Hand und riss sich von ihm los.

»Bring ihn und dich in Sicherheit!«

»Ich werde nicht gehen!«

»Sei kein Narr! Ich komme schon zurecht.«

Das schwarze Loch schien diesem wohl letzten Disput ein Ende setzen zu wollen: Antilius wurde ein gutes Stück näher heran geschleift und prallte gegen einen kleinen Felsbrocken, der fest in der Erde verankert war. Damit verlor er Pais aus dem Sichtfeld.

Jetzt war er allein.

Der Felsbrocken, gegen den er gestoßen war, bot vorläufigen Schutz vor der Urgewalt.

Das Schwarze Loch wuchs und wuchs. Es entfaltete Kräfte, die uralt waren und aus einer fernen Welt stammten.

Gegenstände schossen dicht über seinem Kopf hinweg. Antilius konnte kaum noch seine Augen offen halten. Zuviel Dreck peitschte ihm der Sturm ins Gesicht.

Er hörte ein lautes Krachen. Kurz darauf glitt der erste Baum mit seiner kompletten Bewurzelung an ihm vorbei und schleifte ein erbärmlich kreischendes Boru mit sich, welches daran angebunden war. Baum und Boru wurden vom Schwarzen Loch gierig verschluckt.

Der Lärm war unerträglich.

Antilius blickte nach links: Massenweise Bäume fuhren gefällt dem Loch entgegen. Zu ihnen gesellten sich auch zwei Largonen, die nicht rechtzeitig entkommen waren.

Er blickte nach rechts: Jemand lag mit dem Gesicht an den Boden gepresst wie eine Flunder und kämpfte um sein Leben. Das Schwarze Loch hatte ihn bis hierhin befördert.

Er lag ungefähr zwei Armlängen von Antilius entfernt.

»Nehmt meine Hand!«, schrie Antilius in den Sturm.

Der Mann drehte seinen Kopf zu ihm, ohne ihn zu weit anzuheben. Antilius sah in zwei von Panik erfassten rote Augen.

»Los! Macht schon!«

Wrax streckte seinen Arm nicht aus.

Niemand kann dir mehr helfen! Es ist aus, dachte Wrax.

»Nehmt meine Hand!«, brüllte Antilius noch einmal.

Er kroch so nah wie möglich an Wrax heran, aber er kriegte ihn nicht zu fassen.

Wrax wartete auf sein Ende. Würde er Antilius' Hand ergreifen, würde er ihn nur mit sich in den Tod ziehen.

Du hast schon genug Schaden angerichtet!

Antilius war kurz davor, Wrax am Arm zu packen, als ein faustgroßer Stein angeflogen kam und den Schädel des treuen Beraters mit den roten Augen zertrümmerte und seinem Schicksal im Schwarzen Loch überließ.

Antilius verkroch sich wieder hinter dem Stein und schloss vor Entsetzen die Augen.

Alle weg. Jetzt bist nur noch du übrig. Du musst eine Entscheidung treffen.

Alles löste sich auf. Das Schwarze Loch stahl jetzt sogar das Wasser, samt Trümmern der ersten Brücke aus dem Boden

Schlucht, welches in einer apokalyptischen Fontäne die Felsspalte hochjagte.

Die zweite Brücke, mit der Koros noch kurz zuvor siegessicher die Schlucht überquert hatte, war längst vom Schwarzen Loch zerfetzt und verschluckt worden.

Ein fremdartiges Rumoren drang unter all dem Getöse in Antilius' Ohren. Sein Blick fiel auf eine der gigantischen Statuen, die dem Sturm trotzten. Aber dieser Statue, zu der er empor sah, fehlte ein Stück vom Fundament.

Sie stürzte auf ihn zu.

Entweder wirst du zermalmt, oder vom Schwarzen Loch gefressen. Du musst eine Entscheidung treffen!

»Keine Fragen mehr«, sagte Antilius und richtete sich auf. Sofort wirbelte er durch die Luft direkt auf das Schwarze Loch zu. Es wurde dunkel um ihn herum.

Antilius schloss die Augen.

IM LICHT DES DUNKELS

Ein Pfad in der Dunkelheit:

Eine leicht verschwommene Gestalt tauchte vor Antilius auf. Es war der Sandling. Er begrüßte Antilius liebenswürdig und wies ihm den Weg. Er sah gesund und vor allem glücklich aus.

Wie war das möglich? Wo war er?

Antilius ging wie in einem Trance-Zustand weiter. Langsam wich die Dunkelheit, die nicht unangenehm war, einem schwachen silbernen Licht.

Antilius sah nach unten und konnte erkennen, dass er auf einem sandigen Weg schritt.

Er war hier schon einmal gewesen. Er war wieder in Verlorenend.

Er ging zur Klippe, an der er Tahera das erste Mal getroffen hatte. Das Meer war ruhig und sanft. Die ewige Nacht war klar. Das Strahlen der Sterne war so intensiv wie nie zuvor.

Tahera stand plötzlich an der Klippe neben Antilius und lächelte ihn an.

»Bin ich jetzt … tot?«, fragte Antilius.

»Nein. Es ist noch zu früh für dich. Deine Reise hat gerade erst begonnen«, sagte Tahera.

»Aber das Schwarze Loch. Es …«

»Du hast es versiegelt«, unterbrach sie ihn. »Ich schäme mich zuzugeben, dass ich nicht an dich geglaubt habe. Aber jetzt weiß ich, dass du der Einzige warst, der Thalantia retten konnte. Das Orakel hat sich nicht in dir getäuscht. Und der Sandling auch nicht.«

»Aber wie kann es sein, dass wir wieder hier sind? Warum sind wir hier in Verlorenend, Tahera?«

»Weil die Geschichte, deine Geschichte, Antilius, hier noch nicht beendet ist. Du warst der Schlüssel, der das Schwarze Loch schließen konnte, weil du etwas Besonderes bist. Und weil dich und den Dunkelträumer etwas verbindet.

Aber ist das überhaupt wichtig, nach dem Warum zu fragen? Ich sage dir, was wichtig ist: Das Portal wurde vom Schwarzen Loch zerstört. Niemand hätte auch nur in Erwägung gezogen, dass das möglich wäre. Jeder, sogar das Orakel, hielt das Portal für unzerstörbar. Aber die Macht, es zu vernichten, lag im Portal selbst.

Das hast du zwar nicht gewusst, aber du hast es gefühlt«, sagte Tahera und wartete gespannt auf eine Reaktion.

Antilius blickte nachdenklich zur Seite, dann nickte er bedächtig.

»Es gibt aber auch eine schlechte Nachricht«, sagte sie leise.

»Ich weiß«, sagte Antilius düster. »Die Späher haben erkannt, dass Koros nicht als Transzendenter geeignet war. Als sie geflohen sind, haben sie die Macht der Transzendenz mitgenommen.«

Tahera nickte. »Ja. Sie haben sie mitgenommen an einen Ort, den wir nicht erreichen können. Und als wir beide versucht haben, den Kristall zur Ruhe zu bringen, habe ich gespürt, dass der Dunkelträumer dich gesehen hat, Antilius. Er weiß, wer du bist, und was du vergessen hast. Er ist erwacht und voller Zorn. Und er wird wieder versuchen nach Thalantia zurückzukehren – koste es, was es wolle. Der Transzendente ist zwar besiegt, aber seine Macht liegt nun in den Händen der Späher. Sie und das Flüsternde Buch werden weiter an der Rückkehr des Dunkelträumers arbeiten. Sie waren ihrem Ziel noch nie so nahe wie heute.«

»Was wird jetzt geschehen?«, fragte Antilius.

»Du wirst in die wirkliche Welt zurückkehren. Du musst zurück nach Thalantia.«

»Und du nicht?«, fragte Antilius sofort.

Tahera machte ein bestürztes Gesicht: »Das Orakel hat, als es uns und die Largonen nach Thalantia teleportiert hat, fast seine gesamte Lebensenergie aufgebraucht. Es stirbt. Es kann nur noch dich zurückschicken. Deshalb musst du dich beeilen, denn nur auf Thalantia wirst du die Antworten finden, die du brauchst, um die Rückkehr des Dunkelträumers zu verhindern. Das Orakel wird nicht mehr lange durchhalten können.«

Antilius traf diese Nachricht wie ein Schlag. »Das heißt, niemand wird mehr von oder nach Verlorenend gehen können.«

Tahera sah Antilius nur fest in die Augen und sagte nichts. Ihr Blick war ernst und endgültig.

»Wenn nur noch einer gehen kann, warum willst *du* dann nicht gehen? Du verstehst augenscheinlich mehr als ich von dem Geschehen«, fragte er verzweifelt.

Tahera schüttelte sanft den Kopf. »Das weißt du doch. Wenn der Dunkelträumer erneut versucht zurückzukehren, dann musst du dort sein, nicht ich. Auch wenn du dich nicht an deine Vergangenheit erinnern kannst, so ist doch jetzt offensichtlich, dass dich und den Dunkelträumer etwas verbindet, und dieses Etwas liegt in deiner Vergangenheit verborgen. Nur du kannst dich ihm entgegenstellen, sollte es eines Tages dazu kommen.«

Antilius wollte noch etwas sagen, weil ihm immer wieder durch den Kopf schoss, dass es keine Möglichkeit mehr geben würde, nach Verlorenend zurückzukehren, aber Tahera ließ ihn nicht.

Es wird Zeit, Antilius. Du musst gehen. Deine Freunde erwarten dich schon.«

»Pais? Gilbert?«

»Ja. Sie konnten dem Schwarzen Loch entkommen.«

»Geht es Gilbert gut?«

»Er hat einen hohen Preis bezahlt. Er ist wieder im Spiegel eingesperrt.«

»Kannst du nicht irgendetwas für ihn tun?«

»Er wird sich wieder erholen. Seine Freiheit aber, hat er eingebüßt. Ich weiß nicht, wie man sie ihm wieder zurückgeben könnte. Das Schwarze Loch hat die gesamte Energie des Avioniums aus dem Adler-Gebirge aufgesogen, sodass davon nichts mehr übrig ist. Ohne das Avionium weiß ich nicht, wie man ihn wieder befreien könnte. Es tut mir so Leid.«

»Ich hätte besser auf ihn Acht geben müssen. Er wünschte sich nichts sehnlicher, als dem Spiegelgefängnis zu entkommen.«

»Er wird eine zweite Chance bekommen. Irgendwann. Davon bin ich überzeugt.«

Antilius schwieg zunächst. Dann fragte er: »Irgendetwas verheimlichst du mir, Tahera. Ich meine nichts über den Dunkelträumer, sondern über dich. Ich spüre eine Vertrautheit zu dir, die ich mir nicht erklären kann. Ich habe das Gefühl, dich schon länger zu kennen, aber ich kann mich beim besten Willen nicht erinnern.«

Tahera wirkte ein wenig erschreckt, aber sie behielt die Fassung und ließ sich mit einer Antwort lange Zeit.

»Ich kann es dir nicht sagen, denn das habe ich versprochen. Und es würde auch nichts nützen, wenn ich es dir verrate, denn du würdest dich nicht erinnern. Nur auf Thalantia wirst du die Möglichkeit bekommen, deine verlorenen Erinnerungen wiederzufinden. Wenn du die Chance dazu siehst, musst du sie ergreifen.

Ich glaube nämlich, dass es nicht das letzte Mal gewesen sein wird, dass wir uns gesehen haben. Und sollten wir uns eines Tages wieder zueinander finden, dann wirst du wissen, wer du bist und wer ich bin und was uns beide verbindet.

Du musst dich jetzt beeilen. Das Orakel wartet! Geh zu ihm!«

Eine kleine Hand zupfte an Antilius' zerrissenem Hosenbein. Sein Blick fiel auf einen kleinen Jungen, der ihn mit kindlicher Ungeduld und Begeisterung anlächelte.

Antilius ging in die Hocke auf Augenhöhe.

Das Gesicht des Jungen. Seine Augen. Sie waren rot. Er erkannte Wrax darin wieder, auch wenn er diesen Namen nicht kannte.

»Wie ist das möglich?«

»Kinder wissen nichts über Gut oder Böse. Und lügen ist ihnen auch fremd. Sie haben keine Vorurteile und sind frei von Hass. So wie uns beide, hat das Orakel diejenigen, die es für würdig hielt, mit letzter Kraft hierher gebracht. Und Wrax durfte wählen, als was er hier leben wollte. Es war seine Entscheidung. Vergiss nicht, wir sind in Verlorenend. Hier ist fast alles möglich«, sagte Tahera mit klangvoller Stimme.

Wrax zog an Antilius' Arm. Er wollte ihm etwas zeigen.

»Komm mit!«, sagte er mit seiner Kinderstimme.

»Leb wohl, Antilius«, sagte Tahera mit Tränen in den Augen. Sie gab ihm zum Abschied einen Kuss auf die Stirn, und Antilius fühlte plötzlich wieder diese Vertrautheit zwischen ihr und ihm. Es war fast so, als hätte er sie schon viel länger gekannt. Er hatte aber keine Zeit mehr, dieses Gefühl noch länger zu erforschen, denn er musste sich beeilen.

Wrax führte Antilius zum nahe gelegenen Kornfeld. Zu einer ganz besonderen Stelle. Kinderlachen drang hervor. Genau wie beim ersten Mal, als er das Kornfeld durchstreift hatte. Es war dieselbe Stelle, an der er zum ersten Mal ein Kinderlachen gehört hatte.

Wrax kicherte und zog sich zurück.

Antilius durchsuchte das Feld, das ihm knapp über die Hüfte ging. Er folgte dem Lachen.

»Hierher!«

Antilius ging in die Hocke. Ein kleines Mädchen grinste ihn aus großen glänzenden Augen an. In dem silberfarbenden Dämmerlicht sah sie beinahe aus wie ein Geist. Es wollte ihm etwas zuflüstern und bedeutete ihm mit einer Handbewegung, sich mit seinem Ohr zu ihm zu wenden.

Antilius beugte sich vor.

Und dann flüsterte ihm das Mädchen ihr Geheimnis ins Ohr:

»Benutze es, wenn es soweit ist«, sagte es.

Er sollte seine Hand öffnen.

Sie legte ihm ein kleines ordentlich gefaltetes Leinentuch hinein. Ein kleiner Gegenstand war darin eingewickelt. Antilius betrachtete das Tuch kurz und wollte es dann entfalten, doch das kleine Mädchen legte ihre kleinen Hände auf seine und bedeutete ihm, es nicht zu tun.

»Wenn es so weit ist«, sagte sie.

»Wann soll das sein?«

»Wenn du mich wieder siehst, am Ende deiner Reise. Dort, wo die Finsternis zum Leben erwacht ist.«

Antilius schaute noch einmal herab auf das Tuch aus Leinen und dann hob er wieder den Kopf. Das Mädchen war fort.

Er ging schließlich zurück zu dem Stein, der das Orakel beherbergte.

»Ich bin bereit, zurückzukehren«, sprach er in die silberne Nacht. Und das Orakel schickte ihn zurück, bevor es schließlich starb.

Antilius kehrte zurück. Zurück zu dem Ort, an dem sein Schicksal sich erfüllt hatte.

Es gab noch so viele Fragen, auf die er keine Antworten hatte. Aber er fühlte, dass sein Abenteuer noch lange nicht vorbei sein würde.

Erleichtert sah er Pais mit Gilbert im Spiegel und Haif wieder, die immer noch an der Barriere von Valheel waren.

Der Nebel war verzogen.

Der Vollmond Quathan schien, genauso wie es in dieser Nacht sein sollte.

Pais ging auf Antilius zu. Und als er seine Augen sah, wurde die Prophezeiung des Orakels bestätigt.

Antilius ließ seinen Blick über die Schlucht gleiten. Das Mondlicht von Quathan spiegelte sich in seinen Augen wider. Seine Augen funkelten in einem strahlenden Silber.

Pais stockte der Atem. Denn plötzlich, nach all dem, was an diesem Tage geschehen war, hatte Antilius etwas Fremdes an sich. Es war nicht bedrohlich. Das fühlte Pais sofort. Aber da war etwas in Antilius erwacht, das schon seit seiner Geburt in ihm gewesen sein musste und dennoch nicht zu seinem bisherigen Leben dazugehörte. Doch nun war es hier. Es strahlte Pais mit einer betörenden Energie an und schien bis in sein Herz vorzudringen.

»Was ist geschehen?«, fragte ihn Pais fasziniert.

»Mir wurde noch mehr Zeit gegeben. Was immer es ist, mit dem wir es zu tun haben, es hat gerade erst angefangen«, sagte Antilius.

EPILOG

Irgendwo in der Unendlichkeit:

Schwärze umgab ihn.

Sie füllte alles aus und war doch nichts.

Die unerträgliche Stille. Er hörte ihren Gesang immerzu.

Einst hatte er alles verloren, und doch war es ihm gleich.

So viel gesehen! So viel erlebt!

Und doch verschwanden seine Erinnerungen im unendlichen Raum. Sie trieben langsam davon, ohne sich umzusehen.

Er wartete. Ohne Hoffnung. Das Gefühl für Zeit längst verloren.

Er war nur noch eine leere Hülle, die auf einem kalten Felsen durch das All glitt.

Kein Lichtschein drang zu ihm vor, und kein Geräusch.

Über das Stadium des Wahnsinns war er längst hinaus.

Hohles Existieren. Ohne Sinn. War alles verloren, das ihm einst lieb und teuer war?

Erschaffen? Wozu?

Er käme jedoch niemals auf die Idee, seine Existenz zu hinterfragen. Vermutlich hatte er sogar Angst davor. Es war der Lauf der Dinge. Sie sollten so sein, wie es für ihn bestimmt war, daran gab es für ihn keinen Zweifel. Und so wartete er. Ohne Hoffnung.

Er blickte ins Nichts. Er wartete auf eine Antwort. Es war immer dieselbe, nur hörte er sich nicht. Er wollte sie nicht hören. Dass es jetzt vorbei sein sollte. Dass er für ewig gefangen auf einem Stück Fels durch die Unendlichkeit trieb, konnte er sich nicht vorstellen. Irgendetwas würde geschehen. Das fühlte er, auch wenn ihn die Hoffnung samt Erinnerungen verlassen hatte.

Und so verstrichen die Jahrhunderte, die hier bedeutungslos waren.

Es war Bestimmung. Und dazu gehörte auch, zu vergessen. Es machte ihm keine Angst, vergessen zu haben, was war. Denn dies war seine Strategie zu überleben. Die Zeit der Finsternis zu bewältigen und mit ihr zu ringen.

Aber dann, eines Tages: An dem Tag, an dem Antilius in den Kristall an der Barriere von Valheel blickte. Mitten in der endlosen Dunkelheit des Universums blitzte plötzlich etwas auf. Ganz schwach. Aber lebendig. War es eine Illusion? Eine grausame Erfindung seines kranken Verstandes? Nein. Denn er konnte die beiden schimmernden Lichtpunkte, die plötzlich vor ihm auftauchten, nicht nur sehen, er konnte sie fühlen. Er konnte Antilius fühlen. Die leuchteten Punkte waren seine Augen. Er spürte seine Wärme. Wärme und Leben.

So plötzlich es erschien, so plötzlich verschwand der silberne Schein auch wieder. Und in dem Moment, in dem das Leuchten verschwand, geschah das Unglaubliche. Etwas, das er sich seit so langer Zeit nicht mehr erträumt hatte. Und es war der Beginn.

Es war Bestimmung.

Die Erinnerungen, die ihn einst verlassen hatten und die, ohne sich umzusehen, durch das All getrieben waren; sie machten kehrt. Und kamen zurück. Und das Unglaubliche nahm seinen Anfang:

Der Dunkelträumer erwachte aus seinem jahrhundertelangen Schlaf und begann, sich wieder zu erinnern.

Ende von Band I

Die Fortsetzung erfolgt in:

Verlorenend Band II: Das Herz von Xali
(ISBN: 9783750415799)

Kurzbeschreibung:

Thalantia ist nur knapp einer Katastrophe entgangen, welche der Transzendente heraufbeschworen hatte. Doch die eigentliche Bedrohung beginnt erst jetzt Gestalt anzunehmen.

Der Dunkelträumer, der vor vielen hundert Jahren an den entferntesten Ort, den man sich vorstellen kann, verbannt wurde, ist erwacht und bereitet, getrieben von zerstörerischer Rache, seine Rückkehr vor.

In seinem zweiten Abenteuer müssen sich Antilius und seine Gefährten auf die Suche nach dem Flüsternden Buch begeben, das über die Macht verfügt, den Dunkelträumer nach Thalantia zurückzuholen.

Ihr Weg führt sie dabei zum Versteck des legendären Leviathans in der versunkenen Stadt Eventum, in die Fänge einer gigantischen, sprechenden Pflanze und in die Falle einer wahnsinnig gewordenen Banshee namens Xali.

Kann Antilius das Buch finden und vernichten, bevor seine Widersacher es gegen ihn verwenden?

Nur wer bereit ist, kein noch so großes Opfer zu scheuen, wird diesen Wettlauf gewinnen.

Folgebände:

Verlorenend Band III: Das Mysterium der Titanen
(ISBN: 9783750400313)

Verlorenend Band IV: Das, was du zurücklässt
(ISBN: 9783750416789)

ANHANG 1: THALANTIA WELTKARTE

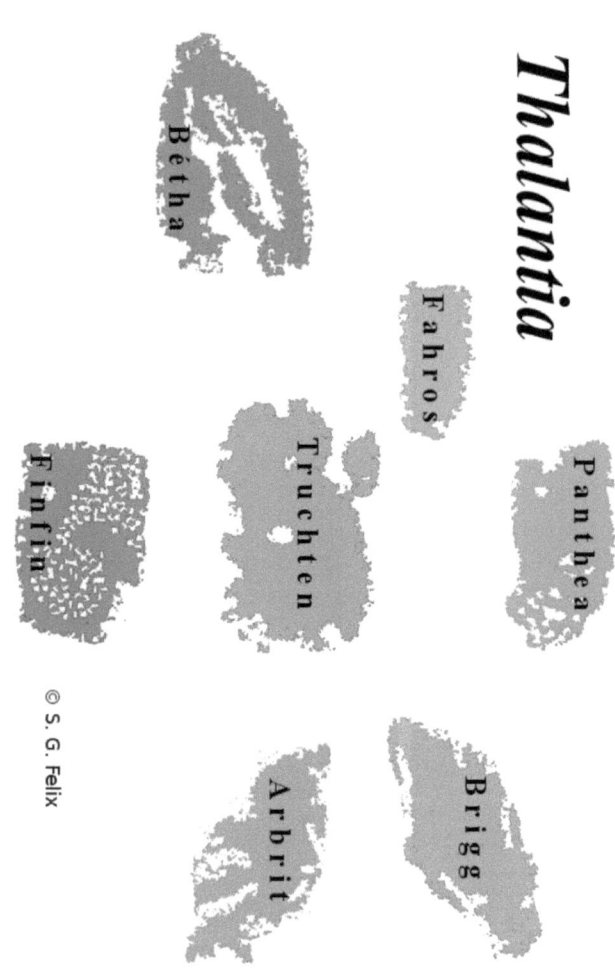

ANHANG 2: TRUCHTEN

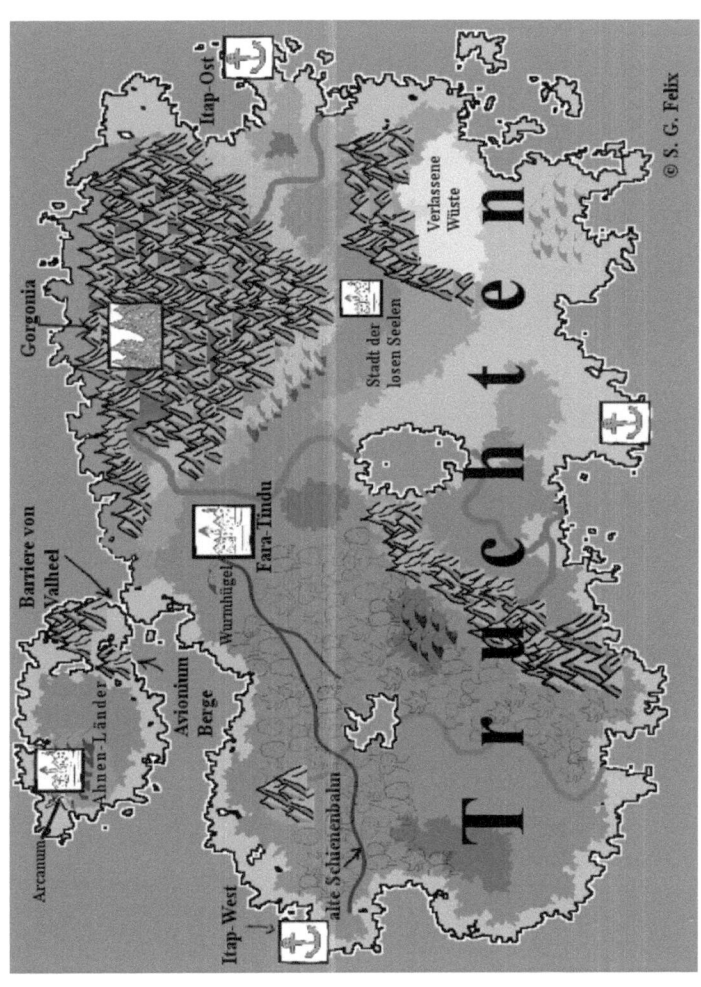

© S. G. Felix